btb

Aus Freude am Lesen

btb

Buch

Die junge Esther wird im Sommer 1943 mit ihren Eltern und anderen Juden im Hinterland von Nizza interniert. Wie alle Jugendlichen lebt sie in einer Welt der Spiele und der Träume, der Verwirrung und der ersten Liebe. Gleichzeitig aber erlebt sie Angst und Bedrohung und verliert schließlich ihren Vater, einen Widerstandskämpfer. Nur ein Traum läßt sie die Lager und Notunterkünfte ertragen, es ist der Traum von einem sicheren, friedlichen Jerusalem. Nach Ende des Krieges wandern Esther und ihre Mutter nach Eretz Israel aus, doch schon auf der Straße dorthin erfährt sie, daß auch auf dieser »heiligen«, in endlosen Gebeten beschworenen Erde kein Friede möglich ist. Denn Esther begegnet der Palästinenserin Nejma, die aus ihrem Land vertrieben wird. Nur einmal sehen sie sich und können sich nur ihre Namen nennen. Aber sie erkennen sich, zwei Schwestern, die einander nie vergessen werden, Leidensgefährtinnen in einer Zeit des Hasses und der Kriege, gegen die sie beide aufbegehren.

Autor

J. M. G. Le Clézio, 1940 in Nizza geboren, stammt aus einer Familie, die seit 200 Jahren auf Mauritius lebt. Einen Teil seiner Kindheit verbrachte er in Afrika, später studierte er in Frankreich und England Literatur und veröffentlichte seitdem zahlreiche Romane, Erzählungen und Essays. In Frankreich mehren sich seit Jahren die Stimmen, die Le Clézio für einen der größten Erzähler ihres Landes halten.

J. M. G. Le Clézio bei btb

Onitsha. Roman (72094)

J. M. G. Le Clézio

Fliehender Stern

Roman

Aus dem Französischen
von Uli Wittmann

btb

Die Originalausgabe erschien 1992
unter dem Titel »Étoile errante«
bei Éditions Gallimard

Umwelthinweis:
Alle bedruckten Materialien dieses Taschenbuches
sind chlorfrei und umweltschonend.

btb Taschenbücher erscheinen im Goldmann Verlag,
einem Unternehmen der Verlagsgruppe Bertelsmann.

1. Auflage
Genehmigte Taschenbuchausgabe März 1998

Umschlaggestaltung: Design Team München
Umschlagfoto: Artothek/Bayer & Mitko
Satz: IBV Satz- und Datentechnik GmbH, Berlin
MD · Herstellung: Augustin Wiesbeck
Made in Germany
ISBN 3-442-72259-4

DEN GEFANGENEN KINDERN

Estrella errante
Amor pasajero
Sigue tu camino
Por mares y tierras
Quebra tus cadenas

Peruanisches Lied

INHALT

Hélène

Saint-Martin-Vésubie, Sommer 1943

Sie wußte, daß der Winter vorüber war, wenn sie das Wasser hörte. Im Winter war das Dorf unter dem Schnee begraben, die Dächer der Häuser und die Weiden waren weiß. Das Eis hatte Zapfen an den Dachrändern gebildet. Dann begann die Sonne zu brennen, der Schnee schmolz, und das Wasser tropfte von allen Giebeln, von allen Dachbalken hinab, von den Ästen der Bäume, und alle Tropfen vereinigten sich und bildeten Rinnsale, die Rinnsale führten zu den Bächen, und das Wasser plätscherte fröhlich in allen Straßen des Dorfes.

Vielleicht war das Rauschen des Wassers ihre älteste Erinnerung. Sie erinnerte sich an den ersten Winter im Gebirge und an die Musik des Wassers im Frühling. Wann war das gewesen? Sie ging mit ihrem Vater und ihrer Mutter über die Dorfstraße, in der Mitte zwischen den beiden, gab ihnen die Hand. Auf der einen Seite wurde ihr Arm stärker hochgezogen, weil ihr Vater so groß war. Und ringsumher strömte das Wasser herab und machte diese Musik, dieses Zischen, dieses Pfeifen, dieses Trommeln. Jedesmal, wenn sie daran zurückdachte, hätte sie am liebsten gelacht, denn es war ein sanftes, komisches Geräusch wie eine Liebkosung. Und dann, zwischen ihrem Vater und ihrer Mutter, hatte sie gelacht, und das Wasser aus den Regenrinnen und aus dem Bach antwortete ihr, strömte hinab, plätscherte daher...

Jetzt, in der Glut des Sommers, mit dem tiefblauen Himmel, wurde ihr ganzer Körper von einem wohligen Gefühl erfüllt, das ihr fast angst machte. Sie mochte vor allem den großen Grashang, der sich oberhalb des Dorfes bis in den Himmel hinaufzog. Sie ging nicht ganz bis nach oben, weil es dort angeblich Vipern gab. Sie lief einen Augenblick am Rand des Feldes entlang, so nah, daß sie die Kühle der Erde spürte, die messerscharfen Grashalme an ihren Lippen. An manchen Stellen waren die Gräser so hoch, daß sie völlig darin verschwand. Sie war dreizehn, sie hieß Hélène Grève, aber ihr Vater nannte sie Esther.

Die Schule hatte Anfang Juni geschlossen, weil der Lehrer Seligman krank geworden war. Es gab zwar noch den alten Heinrich Ferne, der morgens unterrichtete, doch er wollte nicht allein kommen. Die soeben begonnenen Ferien würden für die Kinder lang sein. Sie wußten nicht, daß diese Ferien für viele von ihnen mit dem Tod enden würden.

Jeden Morgen verließen sie bei Tagesanbruch das Haus und kamen erst mittags eilig zurück, anschließend gingen sie wieder hinaus und liefen über die Felder oder spielten auf den Dorfgassen mit einem alten Ball, der mehrere Löcher hatte und oft mit Gummilösung geflickt worden war.

Zu Beginn des Sommers sahen die meisten Kinder aus wie Wilde, ihr Gesicht, die Arme und die Beine waren sonnengebräunt, das Haar zerzaust und voller Gräser, die Kleider zerrissen und verschmutzt. Esther liebte es, jeden Morgen mit den Kindern loszulaufen, in jener bunten Schar aus Mädchen und Jungen, aus jüdischen Kindern und Dorfkindern, lärmend, zerlumpt, Monsieur Seligmans Klasse. Mit ihnen rannte sie früh am Morgen durch die noch kühlen Gassen, dann über den großen Platz, bis die Hunde sie anbellten und die alten Leute, die in der Sonne saßen, ärgerlich brummelten. Sie liefen die Straße mit dem Bach entlang, dann querfeldein bis zum Friedhof und schließlich hinunter zum Fluß. Wenn die Sonne sehr heiß war, badeten sie in dem eiskalten Wasser des Wildbachs. Die Jungen blieben dort, und die Mädchen gingen ein Stück flußaufwärts, um sich hinter den großen Felsblöcken zu verstecken. Doch sie wußten, daß die Jungen durchs Gestrüpp hinter ihnen herschlichen, um sie heimlich zu beobachten, hörten ihr leises Lachen und versuchten kreischend, sie naß zu spritzen.

Esther, mit ihren kurzgeschnittenen, schwarzen Locken und dem gebräunten Gesicht, war die wildeste von allen, und wenn ihre Mutter sie mittags zum Essen heimkommen sah, sagte sie zu ihr: »Hélène, du siehst aus wie eine Zigeunerin!« Ihrem Vater gefiel das, er sagte dann ihren Namen auf spanisch: »Estrellita, kleiner Stern.«

Er hatte ihr zum erstenmal die großen Wiesen über dem Dorf gezeigt, oberhalb des Wildbachs. Dahinter begann die Straße ins Gebirge, der düstere Lärchenwald, aber das war eine andere Welt. Gasparini sagte, im Winter gebe es Wölfe im Wald, und wenn man nachts lausche, könne man sie in weiter Ferne heulen hören. Aber so sehr Esther auch nachts in ihrem Bett gehorcht hatte, das Geheul der Wölfe hatte sie nie gehört, vielleicht wegen des Rauschens des Baches, der unablässig in der Mitte der Straße dahinfloß.

Eines Tages, noch bevor es Sommer wurde, hatte ihr Vater sie zum Eingang des Tals mitgenommen, dort wo der Fluß zu einem blauen Rinnsal wird, das von Fels zu Fels hüpft. Auf beiden Seiten des Tals ragten die bewaldeten Berge wie Mauern in die Höhe. Ihr Vater hatte ihr die Talsohle gezeigt, das Felsenmeer der Berge, und er hatte gesagt: »Dahinten liegt Italien.« Esther versuchte zu erraten, was hinter den Bergen war. »Ist es weit bis nach Italien?« Ihr Vater hatte gesagt: »Wenn du fliegen könntest wie ein Vogel, würdest du noch heute abend da sein. Aber so mußt du lange laufen, zwei Tage vielleicht.« Sie wäre gern ein Vogel gewesen, um noch am selben Abend dort hinzukommen. Danach hatte ihr Vater nie wieder über Italien gesprochen und auch nicht darüber, was sich jenseits der Berge befand.

Die Italiener sah man nur im Dorf. Sie wohnten im Hotel Terminus, einem großen weißen Gebäude mit grünen Fensterläden, das direkt am Dorfplatz lag. Die meiste Zeit blieben sie im Hotel, im großen Speisesaal des Erdgeschosses, und unterhielten sich oder spielten Karten. Wenn das Wetter schön war, kamen sie nach draußen auf den Platz und gingen zu zweit oder zu dritt auf und ab, Polizisten und Soldaten. Die Kinder machten sich mit leiser Stimme über ihre Hüte lustig, die mit einer Hahnenfeder geschmückt waren. Wenn Esther mit anderen Mädchen an dem Hotel vorbeikam, scherzten die Karabinieri ein wenig und sprachen italienisch mit ein paar französischen Brocken. Einmal am Tag mußten sich die Juden vor dem Hotel aufstellen, um sich ihre Anwesenheit bescheinigen und ihre Lebensmittelkarten überprüfen zu lassen. Esther begleitete ihre Mutter und ihren Vater jedesmal. Sie betraten den großen düsteren Saal. Die Karabinieri hatten einen der Tische des Restaurants neben die Tür gestellt, und jeder, der den Raum betrat, nannte seinen Namen, damit der Polizist ihn auf seiner Liste abhaken konnte.

Dennoch hatte Esthers Vater nichts gegen die Italiener. Er sagte, sie seien nicht so gemein wie die Deutschen. Eines Tages hatte jemand bei einer Versammlung in der Küche in Esthers Haus die Italiener schlechtgemacht, und ihr Vater hatte zornig gesagt: »Seid still, sie haben uns das Leben gerettet, als der Präfekt Ribière den Befehl gegeben hat, uns den Deutschen auszuliefern.« Aber er sprach fast nie über den Krieg und all das, er sagte fast nie *die Juden*, weil er nicht an die Religion glaubte und weil er Kommunist war.

Als Monsieur Seligman Esther zum Religionsunterricht hatte anmelden wollen, zu dem sich die jüdischen Kinder jeden Abend in der Berghütte oberhalb des Dorfes versammelten, hatte ihr Vater seine Zustimmung verweigert. Da machten sich die anderen über sie lustig und sagten sogar: *Goi*, was soviel bedeutet wie »Heidin«. Sie sagten auch: »Kommunistin!« Esther hatte sich mit ihnen geprügelt. Aber ihr Vater gab nicht nach. Er sagte nur: »Laß sie. Sie geben bestimmt schneller auf als du.« Und tatsächlich hatten die Kinder aus Monsieur Seligmans Klasse die Sache bald vergessen, sie sagten nicht mehr »Heidin« und auch nicht mehr »Kommunistin«. Außerdem gingen auch noch andere Kinder nicht zum Religionsunterricht, wie Gasparini oder Tristan, der zur Hälfte Engländer und dessen Mutter Italienerin war, eine hübsche dunkelhaarige Frau, die große Hüte trug.

Esther mochte Monsieur Heinrich Ferne sehr gern, wegen des Klaviers. Er wohnte im Erdgeschoß einer alten, etwas verkommenen Villa unterhalb des Dorfplatzes, in der Straße, die zum Friedhof hinabführte. Es war kein schönes Haus, sondern wirkte eher düster, mit dem verwilderten Garten, der von Bärenklau überwuchert war, und den stets geschlossenen Läden im oberen Stockwerk. Wenn Monsieur Ferne nicht in der Schule unterrichtete, schloß er sich in seiner Küche ein und spielte Klavier. Es war das einzige Klavier im Dorf, und vielleicht gab es sogar in keinem der Gebirgsdörfer bis hinunter nach Nizza und Monte Carlo ein zweites. Man erzählte, daß damals, als sich die Italiener im Hotel einquartiert hatten, der Hauptmann der Karabinieri, der Mondoloni hieß und Musik liebte, das Klavier im Speisesaal hatte aufstellen wollen. Doch Monsieur Ferne hatte gesagt: »Sie können selbstverständlich das Klavier mitnehmen, schließlich sind Sie die Sieger. Aber eins sollte Ihnen klar sein, ich werde nie für Sie dort spielen.«

Er spielte für niemanden. Er lebte allein in dieser verkommenen Villa, und manchmal, wenn Esther nachmittags an dem Haus vorbeikam, hörte sie die Musik, die durch die Küchentür drang. Es war wie das Murmeln der Bäche im Frühling, ein sanftes, leises, sich verflüchtigendes Geräusch, das gleichzeitig von überallher zu kommen schien. Esther blieb auf der Straße neben dem Eisengitter stehen und lauschte. Wenn die Musik aufhörte, ging sie schnell fort, damit Monsieur Ferne sie nicht sah. Eines Tages hatte sie ihrer Mutter von dem Klavier erzählt, und ihre Mutter hatte gesagt, daß Monsieur Ferne früher, vor dem Krieg, in Wien, ein berühmter Pianist gewesen sei. Er hatte abends in Sälen Konzerte gegeben, zu denen die Damen in Abendkleidern und die Herren in schwarzen Jacketts erschienen. Als die Deutschen nach Österreich kamen, steckten sie alle Juden ins Gefängnis und nahmen die Frau von Monsieur Ferne mit, doch er hatte entkommen können. Aber seit diesem Tag wollte er für niemanden mehr Klavier spielen. Als er sich im Dorf niederließ, hatte er noch kein Klavier gehabt. Er hatte eines an der Küste kaufen können, es unter Planen versteckt auf einem kleinen Lastwagen kommen lassen und in der Küche aufgestellt.

Jetzt, da Esther das wußte, wagte sie sich kaum noch dem Eisengitter zu nähern. Sie lauschte dem Klang der Musik, dem leisen perlenden Klang, und es kam ihr vor, als ginge etwas Trauriges davon aus, das ihr Tränen in die Augen trieb.

An jenem Nachmittag war es heiß, alles im Dorf schien zu schlafen, und Esther ging zum Haus von Monsieur Ferne. Im Garten stand ein großer Maulbeerbaum. Esther kletterte auf die Mauer und hielt sich im Schatten des Maulbeerbaums am Eisengitter fest. Durch das Küchenfenster sah sie die Silhouette von Monsieur Ferne, der sich über das Klavier beugte. Die Tasten aus Elfenbein leuchteten im Halbdunkel. Die Töne perlten, zögerten, setzten wieder ein, als wäre es eine Sprache, als wüßte Monsieur Ferne nicht mehr so recht, wo er anfangen sollte. Esther blickte angestrengt ins Innere der Küche, bis ihr die Augen schmerzten. Da begann die Musik erst richtig, schallte plötzlich aus dem Klavier und erfüllte das ganze Haus, den Garten und die Straße, erfüllte alles mit ihrer Kraft, ihrer Ordnung und wurde dann wieder sanft und geheimnisvoll. Jetzt sprudelte sie hervor, strömte dahin wie das Wasser in den Bächen, drang bis in die Tiefen des Himmels, bis in die Wolken, verschmolz mit dem Licht. Sie gelangte auf alle Berge, drang vor bis zu den Quellen der beiden Wildbäche, bekam die Kraft des Flusses.

Die Hände an das verrostete Gitter geklammert, lauschte Esther dieser Sprache Monsieur Fernes. Jetzt redete er nicht mehr wie ein Lehrer. Er erzählte seltsame Geschichten, an die sie sich nicht erinnern konnte, Geschichten wie aus einem Traum. In diesen Geschichten war man frei, es war nicht Krieg, es gab keine Deutschen und keine Italiener, nichts, was Angst erwecken oder das Leben zum Stillstand bringen konnte. Und doch war es zugleich traurig, und die Musik wurde langsamer, stellte Fragen. Es gab Augenblicke, in denen alles zerriß, zersprang. Und dann Stille.

Die Musik setzte wieder ein, Esther lauschte aufmerksam auf jedes Wort, das erklang. Nichts hatte je solch eine Bedeutung gehabt, außer vielleicht, wenn ihre Mutter ein Lied sang oder ihr Vater Passagen aus ihren Lieblingsbüchern vorlas, etwa wie Mr. Pickwick in London ins Gefängnis kommt oder Nikolas Nickleby seinen Onkel trifft.

Esther stieß das eiserne Tor auf, lief durch den Garten. Lautlos betrat sie die Küche und ging bis zu dem Klavier. Sie sah zu, wie die Elfenbeintasten unter den sehnigen Fingern des alten Mannes mit großer Genauigkeit hinabgedrückt wurden, sie lauschte aufmerksam auf jedes Wort.

Plötzlich hielt Monsieur Ferne inne, und die Stille wurde drückend, bedrohlich. Esther wich langsam zurück, doch Monsieur Ferne wandte sich ihr zu. Das Licht fiel auf sein weißes Gesicht mit dem seltsamen Ziegenbart.

Er fragte: »Wie heißt du?«

»Hélène«, sagte Esther.

»Gut, komm rein.«

Als sei es selbstverständlich, als kenne er das Mädchen.

Dann begann er wieder zu spielen, ohne sich um sie zu kümmern. Sie stand neben dem Klavier, hörte ihm zu und wagte nicht zu atmen. Noch nie hatte sie Musik so schön gefunden. Das schwarze Klavier im Halbdunkel ließ alles verschwinden. Die langen Hände des alten Mannes glitten schnell über die Tasten, hielten inne, gerieten wieder in Bewegung. Ab und zu suchte Monsieur Ferne in einem Stapel Hefte, auf denen geheimnisvolle Namen standen.

Sonaten für Pianoforte
von W. A. Mozart

Czerny
Schule der Geläufigkeit

Beethoven
Sonaten, Band II, von Moszkowski

Liszt
Klavierwerke, Band IV

Bach
Englische Suiten, 4-6

Er wandte sich zu Esther um und fragte: »Möchtest du spielen?«

Esther sah ihn erstaunt an.

»Ich kann nicht spielen.«

Er zuckte die Achseln.

»Das ist unwichtig. Versuch es, sieh, was meine Finger machen.«

Er forderte sie auf, sich neben ihn auf die Bank zu setzen. Er hatte eine seltsame Art, die Finger über die Tasten gleiten zu lassen, wie ein mageres, flinkes Tier.

Esther versuchte es ihm nachzutun, und zu ihrer großen Überraschung gelang es ihr.

»Siehst du? Das ist einfach. Und jetzt die andere Hand.«

Er beobachtete Esther, er wirkte ungeduldig.

»Gut, du müßtest Unterricht bekommen, du könntest vielleicht spielen. Aber das bedeutet Arbeit. Versuch die Akkorde.«

Er half Esther, die Hände richtig auf die Tasten zu legen, spreizte ihre Finger. Er selbst hatte lange, schmale Hände, keine Greisenhände, sondern junge, starke Hände mit hervortretenden Venen. Die Akkorde erklangen wie durch einen Zauber. Vibrierten unter den Fingern des Mädchens, bis in das Herz.

Als die Klavierstunde zu Ende war, durchsuchte Monsieur Ferne fieberhaft einen Stapel Blätter, der auf dem Klavier lag. Er zog ein Blatt hervor, gab es Esther und sagte: »Du mußt lernen, Noten zu lesen. Komm wieder, wenn du das kannst.«

Seit diesem Tag ging Esther nachmittags zu ihm, sobald sie konnte. Sie stieß das eiserne Gartentor der Villa auf und trat lautlos in die Küche, während Monsieur Ferne spielte. Irgendwann, ohne den Kopf zu wenden, wußte er, daß sie da war. Er sagte: »Komm rein, setz dich.«

Esther setzte sich neben ihn auf die Bank und betrachtete die langen Hände, während sie über die Tasten glitten, als erzeugten sie die Töne. Das dauerte so lange, daß sie alles vergaß, selbst den Ort, wo sie war. Monsieur Ferne zeigte ihr, wie man die Finger über die Tasten gleiten ließ. Er hatte die Noten auf weißes Papier geschrieben, wollte, daß Esther sie gleichzeitig sang, während sie spielte. Seine Augen glänzten, sein Ziegenbart zitterte. »Du hast eine hübsche Stimme, aber ich weiß nicht, ob das Klavier das richtige für dich ist.« Wenn sie sich verspielte, wurde er wütend. »Schluß für heute, geh jetzt, laß mich in Ruhe!« Doch dann hielt er sie am Arm zurück und spielte für sie eine Sonate von Mozart, eines seiner Lieblingsstücke.

Wenn Esther auf die Straße kam, wurde sie von der Sonne und der Stille geblendet, dann brauchte sie ein paar Sekunden, ehe sie den Weg wieder fand.

Am Spätnachmittag sah Esther Monsieur Ferne oft auf dem Dorfplatz. Die Leute begrüßten ihn, doch er sprach über alles mögliche, nur nicht über Musik. Es waren die reichen Leute, die in den Chalets auf der anderen Seite des Wildbachs wohnten, inmitten von Gärten mit großen Kastanien. Esthers Vater mochte sie nicht sonderlich, aber er ließ es nicht zu, daß über sie hergezogen wurde, weil sie den Armen halfen, die aus Rußland oder Polen kamen. Monsieur Ferne grüßte alle förmlich, wechselte mit jedem ein paar Worte und kehrte dann in sein verkommenes Haus zurück.

Gegen Abend wurde der Platz belebter, die Leute strömten aus allen Straßen Saint-Martins herbei, die wohlhabenden Leute aus den Villen und die Armen, die in Hotelzimmern wohnten, die Bauern, die aus dem Krieg zurückgekehrt waren, die Frauen aus dem Dorf in Schürzen, die Mädchen, die jeweils zu dritt unter den Blicken der Karabinieri und der italienischen Soldaten auf und ab gingen, die Diamantenhändler, die Schneider und die Kürschner, die aus Nordeuropa gekommen waren. Die Kinder rannten über den Platz, vergnügten sich damit, die Mädchen zu schubsen, oder spielten hinter den Bäumen Verstecken. Esther blieb auf der kleinen Mauer sitzen, die am Platz entlangführte, und beobachtete all die Leute. Sie lauschte den Stimmen, den Rufen. Plötzlich ertönte wie Vogelgeschrei das Kreischen der Kinder.

Dann verschwand die Sonne hinter den Bergen, und milchiger Dunst hüllte das Dorf ein. Schatten legten sich über den Platz. Alles wirkte seltsam, fern. Esther dachte an ihren Vater, der durch das hohe Gras ging, irgendwo in den Bergen, auf dem Rückweg von einem Treffen. Elizabeth kam nie auf den Platz, sie wartete zu Hause und strickte irgend etwas aus ein paar Wollfäden, um ihre Unruhe zu betäuben. Esther konnte nicht begreifen, was das alles bedeutete, all diese Männer und Frauen, die so unterschiedlich waren, alle möglichen Sprachen sprachen und aus allen Teilen der Welt auf diesen Platz kamen. Sie betrachtete die alten Juden in ihren langen schwarzen Mänteln, die einheimischen Frauen in ihren Kleidern, die von der Arbeit auf den Feldern abgenutzt waren, und die Mädchen, die in hellen Kleidern um den Brunnen rannten.

Sobald das Licht verschwunden war, leerte sich der Platz allmählich. Jeder kehrte nach Hause zurück, die Stimmen verstummten eine nach der anderen. Man hörte das Gluckern des Brunnens und die Schreie der Kinder, die auf den Straßen Fangen spielten. Elizabeth kam auf den Platz. Sie nahm Esther an die Hand, und gemeinsam wanderten sie zu der kleinen dunklen Wohnung hinunter. Sie gingen im selben Rhythmus, ihre Schritte hallten im Gleichklang auf der Straße wider. Esther liebte das. Sie hielt die Hand ihrer Mutter ganz fest, es war, als wären sie beide dreizehn und hätten das ganze Leben vor sich.

Tristan erinnerte sich noch genau an die Hände seiner Mutter, die nachmittags, wenn alles ringsumher zu schlafen schien, über das schwarze Klavier glitten. Manchmal waren Gäste im Wohnzimmer, er hörte die Stimmen, das Lachen der Freundinnen seiner Mutter. Tristan wußte ihre Namen nicht mehr. Er sah nur die Bewegung der Hände auf den Tasten des Klaviers, und die Musik erklang. Das war schon sehr lange her. Er wußte nicht, wann sie ihm den Namen jenes Musikstücks genannt hatte, *Die versunkene Kathedrale,* mit dem Glockenläuten, das auf dem Meeresgrund ertönt. Das war in Cannes gewesen, in einer anderen Zeit, in einer anderen Welt. Er wollte in jenes Leben zurückkehren, wie im Traum. Die Klaviermusik wurde lauter, erfüllte das kleine Hotelzimmer, strömte durch die Gänge, drang in jedes Stockwerk. Sie hallte laut durch die Stille der Nacht. Tristan spürte, wie sein Herz im Takt der Musik klopfte, und plötzlich schreckte er mit schweißnassem Rücken aus seinem Traum hoch, richtete sich im Bett auf und horchte, um sicher zu sein, daß niemand anders die Musik gehört hatte. Er horchte auf die ruhigen Atemzüge seiner schlafenden Mutter und auf das Plätschern des Wassers, draußen vor den Fensterläden, im Brunnenbecken.

Sie wohnten im ersten Stock des Hotels Victoria, in einem

kleinen Zimmer mit Balkon, der auf den Platz hinausging. Alle Stockwerke waren von armen Familien belegt, denen die Italiener einen Aufenthaltsort zugewiesen hatten, und das Hotel war so voll, daß es am Tag wie ein Bienenhaus summte.

Als Madame O'Rourke mit dem Bus in Saint-Martin angekommen war, war Tristan ein einsamer, schüchterner zwölfjähriger Junge. Er hatte glattes, blondes Haar, einen »Topfschnitt«, und trug eigentümliche englische Kleider, graue, zu lange Flanellshorts, wollene Kniestrümpfe und merkwürdige Westen. Alles an ihm war fremdartig. In Cannes hatten sie zu dem geschlossenen Kreis der englischen Sommerfrischler gehört, der durch den Krieg noch kleiner geworden war. Der Krieg war ausgebrochen, und Tristans Vater, der als Kaufmann in Äquatorialafrika lebte, hatte sich zu den Kolonialtruppen gemeldet. Seither hatte man nichts von ihm gehört. Tristan brach den Schulbesuch ab, seine Mutter unterrichtete ihn von da an. Als sie in den Bergen ankamen, wollte Madame O'Rourke ihren Sohn daher nicht in die Schule von Monsieur Seligman schicken. Die erste Erinnerung, die Esther an ihn hatte, war diese seltsam gekleidete Gestalt, die vor der Tür des Hotels stand und zusah, wie die Kinder zur Schule gingen.

Madame O'Rourke war hübsch. Ihre langen Kleider und ihre großen Hüte paßten nicht so recht zu ihrem ernsten Gesicht und ihren leicht melancholischen Zügen. Sie sprach ein sehr reines, akzentfreies Französisch, und man sagte, sie sei eine richtige Italienerin. Man sagte, sie sei eine Spionin im Dienst der Karabinieri oder eine Verbrecherin, die sich versteckte. Vor allem die Mädchen erzählten flüsternd Geschichten über sie. Genauso sprachen sie über Rachel, die sich heimlich mit dem Hauptmann der Karabinieri traf.

Und so hatte Tristan anfangs nichts von den anderen Kindern wissen wollen. Er streifte allein durch das Dorf, ging manchmal über die Felder oder lief den Abhang zum Fluß hinunter. Wenn schon andere Kinder dort waren, ging er wieder hinauf, ohne sich umzublicken. Vielleicht hatte er Angst vor ihnen. Er wollte zeigen, daß er niemanden brauchte.

Abends sah Esther, wie er über den Platz ging und seiner Mutter förmlich den Arm reichte. Sie gingen gemeinsam unter den Platanen bis zum Ende des Platzes, dorthin, wo die Karabinieri waren. Dann gingen sie denselben Weg wieder zurück. Die Leute redeten selten mit Madame O'Rourke. Doch sie wechselte ab und zu ein paar Worte mit dem alten Heinrich Ferne, weil er Musiker war. Sie ging nie mit den anderen zum Hotel Terminus, um ihren Namen auf der Liste abhaken zu lassen. Sie war keine Jüdin.

Die Zeit verging, der Sommer kam. Inzwischen wußten alle, daß Madame O'Rourke nicht reich war. Man sagte sogar, sie habe überhaupt kein Geld mehr, weil sie zu den Diamantenhändlern gegangen war, um ihren Schmuck zu verpfänden. Man sagte, sie habe fast nichts mehr einzutauschen, nur noch ein paar Medaillons, Elfenbeinketten und billiges Zeug.

Tristan blickte seine Mutter an, als habe er sie noch nie gesehen. Er wollte sich an die Zeit in dem Haus in Cannes erinnern, an die Mimosen im Nachmittagslicht, an den Gesang der Vögel draußen, an die Stimme seiner Mutter, und immer wieder an die Hände, die *Die versunkene Kathedrale* spielten, jene Musik, die manchmal so gewaltig und manchmal so traurig war. Es war eine Landschaft, die allmählich verschwamm, sich entfernte.

Tristan hielt es im Hotelzimmer nicht mehr aus. Die Sonne hatte sein Gesicht, seine Hände verbrannt, hatte sein zu langes Haar gebleicht. Seine Kleider waren von Streifzügen durch das Buschwerk zerrissen und verschmutzt. Eines Tages hatte er sich am Ortsausgang auf der Straße mit Gasparini geschlagen, weil der Junge Esther den Hof machte. Gasparini war älter und stärker, er hatte Tristan mit einem Würgegriff am Hals gepackt, sein Gesicht war haßverzerrt, er sagte: »Sag schon, daß du ein Idiot bist! Los, sag es!« Tristan hatte bis zur Bewußtlosigkeit widerstanden. Schließlich hatte Gasparini ihn losgelassen und den anderen weisgemacht, Tristan habe es zugegeben.

Seit jenem Tag änderte sich alles. Jetzt war Sommer, die Tage waren lang geworden. Tristan ging jeden Morgen aus dem Hotel, wenn seine Mutter noch in dem engen Zimmer schlief. Er kam erst mittags zurück, hungrig, die Beine von Dornen zerkratzt. Seine Mutter sagte nichts, aber sie hatte alles erraten. Als er eines Tages hinausging, hatte sie mit seltsamer Stimme gesagt: »Weißt du, Tristan, dieses Mädchen, die ist nichts für dich.« Er war stehengeblieben und hatte gesagt: »Was, wovon sprichst du? Welches Mädchen?« Sie hatte nur wiederholt: »Die ist nichts für dich, Tristan.« Aber sie hatten nie wieder darüber gesprochen.

Morgens war Tristan auf dem Dorfplatz, wenn sich die Juden vor der Tür zum Hotel Terminus in einer Schlange aufstellten. Die Männer und Frauen warteten darauf, nacheinander hineinzugehen, um ihre Namen in das Register eintragen zu lassen und ihre Lebensmittelkarten zu erhalten.

Halb hinter den Bäumen versteckt, beobachtete Tristan, wie Esther und ihre Eltern warteten. Er schämte sich ein wenig, weil seine Mutter und er sich nicht anzustellen brauchten, sie waren nicht wie die anderen. Hier, auf dem Platz, hatte Esther ihn zum erstenmal angesehen. Es hatte in Böen geregnet. Die Frauen zogen die Tücher enger um sich, öffneten ihre großen schwarzen Schirme. Die Kinder blieben bei ihnen, ohne zu rennen, ohne zu schreien. Tristan hatte Esther im Schatten der Platanen mitten in der Warteschlange beobachtet. Ihr Kopf war unbedeckt, die Regentropfen glänzten in ihrem schwarzen Haar. Sie hatte sich bei ihrer Mutter eingehakt, und ihr Vater wirkte neben ihr sehr groß. Sie sprach nicht. Niemand sprach, nicht einmal die Karabinieri, die vor der Tür zum Restaurant standen.

Jedesmal, wenn sich die Tür öffnete, sah Tristan ein wenig von dem großen Saal, in den durch offene Fenstertüren, die zum Garten hinausgingen, Licht fiel. Die Karabinieri standen vor den Fenstern und rauchten. Einer von ihnen saß an einem Tisch, hatte ein offenes Register vor sich liegen und hakte die Namen ab. Für Tristan hatte dieser Anblick etwas Furchtbares, Geheimnisvolles, als würden die Leute, die den Saal betraten, nicht wieder herauskommen. Zum Platz hin waren die Fenster des Hotels geschlossen, die Vorhänge zugezogen. Wenn die Nacht hereinbrach, machten die Italiener die Fensterläden zu und schlossen sich im Hotel ein. Der Platz wurde dunkel, wie unbewohnt. Niemand durfte mehr hinaus.

Die Stille zog Tristan immer wieder zum Hotel. Er verließ das warme Zimmer, in dem seine Mutter leise atmete, ließ den Traum von Musik und Gärten zurück, weil er Esther inmitten der dunklen Silhouetten sehen wollte, die auf dem Platz warteten. Die Karabinieri notierten ihren Namen. Sie ging mit ihrem Vater und ihrer Mutter hinein, und der Mann mit dem Register schrieb ihren Namen in das Heft, unter die anderen Namen. Tristan wäre gern bei ihr gewesen, in der Schlange, wäre gern mit ihr an den Tisch getreten, er konnte nicht im Zimmer des Hotels Victoria schlafen, während all das geschah. Die Stille auf dem Platz war zu groß. Man hörte nur das Plätschern des Wassers im Brunnenbecken, einen Hund, der irgendwo bellte.

Dann kam Esther wieder nach draußen. Sie ging über den Platz, in einigem Abstand von ihrem Vater und ihrer Mutter. Als sie an den Bäumen vorbeikam, sah sie Tristan, und in ihren schwarzen Augen loderte eine Flamme auf, wie vor Wut oder Verachtung, eine wilde Flamme, die das Herz des Jungen unbändig klopfen ließ. Er wich zurück. Er wollte sagen, Sie sind schön, ich denke nur an Sie, ich liebe Sie. Doch die Gestalten eilten schon in Richtung der Dorfgassen.

Die Sonne stieg am Himmel auf, das Licht brannte durch die Wolken. Die Gräser auf den Feldern waren messerscharf, die Sträucher peitschten die Beine. Tristan rannte, um zu entkommen, er lief zu dem eiskalten Bach hinunter. Die Luft war voller Gerüche, Blütenstaub, Fliegen.

Es war, als hätte es nie einen Sommer vor diesem gegeben. Die Sonne versengte die Wiesen, die Steine des Wildbachs, und die Berge vor dem dunkelblauen Himmel schienen in weiter Ferne zu liegen. Esther ging oft hinunter zum Fluß, zum Talgrund, dorthin, wo die beiden Wildbäche zusammenflossen. An dieser Stelle wurde das Tal sehr breit. Der Kreis der Berge schien noch ferner zu sein. Morgens war die Luft klar und kalt, der Himmel völlig blau. Nachmittags tauchten dann über den Gipfeln im Norden und Osten Wolken auf, die zu blendenden Türmen anschwollen. Das Licht flirrte über dem Wasser des Flusses. Das Flirren war überall, wenn man den Kopf wandte, verschmolz es mit dem Rauschen des Wassers und dem Zirpen der Heuschrecken.

Eines Tages war Gasparini mit Esther bis zum Fluß gegangen. Als die Sonne mitten am Himmel stand, begann Esther den Hang hinaufzusteigen, um nach Hause zurückzukehren, und Gasparini hatte sie an die Hand genommen und gesagt: »Komm, wir gehen zu meinem Vetter, er mäht unten in Roquebillière.« Esther zögerte. Gasparini sagte: »Das ist nicht weit, das ist gleich hier unten, wir fahren mit dem Fuhrwerk meines Großvaters hin.« Esther hatte schon früher bei der Ernte zugesehen, mit ihrem Vater, aber sie war sich nicht sicher, ob sie noch wußte, wie Weizen aussah.

Schließlich war sie auf das Fuhrwerk gestiegen. Dort saßen Frauen mit Kopftüchern, Kinder. Großvater Gasparini lenkte das Pferd. Das Fuhrwerk folgte den Serpentinen hinab ins Tal. Kein Haus war mehr zu sehen, nur noch der Fluß, der in der Sonne glitzerte, und die Wiesen. Der Weg war holprig, das Fuhrwerk rumpelte, und das brachte die Frauen zum Lachen. Kurz vor Roquebillière öffnete sich das Tal. Bevor Esther irgend etwas sehen konnte, hörte sie schon Geschrei, Frauenstimmen, schrilles Gelächter, das im warmen Wind herüberwehte, und ein dumpfes, regelmäßiges Geräusch wie das Rauschen des Regens. »Wir sind da, dort hinten sind die Weizenfelder«, hatte Gasparini gesagt. Der Weg mündete in die Straße, und plötzlich sah Esther all diese Menschen bei der Arbeit. Es waren viele Leute da, abgestellte Pferdefuhrwerke, die Pferde grasten vor den Böschungen, Kinder spielten am Straßenrand. Neben den Fuhrwerken waren ältere Männer damit beschäftigt, den Weizen mit Holzforken aufzuladen. Der größte Teil der Felder war schon gemäht, Frauen mit Kopftüchern beugten sich über die Garben und banden sie zusammen, ehe sie sie auf die Straße neben die Fuhrwerke schoben. In der Nähe der Frauen spielten Babys und kleine Kinder mit den Ähren, die auf die Erde gefallen waren. Die Größeren lasen auf dem Feld Ähren auf und stopften sie in Jutesäcke.

Die jungen Männer arbeiteten hinten auf dem Feld. Sie gingen nebeneinander her, im Abstand weniger Schritte, in einer Reihe wie Soldaten, und arbeiteten sich mit schwingender Sense langsam durch den Weizen vor. Diese Männer hatte Esther aus der Ferne gehört, als sie angekommen war. Mit mechanischer Regelmäßigkeit hoben sich die Sensen nach hinten, die langen Sensenblätter blitzten in der Sonne auf, verharrten einen Augenblick reglos und sausten dann mit einem Schlag knirschend wieder in die Weizenhalme, während den

Männern aus Kehle und Brust ein dumpfer Laut entfuhr, ein keuchendes Haa, das im Tal widerhallte.

Esther hatte sich hinter den Fuhrwerken versteckt, weil sie nicht gesehen werden wollte, doch Gasparini zog sie an der Hand hinter sich her und zwang sie, mitten über das Feld zu gehen. Die Stoppeln waren hart und scharf, sie durchbohrten die geflochtenen Sohlen ihrer Leinenschuhe, schürften ihr die Knöchel auf. Vor allem war da ein Geruch, den Esther noch nie zuvor gespürt hatte, und vielleicht war er daran schuld, daß sie anfangs Angst gehabt hatte. Ein herber Geruch nach Staub und Schweiß, ein Geruch nach Mensch und Pflanze zugleich. Die Sonne blendete, brannte auf den Lidern, dem Gesicht, den Händen. Ringsumher auf dem Feld waren arm gekleidete Frauen und Kinder, die Esther noch nie zuvor gesehen hatte. Mit geradezu fieberhafter Eile lasen sie die Ähren auf, die aus den Garben gefallen waren, und steckten sie in ihre Leinensäcke. »Das sind Italiener«, sagte Gasparini mit einem herablassenden Unterton. »Bei ihnen gibt es keinen Weizen, deshalb kommen sie her, um Ähren zu lesen.« Esther betrachtete neugierig die zerlumpten jungen Frauen, ihre Gesichter, die unter verblichenen Tüchern fast versteckt waren. »Wo kommen sie her?« Gasparini zeigte auf die Berge, hinten im Tal. »Sie kommen aus Valdieri, aus Santa Anna (er sagte Santanna), sie sind zu Fuß durch das Gebirge gekommen, weil sie zu Hause Hunger leiden.« Esther war erstaunt, sie hatte sich nie vorgestellt, daß Italiener so wie diese Frauen und diese Kinder wären. Doch Gasparini zog das Mädchen hinter sich her zu den Schnittern. »Siehst du den da? Das ist mein Vetter.« Ein junger Mann im Unterhemd, das Gesicht und die Arme von der Sonne gerötet, hatte aufgehört, die Sense zu schwingen. »Na? Stellst du mir deine Verlobte vor?« Er hatte laut gelacht, und auch die anderen Männer hatten aufgehört, um die beiden anzustarren. Gasparini zuckte die Achseln. Er ging mit Esther zum anderen Ende des Feldes, wo sie sich auf eine Böschung setzten. Von dort aus hörte man nur das Pfeifen der Sensen im Getreide und das heisere Keuchen der Männer: Haa! Haa! Gasparini sagte: »Mein Vater sagt, die Italiener verlieren den Krieg, weil sie zu Hause nichts mehr zu essen haben.« Esther entgegnete: »Vielleicht lassen sie sich dann hier nieder.« Gasparini antwortete ohne zu zögern: »Das lassen wir nicht zu. Dann verjagen wir sie. Außerdem gewinnen die Engländer und die Amerikaner den Krieg. Mein Vater sagt, daß die Deutschen und die Italiener bald besiegt sind.« Er senkte dennoch ein wenig die Stimme: »Mein Vater ist im Maquis. Und deiner?« Esther dachte nach. Sie wußte nicht recht, was sie antworten sollte. Sie sagte dasselbe wie er: »Mein Vater ist auch im Maquis.« Gasparini fragte: »Was macht er da?« Esther sagte: »Er hilft den Juden, die das Gebirge überqueren, er hilft ihnen, sich zu verstecken.« Gasparini sah etwas verärgert aus: »Das ist nicht das gleiche. Dem Maquis helfen ist ganz was anderes.« Esther bereute es bereits, daß sie darüber gesprochen hatte. Ihr Vater und ihre Mutter hatten ihr gesagt, daß sie nie über den Krieg sprechen solle, mit niemandem, und auch nicht über die Leute, die zu ihnen kamen. Sie hatten gesagt, daß die italienischen Soldaten denen Geld gaben, die andere denunzierten. Und wenn Gasparini das alles Hauptmann Mondoloni wiedererzählte?

Eine ganze Weile blieben beide still, kauten auf den Weizenkörnern, die sie einzeln aus ihren durchsichtigen Hüllen lösten. Schließlich sagte er: »Was macht dein Vater? Ich meine, was hat er vor dem Krieg gemacht?« Esther erwiderte: »Er war Lehrer.« Gasparini schien das zu interessieren: »Was für Fächer?« Esther: »Geschichtslehrer am Gymnasium. Geschichte und Erdkunde.« Gasparini sagte nichts mehr. Er blickte mit verschlossenem Gesicht geradeaus. Esther dachte daran, wie er eben, als sie den Ähren lesenden Kindern zugeschaut hatten, gesagt hatte: »Sie leiden zu Hause Hunger.« Später sagte Gasparini: »Mein Vater hat ein Gewehr, er hat es immer noch, es ist bei uns in der Scheune versteckt. Wenn du willst, zeige ich es dir eines Tages.« Esther und er blieben noch eine Weile, ohne etwas zu sagen, und lauschten dem Geräusch der Sensen und dem Atem der Männer. Die Sonne stand unbeweglich hoch am Himmel, man sah keine Schatten auf der Erde. Zwischen den scharfen Stoppeln liefen große schwarze Ameisen umher, hielten inne, liefen weiter. Auch sie suchten nach Weizenkörnern, die aus den Garben gefallen waren.

»Ist es wahr, daß du Jüdin bist?« fragte Gasparini. Esther blickte ihn an, als verstände sie nicht. »Sag, ist es wahr? Bist du Jüdin?« wiederholte der Junge. Sein Gesicht drückte auf einmal eine solche Angst aus, daß Esther ganz schnell wütend antwortete: »Ich? Nein, nein!« Gasparinis Gesicht entspannte sich nicht. Er sagte jetzt: »Mein Vater hat gesagt, wenn die Deutschen kommen, bringen sie alle Juden um.« Plötzlich spürte Esther, wie ihr Herz schneller klopfte, mit schmerzhaften Schlägen, und wie das Blut die Halsvenen anschwellen ließ und an den Schläfen und in den Ohren pochte. Ohne zu wissen, warum, hatte sie die Augen voller Tränen. Das kam davon, daß sie gelogen hatte. Sie hörte die eindringliche Stimme des Jungen und ihre eigene Stimme, die hallend wiederholte: »Ich? Nein, nein!« Die Angst oder der Schmerz ließen ihre Augen überlaufen. Der Himmel über den Feldern war schwarzblau, das Licht glänzte auf den Sensen, auf den Felsen der Berge. Die Sonne brannte durch Esthers Kleid hindurch, auf Rücken und Schultern. Weiter hinten, mitten auf dem Feld, durchwühlten die zerlumpten Frauen und Kinder, unermüdlichen Ameisen gleich, gierig die Stoppeln, und ihre wunden Finger bluteten.

Plötzlich sprang Esther auf, ohne etwas zu sagen, und ging davon, zunächst ohne Hast, die scharfen Stoppeln durchbohrten ihre Leinenschuhe. Hinter ihr ertönte die ein wenig heisere Stimme des Jungen, der schrie: »Hélène! Hélène, warte auf mich! Wo gehst du hin?« Als sie auf die Straße kam, dort wo die Fuhrwerke darauf warteten, mit Garben beladen zu werden, begann sie, so schnell sie konnte, in Richtung des Dorfes zu rennen. Sie rannte, ohne sich umzublicken, ohne eine Sekunde zu verlieren, und stellte sich vor, ein wütender Hund sei hinter ihr her, um noch schneller rennen zu können. Die kühle Luft des Tals hüllte sie ein, nach der Hitze der Weizenfelder war das wie Wasser.

Sie war gerannt, bis es ihr weh tat und sie nicht mehr atmen konnte. Dann hatte sie sich an den Straßenrand gesetzt, und die Stille war erschreckend. Ein Lastwagen der Karabinieri hatte sich in einer blauen Rauchwolke genähert. Die Italiener ließen sie hinten auf die Ladefläche klettern, und kurz darauf stieg Esther auf dem Dorfplatz ab. Sie erzählte ihrer Mutter nicht, was unten, wo die Ernte eingebracht wurde, geschehen war. Noch lange hatte sie den herben Geschmack der Weizenkörner im Mund.

Die Italiener hatten doch noch Monsieur Fernes Klavier abgeholt, eines Morgens zu früher Stunde, im Regen. Die Nachricht verbreitete sich, ohne daß man wußte, wie. Alle Kinder aus dem Dorf waren da, auch ein paar alte Frauen in Schürzen, und Juden, die wegen des Regens ihren Winterkaftan angezogen hatten. Und da wurde das schwarz glänzende, große, magische Möbelstück mit den kupfernen Kerzenhaltern in Form von Teufeln langsam die Straße hinaufgebracht, vier italienische Soldaten in Uniform trugen es. Esther sah zu, wie dieser seltsame Zug vorbeikam, dieses Klavier, das schaukelte und schwankte wie ein riesiger Sarg, während sich bei jedem Stoß die schwarzen Federn an den Hüten hin und her bewegten. Die Soldaten mußten mehrmals haltmachen, um Atem zu holen, und jedesmal wenn sie das Klavier auf das Pflaster stellten, erklangen die Saiten in einem langen Vibrato, das einer Klage glich.

An jenem Tag hatte Esther zum erstenmal mit Rachel gesprochen. In großem Abstand war sie dem Zug gefolgt, und dann hatte sie Monsieur Fernes Silhouette gesehen, der ebenfalls im Regen die Straße hinaufkam. Esther hatte sich in einem Hauseingang versteckt, um zu warten, und Rachel war neben ihr stehen geblieben. Wassertropfen benetzten Rachels schönes rotes Haar, rannten ihr wie Tränen über das Gesicht. Vielleicht hatte Esther deswegen Lust, ihre Freundin zu sein. Aber das Klavier war schon am oberen Ende der Straße auf dem Weg zum Hotel Terminus verschwunden. Monsieur Ferne war an ihnen vorbeigegangen, ohne die beiden zu sehen, sein weißes Gesicht war seltsam verzerrt, vor Angst oder wegen des Regens. Sein grauer Spitzbart bewegte sich hin und her, als halte Monsieur Ferne Selbstgespräche, vielleicht verwünschte er die italienischen Soldaten in seiner Sprache. Es war zugleich komisch und traurig, und Esther spürte, wie sich ihr die Kehle zuschnürte, weil sie plötzlich begriff, was Krieg bedeutete. Im Krieg konnten Männer, Polizisten und Soldaten mit seltsamen Federhüten es wagen, Monsieur Ferne sein Klavier wegzunehmen und es in den Speisesaal des Hotels Terminus zu bringen. Dabei war Monsieur Ferne dieses Klavier wichtiger als alles andere auf der Welt, es war alles, was er im Leben noch hatte.

Dann ging Rachel die Straße hinauf zum Platz, und Esther begleitete sie. Als sie auf den Platz kamen, suchten sie unter einer Platane Zuflucht und sahen zu, wie der Regen fiel. Wenn Rachel sprach, bildete sich eine kleine Nebelwolke vor ihren Lippen. Trotz Monsieur Fernes Klavier freute sich Esther, daß sie dort war, denn sie hatte schon seit langem mit Rachel sprechen wollen, es aber nicht gewagt. Esther mochte Rachels rotes langes Haar, das ihr auf die Schultern fiel. Es schockierte viele Leute im Dorf, die einheimischen Frauen und auch die frommen Juden, daß Rachel nicht mehr zu den religiösen Festen ging und oft vor dem Hotel mit den italienischen Karabinieri sprach. Aber sie war so schön, daß Esther sich nichts daraus machte, daß Rachel sich nicht wie die anderen benahm. Oft war Esther, wenn sie Einkäufe machte oder nachmittags mit ihrem Vater und ihrer Mutter auf dem Platz spazierenging, Rachel durch die Straßen des Dorfes gefolgt, ohne daß diese es gemerkt hatte. Die Leute erzählten alles mögliche über sie, die Jungen sagten, daß sie trotz der Ausgangssperre nachts rausgehe und daß sie splitternackt im Fluß bade. Die Mädchen erzählten Dinge, die weniger aufregend, aber gehässiger waren. Sie sagten, daß Rachel sich mit Hauptmann Mondoloni treffe, ihn im Hotel Terminus besuche und mit ihm im Panzerwagen durch die Gegend fahre. Sobald der Krieg zu Ende wäre und die Italiener besiegt wären, würde man ihr das schöne Haar abschneiden und sie erschießen, wie alle Agenten der Gestapo und der italienischen Armee. Esther wußte genau, daß die Mädchen das erzählten, weil sie eifersüchtig waren.

An jenem Tag blieben Esther und Rachel eine ganze Weile zusammen, unterhielten sich und sahen dem Regen zu, der in die Pfützen prasselte. Als es aufhörte zu regnen, kamen die Leute wie an jedem Morgen auf den Platz, einheimische Frauen in Schürzen und Holzschuhen, Jüdinnen in Mänteln und mit Kopftüchern und alte Männer in langen schwarzen Kaftanen und mit Hüten. Auch die Kinder begannen herumzurennen, die meisten waren zerlumpt und barfuß.

Dann zeigte Rachel auf Monsieur Ferne. Auch er war auf dem Platz, er hatte sich hinter dem Brunnen versteckt. Er blickte zum Hotel hinüber, als hoffe er, sein Klavier sehen zu können. Seine hagere Gestalt, die von einem Baum zum anderen schlich, den Hals reckte, um einen Blick ins Innere des Hotels zu werfen, während die Karabinieri vor der Tür rauchten, all das hatte etwas Lächerliches und zugleich Mitleiderregendes, das Esther beschämte. Plötzlich hatte sie genug. Sie nahm Rachel an die Hand, zog sie zur Straße, und dann gingen sie bis zur Landstraße oberhalb des Flusses. Sie liefen auf der noch vom Regen glänzenden Straße nebeneinander her, ohne ein Wort zu sagen, bis sie an die Brücke kamen. Weiter unten trafen die beiden Wildbäche strudelnd aufeinander. Ein Pfad führte zum Zusammenfluß hinab, wo ein schmaler Kieselstrand war. Das Rauschen der Bäche war ohrenbetäubend, aber Esther fand das gut. An dieser Stelle gab es nichts anderes mehr auf der Welt, und man konnte sich nicht unterhalten. Die Wolken rissen auf, die Sonne glänzte auf den Steinen, ließ das schnell fließende Wasser glitzern.

Esther und Rachel blieben lange auf den nassen Steinen sitzen und sahen auf das strudelnde Wasser. Rachel holte Zigaretten hervor, ein seltsames Päckchen mit englischer Beschriftung. Sie begann zu rauchen, und beißend süßer Zigarettenrauch umgab sie, zog die Wespen an. Irgendwann reichte sie Esther die Zigarette, um sie probieren zu lassen, doch Esther mußte von dem Rauch husten, und Rachel fing an zu lachen.

Anschließend gingen sie die Böschung wieder hinauf, weil ihnen kalt war, und setzten sich auf die kleine Mauer in der Sonne. Rachel begann mit seltsam harter, fast gehässiger Stimme von ihren Eltern zu erzählen. Sie mochte sie nicht, weil sie ständig Angst hatten, weil sie aus ihrer Heimat in Polen geflohen waren und sich in Frankreich versteckt hatten. Sie sprach nicht über die Italiener, auch nicht über Mondoloni, aber plötzlich wühlte sie in der Tasche ihres Kleids und hielt einen Ring in der offenen Hand.

»Sieh mal, den habe ich geschenkt bekommen.«

Es war ein sehr schöner, alter Ring mit einem dunkelblauen Stein, der inmitten von anderen, ganz weißen kleinen Steinen leuchtete.

»Das ist ein Saphir«, sagte Rachel. »Und die kleinen Steine rundherum sind Diamanten.«

Esther hatte noch nie so etwas gesehen.

»Schön, nicht?«

»Ja«, sagte Esther. Aber sie mochte diesen dunklen Stein nicht. Er hatte einen seltsamen Glanz, der ein wenig Angst machte. Esther dachte, das ist wie der Krieg, wie das Klavier, das die Karabinieri aus Monsieur Fernes Haus abgeholt hatten. Sie sagte nichts, aber Rachel hatte verstanden und steckte den Ring sofort wieder in die Tasche.

»Was machst du, wenn der Krieg zu Ende ist?« fragte Rachel. Und bevor Esther Zeit hatte, nachzudenken, fuhr Rachel fort: »Ich weiß, was ich tun möchte. Ich möchte Musik machen wie Monsieur Ferne, Klavier spielen, singen. In die Großstädte fahren, nach Wien, nach Paris, nach Berlin, nach Amerika, überallhin.«

Sie zündete sich eine weitere Zigarette an, und während sie erzählte, betrachtete Esther ihr Profil, das von einem leuchtend roten Haarkranz umgeben war, betrachtete ihre Arme, ihre Hände mit den langen Nägeln. Esther spürte, wie sich ihr vielleicht vom Zigarettenrauch, vielleicht von der Sonne, alles ein wenig vor den Augen drehte. Rachel sprach von den Abenden in Paris, in Warschau, in Rom, als hätte sie das alles wirklich erlebt. Als Esther über Monsieur Fernes Musik sprach, wurde Rachel plötzlich wütend. Sie sagte, er sei ein alter Dummkopf, ein Hungerleider, mit seinem Klavier in der Küche. Esther widersprach nicht, um Rachels Anblick nicht zu zerstören, ihr feines Profil und den Kranz aus roten Haaren, um möglichst lange neben ihr sitzen bleiben und den Geruch ihrer Zigarette spüren zu können. Aber es war traurig, Rachel so reden zu hören und an Monsieur Fernes Klavier zu denken, das ganz allein im großen verräucherten Saal des Hotels Terminus stand, während die Karabinieri tranken und Karten spielten. Das erinnerte an den Krieg, an den Tod und an das Bild, das Esther immer wieder in den Sinn kam: ihr Vater, der über die großen Wiesen ging, weit weg vom Dorf, und der verschwand, als würde er nie zurückkommen.

Als Rachel ihre englische Zigarette aufgeraucht hatte, warf sie die Kippe ins Tal hinunter, stand auf und klopfte sich das Kleid ab. Wortlos gingen sie gemeinsam ins Dorf zurück, wo die Schornsteine für das Mittagessen rauchten.

Es war bereits August. Jeden Abend zogen jetzt am Himmel große, weiße oder graue Wolken herauf, die sich zu bizarren Gebilden auftürmten. Seit mehreren Tagen verließ Esthers Vater frühmorgens in einem grauen Flanellanzug und mit einer kleinen Schultasche das Haus, es war dieselbe Tasche, die er damals in Nizza benutzt hatte, wenn er zum Gymnasium ging, um Geschichte und Erdkunde zu unterrichten. Esther beobachtete ängstlich sein gespanntes, düsteres Gesicht. Er öffnete die Wohnungstür und drehte sich auf den Stufen um, die zu der noch dunklen Gasse hinaufführten, um seiner Tochter einen Kuß zugeben. Esther fragte ihn eines Tages: »Wohin gehst du?« Er antwortete fast barsch: »Ich bin mit ein paar Leuten verabredet.« Dann fügte er hinzu: »Stell mir keine Fragen, Estrellita. Darüber darfst du nie sprechen, niemals, verstehst du?« Esther wußte, daß er den Juden half, das Gebirge zu überqueren, aber sie stellte keine Fragen. Deshalb kam ihr der Sommer so erschreckend vor, trotz des schönen blauen Himmels, trotz der unendlich weiten Wiesen, trotz des Zirpens der Zikaden und der über die Felsen rauschenden Wildbäche. Esther hielt es keine Minute länger in der Wohnung aus. Auf dem Gesicht ihrer Mutter spiegelte sich Esthers eigene Unruhe, das Schweigen, die Last des Wartens. Sobald sie daher ihre Schale heißer Milch zum Frühstück getrunken hatte, öffnete sie die Wohnungstür und ging die Treppe hinauf zur Straße. Sie war draußen, als sie die Stimme ihrer Mutter hörte, die sagte: »Hélène? Gehst du schon raus?« Ihre Mutter nannte sie nie Esther, wenn man es draußen hören konnte. Eines Abends, als Esther schon im dunklen Zimmer im Bett lag, hatte sie gehört, wie ihre Mutter sich beklagte, daß Esther den ganzen Tag lang herumstreifte, doch der Vater hatte nur geantwortet: »Laß sie, es sind vielleicht die letzten Tage...« Seitdem waren ihr diese Worte nicht aus dem Kopf gegangen: die letzten Tage... Sie zogen Esther unwiderstehlich nach draußen. Sie machten den Himmel so blau, die Sonne so strahlend, die Berge und die Wiesen so verführerisch, so verlockend. Seit dem Morgengrauen spähte Esther nach dem Licht aus, das durch die Spalten neben der Pappe drang, mit der das Kellerfenster verklebt war, sie wartete auf das Piepsen der Vögel, die sie bald rufen, auf das Schilpen der Spatzen, auf die schrillen Schreie der Mauersegler, die sie nach draußen locken würden. Wenn sie endlich die Tür öffnen konnte und die frische Luft der Straße einatmete, auf der der eiskalte Bach mitten über das Pflaster rann, empfand sie ein außerordentliches Gefühl von Freiheit, von grenzenlosem Glück. Nun konnte sie bis zu den letzten Häusern des Dorfes gehen, das ganze Tal überblicken, das im Morgendunst noch riesig wirkte, und die Worte ihres Vaters verloren an Gewicht. Dann rannte sie über die große Wiese oberhalb des Flusses, ohne sich vor den Vipern in acht zu nehmen, und kam an die Stelle, wo der Weg ins Hochgebirge begann. Von dort aus brach ihr Vater jeden Morgen ins Unbekannte auf. Vom Morgenlicht geblendet, versuchte sie, die höchsten Gipfel auszumachen, den Lärchenwald, die Felsentäler, die gefährlichen Schluchten. Unten aus dem Tal hörte sie die Stimmen der Kinder im Fluß. Sie standen bis zu den Oberschenkeln im kalten Wasser und vergnügten sich damit, die sandigen Vertiefungen des Wildbachs nach Flußkrebsen abzusuchen. Esther hörte deutlich das Lachen der Mädchen, ihre schrillen Schreie: »Maryse! Maryse! ...« Sie ging weiter über die Wiese, bis die Stimmen und das Lachen leiser wurden, verstummten. Auf der anderen Seite des Tals erhob sich die dunkle Bergwand, lagen rote Geröllhalden voller Dornensträucher. Auf der Wiese brannte schon die Sonne, und Esther spürte, wie ihr der Schweiß über das Gesicht, über die Arme lief. Ein Stück weiter, im Schutz mehrerer Felsblöcke, war der Wind nicht mehr zu spüren, kein Hauch, kein Laut. Diese Stille suchte Esther. Wenn kein einziges menschliches Geräusch mehr zu hören war, nur noch das schrille Zirpen der Insekten, und ab und zu der kurze Triller einer Lerche und das Zittern der Gräser, dann fühlte Esther sich wohl. Sie lauschte ihrem Herzen, das mit kräftigen Schlägen langsam klopfte, sie lauschte sogar dem Geräusch der Luft, die aus ihrer Nase strömte. Sie wußte nicht, warum sie diese Stille suchte. Es war einfach gut, es war nötig. Und dann ließ die Angst allmählich nach. Das Sonnenlicht, der Himmel, an dem sich die Wolken auftürmten, und die großen Wiesen, über denen Fliegen und Bienen im Licht schwebten, die dunklen Wände der Berge und Wälder, all das würde weiterbestehen, immer und ewig. Es war noch nicht der letzte Tag, das wußte sie dann, all das würde noch bleiben, noch weitergehen, niemand konnte dem ein Ende machen.

Eines Tages hatte Esther diesen Ort, dieses Geheimnis, jemandem zeigen wollen. Sie hatte Gasparini durch das hohe Gras zu den Felsblöcken geführt. Zum Glück hatte Gasparini nicht über die Vipern gesprochen, vielleicht, um zu zeigen, daß er keine Angst hatte. Doch als sie bei den Geröllhalden angekommen waren, hatte Gasparini sehr schnell gesagt: »Es gefällt mir hier nicht, ich gehe wieder runter.« Und er lief ganz schnell hinab. Doch Esther war nicht böse. Sie war nur erstaunt, als sie begriff, warum der Junge so schnell davongelaufen war. Er brauchte nicht die Gewißheit, daß das alles bestehen blieb, daß das alles Tag für Tag weitergehen mußte, jahrelang, jahrhundertelang, und daß niemand dem ein Ende machen konnte.

Nicht die Wiesen mit den Vipern flößten Esther Angst ein, sie fürchtete sich vor der Erntezeit. Die Weizenfelder waren wie Bäume, die die Blätter verlieren. Einmal war Esther auf die Felder unten im Tal in der Nähe von Roquebillière zurückgekehrt, wo sie mit Gasparini bei der Ernte zugesehen hatte.

Inzwischen waren die Felder fast völlig gemäht. Die lange Reihe von Männern mit ihren großen, blitzenden Sensenblättern hatte sich aufgelöst, jetzt waren nur noch ein paar verstreute Gruppen da. Sie mähten oben auf den Feldern, am Hang des Hügels, auf den schmalen Terrassen. Die Kinder banden die letzten Garben. Die notleidenden Frauen und Kinder irrten über das Stoppelfeld, doch ihre Säcke blieben leer.

Esther saß auf der Böschung und blickte auf die kahlen Felder. Sie begriff nicht, warum sie so traurig war, so wütend, der Himmel war doch so blau, und die Sonne brannte über den Stoppeln. Gasparini kam und setzte sich neben sie. Sie unterhielten sich nicht. Sie sahen den Schnittern bei der Arbeit auf den Terrassen zu. Gasparini hatte eine Handvoll Ähren, und die beiden kauten auf den Weizenkörnern und genossen lange deren bittere Süße. Gasparini sprach nun nie mehr über den Krieg und auch nicht über die Juden. Er wirkte angespannt, unruhig. Der Junge war fünfzehn oder sechzehn, aber er war schon breitschultrig und stark wie ein Mann, auch wenn er oft errötete wie ein Mädchen. Esther hatte das Gefühl, ganz anders zu sein als er, aber sie mochte ihn trotzdem gern. Wenn seine Kameraden auf der Straße an den Feldern vorbeikamen, machten sie sich laut über ihn lustig, und er sah sie wütend an, richtete sich halb auf, als wollte er sich mit ihnen prügeln.

Eines Tages kam Gasparini frühmorgens zu Esther nach Hause, um sie abzuholen. Er ging die kleine Treppe von der Straße hinunter und klopfte an die Tür. Esthers Mutter öffnete ihm. Sie sah ihn einen Augenblick verständnislos an, dann erkannte sie ihn und bat ihn, in die Küche zu kommen. Es war das erstemal, daß er zu Esther nach Hause kam. Er sah sich um, betrachtete den schmalen, düsteren Raum, den Holztisch und die Bänke, den gußeisernen Herd, die Töpfe, die in einer Reihe auf dem Regal standen. Esther hätte fast laut gelacht, als sie ihn so verlegen vor dem Tisch stehen sah, den Blick starr auf das Wachstuch gerichtet. Ab und zu verscheuchte er mit dem Handrücken die Fliegen.

Elizabeth holte die Flasche mit Kirschsaft, den sie im Frühjahr zubereitet hatte. Gasparini trank ein Glas Saft, dann zog er das Taschentuch hervor, um sich den Mund abzuwischen. Das Schweigen in der Küche ließ die Zeit noch länger erscheinen. Schließlich faßte er sich ein Herz und sagte mit etwas heiserer Stimme: »Ich wollte Sie bitten, mir zu erlauben, Hélène am Freitag zum Fest in die Kirche mitzunehmen.« Hilfesuchend blickte er dabei Esther an, die vor ihm stand. »Was für ein Fest?« fragte Elizabeth. »Freitag ist das Fest der Madonna«, erklärte Gasparini. »Die Madonna muß in die Berge zurückgebracht werden, sie verläßt die Kirche.« Elizabeth wandte sich zu ihrer Tochter um: »Nun? Das mußt du am besten selbst entscheiden, oder?« Esther sagte ernst: »Wenn meine Eltern einverstanden sind, komme ich.« Elizabeth sagte: »Ich erlaube es dir, aber du mußt auch deinen Vater fragen.«

Die Zeremonie fand wie vorgesehen am Freitag statt. Die Karabinieri hatten die Genehmigung erteilt, und schon früh am Morgen fanden sich nach und nach die Leute auf dem kleinen Platz vor der Kirche ein. Die Kinder zündeten in der Kirche Kerzen an und hängten Blumensträuße auf. Es waren vor allem Frauen und alte Männer da, weil die meisten Männer in Gefangenschaft und nicht aus dem Krieg zurückgekommen waren. Aber die Mädchen kamen in ausgeschnittenen Sommerkleidern, mit nackten Beinen und Leinenschuhen, hatten sich lediglich ein großes Tuch über das Haar geworfen. Gasparini kam, um Esther abzuholen. Er trug einen hellgrauen Anzug mit Knickerbockers, den Anzug, der seinem älteren Bruder gehörte und den dieser nur am Tag seiner Erstkommunion getragen hatte. Er hatte zum erstenmal eine Krawatte aus weinrotem Stoff umgebunden. Esthers Mutter hatte ein wenig spöttisch gelächelt, als sie den jungen Bauern im Sonntagsstaat sah, aber Esther warf ihr einen vorwurfsvollen Blick zu. Esthers Vater schüttelte Gasparini die Hand und sagte ein paar freundliche Worte. Gasparini war von der hohen Statur des Mannes sehr beeindruckt, und auch davon, daß er Lehrer war. Als Esther ihren Vater um Erlaubnis gebeten hatte, hatte dieser ohne zu zögern gesagt: »Ja, es ist wichtig, daß du zu diesem Fest gehst.« Und er hatte das mit solchem Ernst gesagt, daß Esther stutzig geworden war.

Als sie jetzt die überfüllte Kirche sah, begriff sie, warum es so wichtig war. Die Leute waren von überall her gekommen, selbst aus den einsamen Berghöfen, aus den Schäfereien von Le Borèon oder aus Mollières. Auf dem großen Platz vor dem Hotel Terminus, über dem die italienische Flagge wehte, sahen die Karabinieri und die Soldaten zu, wie die Menge vorbeiströmte.

Gegen zehn Uhr begann die Messe. Der Priester, gefolgt von einem Teil der Menschen, betrat die Kirche. In der Mitte gingen drei Männer in dunkelblauen Anzügen. Gasparini flüsterte Esther ins Ohr: »Sieh mal, da ist mein Vetter.« Esther erkannte den jungen Mann wieder, der auf dem Kornfeld in der Nähe von Roquebillière gemäht hatte. »Wenn der Krieg zu Ende ist, bringt er die Madonna hinauf in die Berge.« Die Kirche war bis auf den letzten Platz besetzt, und die Kinder konnten nicht mehr hinein. Sie blieben auf dem Vorplatz der Kirche in der Sonne und warteten. Als die Glocke zu läuten begann, gab es eine Bewegung in der Menge, und die drei Männer, die die Madonna trugen, tauchten auf. Esther sah die Madonnenfigur zum erstenmal, eine kleine Frau mit wachsfarbenem Gesicht, die ein Baby, das den seltsamen Blick eines Erwachsenen hatte, in den Armen hielt. Die Madonna war in einen großen Mantel aus blauem Satin gehüllt, der in der Sonne glänzte. Auch ihr Haar glänzte, es war schwarz und dicht wie Roßhaar. Die Menge teilte sich, um die Statue durchzulassen, die über den Köpfen der Menschen schwankte, dann kehrten die drei Männer in die Kirche zurück. Durch das Stimmengewirr hörte man den Refrain des Ave-Maria. »Wenn der Krieg zu Ende ist, geht mein Vetter mit den anderen hinauf ins Gebirge und bringt die Madonna zur Wallfahrtskapelle.« Gasparini wiederholte diese Worte geradezu ungeduldig. Als die Messe zu Ende war, gingen alle auf den Platz. Esther stellte sich auf die Zehenspitzen, um die italienischen Soldaten sehen zu können. Ihre grauen Uniformen bildeten im Schatten der Linden einen seltsamen Flecken. Doch eigentlich wollte Esther Rachel sehen.

Ein wenig abseits schauten auch die alten Juden zu. Man konnte sie von weitem an ihren schwarzen Kleidern erkennen, ihren Hüten, an den Kopftüchern, die die Frauen trugen, und an ihren blassen Gesichtern. Trotz der Hitze der zeitweilig bedeckten Sonne hatten die alten Männer den Kaftan anbehalten. Sie schauten zu, ohne miteinander zu sprechen, und strichen sich über den Bart. Die jüdischen Kinder mischten sich nicht unter die sonntäglich gekleidete Menge. Sie blieben bei ihren Eltern, ohne sich zu rühren.

Plötzlich sah Esther Tristan. Er stand am Rande des Platzes, bei den jüdischen Kindern. Er rührte sich nicht, schaute zu. Auf seinem Gesicht lag ein seltsamer Ausdruck, eine in der Sonne erstarrte Grimasse.

Esther spürte, wie ihr das Blut ins Gesicht schoß. Sie ließ Gasparinis Hand los, ging geradewegs auf Tristan zu. Ihr Herz klopfte; wie sie glaubte, vor Wut. »Warum schaust du mich immer so an? Warum überwachst du mich?« Er wich ein wenig zurück. Seine dunkelblauen Augen glänzten, aber er erwiderte nichts. »Geh weg! Amüsier dich, laß mich in Ruhe, du bist nicht mein Bruder!« Esther hörte Gasparinis Stimme, die sie rief: »Hélène! Komm, wo gehst du hin?« In Tristans Blick lag eine solche Beklommenheit, daß sie einen Augenblick stehenblieb und mit sanfterer Stimme zu ihm sagte: »Ich komme wieder, entschuldige, ich weiß nicht, warum ich das zu dir gesagt habe.« Mit gesenktem Kopf bahnte sie sich einen Weg durch die Menge, ohne Gasparini zu antworten. Die Mädchen traten beiseite, um sie durchzulassen. Sie ging langsam die Straße mit dem Bach hinab, die jetzt menschenleer war. Aber sie wollte nicht nach Hause, sie wollte nicht die Fragen ihrer Mutter beantworten müssen. Aus der Ferne hörte sie das zunehmende Stimmengewirr auf dem Platz, das Gelächter, die Rufe und über all dem, wie ein Summen, die Stimme des Priesters, der in der Kirche sang: *Ave, Ave, Ave Mari-i-ia . . .*

Am späten Nachmittag kehrte Esther auf den Platz zurück. Die meisten Leute hatten sich zurückgezogen, aber unter den Linden war noch eine Gruppe von Jungen und Mädchen. Als Esther näher kam, hörte sie die Klänge von Akkordeonmusik. Mitten auf dem Platz, neben dem Brunnen, tanzten Frauen miteinander, oder sie tanzten mit halbwüchsigen Jungen, die ihnen bis an die Schulter reichten. Die italienischen Soldaten standen vor dem Hotel, rauchten und lauschten der Musik.

Esther war auf der Suche nach Rachel. Langsam ging sie mit klopfendem Herzen auf das Hotel zu. Sie blickte in den großen Saal, und durch die offene Tür sah sie die Soldaten und die Karabinieri. Auf dem Klavier von Monsieur Ferne stand ein Grammophon, dessen Scheibe sich drehte, von dort kam die Musik, eine langsame, näselnde Mazurka. Draußen drehten sich die Frauen im Kreis, ihre roten Gesichter glänzten in der Sonne. Esther ging an ihnen, an den Jungen, an den Karabinieri vorbei, und näherte sich der Hoteltür.

Die Sonne stand sehr niedrig am Himmel, sie tauchte den großen Saal durch die zum Garten hin geöffneten Fenster in gleißendes Licht. Die Helligkeit tat Esther weh, machte sie schwindlig. Vielleicht lag es daran, daß ihr Vater gesagt hatte, alles würde aufhören. Als Esther den Saal betrat, war sie erleichtert. Aber ihr klopfte das Herz noch immer sehr heftig in der Brust. Sie sah Rachel. Rachel war mit den federgeschmückten Soldaten zusammen, in der Mitte des Saals, Tische und Stühle waren an die Wände gerückt worden, und Rachel tanzte mit Mondoloni. Noch andere Frauen waren im Saal, aber Rachel war die einzige, die tanzte. Die anderen sahen zu, wie sie in ihrem hellen Kleid, das durch die Luft flog und ihre dünnen Beine entblößte, umherwirbelte und dabei den nackten Arm leicht auf die Schulter des Soldaten gelegt hatte. Manchmal blieben die Karabinieri und die Soldaten vor Rachel stehen, und Esther mußte sich auf die Zehenspitzen stellen, um sie sehen zu können. Wegen der lauten Musik hörte Esther Rachels Stimme nicht, aber sie glaubte, ab und zu einen Ausruf, ein lautes Auflachen zu vernehmen. Noch nie war ihr Rachel so schön vorgekommen. Rachel hatte wohl schon ziemlich viel getrunken, aber sie gehörte zu den

Leuten, die ihre Trunkenheit gut unter Kontrolle haben. Sie hielt sich einfach sehr gerade, während sie sich zum Klang der Mazurka immer wieder im Kreis drehte, und das lange, dunkelrote Haar wogte über ihren Rücken. Vergebens versuchte Esther ihren Blick zu erhaschen. Rachels bleiches Gesicht war nach hinten gebeugt, sie war entrückt, woanders, in einer anderen Welt, vom Klang der Musik und vom Tanz mitgerissen. Die Soldaten und die Karabinieri hatten sich ihr zugewandt, betrachteten sie, während sie rauchten und tranken, und Esther glaubte ihr Gelächter zu hören. Draußen vor der Tür blieben die Kinder stehen, um einen Blick hineinzuwerfen, die Frauen beugten sich vor, um die helle Silhouette erkennen zu können, die im großen Saal tanzte. Da wandten sich die Karabinieri zum Eingang um, gestikulierten, und alle traten zurück. Die jungen Leute draußen auf dem Platz standen etwas abseits, auf der anderen Seite des Brunnens. Keiner von ihnen schien sich für das Geschehen zu interessieren. Das ließ Esthers Herz schneller schlagen. Sie spürte, daß das nicht normal war, daß etwas Verlogenes in der Luft lag. Die Leute taten so, als sähen sie nichts, doch sie dachten an Rachel, haßten sie insgeheim, mehr noch als die italienischen Soldaten.

Die Musik hörte nicht auf, die näselnde Stimme, die rhythmischen Polkas auf dem Klavier Monsieur Fernes, die erstickte Stimme der Klarinette, die sich in der Luft verhaspelte.

Als Esther das Hotel verließ, blieb Gasparini vor ihr stehen. Seine Augen blitzten vor Wut. »Komm, wir gehen spazieren.« Esther schüttelte den Kopf. Sie ging die Gasse hinunter bis zu der Stelle, wo man das Tal sieht. Sie wollte allein sein, die Musik nicht mehr hören und auch nicht die Stimmen. Irgendwann nahm Gasparini ihr Handgelenk, zog sie unbeholfen an sich und hielt sie in der Taille fest, als wolle er tanzen. Sein Gesicht war rot von der Hitze, die Krawatte schnürte ihm die Luft ab. Er beugte sich vor, versuchte Esther zu küssen. Esther spürte seinen Geruch, einen schweren Geruch, der ihr Angst einflößte und sie zugleich anzog, ein Männergeruch. Sie stieß ihn zunächst zurück und sagte dabei immer wieder »laß mich in Ruhe, laß mich!«, schließlich wehrte sie sich wütend, kratzte ihn, und er blieb mitten auf der Straße stehen, ohne zu begreifen. Ringsumher lachten die Jungen. Da ging Tristan auf Gasparini los, versuchte ihn an der Gurgel zu packen, doch er war zu leicht, er blieb mit zappelnden Füßen in der Luft hängen, und Gasparini verpaßte ihm einen einfachen Rippenstoß, so daß er zu Boden ging. Gasparini rief. »Du kleiner Scheißer, wenn du das noch mal machst, schlag ich dich zusammen!« Esther rannte so schnell sie konnte durch die Straßen, dann lief sie querfeldein hinab zum Bach. Sie blieb stehen, horchte, wie ihr das Herz in der Brust, in der Kehle klopfte. Selbst dort, am Ufer des Flusses, hörte sie noch die traurige, klagende Musik des Festes, die Platte mit der Klarinette, die immer wieder dieselbe Phrase spielte, während sich Rachel mit weißem Gesicht, das unbewegt und abwesend war wie das einer Blinden, mit Mondoloni im Kreis drehte.

Die Nächte waren wegen der Ausgangssperre schwarz. Die Gardinen vor den Fenstern mußten zugezogen und alle Ritzen mit Lappen und Pappe verstopft werden. Die Männer aus dem Maquis kamen manchmal nachmittags. Sie ließen sich in der engen Küche nieder, auf den Bänken, am Tisch mit der Wachstuchdecke. Esther kannte sie gut, doch die Namen der meisten wußte sie nicht. Da waren Männer aus dem Dorf oder aus der Umgebung, die vor Einbruch der Dunkelheit wieder fortgingen. Und Männer, die von weit herkamen, aus Nizza oder aus Cannes, die Abgesandten von Ignace Finck, Gutman, Wister, Appel. Einige kamen sogar aus dem Maquis in Italien. Einen von ihnen mochte Esther wirklich gern. Es war ein Junge, der ebenso rotes Haar hatte wie Rachel und der Mario genannt wurde. Er war aus der Gegend jenseits des Gebirges, dort wo die italienischen Bauern und Hirten gegen die Faschisten kämpften. Wenn er kam, war er so müde, daß er über Nacht blieb und auf Kissen in der Küche auf dem Boden schlief. Er sprach kaum mit den anderen aus dem Maquis. Er scherzte lieber mit Esther. Er erzählte ihr merkwürdige Geschichten, halb auf französisch, halb auf italienisch, und lachte dabei ab und zu laut auf. Er hatte kleine, erstaunlich grüne Augen, Schlangenaugen, dachte Esther. Wenn er die Nacht in der Küche verbracht hatte, nahm er Esther manchmal in der Frühe zu einem Spaziergang um das Dorf mit, ohne sich um die Soldaten vom Hotel Terminus zu kümmern.

Mit ihm ging sie zu den Wiesen oberhalb des Flusses. Gemeinsam liefen sie mitten durch das hohe Gras, er voran, und sie folgte ihm auf dem Weg, den er sich durchs Gras bahnte. Er hatte ihr beim erstenmal von den Vipern erzählt. Aber er hatte keine Angst vor ihnen. Er sagte, er könne sie zähmen, sie sogar fangen, dazu müsse man sie nur herbeipfeifen wie einen Hund.

Eines Morgens nahm er Esther noch weiter über die Wiesen mit, über den Zusammenfluß der beiden Bäche hinaus. Esther ging mit klopfendem Herzen hinter ihm her und hörte zu, wie Mario seltsame Pfiffe von sich gab, leise und hoch, Laute, die sie noch nie zuvor gehört hatte. Die Hitze der Sonne flimmerte schon in den Gräsern, und die Berge rings um das Tal glichen riesigen Mauern, aus denen Wolken hervorquollen. Sie gingen lange durch das Gras, und Marios leise Pfiffe, die von allen Seiten zugleich zu kommen schienen, machten Esther ein wenig schwindlig. Plötzlich blieb Mario stehen und hob die Hand. Esther ging ganz nah an ihn heran, ohne ein Geräusch zu machen. Mario drehte sich zu ihr um. Seine grünen Augen leuchteten. Er flüsterte: »Sieh nur!« Auf dem Strand aus Sand und Kieseln sah Esther am Ufer des Flusses durch die Gräser hindurch etwas, das sie nicht richtig erkennen konnte. Es war so seltsam, daß sie den Blick nicht davon lösen konnte. Es glich einem dicken, aus zwei kurzen Seilen gewundenen Tau von der Farbe welker Blätter, das in der Sonne glänzte, als sei es gerade aus dem Wasser gezogen worden. Auf einmal erschauerte Esther: das Tau bewegte sich! Entsetzt betrachtete Esther durch das hohe Gras die beiden Vipern, die umeinandergeringelt über den Strand glitten. Plötzlich lösten sich ihre Köpfe voneinander, das kurze Maul, die Augen mit der vertikalen Pupille, der halbaufgerissene Rachen. Die Vipern klebten immer noch aneinander, mit starrem Blick, wie in Ekstase. Dann wanden sich ihre Körper wieder auf dem Strand, glitten zwischen den Steinen dahin, bildeten langsam seitliche Ringe, waren in einem Knäuel vereint, das von oben nach unten glitt, und lösten sich mit peitschenden Schwänzen voneinander. Sie glitten und rollten weiter über den Strand, und trotz des Rauschens des Flusses glaubte Esther das Rascheln ihrer Schuppen zu hören. »Kämpfen sie?« fragte Esther und bemühte sich, leise zu sprechen. Mario betrachtete die Vipern. Sein breites Gesicht bestand nur noch aus zwei schmalen Augen, geschlitzt wie die der Schlangen. Er drehte sich zu Esther um und sagte: »Nein. Sie lieben sich.« Da betrachtete Esther die beiden Vipern noch aufmerksamer, die umeinandergeringelt zwischen den Steinen über den Strand glitten, ohne Esther und Mario zu bemerken. Das dauerte sehr lange, manchmal waren die Schlangen starr und kalt wie Äste, doch dann zitterten sie plötzlich, peitschten den Boden und waren so eng zu einem Knäuel verschlungen, daß man ihre Köpfe nicht mehr sah. Schließlich beruhigten sich ihre Körper, und die Köpfe sanken nieder, jeder zu einer Seite. Esther sah die starre Pupille, die einer Schießscharte glich, und die Atmung, die ihre Körper aufblähte und ihre Schuppen glänzen ließ. Ganz langsam löste sich eine der Vipern aus dem Knäuel, glitt fort und verschwand zwischen den Gräsern am Flußufer. Als die andere davonkroch, begann Mario wieder seltsam zu pfeifen, zwischen den Zähnen, fast ohne dabei die Lippen zu öffnen: ein feiner, leichter, fast unhörbarer Pfeifton. Die Schlange hob den Kopf und starrte Mario und Esther unverwandt an, die vor ihr im Gras standen. Bei diesem Blick spürte Esther, wie ihr das Herz bebte. Die Viper zögerte, und ihr breiter Kopf bildete einen rechten Winkel mit ihrem aufgerichteten Körper. Dann verschwand auch sie zwischen den Gräsern.

Mario und Esther kehrten ins Dorf zurück. Auf dem ganzen Weg durch das hohe Gras sagten sie kein Wort, gaben nur acht, wohin sie die Füße setzten. Als sie die Straße erreichten, fragte Esther: »Tötest du sie nie?« Mario lachte. »Doch, doch, ich kann sie auch töten.« Er hob einen kleinen Stock vom Wegrand auf und zeigte ihr, wie man es macht, mit einem kräftigen Schlag auf den Hals der Schlange, direkt hinter den Kopf. Esther fragte weiter: »Hättest du sie eben auch töten können?« Mario machte ein seltsames Gesicht. Er schüttelte den Kopf. »Nein, eben ging das nicht. Das wäre gemein gewesen.«

Deshalb mochte Esther Mario so gern. Statt ihr Geschichten zu erzählen, hatte er ihr eines Tages ein bißchen aus seinem Leben erzählt, in Bruchstücken. Vor dem Krieg war er Hirte gewesen, in der Nähe von Valdieri. Er hatte nicht in den Krieg ziehen wollen und sich in den Bergen versteckt. Aber die Faschisten hatten alle seine Schafe und seinen Hund getötet, und Mario hatte sich dem Maquis angeschlossen.

Inzwischen hatte Esther falsche Papiere. Eines Nachmittags waren Männer mit Mario in die Küche gekommen und hatten für alle Personalausweise auf den Tisch gelegt, für Esther, für ihren Vater und ihre Mutter und auch für Mario.

Esther hatte lange das gelbe Stück Pappe mit dem Foto ihres Vaters betrachtet. Sie las die Worte darauf:

Name: JAUFFRET. Vorname: Pierre, Michel
Geburtstag: 10. April 1910
Geburtsort: Marseille (Bouches-du-Rhône)
Beruf: Kaufmann
Personenbeschreibung:
Nasenrücken: gerade
Nasenbasis: normal

Nasengröße: normal
Gesichtsform: länglich
Gesichtsfarbe: hell
Augen: grün
Haarfarbe: kastanienbraun

Und dann der Ausweis ihrer Mutter auf den Namen: JAUFFRET geb. LEROY, Vorname: Madeleine, geboren am 3. Februar 1912 in Pontivy (Morbihan), ohne Beruf. Und ihr eigener, JAUFFRET, Hélène, geboren am 22. Februar 1931 in Nizza (Alpes-Maritimes), ohne Beruf. Personenbeschreibung – Nasenrücken: gerade, Nasenbasis: normal, Nasengröße: normal, Gesichtsform: oval, Gesichtsfarbe: hell, Augen: grün, Haarfarbe: schwarz.

Die Männer unterhielten sich lange am Tisch, die Gesichter waren vom Licht der Petroleumlampe gespenstisch erhellt. Esther versuchte zuzuhören, verstand aber nicht, was sie sagten, als seien sie Diebe, die eine Übeltat vorbereiteten. Sie betrachtete Marios breites Gesicht, sein rotes Haar, seine schmalen, schräg stehenden Augen, und sie sagte sich, daß er vielleicht von den Vipern auf den Wiesen träumte oder von den Hasen, die er in Vollmondnächten in seinen Fallen fing.

Wenn die Männer mit ihrem Vater sprachen, tauchte ein Name immer wieder auf, ein Name, den sie nicht vergessen konnte, weil er so schön klang, wie der Name eines Helden aus den Geschichtsbüchern ihres Vaters: Angelo Donati. Angelo Donati hatte dies gesagt, das gemacht, und die Männer fanden es gut. Angelo Donati hielt in Livorno ein Schiff bereit, ein großes Schiff mit Motor und Segeln, das alle Flüchtlinge mitnehmen, sie retten würde. Das Schiff würde das Meer überqueren und die Juden nach Jerusalem bringen, weit weg von den Deutschen. Esther lauschte all dem, während sie auf der Erde lag, auf den Kissen, die Mario als

Bett dienten, und sie schlief halb ein und träumte von Angelo Donatis Schiff, von der langen Reise über das Meer nach Jerusalem. Dann stand Elizabeth auf, legte den Arm um Esther, und sie gingen gemeinsam in das kleine Zimmer mit dem Alkoven, wo sich Esthers Bett befand. Bevor Esther einschlief, fragte sie: »Sag, wann fahren wir mit Angelo Donatis Schiff weg? Wann fahren wir nach Jerusalem?« Esthers Mutter küßte sie und sagte im Scherz, aber mit leiser Stimme und vor Sorge zugeschnürter Kehle zu ihr: »Schlaf jetzt und sprich mit niemandem über Angelo Donati, hörst du? Das ist ein Geheimnis.« Esther fragte: »Aber es stimmt doch, daß das Schiff alle nach Jerusalem bringt?« Elizabeth erwiderte: »Das stimmt, auch wir bleiben nicht hier, vielleicht fahren wir nach Jerusalem.« Esther behielt die Augen in der Dunkelheit offen, sie lauschte dem Stimmengemurmel, das gedämpft aus der kleinen Küche drang, dem Lachen Marios. Dann entfernten sich draußen die Schritte, die Tür wurde wieder geschlossen. Wenn ihr Vater und ihre Mutter sich in das große Bett neben ihr legten und sie das Geräusch ihres Atems hörte, schlief sie ein.

Der Sommer ging bereits zu Ende, es regnete jeden Nachmittag, und man hörte das Rauschen des Wassers, das von den Dächern und durch alle Gossen strömte. Morgens strahlte die Sonne über den Bergen, und Esther nahm sich kaum die Zeit, ihre Schale Milch zu trinken, so schnell wollte sie draußen sein. Auf dem Platz vor dem Brunnen wartete sie auf Tristan, dann rannte sie mit den anderen Kindern die Straße mit dem Bach bis zum Fluß hinunter. Das Wasser des Borèon war kaum vom Regen getrübt, war reißend und kalt. Die Jungen blieben unten, und Esther ging mit den anderen Mädchen flußaufwärts, bis an die Stelle, wo der Wildbach in Kaskaden zwischen den Steinblöcken hinabstürzte. Sie zogen sich in den Büschen aus. Wie die meisten Mädchen badete Esther im Schlüpfer, aber es gab auch andere, wie Judith, die den Unterrock nicht auszuziehen wagten. Besonders schön war es, da ins Wasser zu gehen, wo die Strömung am stärksten war, sich an die Felsen zu klammern und das Wasser über den Körper strömen zu lassen. Das klare Wasser stürzte hinab, drückte auf Schultern und Brust, glitt mit gleichmäßigem Rauschen über Hüften und Beine. Dann vergaß man alles, das kalte Wasser wusch einen gründlich, spülte alles fort, was einen störte, brannte auf der Haut. Esthers Freundin Judith (sie war keine richtige Freundin wie Rachel, aber die beiden saßen in Monsieur Seligmans Klasse nebeneinander) hatte von der Taufe gesprochen, die von den Sünden reinigt. Esther dachte, so muß das sein, ein klarer, kalter Fluß, der über dich hinwegströmt und dich wäscht. Als Esther aus dem Wasser in die Sonne kam und taumelnd auf der Felsplatte stand, hatte sie den Eindruck, wie neugeboren zu sein, alles Schlechte und alle Wut waren verschwunden. Anschließend gingen sie wieder dorthin, wo die Jungen waren. Diese hatten vergeblich die tiefen Stellen im Bach nach Krebsen abgesucht, und um sich dafür zu rächen, daß sie nichts gefangen hatten, spritzten sie die Mädchen naß.

Dann setzten sich alle auf eine große Felsplatte über dem Bach, blickten auf das Wasser und warteten. Am Himmel, der noch wolkenlos war, stieg die Sonne immer höher. Der Birken- und Kastanienwald hellte sich auf. Wespen umkreisten sie gereizt, von den Wassertropfen angezogen, die in den Haaren und auf der nackten Haut hängengeblieben waren. Esther gab auf jede Einzelheit acht, auf jeden Schatten. Mit fast schmerzhafter Aufmerksamkeit betrachtete sie alles, was nah oder fern war, die Kammlinie des Caïre-Massivs am Himmel, die hoch aufragenden Kiefern oben auf den Hügeln, die stacheligen Gräser, die Steine, die im Licht schwebenden kleinen Mücken. Das Geschrei der Kinder, das Lachen der Mädchen, jedes Wort hallte zwei- oder dreimal seltsam wie Hundegebell in ihr wider. Sie waren Fremde, rätselhaft, Gasparini mit seinem roten Gesicht, dem kurzgeschorenen Haar, den breiten Männerschultern, und die anderen, Maryse, Anne, Bernard, Judith, so mager in ihren nassen Kleidern, den Blick im Schatten der Augenhöhlen verborgen und mit zarten und zugleich fernen Silhouetten. Nur Tristan war nicht wie die anderen. Er war so linkisch, hatte einen so sanften Blick. Wenn sie jetzt in der Nähe des Dorfes spazierengingen, hielt Esther seine Hand. Sie spielten Verliebte.

Sie gingen an den Bach, und sie zog Tristan, von Fels zu Fels springend, hinter sich her zur Schlucht. Das verstand sie am besten im Leben, dachte sie: zwischen den Felsblöcken herumzulaufen, mit genau berechnetem Schwung von Stein zu Stein zu springen und im Bruchteil einer Sekunde den Weg zu wählen. Tristan wollte ihr folgen, doch Esther war zu schnell für ihn. Sie hüpfte so schnell daher, daß niemand ihr zu folgen vermocht hätte. Sie sprang, ohne zu überlegen, mit nackten Füßen, die Leinenschuhe in der Hand, und dann blieb sie stehen und lauschte auf das Keuchen des Jungen, der ihr nicht folgen konnte. Wenn sie ein ganzes Stück den Bach hinaufgelaufen war, blieb sie am Rand des Wassers stehen, hinter einem Felsblock versteckt, und horchte auf alle Geräusche, auf das Knacken der Äste, auf das Surren der Insekten, das mit dem Tosen der Strömung verschmolz. Sie hörte das Gebell der Hunde in der Ferne und dann Tristans Stimme, die ihren Namen rief: »Hélène! Hè-lè-ne!...« Es machte ihr Spaß, nicht zu antworten, sich an den Felsen zu schmiegen und zu warten, weil es ihr das Gefühl gab, ihr Leben in der Hand zu haben und alles bestimmen zu können, was mit ihr geschah. Es war nur ein Spiel, aber sie erzählte niemandem davon. Wer hätte das schon verstehen können? Wenn Tristan vom Schreien heiser war, ging er am Bach entlang zurück, und Esther konnte ihr Versteck verlassen. Sie kletterte den Hang hinauf bis zum Pfad und kam zum Friedhof. Dort winkte und schrie sie, damit Tristan sie sah. Aber manchmal kehrte sie allein ins Dorf zurück und ging nach Hause, warf sich aufs Bett, vergrub das Gesicht im Kopfkissen und weinte. Sie wußte nicht warum.

Es waren die letzten, sengend heißen Sommertage, die Grasflächen färbten sich gelb, und am Rand der Weiden gärte das Heu mit beißender Wärme. Esther ging so weit wie noch nie, ganz allein, über die Stelle hinaus, wo die Hirten im Winter das Vieh einsperrten, in Steinhütten ohne Fenster, in Kellergewölben, die Grotten glichen.

Plötzlich zogen Wolken auf, verdunkelten das Licht, als hätte sich eine riesige Hand am Himmel geöffnet. Esther war so weit gelaufen, daß sie nicht mehr wußte, wo sie war, wie im Traum, wenn ihr Vater im hohen Wiesengras verschwand. Das Gefühl, daß sie sich am Eingang der Schlucht, mitten in den düsteren Bergen verirrt hatte, machte ihr nicht wirklich angst. Es ließ sie nur wegen der Geschichten über die Wölfe erschauern. Mario hatte von den Wölfen erzählt, die in Italien im Winter durch den Schnee liefen, einer hinter dem anderen, und die in die Täler hinabkamen, um Lämmer und Zicklein zu reißen. Vielleicht war es auch der regenbringende Wind, der Esther erschauern ließ. Sie stand auf einem Felsen über den Büschen und sah die grauen Wolken, die die Bergflanken einhüllten und das enge Tal hinaufzogen. Die Wolkenwand verschluckte die Felshänge, die Wälder, die Steinblöcke. Ein starker Wind erhob sich, und nach der Wärme der gärenden Heuhaufen wurde es schneidend kalt. Esther begann zu rennen, um die Hütten der Hirten vor dem Regen zu erreichen. Doch da schlugen schon dicke, eisige Tropfen auf die Erde. Das Leben rächte sich, holte die Zeit ein, die Esther ihm in ihren Schlupfwinkeln geraubt hatte. Sie rannte, und das Herz pochte ihr heftig in der Brust.

Der Schafstall war riesig, wie eine Grotte. Ein langer Tunnel, der sich ins Innere des Berges zog. An der dunklen Decke hingen Fledermäuse. Esther kauerte sich am Eingang hin, der halb von einem Brombeerbusch versperrt war. Seit es regnete, war Esther ruhiger geworden. Blitze leuchteten in den Wolken auf. Das Wasser rann den Hügel hinab, bildete große, rote Bäche. Bald würde Monsieur Seligman die Türen der Schule wieder öffnen, die Tage würden immer kürzer werden, und in den Bergen würde Schnee fallen. Daran dachte Esther, als sie zusah, wie es regnete und die Bäche herabströmten. Sie dachte, daß etwas anderes sie erwarten würde, etwas Unbekanntes.

In diesen Tagen, in den letzten Tagen, verhielten sich die Leute nicht wie sonst. Sie waren irgendwie gehetzt, wenn sie redeten, wenn sie sich bewegten. Vor allem die Kinder hatten sich verändert. Sie waren ungeduldig, reizbar, wenn sie spielten, wenn sie zum Fischen oder zum Baden an den Bach gingen, wenn sie über den Platz liefen. Gasparini sagte noch einmal: »Bald kommen die Deutschen, dann nehmen sie alle Juden mit.« Er sagte das voller Gewißheit, und Esther spürte erneut, wie sich ihr die Kehle zuschnürte, denn das brachte die Zeit mit sich, und das wollte sie verhindern. Sie sagte: »Dann nehmen sie auch mich mit.« Gasparini sah sie aufmerksam an: »Wenn du falsche Papiere hast, nehmen sie dich nicht mit.« Er sagte: »Hélène ist kein jüdischer Name.« Esther erwiderte sofort kalt und ohne zu schreien: »Ich heiße nicht Hélène. Ich heiße Esther. Das ist ein jüdischer Name.« Gasparini sagte: »Wenn die Deutschen kommen, mußt du dich verstecken.« Zum erstenmal machte er einen verstörten Eindruck. Und dann sagte er: »Wenn die Deutschen kommen, verstecke ich dich in der Scheune.«

Auf dem Platz unterhielten sich die Jungen über Rachel. Als Esther dazukam, stießen sie sie mit Püffen zurück: »Geh weg! Du bist zu klein!« Doch Anne wußte, worüber sie sprachen, denn ihr älterer Bruder war auch dabeigewesen. Sie hatte gehört, wie die Jungen sagten, daß sie gesehen hätten, wohin Hauptmann Mondoloni mit Rachel ging, in eine alte Scheune am Fluß, hinter der Brücke. Es war Mittag, aber anstatt nach Hause zum Essen zu gehen, lief Esther die Straße entlang bis zur Brücke und dann querfeldein zur Scheune. Als sie ankam, hörte sie, wie die Raben in der Stille krächzten, und sie glaubte, die Jungen hätten die Geschichte erfunden. Doch als Esther sich der alten Scheune näherte, sah sie, daß sie sich hinter den Büschen versteckt hatten. Mehrere größere Jungen waren da, und auch ein paar Mädchen. Die Scheune befand sich unterhalb der Straße und war über zwei Terrassen erbaut. Esther kletterte geräuschlos die Böschung hinab zur Scheune. Drei Jungen lagen im Gras und blickten durch eine Öffnung in der Mauer, ganz oben unter dem Dach, ins Innere der Scheune. Als Esther kam, standen sie auf und begannen, ohne ein Wort zu sagen, auf sie einzuschlagen. Sie boxten und traten sie, während einer der Jungen sie an den Armen festhielt. Esther wehrte sich, ohne zu schreien, die Augen voller Tränen. Sie versuchte, dem Jungen, der sie festhielt, die Luft abzudrücken, und er wankte einen Schritt zurück. Er wankte gemeinsam mit Esther zurück, die mit aller Kraft seinen Hals umklammerte, während die anderen auf ihren Rücken einhämmerten, damit sie den Jungen losließ. Schließlich fiel sie zu Boden, die Augen von einem Blutschleier überzogen. Die Jungen liefen die Böschung hinauf und rannten auf der Straße davon. Dann öffnete sich die Scheunentür, und durch den roten Schleier sah Esther Rachel, die sie anblickte. Rachel trug ihr schönes, helles Kleid, die Sonne ließ ihr Haar wie Kupfer glänzen. Dann kam hinter ihr der Hauptmann nach draußen und brachte seine Kleidung wieder in Ordnung. Er hatte einen Revolver in der Hand. Als er Esther an der Böschung sah und die Jungen, die flohen, lachte er laut auf und sagte etwas auf italienisch. In diesem Augenblick begann dann Rachel zu schreien, mit seltsam schriller, vulgärer Stimme, die Esther nicht wiedererkannte. Rachel mit ihrem leuchtenden Haar kletterte die Böschung hinauf, hob Kieselsteine auf und warf damit unbeholfen nach den fliehenden Jungen, ohne sie zu treffen. Esther konnte vor Schmerz nicht aufstehen. Sie kroch mühsam die Böschung hinauf und suchte verzweifelt nach einem Schlupfwinkel, um sich zu verstecken und der Schmach und Angst ein Ende zu machen. Doch Rachel kam und setzte sich neben sie ins Gras, streichelte ihr das Gesicht und übers Haar und sagte mit seltsamer Stimme, die vom Schreien heiser war: »Ist ja schon gut, mein Liebes, es ist vorbei...« Dann blieben sie allein auf der Grasböschung in der Sonne sitzen. Esther zitterte vor Kälte und Erschöpfung, sie betrachtete das Licht in Rachels rotem Haar und spürte den Geruch von Rachels Körper. Anschließend gingen sie zum Bach hinunter, und Rachel half ihr, sich gründlich das blutverkrustete Gesicht zu waschen. Esther war so erschöpft, daß sie sich auf Rachel stützen mußte, um den steilen Weg zum Dorf hinaufzugehen. Am liebsten wäre ihr gewesen, wenn es jetzt geregnet und der Regen bis zum Winter nicht mehr aufgehört hätte.

Am Abend erfuhr Esther, daß Mario tot war. In der Dunkelheit war leise an die Tür geklopft worden, und Esthers Vater hatte drei Männer hereingelassen, einen Juden namens Gutman und zwei Männer, die aus Lantosque kamen. Esther stieg aus dem Bett, schob die Schlafzimmertür einen Spalt auf und kniff die Augen wegen des Lichts in der Küche zusammen. Sie blieb im Türrahmen stehen und blickte die Männer an, die flüsternd am Tisch saßen, als redeten sie mit der Öllampe. Elizabeth saß bei ihnen, auch sie blickte in die Flamme der Lampe, ohne etwas zu sagen. Esther begriff sofort, daß etwas Schlimmes geschehen war. Als die drei Männer wieder in die Nacht hinausgegangen waren, sah der Vater Esther im Nachthemd im Türrahmen stehen und sagte zunächst fast barsch zu ihr: »Was tust du hier? Geh wieder ins Bett!« Dann ging er zu ihr und nahm sie in die Arme, als bereue er, geschimpft zu haben. Elizabeth kam hinzu, Tränen strömten ihr aus den Augen. Sie sagte: »Mario ist tot.« Esthers Vater erzählte, was geschehen war. Es waren nur Worte, doch für Esther nahmen sie kein Ende, es war eine Geschichte, die wie in einem Traum immer wieder von vorn anfing. Am Nachmittag, als Esther die Straße zu der verlassenen Scheune hinabgelaufen war, dorthin, wo Rachel mit Hauptmann Mondoloni verabredet war, befand sich Mario mit einem Rucksack voller Plastiksprengstoff, Zeitzündern und Tolamitpatronen auf dem Weg ins Gebirge, um sich der Gruppe anzuschließen, die die Stromleitung nach Berthemont, wo die Deutschen gerade ihr Hauptquartier eingerichtet hatten, in die Luft jagen sollte. Die Sonne glänzte auf den Gräsern, während Esther auf die verlassene Scheune zuging, und im gleichen Augenblick ging Mario allein über die Wiesen am Fuß der Berge, und sicherlich pfiff er beim Gehen leise nach den Vipern, wie er es immer tat, und blickte denselben Himmel an wie sie, hörte dieselben Schreie der Raben. Mario hatte ebenso rotes Haar wie Rachel, die in ihrem hellen, auf dem Rücken aufgehakten Kleid in der Sonne stand und deren weiße Schultern so lebendig, so anziehend in der Sonne leuchteten. Mario mochte Rachel gern, er hatte es selbst eines Tages zu Esther gesagt, und nachdem er das gestanden hatte, war er rot geworden, puterrot, und Esther hatte laut gelacht, wegen der Farbe seiner Wangen. Er hatte Esther gesagt, daß er Rachel, wenn der Krieg zu Ende sei, samstags zum Tanz mitnehmen würde, und Esther hatte nicht den Mut gehabt, ihm die Wahrheit zu sagen, daß Rachel Leute wie ihn nicht mochte, daß sie die italienischen Offiziere mochte, daß sie mit Hauptmann Mondoloni tanzte und daß die Leute sagten, sie sei eine Hure und man sie kahl scheren würde, wenn der Krieg zu Ende sei. Mario sollte den Männern im Maquis in der Nähe von Berthemont den Rucksack mit Sprengstoff bringen, er ging schnell über die Wiesen, um vor der Dunkelheit da zu sein, weil er noch in dieser Nacht nach Saint-Martin zurückkommen wollte. Deshalb war Esther aufgestanden, als die drei Männer an die Tür klopften, sie hatte geglaubt, es sei Mario. Esther glitt durch das harte Gras auf die verfallene Scheune zu. In der heißen, feuchten Scheune lag Rachel an den Hauptmann geschmiegt, und er küßte sie auf den Mund, auf den Hals, überallhin. Das hatten die Mädchen erzählt, aber sie hatten überhaupt nichts gesehen, weil es in der Scheune zu dunkel war. Sie hatten nur auf die Geräusche gehorcht, die Seufzer, das Rascheln der Kleider. Und dann waren die Jungen, nachdem sie aufgehört hatten, Esther zu schlagen, auf der Straße davongerannt und verschwunden, und sie hatte sich mit diesem roten Schleier vor den Augen durch das Gras zur Böschung geschleppt. Und in diesem Augenblick hatte sie dahinten, in der Ferne, am Ende des Tals, den Knall der Explosion gehört. Deshalb war der Hauptmann mit dem Revolver in der Hand aus der Scheune gekommen, denn auch er hatte die Explosion gehört. Doch Esther hatte nicht darauf geachtet, weil Rachel im selben Augenblick mit ihrem rotem Haar, das wie eine Mähne leuchtete, vor der Scheune gestanden hatte, sie hatte den Jungen Schimpfworte nachgerufen und sich neben Esther gesetzt. Der Hauptmann hatte laut gelacht und war auf der Straße davongegangen, während Rachel sich ins Gras gesetzt hatte, um Esther das Haar zu streicheln. Es hatte nur eine Explosion gegeben, so furchtbar, daß Esther den Druck auf dem Trommelfell gespürt hatte. Als die Männer aus dem Maquis eintrafen, sahen sie nur ein großes Loch im Gras, ein gähnendes Loch mit versengten Rändern, die nach Pulver rochen. Sie suchten ringsumher das Gras ab und fanden ein Büschel roter Haare, daher wußten sie, daß Mario tot war. Das war alles, was von ihm übriggeblieben war. Nur ein Büschel roter Haare. Jetzt weinte Esther in den Armen ihres Vaters. Sie spürte, wie ihr die Tränen aus den Augen rannen, über die Wangen, an Nase und Kinn entlang, und auf das Hemd ihres Vaters tropften. Er sprach über Mario, über all das, was er getan hatte, über seinen Mut, doch Esther weinte eigentlich nicht deswegen. Sie wußte nicht, warum sie weinte. Vielleicht wegen all der Tage, die sie damit verbracht hatte, in der Sonne durch das Gras zu laufen, wegen all dieser Anstrengungen und auch wegen der Musik von Monsieur Ferne.

Vielleicht wegen des Sommers, der jetzt kaum noch brannte, wegen der Ernte und des faulenden Heus, der schwarzen Wolken, die sich jeden Abend auftürmten, und wegen des Regens, der mit kalten Tropfen niederging, rote Bäche entstehen ließ und das Gebirge auswusch. Sie war so müde. Sie wollte schlafen, alles vergessen, woanders sein, jemand anders sein, mit einem anderen Namen, einem richtigen, nicht einem erfundenen Namen im Personalausweis. Da nahm ihre Mutter sie in die Arme und brachte sie langsam zu dem dunklen Alkoven, in dem das Bett stand. Esthers Stirn war glühend heiß, sie zitterte, als hätte sie Fieber. Mit heiserer, komischer Stimme fragte sie: »Wann fährt das Schiff von Angelo Donati ab? Wann bringt es uns nach Jerusalem?« Elizabeth flüsterte wie ein Lied: »Ich weiß es nicht, mein Schatz, mein Leben, schlaf jetzt.« Sie setzte sich neben Esther aufs Bett, streichelte ihr das Haar wie damals, als Esther noch klein war. »Erzähl mir von Jerusalem, bitte.« Elizabeths Stimme flüsterte in der Stille der Nacht, wiederholte dieselbe Geschichte, jene, die Esther immer wieder gehört hatte, seit sie die Worte verstand, den magischen Namen, den sie gelernt hatte, ohne ihn zu verstehen, die Stadt des Lichts, die Brunnen, den Ort, auf dem alle Wege der Welt zusammentrafen, Eretzrael, Eretzrael.

Auf dem Grund der Schlucht war alles geheimnisvoll, neu, beunruhigend. Tristan hatte das nie zuvor empfunden. Je weiter er am Bach entlangging, um so höher, um so schwärzer wurden die Felsen, ein wildes Durcheinander, als hätte ein Riese sie oben von den Bergen heruntergeworfen. Auch der Wald war düster, zog sich fast bis ans Wasser hinab, und in den Hohlräumen der Steine wuchsen Farne und Dornensträucher wild durcheinander und versperrten, Tieren gleich, den Durchgang. Heute morgen ist Tristan Esther noch weiter gefolgt. Die Gruppe der Jungen und Mädchen war am Eingang der Schlucht geblieben. Eine Zeitlang hörte Tristan ihre Schreie, ihre Rufe, und dann übertönte das Rauschen des Wassers, das zwischen den Felsen hinabstürzte, ihre Stimmen. Der Himmel über dem Tal war völlig blau, von einer harten, ebenmäßigen Farbe, die in den Augen weh tat. Tristan folgte Esther in die Schlucht, ohne sie zu rufen, ohne ein Wort zu sagen. Es war ein Spiel, und dennoch spürte er, wie sein Herz schneller schlug, als wäre es ernst, ein Abenteuer. Er spürte den Druck des Blutes in den Adern am Hals, in den Ohren. Das verursachte ein seltsames Beben, das auch in der Erde widerhallte und mit dem Auf und Ab des Wassers im Bach verschmolz. Der Schatten in der Schlucht war kühl, aber wenn Tristan atmete, zerriß die Luft sein Inneres, pfiff wie durch ein Fenster, wie durch eine Scharte in den Bergen. Deswegen war hier alles so neu, geheimnisvoll und beunruhigend. Es war ein Ort, wie er ihn sich nie vorgestellt hatte, selbst wenn er seiner Mutter beim Vorlesen eines Buches zuhörte, der fünften Reise von Sindbad dem Seefahrer, als dieser zu einer verlassenen Insel kommt, wo der Vogel Roch lebt.

Es war tief in seinem Inneren, ein Schmerz, ein Taumel, er begriff es nicht richtig. Vielleicht kam das vom allzu blauen Himmel, vom Tosen des Baches, das alle anderen Geräusche verschlang, oder von den dunklen Bäumen, die sich über das Tal neigten. Auf dem Grund der Schlucht war der Schatten kühl, Tristan spürte den seltsamen Geruch der Erde. Das welke Laub verfaulte zwischen den Felsen. Mit jedem Schritt hinterließ er Abdrücke, die sich mit blubberndem, schwarzen Wasser füllten.

Vor ihm war ab und zu die fliehende Gestalt des Mädchens zu sehen. Sie sprang leichtfüßig von Fels zu Fels, verschwand in den Mulden, tauchte ein Stück weiter wieder auf. Tristan hätte am liebsten ihren Namen geschrien: »Hélène! . . .«, wie die anderen Jungen es taten, doch er konnte es nicht. Es war ein Spiel, man mußte mit klopfendem Herzen und wachsamen Augen zwischen den Felsen umherspringen, jeden schattigen Winkel absuchen, die Spuren erraten.

Je weiter sie am Bachlauf hinaufkamen, desto schmaler wurde die Schlucht. Die Felsblöcke waren riesig, dunkel, vom Wasser glattgeschliffen. Es war, als würde das Sonnenlicht von ihnen verschluckt. Sie wirkten wie riesige, versteinerte Tiere, die vom Wasser des Baches umspült wurden. Die Wände der Schlucht über Tristans und Esthers Kopf waren von dichtem, dunklem Wald bedeckt. Alles war wild. Alles verschwand, wurde fortgerissen, vom Wasser des Baches überspült. Nur diese Steine, das Rauschen des Wassers und der gnadenlose Himmel blieben.

Tristan hat Esther schließlich eingeholt, mitten in einem Kreis aus dunklen Felsen, in dem das Wasser des Baches ein Becken bildete. Sie hockte am Rand des Wassers und wusch sich die Arme. Dann zog sie mit schnellen Bewegungen ihr Kleid aus und sprang in das Becken, aber nicht mit den Füßen zuerst, wie es die Mädchen gewöhnlich tun, sondern mit einem Kopfsprung und zugehaltener Nase. Das gleißende Licht auf ihrem schneeweißen Körper ließ Tristan zusammenzucken. Er blieb oben auf den Felsen stehen, ohne sich zu rühren, und beobachtete Esther, die durch das Becken schwamm. Sie hatte eine sehr eigentümliche Art zu schwimmen, sie warf einen Arm über dem Kopf in die Höhe und tauchte dann unter. Als sie am anderen Ende des Beckens ankam, hob sie den Kopf und gab Tristan ein Zeichen, ihr nachzukommen.

Nach kurzem Zögern zog Tristan sich unbeholfen zwischen den Felsen aus und ging ebenfalls in das eisige Wasser. Der Wildbach floß langsam durch das Becken, mit dem Rauschen eines Wasserfalls. Tristan schwamm, so schnell er konnte, ans andere Ufer und schluckte dabei viel Wasser.

Am anderen Ufer des Beckens war ein großer Felsblock, der die Schlucht überragte. Esther stieg aus dem Wasser, und Tristan sah wieder das gleißende Licht auf ihrer weißen Haut, ihrem Rücken, ihren schlanken Beinen. Sie schüttelte das schwarze Haar und versprühte dabei hinter sich Wassertröpfchen. Gewandt erklomm sie den Felsen und ließ sich oben in der Sonne nieder. Tristan schämte sich seines nackten Körpers, seiner weißen Haut. Er kletterte langsam den Felsen hinauf, um sich neben Esther zu setzen. Nachdem er durch das Becken geschwommen war, spürte er, wie seine Haut brannte.

Esther saß oben auf dem Felsen und ließ die Beine hinabbaumeln. Sie sah Tristan an, als sei das alles ganz natürlich.

Sie hatte einen hoch aufgeschossenen, muskulösen Körper wie ein Junge, aber sanfte Brüste zeichneten sich schon ab, ein leichter Schatten, ein Herzklopfen.

Das Rauschen des Wassers erfüllte das schmale Tal bis zum Himmel hinauf. Hier in der Schlucht war niemand außer ihnen, es war, als wären sie allein auf der Welt. Zum erstenmal in seinem Leben fühlte sich Tristan frei. Das ließ ihn am ganzen Körper erbeben, als sei der Rest der Welt plötzlich verschwunden und als gäbe es nur noch diesen dunklen Felsen, wie eine Insel über der Wildnis des Baches. Tristan dachte nicht mehr an den Platz, auf dem die schwarzen Silhouetten im Regen warteten, bevor sie in das Hotel Terminus gingen. Er dachte nicht mehr an seine Mutter, an ihr angespanntes, trauriges Gesicht, wenn sie das Haus verließ und versuchte, ihre wertlosen Halsketten an die Diamantenhändler zu verkaufen, um Milch, Fleisch und Kartoffeln bezahlen zu können.

Esther hatte sich mit geschlossenen Augen auf dem glatten Felsen zurückgelehnt. Tristan sah sie an und wagte nicht, sich ihr zu nähern, wagte nicht, seine Lippen auf ihre glänzenden Schultern zu drücken, um die Wassertropfen zu kosten, die noch an ihrer Haut hingen. Er konnte den bösen Blick der Jungen vergessen, die lästernden Worte der Mädchen auf dem Platz,wenn sie über Rachel sprachen. Tristan spürte, wie ihm das Herz in der Brust klopfte, er spürte die strahlende Hitze in seinem Blut, all dieses Sonnenlicht, das in die schwarzen Felsen gedrungen war und sich in ihren Körpern ausbreitete. Tristan nahm Esthers Hand und drückte auf einmal, ohne zu verstehen, woher er den Mut nahm, seine Lippen auf die des jungen Mädchens. Esther wandte zunächst das Gesicht zur Seite, doch dann küßte sie ihn plötzlich mit unglaublichem Ungestüm auf den Mund. Es war das erstemal, daß sie das tat, sie schloß die Augen und küßte ihn, als wollte sie seinen Atem einfangen und seine Worte aufsaugen, als ob ihre

Angst mit diesem Kuß verschwinden und es weder ein Vorher noch ein Nachher geben würde, sondern nur noch dieses sanfte und zugleich brennende Gefühl, den Geschmack des Speichels, der sich in ihren Mündern vermischte, und den Kontakt ihrer Zungen, das Geräusch ihrer Zähne, die aufeinandertrafen, ihren stockenden Atem, ihre klopfenden Herzen. Wirbelndes Licht umgab sie. Das kalte Wasser und das Licht berauschte sie fast bis zur Übelkeit. Esther stieß Tristans Gesicht mit den Händen zurück und legte sich mit geschlossenen Augen auf den Felsen. Sie sagte: »Verläßt du mich nie?« Ihre Stimme war heiser und voller Schmerz. »Jetzt bin ich wie deine Schwester, sagst du das auch niemandem?« Tristan begriff das nicht. »Ich verlasse dich nie.« Er sagte es mit solchem Ernst, daß Esther lachen mußte. Sie legte ihm die Hand aufs Haar und zog seinen Kopf an ihre Brust. »Hör, wie mein Herz klopft.« Sie rührte sich nicht, den Rücken gegen den glatten Felsen gelehnt, die Augen in der Sonne geschlossen. Esthers Haut, an die Tristan das Ohr drückte, war weich und glühend heiß, wie vor Fieber, und er horchte auf das dumpfe Geräusch des klopfenden Herzens, er sah den tiefblauen Himmel, er hörte auch das Tosen des Wassers, das um ihre Insel wirbelte.

Die Deutschen waren jetzt ganz in der Nähe. Gasparini sagte, er habe eines Abends über Berthemont die Leuchtspurgeschosse gesehen. Er sagte, die Italiener hätten den Krieg verloren und würden sich ergeben. Und dann würden die Deutschen alle Dörfer besetzen, das ganze Gebirge. Das hatte sein Vater gesagt.

Heute abend hatten sich alle auf dem Platz vor dem Hotel versammelt und unterhielten sich, die Männer und Frauen aus dem Dorf, aber auch die Juden, die alten Männer in ihren Kaftanen und ihren großen Hüten, die reichen Juden aus den Landhäusern, Monsieur Heinrich Ferne und sogar Tristans Mutter in ihrem langen Kleid und ihrem ungewöhnlichen Hut.

Während die Leute über diese dramatischen Ereignisse sprachen, rannten die Kinder wie üblich über den Platz, vielleicht rannten sie sogar absichtlich noch schneller und stießen noch schrillere Schreie aus, um ihre Unruhe zu betäuben. Esther war mit ihrer Mutter auf den Platz gekommen, sie warteten regungslos neben der Mauer und hörten zu, wie die Leute redeten. Doch Esther interessierte sich nicht dafür, was die Leute sagten. Sie starrte auf das Hotel Terminus, um einen Blick auf Rachel zu erhaschen. Die Jungen und Mädchen erzählten, daß sich Rachel mit ihren Eltern zerstritten habe und daß sie jetzt mit Hauptmann Mondoloni im Hotel wohne. Doch niemand hatte sie hinein- oder hinausgehen sehen. Heute abend waren die grünen Fensterläden des Hotels alle geschlossen, bis auf die, die nach hinten hinausgingen, zum Garten. Die Soldaten blieben im großen Saal, rauchten und redeten. Esther war ganz nah an das Haus herangegangen, hatte ihre Stimmen gehört. Morgens waren andere Soldaten auf einem Lastwagen unten aus dem Tal gekommen. Gasparini sagte, seit der Geschichte mit Mario hätten die Italiener Angst, und deshalb wagten sie nicht mehr, das Dorf zu verlassen.

Esther blieb regungslos auf der Mauer sitzen und ließ die Fassade des Hotels nicht aus den Augen, weil sie Rachel sehen wollte. Als ihre Mutter wieder nach Hause zurückkehrte, blieb Esther im Schatten sitzen. Schon seit Tagen suchte sie Rachel. Sie war sogar zu der verlassenen Scheune gegangen und hatte mit klopfendem Herzen und zitternden Knien das verfallene Gebäude betreten, als täte sie etwas Verbotenes. Sie hatte gewartet, bis ihre Augen sich an die Dunkelheit gewöhnt hatten. Doch da war nichts, bis auf den Haufen trockenes Laub, das als Streu für das Vieh gedient hatte, und der scharfe Geruch nach Urin und Schimmel.

Sie wollte Rachel sehen, nur einen Augenblick. Sie hatte sich die Worte zurechtgelegt, die sie ihr sagen würde, daß Rachel sich geirrt habe, daß sie nicht zur Scheune gekommen sei, um Rachel nachzuspionieren, daß das alles nicht wichtig sei und daß sie sich geprügelt habe, um Rachel zu verteidigen. Sie würde ihr mit aller Kraft sagen: »Das stimmt nicht! Das stimmt nicht!«, damit Rachel erfuhr, daß sie jedenfalls ihr glaubte, sie noch immer ihre Freundin war und ihr glaubte, und daß sie nicht glaubte, was die anderen sagten, und daß sie nicht mit ihnen lachte. Sie würde ihr die Spuren der Schläge zeigen, die sie bekommen hatte, die blauen

Flecken auf den Rippen, im Rücken, deswegen habe sie neulich nicht mehr sprechen und nicht mehr laufen können, sie habe solche Schmerzen gehabt, daß sie sich nicht mehr auf den Beinen halten konnte.

Wo war Rachel? Vielleicht hatten sie sie schon nachts im Auto mitgenommen, als niemand etwas sah, und sie woandershin gebracht, nach Italien, auf die andere Seite der Berge, oder noch schlimmer, nach Norden, da wo die Deutschen die Juden ins Gefängnis steckten.

Heute abend gingen die Leute auf dem Platz nervös auf und ab, unterhielten sich in allen Sprachen, und niemand machte sich um Rachel Gedanken. Sie taten, als hätten sie nichts gemerkt. Esther ging auf sie zu, von einem zum anderen, und fragte sie: »Haben Sie Rachel nicht gesehen? Wissen Sie nicht, wo Rachel ist?«, doch sie wandten nur verlegen den Kopf ab, taten so, als wüßten sie es nicht, als verstünden sie nicht. Selbst Monsieur Ferne sagte nichts, schüttelte wortlos den Kopf. Esther begegnete so viel Bosheit und Eifersucht, deshalb hatte sie Angst, deshalb tat es ihr weh. Die Fensterläden des Hotels blieben geschlossen, und Esther konnte sich nicht vorstellen, was in den Zimmern vor sich ging, die armselig und düster waren wie Höhlen. Vielleicht war Rachel in einem der Zimmer eingeschlossen und beobachtete durch die Ritzen die Leute, die auf dem Platz auf und ab gingen und redeten. Vielleicht sah Rachel sie und wollte nicht nach draußen kommen, weil sie glaubte, Esther sei wie die anderen und habe sich im Gras versteckt, um ihr nachzuspionieren und mit den anderen zu lachen. Wenn sie daran dachte, wurde ihr schwindlig. Im Halbdunkel ging Esther in den unteren Teil des Dorfes, dorthin, wo man das Tal sah, das noch von einem Dunstschleier erhellt wurde, und die hohen Umrisse der Berge.

Am nächsten Morgen waren Klänge von Musik zu hören, unterhalb des Platzes, bei der Villa mit dem Maulbeerbaum. Esther rannte so schnell sie konnte dorthin. Auf der abschüssigen Straße waren ein paar Frauen und auch Kinder vor dem Gitter stehengeblieben. Esther kletterte auf die Mauer und klammerte sich auf ihrem Platz im Schatten des Baums an das Gitter, und da sah sie Monsieur Ferne vor seinem schwarzen Klavier in der Küche sitzen. »Sie haben es zurückgebracht! Sie haben Monsieur Ferne das Klavier zurückgegeben!« Esther hätte das am liebsten geschrien und sich zu den Leuten umgedreht. Aber es war nicht nötig. Alle hatten den gleichen Gesichtsausdruck. Nach und nach versammelten sich die Leute auf der Straße, um Monsieur Ferne spielen zu hören. Und er hatte wirklich noch nie so gespielt. Durch die Tür der dunklen Küche drangen die Töne, stiegen in die leichte Luft auf, erfüllten die ganze Straße, das ganze Dorf. Das Klavier, das zu lange stumm geblieben war, schien ganz allein zu spielen. Die Musik floß dahin, schwebend, perlend. Esther, die sich im Schatten des Maulbeerbaums an das Gitter klammerte, lauschte fast ohne zu atmen, so schnell kamen die Töne des Klaviers daher und erfüllten ihren Körper, ihre Brust. Sie dachte, daß jetzt alles wieder von vorn beginnen, wie zuvor sein würde. Sie könnte sich wieder neben Monsieur Ferne setzen und lernen, wie man die Hände über die Tasten gleiten ließ und die Noten auf den Blättern las, die er vorbereitet hatte. Sie dachte, daß nichts zu Ende gehen würde, weil Monsieur Fernes Klavier wieder da war. Alles würde einfach sein, die Leute würden keine Angst mehr haben, nicht mehr versuchen, sich zu rächen. Rachel würde wieder durch die Straßen laufen, um für ihre Eltern einzukaufen, sie würde auf den Platz kommen, und ihr Haar würde wie rotes Kupfer in der Sonne glänzen. Morgens würde sie am Brunnen auf Esther warten, und sie würden sich in den Schatten der Platanen setzen, um sich zu unterhalten. Sie würde erzählen, was sie später machen wollte, wenn der Krieg vorbei und sie in Wien, in Rom, in Berlin Sängerin wäre. So war Monsieur Fernes Musik: Sie hielt die Zeit an, ließ sie sogar rückwärts laufen. Dann, als er aufgehört hatte zu spielen, tauchte Monsieur Ferne auf der Türschwelle zur Küche auf. Er blickte alle an, blinzelte wegen des Sonnenlichts, und sein kleiner Ziegenbart zitterte. Monsieur Ferne machte ein seltsames Gesicht, als wollte er weinen. Er machte zwei, drei Schritte in den Garten, den Leuten entgegen, die auf der Straße stehengeblieben waren, dann breitete er die Arme aus, neigte den Kopf ein wenig zur Seite und sagte danke, danke, meine Freunde. Die Leute begannen zu klatschen, zunächst ein paar Männer und Frauen, die auf der Straße standen, und dann alle, sogar die Kinder, sie schrien auch, um ihn zu beglückwünschen. Auch Esther hat geklatscht, sie dachte, daß es so war wie früher in Wien, als Monsieur Ferne in seiner Jugend vor den Herren im Frack und den Damen im Abendkleid gespielt hatte.

Freitag ist Esther zum erstenmal in die Synagoge oben im Dorf gegangen, da wo das Sabbatfest gefeiert wurde. Jeden Freitag war es dasselbe: Monsieur Jacov, der Assistent des alten Rebbe Eïzik Salanter, ging von Haus zu Haus und klopfte da an die Tür, wo er wußte, daß Juden lebten. Jedesmal klopfte er an die Tür von Esthers Haus, aber niemand ging zum Sabbatfest, weil weder ihre Mutter noch ihr Vater an die Religion glaubten. Als Esther eines Tages gefragt hatte, warum sie am Sabbat nicht in das Chalet gingen, hatte ihr Vater nur gesagt: »Wenn du hingehen willst, steht es dir frei.« Er glaubte, daß die Religion eine Sache der Freiheit war.

Mehrere Male war sie zum Chalet gegangen, wenn die Frauen und Mädchen hineingingen, um das Sabbatfest vorzubereiten. Durch die offene Tür hatte sie die Lichter glänzen sehen, das Gemurmel der Gebete gehört. Heute überkam sie dieselbe Beklemmung, als sie vor der offenen Tür stand. Schwarzgekleidete Frauen gingen an ihr vorbei, ohne sie anzusehen, betraten den Saal. Sie erkannte Judith, die in der Schule neben ihr saß. Sie trug ein schwarzes Kopftuch, und als sie mit ihrer Mutter in das Chalet ging, wandte sie sich zu Esther um und gab ihr ein kleines Zeichen.

Esther blieb eine ganze Weile auf der anderen Straßenseite stehen und blickte auf die offene Tür. Dann ging sie plötzlich, ohne zu wissen, warum, auf die Tür zu und betrat das Chalet. Wegen der einbrechenden Nacht war es drinnen düster wie in einer Grotte. Esther ging auf die Wand zu, die ihr am nächsten war, als wollte sie sich verstecken. Vor ihr standen Frauen, die in schwarze Tücher gehüllt waren, doch niemand kümmerte sich um Esther, nur ein oder zwei kleine Mädchen wandten sich um. Die schwarzen Augen der Kinder glänzten durchdringend im Halbdunkel. Dann kam eines der Mädchen, das Cécile hieß und auch bei Monsieur Seligman in die Schule ging, auf Esther zu, gab ihr ein Tuch und flüsterte: »Das mußt du dir über die Haare tun.« Sie kehrte in die Mitte des Raumes zurück. Esther band sich das Kopftuch um und ging nach vorn, dahin, wo die Mädchen versammelt waren. Sie fühlte sich besser, seit sie Haar und Gesicht unter dem Kopftuch verborgen hatte.

Die Frauen machten sich rings um Monsieur Jacov zu schaffen, brachten das Rednerpult herbei, holten Wasser, stellten die vergoldeten Kerzenleuchter auf. Plötzlich leuchtete irgendwo im Raum ein Licht auf, und alle Blicke wandten sich ihm zu. Lichtersterne tauchten auf, einer nach dem anderen, zunächst zitternd, kurz davor, zu verlöschen, dann wurden die Flammen ruhiger und verbreiteten lange Strahlen. Frauen gingen mit einer Kerze in der Hand von Leuchter zu Leuchter, und das Licht wurde immer heller. Gleichzeitig ertönte Stimmengemurmel wie unterirdischer Gesang, und Esther sah, wie Leute in das Chalet kamen, Männer und Frauen, und mitten unter ihnen war der alte Rebbe Eïzik Salanter. Sie gingen in die Mitte des Raumes, zu den Lichtern, und sprachen in ihrer seltsamen Sprache. Esther betrachtete erstaunt die weißen Tücher, die auf beiden Seiten ihres Gesichts herabhingen. Je mehr Menschen hereinkamen, um so heller wurde das Licht, um so lauter wurden die Stimmen. Jetzt sangen sie, und die schwarzgekleideten Frauen mit ihren sanfteren Stimmen antworteten ihnen. Die sich abwechselnden Stimmen im Innern des Raumes machten ein Geräusch wie der Wind oder der Regen, das leiser wurde und plötzlich wieder anschwoll, laut in den zu engen Mauern hallte und die Kerzenflammen flackern ließ.

Das Gesicht den Lichtern zugewandt, wiederholten die Mädchen rings um Esther die geheimnisvollen Worte und wiegten dabei den Körper hin und her. Der Geruch von Kerzenrauch vermischte sich mit dem Geruch nach Schweiß und dem rhythmischen Gesang, überkam sie wie Schwindel. Sie wagte sich nicht zu rühren, doch ohne es zu merken, hatte sie begonnen, die Bewegung der Frauen ringsumher mitzumachen und den Oberkörper hin und her zu wiegen. Esther versuchte, die seltsamen Worte dieser schönen Sprache von den Lippen der anderen abzulesen, dieser Sprache, die tief in ihrem Innern erklang, als erweckten die Silben Erinnerungen. Das Schwindelgefühl nahm zu, während sie in dieser geheimnisvollen Grotte die Kerzenflammen betrachtete, die im Halbdunkel wie Sterne funkelten. Nie hatte sie ein solches Licht gesehen, nie solchen Gesang gehört. Die Stimmen schwollen an, hallten laut, nahmen ab und erklangen dann anderswo. Manchmal ertönte eine einzelne Stimme, die helle Stimme einer Frau, die einen langen Satz sang, und Esther betrachtete ihren in Tücher gehüllten Körper, der sich mit leicht gespreizten Armen stärker wiegte, während das Gesicht den Flammen zugewandt war. Wenn sie verstummte, hörte man das Gemurmel der Anwesenden, die dumpf Amen, Amen sagten. Dann antwortete eine Männerstimme anderswo, intonierte seltsame Worte, Worte wie Musik. Zum erstenmal begriff Esther, was ein Gebet war. Sie wußte nicht, wie es in sie gedrungen war, aber die Gewißheit war da: Es war das dumpfe Geräusch der Stimmen, aus dem plötzlich die beschwörende Sprache erklang, das regelmäßige Wiegen der Körper, die Sterne der Kerzen, der warme Schatten voller Gerüche. Es war der Wirbel der Worte.

Hier, in diesem Raum konnte nichts anderes mehr von Bedeutung sein. Nichts war mehr bedrohlich, weder Marios Tod noch die Deutschen, die in ihren Panzern das Tal hinaufkamen, und nicht einmal mehr die hohe Gestalt ihres Vaters, der im Morgengrauen auf die Berge zuwanderte und in den Gräsern verschwand wie jemand, der in den Tod ging.

Die Augen starr auf die Lichter gerichtet, wiegte Esther ihren Körper langsam hin und her, und die Stimmen der Männer und Frauen riefen und antworteten tief im Innern, durchdringend, ernst, und sagten all diese Worte in der Sprache des Geheimnisses, und Esther konnte wie der schwarze Vogel, den der Vater ihr gezeigt hatte, über die Zeit und die Berge fliegen, bis ans andere Ufer der Meere, dorthin, wo das Licht entsteht, bis nach Eretzrael.

Am Samstag, dem 8. September, wurde Esther von einem Geräusch geweckt. Einem Geräusch, einem Brummen, das von allen Seiten zugleich kam, das Tal erfüllte, in den Straßen des Dorfes widerhallte, tief in alle Häuser drang. Esther stand auf, und im Halbdunkel des Alkoven sah sie, daß das Bett ihrer Eltern leer war. Ihre Mutter war schon angezogen und stand in der Küche neben der offenen Tür. Ihr Blick ließ Esther erschauern: ein sorgenvoller Blick, der sich auf das Brummen bezog, das von draußen kam. Noch ehe Esther eine Frage stellen konnte, sagte Elizabeth: »Dein Vater ist heute nacht fortgegangen, er wollte dich nicht wecken.« Das Brummen entfernte sich, kam zurück, hatte etwas Unwirkliches. Elizabeth sagte: »Das sind die Flugzeuge der Amerikaner, die nach Genua fliegen... Die Italiener haben den Krieg verloren, sie haben den Waffenstillstandsvertrag unterzeichnet.« Esther schmiegte sich an ihre Mutter. »Gehen die Italiener dann fort?« Die Sorge ließ auch sie jetzt erstarren, drang ihr wie ein eisiger Strom in Hände und Beine. Verlangsamte ihren Atem, das Denken. Das Brummen der Flugzeuge entfernte sich, grollte in der Ferne wie ein Gewitter. Doch jetzt hörte Esther ein anderes, deutlicheres Brummen. Es war das Geräusch der italienischen Lastwagen, die durch das Tal kamen und auf der Flucht vor den deutschen Truppen zum Dorf hinauffuhren. »Der Krieg ist noch nicht zu Ende«, sagte Elizabeth langsam. »Bald kommen die Deutschen. Wir müssen fort. Alle müssen fort.« Dann berichtigte sie: »Alle Juden müssen schnell fort, ehe die Deutschen da sind.« Das Geräusch der Lastwagen war jetzt sehr laut, sie näherten sich der letzten Kurve vor dem Dorf. Elizabeth nahm einen Koffer, der gepackt neben der Tür stand, den alten Lederkoffer, in dem sie alle ihre Wertgegenstände aufbewahrte. »Zieh dich an. Zieh dir warme Kleider und feste Schuhe an. Wir gehen durch das Gebirge. Dein Vater kommt nach.« Sie bewegte sich mit fieberhafter Eile und warf auf der Suche nach etwas Wichtigem, das sie vergessen haben könnte, die Stühle um. Esther zog sich schnell an. Über ihren Pullover streifte sie die Lammfellweste, die Mario an dem Tag, an dem er umgekommen war, auf der Rückenlehne eines Stuhls hatte hängen lassen. Sie band sich das schwarze Kopftuch, das Cécile ihr am Abend des Sabbats gegeben hatte, um das Haar.

Draußen auf dem großen Platz schien die Sonne, zeichnete den Schatten des Laubs auf den Boden. Die Kuppel der Kirche funkelte. Am Himmel waren schöne, schneeweiße Wolken. Esther blickte sich mit schmerzhafter Aufmerksamkeit um. Von allen Seiten strömten die Leute auf den Platz. Die armen Juden kamen aus den kleinen Gassen, aus den Kellergeschossen, in denen sie all die Jahre gelebt hatten, sie kamen mit ihrem Gepäck, ihren alten Koffern aus fester Pappe, ihren Wäschebündeln, ihren Vorräten in Leinensäcken. Die ältesten, wie der Rebbe Eïzik Salanter, Jacov und die Polen, hatten ihre schweren Winterkaftane angezogen und die Persianermützen aufgesetzt. Die Frauen hatten zum Teil zwei Mäntel übereinander an, und alle trugen schwarze Kopftücher. Auch die reichen Juden kamen, mit schöneren Koffern und neuen Kleidern, aber viele von ihnen hatten überhaupt kein Gepäck dabei, weil sie keine Zeit gehabt hatten, Vorbereitungen zu treffen. Manche kamen mit dem Taxi von der Küste, ihre Gesichter waren angespannt und blaß, und Esther dachte, daß sie vielleicht all das nie wiedersehen würden, diesen Platz, diese Häuser, den Brunnen und die blauen Berge in der Ferne.

Der Motorenlärm der Lastwagen auf dem Platz war so laut, daß niemand etwas hätte sagen können, selbst wenn er gewollt hätte. Die Lastwagen hatten auf dem Platz gehalten, einer hinter dem anderen, die ganze Straße entlang bis zum großen Park mit den Kastanien. Die Motoren dröhnten, über der Fahrbahn schwebte eine blaue Wolke. Die Leute drängten sich um den Brunnen, auch die Kinder waren da, aber sie rannten nicht herum. Sie waren ärmlich gekleidet und saßen mit starrem Gesicht neben ihren Müttern auf den Wäschebündeln. Die Soldaten der 4. italienischen Armee standen vor dem Hotel und warteten auf das Zeichen zum Aufbruch. Esther ging auf sie zu und wunderte sich über den Gesichtsausdruck der Männer, die verstörte Miene, den abwesenden Blick. Viele von ihnen hatten vermutlich in der letzten Nacht nicht geschlafen, da sie darauf gewartet hatten, daß die Nachricht von der Niederlage und der Unterzeichnung des Waffenstillstandsvertrags bestätigt wurde. Die Soldaten sahen niemanden an. Sie standen vor dem Hotel und warteten, während die Lastwagen auf der anderen Seite des Platzes die Motoren aufheulen ließen. Die Juden gingen vor dem Brunnen auf und ab und stellten ihr Gepäck bald hierhin, bald dorthin, als suchten sie die beste Stelle zum Warten. Die Leute aus dem Dorf, die Bauern, waren auch da, aber ein wenig abseits, sie standen unter den Arkaden des Rathauses und beobachteten die Juden, die sich rings um den Brunnen versammelt hatten.

Tristan stand halb versteckt im Schatten der Arkaden und rührte sich nicht. Sein hübsches Gesicht war blaß, er hatte tiefe Ringe unter den Augen. In seinem englischen Anzug, der durch das Herumstreifen im Sommer abgenutzt war, wirkte er verfroren und abwesend. Auch er war von dem Brummen geweckt worden, das das Tal erfüllte, und hatte sich hastig angezogen. Als er gerade das Hotelzimmer verlassen wollte, hatte ihn seine Mutter gerufen: »Wohin gehst du?« Und da er nicht antwortete, sagte sie mit vor Sorge seltsam heiserer Stimme: »Bleib hier! Geh nicht auf den Platz, das ist gefährlich.« Aber da war er schon draußen.

Er suchte Esther auf dem Platz, mitten unter den wartenden Menschen. Als er sie sah, machte er eine Bewegung, um auf sie zuzulaufen, doch dann blieb er stehen. Es waren zu viele Leute da, die Frauen sahen verängstigt aus. Dann kam Madame O'Rourke. Sie hatte sich in aller Hast angezogen, sie, die sonst so elegant war, hatte nur einen Regenmantel über ihr Kleid geworfen und trug keinen Hut. Ihr blondes Haar fiel ihr in langen Locken auf die Schultern. Auch sie sah abgespannt aus, hatte müde Augen.

Schließlich überquerte Esther den Platz und ging auf Tristan zu, sie konnte nicht sprechen, wußte nicht, was sie sagen sollte, ihre Kehle war wie zugeschnürt. Sie küßte Tristan flüchtig, dann drückte sie Madame O'Rourke die Hand. Tristans Mutter lächelte ihr zu, drückte sie an sich, küßte sie auf die Wange und sagte ein paar Worte, vielleicht »viel Glück«, ihre Stimme war ernst, es war das erstemal, daß sie mit Esther sprach. Dann ging Esther zu ihrer Mutter zurück. Als sie wieder zu den Arkaden blickte, waren Tristan und Madame O'Rourke verschwunden.

Jetzt schien die Sonne sehr heiß. Im Osten stiegen schöne, weiße Wolken auf, glitten langsam über den Himmel. Ab und zu strich ein kühler Schatten über den Platz, ließ die Umrisse des Laubs auf der Erde verblassen. Esther dachte, daß es ein schöner Tag sei, um zu verreisen. Sie stellte sich ihren Vater vor, der durch das Gebirge ging, mitten auf der Kammlinie, während die weiten Täler noch im Schatten lagen. Vielleicht sah er von der Stelle, an der er war, das Dorf mit dem winzigen Platz und die schwarze Menge, die bestimmt Ameisen glich.

Vielleicht ging er über die sich gelb färbenden Wiesen in das noch dunkle Tal hinab, in der Nähe von Nantelle oder Les Châtaigniers, wo er mit Juden verabredet war, die aus Nizza, aus Cannes oder aus noch weiterer Ferne kamen, um den vordringenden deutschen Soldaten zu entkommen.

Plötzlich heulten auf dem Platz die Motoren auf, und die Italiener rüsteten sich zum Aufbruch. Vermutlich hatten sie das Zeichen erhalten, auf das sie seit dem Morgengrauen gewartet hatten, oder sie waren ungeduldig geworden, konnten das Warten nicht länger ertragen. Sie sind in einzelnen Gruppen nacheinander aufgebrochen, die meisten zu Fuß. Sie brachen unter dem Dröhnen der Motoren auf, ohne etwas zu sagen, ohne sich gegenseitig etwas zuzurufen. Die Lastwagen setzten sich in Bewegung und fuhren die Straße zum Gebirge hinauf, durch das Boréon-Tal. Das Dröhnen der Motoren nahm zu, hallte in den Tiefen des Tals wider, wurde als donnerndes Echo zurückgeworfen. Während sich die Soldaten beeilten, ging Esther auf das Hotel zu. Vielleicht würde sie irgendwann Rachel sehen, wenn diese mit Hauptmann Mondoloni das Hotel verließ. Männer in Zivil waren da, in Regenmänteln und mit Filzhüten, und auch Frauen, aber Rachel war nicht unter ihnen. Alles ging so schnell, in solchem Gedränge, daß Rachel vielleicht vorbeigegangen war, ohne daß Esther sie gesehen hatte, vielleicht war sie auch mit diesen Leuten in einen Lastwagen gestiegen. Esther klopfte heftig das Herz, sie spürte, wie sich ihr die Kehle zuzog, als sie zusah, wie die letzten italienischen Soldaten sich um die anfahrenden Lastwagen drängten und auf die mit Planen überdachten Pritschen sprangen. Alles war so grau und traurig, daß Esther gern noch ein letztes Mal Rachels kupferfarbenes Haar gesehen hätte. Einige Leute auf dem Platz sagten, die Offiziere seien sehr früh abgefahren, schon vor zehn Uhr. Dann lief Rachel also schon durch das Gebirge, überquerte die Grenze am Ciriega-Paß.

Jetzt brachen auch die anderen auf. Mitten auf dem Platz, in der Nähe des Brunnens, hatte sich eine Gruppe von Männern um Monsieur Seligman, den Volksschullehrer, geschart. Esther erkannte einige von ihnen, die manchmal abends in der Küche ihren Vater besucht hatten. Sie diskutierten lange, weil die einen dieselbe Route wie die Lastwagen der Italiener nehmen wollten, über den Ciriega-Paß, die anderen dagegen wollten den kürzesten Weg einschlagen, über den Fenestre-Paß. Sie sagten, es sei gefährlich, hinter den Italienern herzugehen, denn den Weg würden vermutlich die Deutschen nehmen, um diese zu bombardieren.

Schließlich ist der Lehrer Monsieur Seligman auf den Rand des Brunnens geklettert. Er wirkte unruhig und bewegt, und dennoch war seine Stimme so deutlich wie in der Schule, wenn er den Kindern aus einem Buch vorlas. Er sagte zunächst ein paar Worte auf französisch: »Meine Freunde! Meine Freunde... Hört mir zu!« Das lärmende Durcheinander des Aufbruchs ließ nach, und die Leute, die schon im Begriff waren fortzugehen, stellten ihre Koffer ab, um zuzuhören. Und dann trug er mit derselben lauten, deutlichen Stimme, mit der er den Kindern *Die pestkranken Tiere* oder Auszüge aus *Nana* vorgelesen hatte, Verse vor, die Esther für immer im Gedächtnis blieben, er sagte sie langsam auf, als wären es die Worte eines Gebets, und erst viel später hat Esther erfahren, daß sie ein Mann namens Chaim Nachman Bialik geschrieben hatte:

Auf meinem gewundenen Weg
habe ich keine Sanftmut kennengelernt.
Meine Ewigkeit ist verloren.

Elizabeth stand neben Esther und weinte lautlos. Ihre Schultern wurden von Schluchzern geschüttelt, und ihr Gesicht war zu einer Maske erstarrt, und das war schrecklicher als aller Lärm und alle Schreie der Welt, dachte Esther. Sie drückte ihre Mutter mit aller Kraft an sich, um das Schluchzen zu ersticken, so wie man es mit einem Kind tut.

Die Leute gingen schon zum oberen Teil des Platzes, kamen am Brunnen vorbei, wo Monsieur Seligman sie ansah. Die Männer gingen an der Spitze, ihnen folgten die Frauen, die Greise und die Kinder. Sie bildeten in der brennenden Sonne einen langen grauschwarzen Zug, wie bei einer Beerdigung.

Als Esther am Hotel vorbeikam, sah sie Monsieur Fernes Silhouette: ein flüchtiger Schatten, halb unter einer Platane versteckt. Mit seinen krummen Beinen, seiner langen, grauen Jacke mit den ausgebeulten Taschen, der Schirmmütze und dem Ziegenbart glich er einem Friedhofswärter, der von weitem einer Trauerfeier beiwohnt, die ihn nicht wirklich betrifft. Als Esther Monsieur Fernes Silhouette sah, hätte sie trotz der Trauer ihrer Mutter, trotz der Unruhe, die ihr die Kehle zuschnürte, am liebsten gelacht. Sie erinnerte sich daran, wie er sich versteckt hatte, als die italienischen Soldaten das Klavier schaukelnd die Straße hinaufgetragen hatten. Sie lief auf ihn zu, ergriff seine Hand. Der alte Mann sah sie an, als kenne er sie nicht. Er schüttelte den Kopf, und sein seltsamer Ziegenbart zitterte, während er mehrmals sagte: »Nein, nein, geht weg, geht alle weg, ich kann nicht, ich muß hier bleiben. Wo soll ich denn hingehen, ins Gebirge?« Esther drückte ihm mit aller Kraft die Hand und spürte, wie ihr Tränen die Augen verschleierten. »Aber die Deutschen sind bald da, Sie müssen mit uns kommen.« Monsieur Ferne blickte weiterhin die Leute an, die über den Platz gingen. »Nein, nein.« Er sprach leise, mit fast unhörbarer Stimme. »Nein, nein. Was sollen sie schon mit einem Alten wie mir anfangen?« Dann drückte er Esther sehr schnell einen Kuß auf die Wange und trat zur Seite. »Auf Wiedersehen. Auf Wiedersehen.« Esther rannte zu ihrer Mutter zurück, und sie machten sich mit den anderen auf, in Richtung des höher gelegenen Teils des Dorfes. Als Esther sich umdrehte, sah sie Monsieur Ferne nicht mehr. Vielleicht war er schon zu seinem Klavier zurückgekehrt, in die dunkle Küche der Villa. Unter den Arkaden des Rathauses standen nur noch wenige Menschen, Leute aus dem Dorf, Frauen in geblümten Kleidern, in Schürzen. Sie blickten auf die Gruppe der Flüchtlinge, die schon oben im Dorf verschwand, dort wo die Wiesen und die Kastanienwälder beginnen.

Jetzt gingen die Leute in der Mittagssonne die Straße entlang. Sie waren so zahlreich, daß Esther weder den Anfang noch das Ende der Gruppe sehen konnte. Das Dröhnen der Motoren im Tal hatte aufgehört, kein Ton war mehr zu hören, bis auf das Scharren der Füße auf der steinigen Straße, und das war ein seltsames Geräusch, wie ein Bach, der über Kieselsteine fließt.

Esther betrachtete beim Gehen die Leute, die sie umgaben. Sie erkannte die meisten wieder. Es waren Leute, die sie im Dorf auf der Straße, auf dem Markt oder auf dem Platz gesehen hatte, nachmittags, wenn sie sich in kleinen Gruppen unterhielten, während die Kinder mit schrillen Schreien über den Platz rannten. Da waren alte Leute in langen Mänteln mit Pelzkragen und schwarzen Hüten, unter denen graue Zöpfe hervorkamen. Da war Monsieur Jacov, den man den Chasan nannte und der mit schweren Koffern in der Hand neben dem alten Eïzik Salanter herging. Bis auf den Rebbe Eïzik Salanter und Monsieur Jacov kannte Esther keinen mit Namen. Es waren die ärmsten Juden, jene, die aus Deutschland, aus Polen, aus Rußland gekommen waren und im Krieg alles verloren hatten. Als sie den Tempel im Chalet oben im Dorf betreten hatte, hatte Esther sie gesehen, wie sie rings um den Tisch mit den brennenden Lichtern gestanden hatten, den Kopf in ein langes weißes Tuch gehüllt, und sie hatte gehört, wie sie die Worte aus dem Buch in der geheimnisvollen und so schönen Sprache rezitiert hatten, die, ohne daß man sie verstand, tief ins Innere drang.

Als Esther sie hier in der Sonne in ihren langen Mänteln, die sie behinderten, langsam und gebeugt diese steinige Straße entlanggehen sah, spürte sie, wie ihr das Herz schneller schlug, als geschähe etwas Schmerzhaftes und Unausweichliches, als ginge die ganze Welt auf dieser Straße dem Unbekannten entgegen.

Vor allem betrachtete sie die Frauen und die Kinder. Da waren alte Frauen, die sie irgendwo hinten in einer Küche gesehen hatte und die nie aus dem Haus gingen, außer an Festtagen oder bei Hochzeiten. Jetzt liefen sie in schweren Mänteln, den Kopf in schwarze Tücher gehüllt, die steinige Straße hinauf, ohne etwas zu sagen, und verzogen das blasse Gesicht in der Sonne. Da waren auch jüngere Frauen, die einen Koffer hinter sich herzogen, und trotz der Mäntel und der vielen Bündel, die sie mit sich schleppten, noch schlank wirkten. Sie unterhielten sich, manche lachten sogar, als gingen sie zu einem Picknick. Die Kinder in zu warmen Pullovern und schweren Lederschuhen, die sie nur zu festlichen Anlässen trugen, rannten vor ihnen her. Auch sie trugen Bündel, Säcke mit Brot, Obst und Wasserflaschen. Während Esther zusammen mit ihnen daherging, suchte sie sich an ihre Namen zu erinnern, Cécile Grinberg, Meyerl, Gelibter, Sarah und Michel Lubliner, Léa, Amélie Sprecher, Fizas, Jaques Mann,

Lazare, Rivkelé, Robert David, Yachet, Simon Choulevitch, Tal, Rebecca, Pauline, André, Marc, Marie-Antoinette, Lucie, Eliane Salanter... Doch sie kam nur mit Mühe auf ihre Namen, denn sie waren schon nicht mehr jene Jungen und Mädchen, die sie kannte, jene, die sie in der Schule gesehen hatte, die schreiend durch die Straßen im Dorf gerannt waren, jene, die nackt in den Bächen gebadet und im Gebüsch Krieg gespielt hatten. Jetzt steckten sie in zu großen, zu schweren Kleidern und Winterschuhen, die Mädchen hatten das Haar unter Kopftüchern verborgen, die Jungen trugen Mützen oder Hüte, und sie rannten nicht mehr so schnell, unterhielten sich nicht mehr. Sie wirkten wie Waisenkinder beim Spaziergang, waren schon traurig und müde, sahen nichts mehr und niemanden.

Die Gruppe ging durch den höher gelegenen Teil des Dorfes, an der geschlossenen Schule, an der Gendarmerie vorbei. Die Einwohner, die vor der Haustür standen oder sich aus dem Fenster lehnten, hoben einen Augenblick den Kopf, stumm wie jene, die an ihnen vorbeizogen.

Es war das erstemal, es tat weh, Esther stellte fest, daß sie anders war als die Leute aus dem Dorf. Sie konnten zu Hause bleiben, in ihrem Dorf, sie konnten weiterhin in diesem Tal leben, unter diesem Himmel, das Wasser aus den Bächen trinken. Sie blieben hier, vor ihrer Haustür, blickten durch das Fenster, während Esther in ihren schwarzen Kleidern und Marios Lammfelljacke an ihnen vorbeiging, den Kopf in ein schwarzes Tuch gehüllt, die Füße in Winterschuhe gezwängt, sie mußte mit denen gehen, die wie sie kein Zuhause mehr hatten, kein Recht mehr auf denselben Himmel, auf dasselbe Wasser. Wut und Unruhe schnürten ihr die Kehle zu, das Herz klopfte ihr unbändig in der Brust. Sie dachte an Tristan, an sein weißes Gesicht, seine fiebrigen Augen. An Madame O'Rourkes kühle Wange und ihre Hand, die einen Augenblick die ihre gedrückt hatte, das Herz hatte ihr geklopft, weil sie zum erstenmal mit Tristans Mutter gesprochen hatte und weil sie sie wahrscheinlich nie wiedersehen würde. Sie dachte an Rachel, an das nun leere Hotel. Der Wind drang sicher durch die offenen Fenster herein und wirbelte durch den großen Saal. Es war das erstemal, und sie begriff, daß sie jemand anders geworden war. Ihr Vater würde sie nie wieder Estrellita nennen können, und niemand sollte mehr Hélène zu ihr sagen. Es nützte nichts, zurückzublicken, all das gab es nicht mehr.

Die Gruppe ging auf der steinigen Straße zwischen den Wiesen, dort, wo Esther sich früher versteckt hatte, um auf ihren Vater zu warten. Mit lautem Rauschen, das von den Flanken der Berge widerhallte, floß unten der Bach. Im Osten türmten sich am Himmel weiße Wolken auf, brachten unten im Tal bizarre Gebilde hervor, wie Schneegipfel, wie Schlösser. Esther erinnerte sich, daß sie beobachtet hatte, wie die Wolken heraufzogen, während sie auf den vom Wasser des Baches noch feuchten, flachen Steinen lag, auf den Schenkeln die kalten Tröpfchen spürte, die sich auf ihrer Haut zusammenzogen, und der Musik des Wassers und dem Summen der Wespen lauschte. Sie erinnerte sich, daß sie den Wolken hatte folgen wollen, weil sie frei im Wind dahinglitten und unbekümmert auf die andere Seite der Berge zogen, bis ans Meer. Sie stellte sich vor, was die Wolken alles sahen, Täler, Flüsse, Städte, die Ameisenhaufen glichen, und große Buchten, in denen das Meer glitzerte. Es waren heute dieselben Wolken, und sie hatten dennoch etwas Bedrohliches. Sie bildeten geradezu eine Sperrmauer unten im Tal, verschlangen die Gipfel der Berge, richteten eine hohe weiße Wand auf, die düster und unüberwindlich wirkte.

Esther drückte ganz fest die Hand ihrer Mutter, während sie im gleichen Schritt den Weg entlang gingen, mitten im langen Zug von Menschen. Schon wurde der Wald dichter, und die Kastanien und Eichen wichen hohen Kiefern mit fast schwarzem Nadelkleid. So weit war Esther noch nie in das Tal des Wildbachs vorgedrungen. Jetzt sah man das andere Ende des Tals nicht mehr und auch nicht mehr die Wolkenwand. Nur manchmal zwischen den Baumstämmen den Bach, der in der Sonne glitzerte. Die Gruppe hatte das Tempo verlangsamt, mühte sich auf dem steilen Pfad ab. Die Greise und die Frauen, die ihre Kinder trugen, machten schon am Wegrand halt, um sich auszuruhen, saßen auf Felsen oder auf ihren Koffern. Niemand sagte etwas. Man hörte das Geräusch der Schuhe auf den Steinen und das Geschrei der kleinen Kinder, das, von den Bäumen ein wenig gedämpft, seltsam hallte, wie Schreie von Tieren. Als die Gruppe durch den Wald ging, schreckte sie ein paar Alpenkrähen auf, die kreischend ein Stück weiter flogen. Esther betrachtete die schwarzen Vögel, und sie erinnerte sich, was ihr Vater eines Tages gesagt hatte, als er über Italien sprach. Er hatte auf einen Raben am Himmel gezeigt und gesagt: »Wenn du fliegen könntest wie dieser Vogel, wärst du schon heute abend da.« Sie wagte nicht, Elizabeth die Frage zu stellen: »Wann kommt Papa?« Doch sie drückte ihr beim Gehen ganz fest die Hand und betrachtete verstohlen das scharfgeschnittene, blasse Gesicht ihrer Mutter, den Mund mit den zusammengepreßten Lippen und ihre Züge, die durch das straff über das Haar gezogene Kopftuch, das sie umgebunden hatte, um den anderen Frauen zu gleichen, gealtert wirkten. Auch das schnürte ihr vor Wut die Kehle zu, weil sie sich an die Sommertage erinnerte, an denen Elizabeth ihr schönes, ausgeschnittenes, blaues Kleid und ihre leichten Sandalen getragen und sich lange das schwarze, seidige Haar gekämmt hatte, um Esthers Vater eine Freude zu machen und ihn auf den Dorfplatz zu begleiten. Esther erinnerte sich an die langen,gebräunten Beine ihrer Mutter, an die glatte Haut ihrer Waden, an das Licht, das auf ihren nackten Schultern glänzte. Jetzt war all das bestimmt für immer vorbei, denn kann man das, was man beim Fortgehen zurückläßt, je wiederfinden? »Kommen wir mit Papa wieder her, gehen wir wirklich für immer weg?« Esther hatte das nicht gefragt, als sie, nachdem sie sich schnell angezogen, den Koffer genommen, das Haus verlassen hatte und die sechs schmalen Stufen zur Straße hinaufgegangen war. Sie waren gemeinsam über die Straße zum Platz gelaufen, und Esther hatte nicht gewagt, diese Frage zu stellen. Doch ihre Mutter hatte verstanden; sie hatte nur eine seltsame Grimasse gezogen und die Achseln gezuckt, und Esther hatte gesehen, wie sich ihre Mutter ein wenig später die Augen gerieben und die Nase geputzt hatte, weil sie weinte. Da hatte sich Esther mit aller Kraft auf die Lippe gebissen, bis es blutete, wie sie es immer tat, wenn sie etwas angestellt hatte und es ungeschehen machen wollte.

Sie hatte niemanden mehr angeblickt, um nicht das Unglück in ihren Augen sehen zu müssen und niemand merken zu lassen, daß auch sie daran dachte. Auf der steinigen Straße, die durch den Wald hinaufführte, vergrößerte sich der Abstand zwischen den Leuten. Die Jüngsten, die Männer, die Jungen waren den anderen weit voraus, man hörte nicht einmal mehr ihre Stimmen, wenn sie sich etwas zuriefen. Hinter ihnen zog sich der Menschenstrom immer weiter auseinander. Obwohl Esther und ihre Mutter wegen der schweren Koffer, die ihnen in die Hände schnitten, nicht schnell gingen, überholten sie andere Flüchtlinge, alte Frauen, die über die Steine stolperten, Frauen mit einem Baby im Arm und alte Männer, die einen zu schweren Kaftan anhatten und sich auf einen Stock stützten. Wenn sie neben ihnen waren, verlangsamte Esther den Schritt, um ihnen zu helfen, doch dann zerrte ihre Mutter sie fast gewaltsam am Arm, und Esther erschrak, als sie den harten Ausdruck in ihrem Gesicht sah, während sie die Nachzügler überholten. Je weiter sie gingen, um so seltener sahen sie Frauen am Wegrand sitzen. Und nach einer Weile gingen Esther und ihre Mutter ganz allein und hörten nichts mehr, bis auf das Geräusch ihrer eigenen Schritte und das sanfte Rauschen des Baches in der Tiefe.

Hinter ihnen näherte sich die Sonne der Kammlinie der Berge. Der Himmel war blaß, fast grau geworden, und vor ihnen türmten sich schwere Wolken auf. Nachdem sie schon eine ganze Weile gesucht hatte, entdeckte Elizabeth plötzlich eine Art Lichtung auf einer ebenen Stelle oberhalb des Baches. Sie sagte: »Hier bleiben wir heute nacht.« Sie ging ein paar Schritte hinab, bis zu dem Felsvorsprung über dem Bach. Nie zuvor hatte Esther so etwas Schönes gesehen. Zwischen den rund geschliffenen Felsblöcken befand sich ein Teppich aus Moos, und links, ein wenig oberhalb, war ein kleiner Sandstrand, der von den Wellen des Baches umspült wurde. Nach dem harten, steinigen Weg und der sengenden Sonne, nach all der Unruhe und Ungewißheit, all der Anstrengung, kam Esther dieser Ort paradiesisch vor. Sie rannte los, um sich auf dem Moos zwischen den Felsblöcken auszustrecken, und schloß die Augen. Als sie sie wieder öffnete, sah sie ihre Mutter vor sich. Elizabeth hatte sich Gesicht und Arme im Wasser des Baches gewaschen, und das verschwommene Licht des Abends bildete einen leuchtenden Kreis um ihr Haar, das sie gelöst hatte. »Du bist so schön«, flüsterte Esther. »Du solltest dich auch waschen«, sagte Elizabeth, »das Wasser ist herrlich kühl, und gleich kommen sicher noch andere Leute, um hier die Nacht zu verbringen.« Esther legte Kopftuch und Schuhe ab, raffte das Kleid und ging bis zu den Waden in das eisige Wasser. Das kalte Wasser glitt an ihren Beinen entlang, ließ sie gefühllos werden. Sie trank etwas Wasser aus der hohlen Hand, besprühte das Gesicht, um das Brennen der Sonne zu mildern. Das Wasser durchnäßte den Saum ihres Kleides, die Ärmel ihres Pullovers, und blieb in Tropfen am Lammfell hängen.

Wenig später trafen tatsächlich andere Leute ein. Viele hatten weiter unten haltgemacht, auf einer anderen Lichtung, und Esther hörte die Stimmen der Kinder, die Rufe der Frauen. Alle wußten, daß kein Feuer angezündet werden durfte, damit die deutschen Truppen sie nicht entdeckten, und daher behalf man sich mit dem Abendessen, so gut es eben ging. Die Frauen hatten das Brot ausgepackt und schnitten Scheiben für die Kinder ab, die sich an den Bach setzten und aßen. Esthers Mutter hatte ein Stück trockenen Käse mitgebracht, den ihr die Vermieterin gegeben hatte, er kam ihnen köstlich vor. Sie aßen auch ein paar Feigen, gingen dann an den Bach und knieten sich auf dem kleinen Strand hin, um Wasser zu trinken. Vor Einbruch der Dunkelheit errichteten sie aus Kiefernzweigen, deren dichte Nadeln eine Art Dach bildeten, einen Wetterschutz.

Allmählich zog die Nacht herauf. Im Wald waren jetzt fast überall die menschlichen Stimmen lauter zu hören. Esther konnte trotz ihrer Erschöpfung nicht schlafen. Von Kinderstimmen geleitet, ging sie am Bach entlang. Etwa hundert Meter flußabwärts entdeckte sie eine Gruppe von kleinen Mädchen, die am Rand des Baches spielten. Sie standen in Kleidern bis zu den Schenkeln im Wasser und spritzten sich lachend naß. Esther erkannte sie. Es waren junge Polinnen, die zu Anfang des Sommers mit ihren Eltern im Dorf eingetroffen waren und nur ihre eigene Sprache beherrschten, die sehr seltsam und melodiös war. Esther erinnerte sich, daß ihr Vater ihr eines Abends von einer Stadt erzählt hatte, deren Name ebenso seltsam war wie die Sprache der Mädchen, Rzeszow, und von deutschen Soldaten, die die Häuser in Brand gesteckt, alle Juden vertrieben und sie in Viehwaggons verladen hatten, um sie in Lager in den Wäldern zu bringen, wo selbst die Kinder arbeiten mußten, bis sie vor Entkräftung starben. Sie erinnerte sich daran und sah die Mädchen an. Jetzt waren sie hier, in diesem tiefen Wald, am Ufer dieses Baches, wurden schon wieder vertrieben und gingen dem Unbekannten entgegen, dem Gebirge, über dem sich die Wolken auftürmten, und dennoch wirkten sie so unbekümmert, als machten sie einen Spaziergang. Esther ging auf die Lichtung, um ihnen zuzuschauen. Jetzt spielten die Mädchen Fangen und rannten von Baum zu Baum, in langen schwarzen Kleidern, die sich aufbauschten wie beim Tanz. Die Größte, die etwa zehn oder elf sein mochte, hatte hellblondes Haar und helle Augen, während ihre Schwestern dunkelhaarig waren. Plötzlich bemerkten sie Esther. Sie blieben stehen. Gemeinsam kamen sie vorsichtig näher und sagten ein paar Worte in ihrer Sprache. Die Nacht brach herein. Esther wußte, daß sie zu ihrer Mutter zurückkehren mußte, und doch konnte sie den Blick nicht von den hellen Augen des kleinen Mädchens lösen. Die anderen begannen wieder zu spielen.

In der Nähe einer Kiefer waren ihre Eltern, schwarzgekleidete Frauen und Männer in Kaftanen. Unter ihnen befand sich auch ein alter Mann mit langem, grauen Bart, den Esther am Eingang des Tempels, im Chalet, gesehen hatte.

Das kleine Mädchen nahm Esther an die Hand und ging mit ihr zu dem Baum. Eine der Frauen stellte ihr lächelnd Fragen, jedoch immer in dieser seltsamen Sprache. Sie hatte ein hübsches, ebenmäßiges Gesicht, und ihre Augen waren blaßgrün wie die des kleinen Mädchens. Dann schnitt sie eine Scheibe Schwarzbrot ab und hielt sie Esther hin. Esther wagte nicht Nein zu sagen, doch sie schämte sich ein wenig, weil sie schon Käse und Feigen gegessen hatte, ohne sie mit jemandem zu teilen. Sie nahm das Brot und rannte, ohne etwas zu sagen, auf die steinige Straße und eilte dann zu der Lichtung, wo ihre Mutter auf sie wartete. Die Dunkelheit rückte schon die Bäume näher zusammen, warf überall beunruhigende Schatten. Hinter sich hörte Esther noch die Stimmen und das Lachen der kleinen Mädchen.

Es hat begonnen zu regnen. Ein leises, raschelndes Geräusch auf den Dächern, ein leises, ruhiges Geräusch, nach all dem Gebrumm der Lastwagenmotoren und dem Geräusch der Schritte. Trotz der Finsternis geht Rachel auf die Straße, eingemummt in das große, schwarze Schultertuch ihrer Mutter geht sie durch den Regen. Als der Lärm der italienischen Lastwagen durch das ganze Tal dröhnte, wollte sie auf den Platz laufen, doch ihre Mutter hat gesagt: »Geh nicht hin! Geh nicht hin, bitte, bleib bei uns!« Ihr Vater war krank, und Rachel ist nicht hinausgegangen. Den ganzen Tag war der Lärm der Lastwagen im Tal, in den Bergen zu hören. Manchmal so nah, daß man den Eindruck hatte, die Lastwagen würden die Hauswände zum Einsturz bringen. Danach kam das Geräusch der Schritte, und das war vielleicht noch beängstigender, dieses dumpfe Geräusch, dieses Getrappel. Bis in die Nacht gingen die Leute die kleine Straße hinauf und entfernten sich. Man hörte Stimmen, gedämpfte Rufe, weinende Kinder. Rachel ist die ganze Nacht wach geblieben und hat im Dunkeln auf einem Stuhl neben dem Bett gesessen, in dem ihre Mutter schlief. Aus dem anderen Bett, im kleinen Zimmer, hörte sie den zu schnellen Atem ihres Vaters, sein trockenes, asthmatisches Husten. Am Morgen dann, es war Sonntag, war alles sehr still. Draußen schien die Sonne, drang durch die Ritzen der Fensterläden. Die Luft war voller Vogelgezwitscher, wie im Sommer. Doch Rachel wollte nicht nach draußen gehen, wollte nicht einmal die Fensterläden öffnen. Sie war so müde, daß ihr davon übel war. Als ihre Mutter aufstand, um sich fertigzumachen und in die Küche zu gehen, hat sich Rachel in das noch warme Bett gelegt und ist eingeschlafen.

Jetzt ist es wieder Nacht geworden, und ein leichter Regen geht auf die Dächer des Dorfes nieder. Als Rachel aufwacht, weiß sie nicht recht, wo sie ist. Sie glaubt einen Augenblick, sie sei im Hotelzimmer mit Mondoloni, und dann erinnert sie sich, was geschehen ist. Vielleicht glaubt sie, der Karabiniere sei allein im Hotel geblieben und auch er lausche dem Regen. Die italienischen Soldaten sind alle abgezogen, und in den Bergen ist es wieder still geworden. Eines Tages im Hotel, als sie sich vor dem Spiegel im Zimmer das Haar kämmte, ist er auf sie zugekommen, hat sie seltsam angesehen und gesagt: »Wenn der Krieg zu Ende ist, nehme ich dich mit nach Italien, überallhin, nach Rom, nach Neapel, nach Venedig, dann machen wir eine lange Reise.« An jenem Tag hat er ihr den Ring mit dem blauen Stein gegeben.

Rachel geht durch die stillen Straßen. Alle Fensterläden sind geschlossen. Sie denkt an etwas, was ihr Herz schneller schlagen läßt, sie denkt, daß es heute vielleicht soweit ist, der Krieg vielleicht zu Ende ist. Als die Amerikaner Genua bombardiert haben, hat Mondoloni gesagt, das sei das Ende, die Italiener würden den Waffenstillstandsvertrag unterzeichnen. Die italienischen Soldaten sind ins Gebirge gezogen, nach Hause zurückgekehrt, und die Stadt ist lautlos eingeschlafen, wie jemand, der sehr müde ist.

Rachel eilt zu dem Platz. Am Hotel wird sie an den Fensterladen klopfen, wie immer, und er wird ihr öffnen. Dann wird sie seinen Geruch wahrnehmen, den Geruch nach Tabak, den

Geruch seines Körpers, wird hören, wie seine Stimme in der Brust dröhnt. Sie liebt es, wenn er von Italien erzählt. Er erzählt von den Städten, von Rom, von Florenz, von Venedig, sagt langsam etwas auf italienisch, als könne sie es verstehen. Wenn der Krieg zu Ende ist, kann sie fortgehen, weit weg von diesem Dorf, weit weg von den Leuten, die immer auf der Lauer liegen und reden, von den Jungen, die mit Steinen nach ihr werfen, weit weg von dem verfallenen Haus, von der kalten Wohnung, in der ihr Vater hustet, dann wird sie in die Städte reisen, in denen auf der Straße Musik gemacht wird, in denen es Cafés, Kinos, Geschäfte gibt. Sie wünscht sich so sehr, es möge wahr werden, jetzt gleich, daß ihr die Beine zittern und sie in einem Hauseingang stehen bleiben muß, während ihr das Wasser auf den Kopf rinnt und das schwarze Tuch am Haar klebt.

Sie ist auf der Straße, die zum Platz hinaufführt, kommt an der Villa mit dem Maulbeerbaum vorbei, wo Monsieur Ferne wohnt. Durch die Löcher in den Fensterläden sieht man kein Licht, und kein Laut ist zu hören, die Nacht ist finster. Doch Rachel ist sicher, daß der alte Mann im Haus ist. Als sie das Ohr spitzt, meint sie zu hören, wie er mit zitternder Stimme Selbstgespräche führt. Sie stellt ihn sich vor, wie er ganz allein Fragen stellt und sich selbst die Antworten gibt, und das reizt sie zum Lachen.

Jetzt hört sie, wie das Wasser in das Becken des Springbrunnens plätschert. Die Bäume auf dem Platz sind in gleißendes Licht getaucht. Warum ist da soviel Licht? Gibt es keine Ausgangssperre mehr? Rachel denkt an die Wachposten. Die Karabinieri haben auf Julie Roussels Mann geschossen, als er nachts nach draußen ging, um den Arzt für die Entbindung zu holen. Wenn Mondoloni von den Soldaten spricht, sagt er »bruti« und senkt dabei verächtlich die Stimme. Er mag die Deutschen nicht. Er sagt, sie seien wie Tiere.

Rachel zögert am Rand des Platzes. Aus dem Hotel kommt helles Licht, es strahlt die Bäume und Häuser an wie auf einer Theaterbühne. Das Licht wirft gespenstische Schatten. Doch Rachel lauscht dem Plätschern des Wassers, das in das Becken fällt, und das beruhigt sie. Vielleicht haben die Karabinieri und die Soldaten beschlossen, das Ende des Krieges zu feiern. Und doch weiß Rachel jetzt genau, daß es nicht wahr ist. Das Licht, das den Platz erleuchtet, ist kalt, es läßt die Regentropfen glänzen. Kein Laut ist zu hören, keine Stimme. Alles ist still und leer.

Rachel geht an der Mauer entlang auf das Hotel zu. Zwischen den Baumstämmen sieht sie die Fassade. Alle Fenster sind erleuchtet, die Fensterläden weit geöffnet, auch die Tür steht offen. Das Licht blendet.

Langsam und noch ohne zu begreifen, nähert sich Rachel dem Hotel. Das Licht tut ihr weh und zieht sie unwillkürlich an, obwohl ihr das Herz heftig klopft und die Beine zittern. Nie zuvor hat sie soviel Licht gesehen. Die Dunkelheit ringsumher wirkt noch undurchdringlicher, noch lautloser. Als Rachel kurz vor dem Hotel ist, sieht sie den Soldaten, der vor der Tür steht. Mit dem Gewehr in der Hand steht er regungslos da und blickt starr geradeaus, als wolle er die Nacht mit all diesem Licht durchlöchern. Rachel bleibt regungslos stehen. Schließlich weicht sie langsam zurück, um sich zu verstecken. Es ist ein deutscher Soldat.

Dann sieht sie die parkenden Lastwagen und im Schatten den schwarzen Wagen der Gestapo. Rachel weicht bis unter die Bäume zurück und flieht, sie rennt die schmalen Gassen zu dem alten Haus hinab, und wie der Galopp eines Pferdes hallen ihre Schritte in der Stille. Ihr Herz klopft so heftig, daß sie tief in der Brust ein Stechen, ein Brennen spürt. Zum erstenmal in ihrem Leben hat sie Angst zu sterben. Sie möchte am liebsten durch die Berge laufen, bis nach Italien, bis ins

Nachtlager der Soldaten, sie möchte Mondolonis Stimme hören, seinen Geruch spüren, die Arme um ihn legen. Doch sie kommt an die Haustür, weiß, daß es zu spät ist. Jetzt weiß sie, daß die Deutschen bald kommen und sie abholen werden, ihren Vater, ihre Mutter und sie, um sie wegzubringen, weit weg. Sie wartet einen Augenblick, bis ihr Herz nicht mehr so wild schlägt und ihr Atem zur Ruhe kommt. Sie sucht nach den Worten, die sie ihrem Vater und ihrer Mutter sagen wird, um sie zu beruhigen, damit sie nicht sofort alles erfahren. Sie liebt sie über alles und hatte es nicht gewußt.

Im Morgengrauen hat sie der Regen geweckt. Es war ein Sprühregen, der leise in den Kiefernnadeln über ihnen raschelte und mit dem Rauschen des Baches verschmolz. Die Tropfen drangen allmählich durch ihr Wetterdach, klatschten ihnen ins Gesicht. Elizabeth versuchte, die Zweige anders anzuordnen, doch anschließend regnete es noch stärker durch. Da haben sie die Koffer genommen und sich, in ihre Tücher gehüllt, zitternd unter eine Lärche gekauert. Im beginnenden Tageslicht waren die Formen der Bäume zu erkennen. Weißer Nebel zog das Tal hinab. Es war so kalt, daß Esther und Elizabeth, eng aneinandergeschmiegt, unter der Lärche sitzen blieben und nicht den Mut hatten, sich zu rühren.

Doch dann hallten die Stimmen der Männer durch den Wald, Rufe. Die beiden mußten aufstehen, sich in die feuchten Kleider einmummen, die Koffer nehmen und aufbrechen.

Esthers Füße taten so weh, daß sie über den steinigen Weg stolperte, während sie auf die Silhouette ihrer Mutter vor sich blickte. Andere Gestalten tauchten wie Gespenster aus dem Wald auf. Esther hoffte, die kleinen polnischen Mädchen hinter sich zu sehen. Doch keine Kinderstimmen waren mehr zu hören, kein Lachen, nur wieder das Scharren der Schuhe auf dem steinigen Weg und das ununterbrochene Rauschen des Baches, der in die Richtung floß, aus der sie kamen.

In Nebel eingehüllt, schien der Wald kein Ende zu nehmen. Weder die Baumwipfel noch die Berge waren zu sehen. Es war, als zögen sie ziellos dahin, vornüber gebeugt, behindert vom Gewicht der Koffer, stolpernd, die Füße wund von den spitzen Steinen. Esther und Elizabeth überholten Flüchtlinge, die vor Tagesanbruch losmarschiert und schon erschöpft waren, alte Frauen, die am Wegrand auf ihren Bündeln saßen und deren Gesichter im Nebel noch blasser wirkten. Sie klagten nicht. Sie warteten am Wegrand, manchmal ganz allein, mit schicksalsergebener Miene.

Der Weg führte an den Bach, und jetzt mußten sie eine Furt überqueren. Als der Nebel zerriß, sahen sie den Hang gegenüber, der von düsteren Lärchen bewaldet war, und den hellblauen Himmel. Das machte Elizabeth Mut, sie nahm Esther an die Hand und watete durch den Bach, dann begannen sie den Hang des Berges hinaufzusteigen, ohne haltzumachen. Etwas weiter oben, zur Rechten, stand eine aus Steinen errichtete Scheune, in der wohl einige Flüchtlinge genächtigt hatten, denn das Gras ringsumher war niedergetreten. Schon wieder hörte Esther die Schreie der Alpenkrähen. Doch statt sie zu beunruhigen, machten ihr diese Schreie Freude, sagten sie doch: »Wir sind da, wir sind bei euch!«

Gegen Mittag erreichten Esther und Elizabeth die Wallfahrtsstätte. Als sie aus dem Wald kamen, verbreiterte sich das Tal, und auf einem Hochplateau über dem Bach sahen sie die Militärbaracken und die Kapelle. Esther erinnerte sich daran, wie Gasparini über die Madonna gesprochen hatte, über die Heiligenfigur, die im Sommer zu der Kapelle hinaufgetragen, und im Winter, in einen Mantel gehüllt, damit sie nicht fror, wieder ins Tal zurückgeholt wurde. Das kam Esther alles so fern vor, daß sie nicht begriff, daß sie angekommen war. Sie glaubte, sie würde die Statue in einer Grotte sehen, die hinter Bäumen versteckt und von Blumen umgeben war. Verständnislos betrachtete sie diese häßlichen großen Gebäude, die Kasernen glichen.

Esther und ihre Mutter gingen weiter, bis sie auf das Hochplateau kamen. Der Platz vor der Kapelle war voller Menschen. All die Flüchtlinge, die in der Nacht aufgebrochen waren, waren schon da. Die Männer, die jungen Leute, die Frauen, die Kinder und selbst Greise in Kaftanen waren auf dem Platz und saßen auf der Erde, den Rücken an die Wand gelehnt. Auch die italienischen Soldaten der 4. Armee waren dort. Sie hatten sich in einem der Gebäude einquartiert. Sie saßen mit erschöpfter Miene draußen, und trotz ihrer Uniform sahen auch sie wie Flüchtlinge aus. Esther hielt nach Hauptmann Mondoloni Ausschau, doch er war nicht zu sehen. Er hatte wohl die andere Route über den Ciriega-Paß genommen, vielleicht war er schon in Italien. Rachel war auch nicht da.

Esther drückte Elizabeth die Hand und fragte: »Kommt Papa hierher?« Doch Elizabeth antwortete nicht. Sie stellte das Gepäck vor der Wand des Gebäudes ab und bat Esther, darauf aufzupassen. Sie ging los und fragte die Männer, die mit Monsieur Seligman zusammen waren. Doch die wußten nichts. Esther hörte, wie sie vom Weg nach Berthemont, von La Passe sprachen. Sie zeigten auf die andere Seite des Tals, auf das schon düstere Hochgebirge. Elizabeth kam zurück. Ihre Stimme war heiser und müde. Sie sagte nur: »Wir warten hier bis morgen früh. Dann gehen wir hinüber. Er kommt hierher.« Doch Esther begriff, daß ihre Mutter auch nichts wußte.

Die Flüchtlinge richteten ihr Nachtlager her. Die italienischen Soldaten öffneten die Tür von einem der Gebäude und halfen den Frauen, die Koffer zu tragen. Sie verteilten Wolldecken für die Betten und brachten sogar heißen Kaffee. Esther kannte diese Soldaten nicht. Manche waren sehr jung, fast noch Kinder. Sie sagten: »Der Krieg ist zu Ende.« Sie lachten.

Nach der Nacht im Regen wirkte die Militärbaracke fast luxuriös. Es gab nicht genug Betten für alle, so daß Esther und Elizabeth sich ein Bett teilen mußten. Weitere Flüchtlinge trafen ein und ließen sich, so gut es ging, im Schlafsaal nieder. Als im Militärgebäude kein Platz mehr war, richteten die Leute ihr Nachtlager in der Kapelle her, deren Türen aufgebrochen worden waren.

Monsieur Seligman und die kräftigsten Männer beschlossen, den Paß noch vor Einbruch der Nacht zu überqueren. Der Wind hatte die Wolken vertrieben, und auf den hohen Bergen am Ende des Tals glänzte der Schnee. Esther war auf dem Platz, als die Gruppe den Weg hinaufging, oberhalb der Wallfahrtsstätte. Sie beobachtete, wie sie sich entfernten, und wäre am liebsten mitgegangen, weil sie dann schon am selben Abend in Italien gewesen wäre. Doch ihre Mutter war zu müde, den Weg fortzusetzen, und vielleicht hoffte sie wirklich, Esthers Vater würde noch an diesem Abend kommen.

Am Fuße des Hangs, mitten auf den großen Wiesen, die von mehreren Quellen des Baches durchzogen wurden, stand ein verlassener Kuhstall. Aus dieser Richtung müßte ihr Vater kommen, dachte Esther. Sie stellte sich vor, wie er den Berg hinabging, über die Weide lief, während ihm das Gras bis zur Hüfte reichte, und wie er von Fels zu Fels sprang, um den Bach zu überqueren.

Die Kinder der Flüchtlinge hatten ihre Müdigkeit schon vergessen. Sie spielten bald auf dem Platz der Wallfahrtsstätte oder rannten lachend und schreiend die Hänge hinab. Esther sah ihnen zu, und als sie merkte, daß sie ihretwegen vergessen hatte, nach ihrem Vater hinten im Tal Ausschau zu halten, schnürte es ihr das Herz zusammen. Dann ertönten erneut die schrillen Schreie der Kinder, und wieder sah sie ihnen zu. Die Alpenkrähen waren nicht fortgeflogen. Sie kreisten schreiend über der Wallfahrtsstätte am Himmel, als hätten sie den Menschen etwas zu sagen.

Schließlich kam Esthers Mutter und setzte sich neben sie, legte den Arm um sie und drückte sie fest an sich. Auch sie hatte den ganzen Nachmittag das hintere Ende des Tals und den öden, schwarzen Berghang nicht aus den Augen gelassen. Sie sagte nichts. Esther fragte: »Wenn Papa heute abend nicht kommen kann, warten wir dann morgen noch hier auf ihn?« Elizabeth antwortete sofort: »Nein, er hat gesagt, wir sollten nicht auf ihn warten und weitergehen, ohne haltzumachen.« »Kommt er dann nach Italien nach?« »Ja, mein Schatz, er kommt nach, auf einem anderen Weg, er kennt alle Wege. Vielleicht hat er schon mit seinen Freunden Berthemont passiert. Die Deutschen verfolgen überall die Juden, verstehst du? Deshalb müssen wir weitergehen, ohne haltzumachen.« Doch Esther wußte, genau wie eben, daß ihre Mutter log und das alles nur erfand, um sie zu beruhigen. Das tat ihr tief im Innern weh, wie der Faustschlag, den die Jungen ihr damals, in der Nähe der verlassenen Scheune versetzt hatten. »Und Rachel?« fragte Esther plötzlich. »Verfolgen die Deutschen sie auch?« Ihre Mutter zuckte zusammen, als hätte Esther eine Gotteslästerung ausgestoßen. »Warum fragst du nach Rachel?« Esther sagte: »Weil auch sie Jüdin ist.« Elizabeth zuckte die Achseln: »Sie hat sich von allen losgesagt, von ihren Eltern und allen. Sie ist mit den Italienern weggegangen.« Esther geriet in Wut, sie schrie fast: »Nein, das stimmt nicht! Sie ist nicht mit den Italienern weggegangen! Sie ist im Dorf geblieben, bei ihren Eltern.« »Woher weißt du das?« fragte ihre Mutter. Esther wiederholte dickköpfig: »Sie ist nicht mit den Italienern weggegangen, das weiß ich. Sie ist bei ihren Eltern geblieben.« »Na schön«, sagte Elizabeth kalt. »Ich nehme an, sie weiß sich zu helfen.« Sie schwiegen beide und sahen gemeinsam auf denselben Punkt am Ende des Tals in der Nähe des Waldrands. Doch etwas war zerbrochen, vielleicht warteten sie auf nichts mehr.

Gegen Ende des Nachmittags verdunkelten die Wolken die Gipfel. Das Grollen des Donners ließ den Boden mit solchem Dröhnen erzittern, daß einige Flüchtlinge an einen Fliegerangriff glaubten und vor Angst aufschrien. Es regnete dicke Tropfen. Esther rannte in die Kapelle, um Schutz zu suchen. Es war so dunkel, daß sie nichts sah und über Leiber stolperte. Die Flüchtlinge lagen in Wolldecken gehüllt auf der Erde. Andere standen mit dem Rücken an die Wand gelehnt. Die linke Seite des Daches war durch ein Geschoß zerstört worden, und der Regen strömte ins Innere der Kapelle. Obwohl die Italiener es verboten hatten, waren rechts vom Altar Kerzen angezündet worden, und im flackernden Licht konnte Esther die Umrisse und Gesichter der Flüchtlinge erkennen. Es waren großenteils alte Leute, Greise und alte Frauen, die auf russische oder polnische Art gekleidet waren, ähnlich wie die Juden, die Esther am Sabbat in dem Chalet gesehen hatte. Angst und Müdigkeit hatten ihre Gesichter ausgehöhlt.

Neben den Kerzen vor dem Altar hatten sich die in ihre Kaftane gemummten Alten um den Rebbe Eïzik Salanter geschart, der aus einem Buch vorlas und um besser zu sehen, dem Kerzenlicht den Rücken zugewandt hatte. An die kalte Wand der Kapelle gelehnt, lauschte Esther wieder den unverständlichen Worten in dieser sanften, abgehackten Sprache, ohne den alten Mann, der von den Kerzen beleuchtet wurde, aus den Augen zu lassen. Wieder erschauerte sie, als ertöne diese unbekannte Stimme nur für sie, tief in ihr. Die leise psalmodierende Stimme las aus dem Buch vor, und das ließ Esthers Müdigkeit, ihre Angst, ihre Wut vergehen. Sie dachte nicht mehr an den finsteren Abhang, an dem ihr Vater hätte auftauchen sollen, dachte nicht mehr daran wie an eine furchtbare, tödliche Schlucht, sondern wie an einen sehr langen, sehr weiten Weg, dessen Ende ein Geheimnis war. Alles hatte sich hier verwandelt, die Berge, in denen der Donner grollte, der Weg, der immer tiefer in die Schluchten führte, all das war wie zu einer Legende geworden, in der die Elemente kreisten, um sich zu einer neuen Ordnung zusammenzufügen.

Draußen regnete es in Strömen, und durch das aufgerissene Dach strömte das Wasser sogar ins Innere der Kapelle. Die Kinder hatten sich an ihre Mütter geschmiegt, und diese wiegten sich sanft im ruhigen Rhythmus von Eïzik Salanters Stimme, der aus dem Buch vorlas.

Dann hielt der alte Mann lange das Buch geöffnet vor dem Gesicht und begann leise und tief, ohne mit der Stimme zu zittern, zu singen. Da sangen die Männer, die Frauen und selbst die kleinen Kinder mit ihm und begleiteten ihn ohne Worte, indem Sie einfach dieselbe Silbe wiederholten: »Ei, ei, ei, ei!...« Eines der kleinen polnischen Mädchen, jenes, das so helle Augen hatte und Esther zu seiner Familie mitgenommen hatte, ging auf sie zu und nahm sie an die Hand. Trotz des Halbdunkels hatte das Mädchen sie wiedererkannt. Im Licht der Blitze sah Esther das Gesicht der Kleinen, das wie von einer inneren Freude erhellt war, während sie sich langsam wiegte und mit den anderen sang. Da begann auch Esther zu singen.

Der Gesang erklang im Inneren der Kapelle, übertönte das Tosen des Wassers und des Donners. Esther kam es vor, als verbreiteten die wenigen Kerzen, die auf dem Leuchter brannten, dasselbe Licht wie im Tempel am Abend des Sabbats. Nun betraten andere Leute, die aus den Schlafsälen der Baracken kamen, die Kapelle. Esther sah ihre Mutter, die neben der Tür stand. Ohne die Hand der jungen Polin loszulassen, ging sie zu ihrer Mutter und nahm sie mit zu der Wand, wo die beiden Mädchen einen Platz gefunden hatten. Draußen herrschte finstere Nacht, die von zuckenden Blitzen erhellt wurde. Allmählich verebbte der Gesang. Alle blieben stumm und lauschten dem Rauschen des Regens und den Donnerschlägen, die sich in den Tälern entfernten. Eines nach dem anderen flackerten die Kerzenlichter auf und erloschen. Niemand wußte mehr, wo er war. Später ging Esther im kalten Wind durch den Hof und legte sich in Elizabeths Bett, und sie schmiegten sich aneinander, um nicht herauszufallen.

Bei Tagesanbruch machten sich die italienischen Soldaten wieder auf den Weg, gefolgt von den Flüchtlingen. Der Himmel über den hohen, schneebedeckten Bergen war tiefblau. Der steinige Weg führte in Serpentinen hinter der Kapelle hinauf. Aufgehalten durch die Kinder und die alten Leute zog die Menschenschlange langsam den Weg entlang, winzige schwarze Gestalten in dieser Steinlandschaft.

Esther und Elizabeth gingen jetzt über eine riesige Geröllhalde. Nie zuvor hatte sich Esther eine solche Landschaft vorstellen können. Über ihr war eine Steinwüste ohne auch nur einen Baum oder Grashalm. Felsblöcke lagen gefährlich dicht am Rand des Abgrunds. Der Pfad war so schmal, daß sich unter ihren Schritten Steine lösten und ins Tal hinabrollten. Niemand sprach, vielleicht wegen der Gefahr oder wegen der Kälte. Selbst die kleinen Kinder gingen den schmalen Pfad entlang, ohne ein Wort zu sagen. Man hörte nur den rauschenden Bach, unsichtbar in den Tiefen des Tals, die herabrollenden Steine und den pfeifenden Atem.

Irgendwann wollte Esther den Koffer abstellen und sich hinsetzen, doch ihre Mutter nahm sie sofort an die Hand und zwang sie mit geradezu verzweifelter Härte weiterzugehen.

Inzwischen hatte sich der Strom der Flüchtlinge in mehrere Gruppen aufgelöst. Die Greise und die in schwarze Tücher gehüllten Frauen, die als letzte die Kapelle verlassen hatten, waren weit zurückgefallen und wurden schon von den

Bergwänden verdeckt. Die anderen, die Frauen mit Kindern, gingen langsam, ohne haltzumachen. Der Pfad führte an einem Abgrund entlang, auf dessen Hang einige Bäume mühsam Wurzeln geschlagen hatten. Esther betrachtete unterhalb von ihr eine große, vom Blitz verkohlte Lärche, die wie ein Skelett aussah. Auf der anderen Seite des Tals versperrte ein bedrohlicher Gebirgszug mit zackigen Spitzen den Himmel. Hier empfand man Angst, aber auch die Schönheit der Steine, die in der Sonne glänzten, die Undurchdringlichkeit des Himmels. Angsteinflößend war vor allem die Felswand, die am Ende des Tals zu sehen war und auf die sie schon seit zwei Tagen zugingen: düster, blau, vor Reif glitzernd und in eine große, weiße Wolke gehüllt, die zum Himmel aufstieg. Die Felswand schien so fern, so unerreichbar zu sein, daß Esther schwindlig wurde. Wie sollte sie sie nur erreichen? Konnte man sie wirklich erreichen? Oder hatte man sie alle belogen, und sie würden sich auf den Gletschern und in den Wolken verirren und in Gletscherspalten versinken. Später, als der Pfad im Zickzack den Berg hinaufführte, sah Esther wieder schwarze Vögel, die am Himmel kreisten, aber diesmal waren es lautlose Sperber.

Überall auf dem Pfad, am Fuß der Steilhänge, hatten Flüchtlinge haltgemacht. Esther erkannte einige Frauen wieder, die in der Kapelle gewesen waren. Sie waren von Müdigkeit und Hunger entkräftet, blieben am Wegrand niedergeschlagen, mit starrem Blick auf den Steinen sitzen. Neben ihnen standen regungslos und stumm die Kinder. Als Esther an ihnen vorbeiging, sahen die Mädchen sie an. Ein seltsamer Ausdruck lag in ihrem Blick, etwas Düsteres und Flehendes, als wollten sie sich mit dem Blick an Esther hängen.

Als Esther und Elizabeth am See ankamen, am Fuß des hohen Berges, war die Sonne schon hinter den Wolken verschwunden, das Licht wurde schwächer. Das Wasser des

Sees war eisfarben und wurde durch Firn erhellt, der es wie einen Spiegel teilte. Die meisten Flüchtlinge saßen im Felsenmeer am Ufer des Sees, um sich auszuruhen. Doch die kräftigsten Männer und Frauen brachen schon wieder auf, begannen den Aufstieg zur Paßhöhe, während die erschöpften Frauen und Greise nacheinander in kleinen Gruppen am See eintrafen.

Esther saß an einen Felsen gelehnt, der ihr Schutz vor den Windböen bot, und betrachtete die Ankömmlinge. Schon mehrmals war Elizabeth aufgestanden und hatte gesagt: »Komm, wir müssen fort, wir müssen vor der Dunkelheit auf der anderen Seite sein.« Doch Esther ließ den Weg nicht aus den Augen, wie am Vortag, als sie auf ihren Vater gewartet hatte. Aber heute wartete sie nicht auf ihn, sondern auf den alten Rebbe Eïzik Salanter, der in der Kapelle gesungen und aus dem Buch vorgelesen hatte. Sie wollte nicht ohne ihn fortgehen. Da ihre Mutter immer ungeduldiger wurde, sagte sie: »Bitte, laß uns noch ein bißchen warten.« Vor ihnen auf der Felswand kräuselte sich die Wolke und gab für einen Augenblick die dunkle Linie des Wegs frei, der mit einem Abgrund zwischen zwei Felsspitzen verschmolz, und dann zogen sich die Ränder der Wolke wieder zusammen.

Der Donner grollte schon in den Tiefen seiner Höhlen. Elizabeth war blaß und nervös. Sie ging ein paar Schritte am Ufer des Sees entlang, kam zurück. Die Flüchtlinge brachen nacheinander auf. Nur die alten Frauen und ein paar Frauen mit kleinen Kindern blieben zurück. Als Esther sich einer von ihnen näherte, einer jungen Polin mit rotem Haar unter einem straffen schwarzen Kopftuch, sah sie, daß die Frau an einem Felsen lehnte und lautlos weinte. Esther berührte ihre Schulter. Sie hätte gern mit ihr gesprochen, sie ermutigt, doch Esther konnte nichts in dieser Sprache sagen. Da nahm sie etwas Brot und Käse aus ihrer Tasche und gab es ihr. Die junge

Frau blickte sie an, ohne zu lächeln, und begann, noch immer über den Felsen gebeugt, sogleich zu essen.

Schließlich tauchte eine Gruppe von Flüchtlingen am See auf. Esther erkannte Eïzik Salanter und dessen Familie. Auf einen Stock gestützt, ging der alte Mann mühsam auf dem steinigen Weg. Windböen bauschten seinen Kaftan und ließen seinen grauen Bart und sein Haar im Wind flattern. Als Esther ihn sah, merkte sie sofort, daß er am Ende seiner Kräfte war. Er setzte sich ans Ufer des Sees, und die Frauen und Männer, die ihn begleiteten, halfen ihm, sich auf dem Boden auszustrecken. Sein dem Himmel zugewandtes Gesicht war ganz weiß geworden, war angstverzerrt. Als Esther näher kam, hörte sie seinen unregelmäßigen, pfeifenden Atem. Das konnte sie nicht ertragen. Sie ging zurück und suchte Zuflucht in den Armen ihrer Mutter. »Ich will jetzt von hier fort«, sagte sie mit leiser Stimme. Doch nun konnte Elizabeth den Blick nicht von dem alten Mann abwenden, der auf dem Boden lag.

Das Licht am Himmel flackerte, wurde seltsam rot. Das Grollen des Donners kam näher. Das Gewitter drehte sich im Kreis, große dunkle Wolken rissen über den Felsen auf, zogen sich weiter hinten wieder zusammen und glitten wie Rauchschwaden zwischen den schneebedeckten Gipfeln dahin. Der Mann, der den Rebbe Eïzik Salanter begleitete, stand plötzlich auf und wandte sich Esther und Elizabeth zu. Fast ohne die Stimme zu erheben, als seien es nur ein paar höfliche Worte, sagte er: »Der Rebbe kann nicht mehr laufen, er muß hierbleiben, um sich auszuruhen. Geht.« Er sagte das auch in seiner Sprache zu den Frauen, die bei ihm waren. Da ergriffen alle fügsam ihre Bündel und Koffer und machten sich auf den Weg zur Paßhöhe.

Bevor Esther die Schlucht, die das Gebirge durchschnitt, betrat und in den Wolken verschwand, blieb sie stehen, um noch einen letzten Blick auf Eïzik und seinen Gefährten zu werfen, die regungslos am Ufer des Gletschersees zurückblieben. Zwei schwarze Flecken inmitten der Felsen.

Der Weg führte in Serpentinen zwischen den Felsspitzen hinauf. Sein Ende war nicht zu sehen. Die schwarzen, blitzgeladenen Wolken waren direkt über Esther und ihrer Mutter. Das flößte ihr Angst ein, aber es war zugleich so schön, daß Esther noch höher hinaufklettern wollte, noch näher an die Wolken heran. Die Nebelfetzen röteten sich, trieben vorbei, zerrissen an den Zacken der Bergspitzen und glitten durch die Schluchten wie schemenhafte Bäche. Unterhalb von Esther und Elizabeth war alles verschwunden. Die Frauen und die anderen Flüchtlinge waren nicht mehr zu sehen. Esther und ihre Mutter schwebten zwischen Himmel und Erde, und zum erstenmal konnte Esther sich vorstellen, was Vögel empfinden. Aber hier gab es keine Vögel mehr, und auch sonst niemanden. Die beiden waren in einer Welt, in der es nur noch Wolken gab, Wolkenschwaden und den Blitz.

Mario hatte manchmal vom Blitz gesprochen, der die Hirten unter einem Baum oder in ihren Steinhütten erschlägt. Er hatte Esther erzählt, daß jene, die die tödliche Zone betraten, kurz bevor sie vom Blitz getroffen wurden, ein seltsames Geräusch hörten, ein eigentümliches Summen wie von Bienen das gleichzeitig von allen Seiten auf sie eindrang, in ihren Köpfen wirbelte und sie wahnsinnig machte. Auf dieses Geräusch wartete Esther jetzt mit klopfendem Herzen, während sie den steinigen Weg hinaufstieg.

Weiter oben setzte ein leichter Nieselregen ein. Auf der rechten Seite befand sich ein Bunker, der am Berghang zu kleben schien. Ein paar Frauen und Männer hatten dort erschöpft und starr vor Kälte Zuflucht gesucht. Man sah ihre Silhouetten im Eingang dieses unheimlichen Unterstands. Doch Elizabeth sagte: »Wir dürfen auf keinen Fall hier haltmachen, wir müssen vor Einbruch der Dunkelheit auf der anderen Seite der Grenze sein.« Außer Atem gingen sie weiter, ohne an etwas zu denken. Der Nebel hüllte sie vollständig ein, so daß sie glaubten, sie seien als einzige so weit gelaufen.

Plötzlich riß der Himmel auf und ließ einen Streifen blauen Himmels erkennen. Esther und Elizabeth blieben entzückt stehen. Sie hatten den Paß erreicht. Jetzt erinnerte sich Esther daran, wie die Kinder im Dorf von dem Fenster erzählt hatten, das sich am Himmel geöffnet hatte, als die Madonnenfigur durch die Berge geflohen war. Hier war das Fenster, durch das man die andere Seite der Welt sah.

Im Felsenmeer zwischen den Berggipfeln glitzerte das Sonnenlicht auf dem Neuschnee. Der Wind war eisig, doch Esther spürte ihn nicht mehr. Mitten zwischen den Felsen saßen Flüchtlinge, um sich auszuruhen, Frauen, Greise und Kinder. Sie unterhielten sich nicht. Dick eingemummt, den Rücken dem Wind zugewandt, blickten sie auf die Berggipfel ringsumher, die unter den Wolken herzugleiten schienen. Sie blickten vor allem auf die andere Seite, nach Italien, auf den Hang voller Schneeflecken, die vom Nebel verhüllten Schluchten und das große Tal, das schon im Schatten der Nacht lag. Bald würde es ganz dunkel sein, aber jetzt war das nicht mehr wichtig. Sie waren auf der anderen Seite, sie hatte es geschafft, die Hürde zu überwinden, das Hindernis, das ihnen Angst eingeflößt hatte, sie hatten die Gefahren, den Nebel, den Blitz besiegt.

Unter ihnen, genau an der Stelle, wo sie hergekommen waren, flackerte in den dicken Wolken das rötliche Licht, und der Donner grollte wie Kanonenschüsse. Die Sonne erlosch, der Himmel zog sich zu, und es begann wieder zu regnen. Es war ein dichter, kalter Regen, der auf Gesicht und Händen stach, die Tropfen blieben an der Lammfelljacke auf Esthers Brust hängen. Sie nahm den Koffer, und Elizabeth lud sich den Leinensack auf die Schulter. Die anderen Flüchtlinge waren aufgestanden und begannen in derselben Reihenfolge, in der sie zum Paß hinaufgestiegen waren – die Männer und die jungen Leute an der Spitze, anschließend die Frauen, die Greise und die Kinder – in kleinen, lautlosen Gruppen den Abstieg ins Tal, das schon im Dunkeln lag und aus dem vereinzelte weiße Rauchschwaden aufstiegen, zu den abgelegenen Dörfern der Stura, in denen sie ihr Heil zu finden hofften.

Festiona, 1944

Es war die lange Winterzeit. Die Rauchschwaden schwebten über den steingedeckten Dächern in Festiona. Die Nachmittage waren kalt. Die Sonne ging früh hinter den Bergen unter, das Stura-Tal war ein Schattensee. Esther mochte diesen Schatten gern, Sie wußte nicht, warum. Diesen Rauch, der aus den Dächern kam, der durch die Gassen zog, der die Pension Passagieri umgab, diesen Rauch, der die Bäume verschluckte, die Gärten einhüllte. Und so ging sie durch die menschenleeren Gassen und horchte auf das Klappern ihrer Holzschuhe, das die gedämpfte Stille kaum störte. Immer bellten irgendwo Hunde.

Den ganzen Winter über war sie in Festiona allein, allein mit Elizabeth. Sie arbeiteten beide in der Pension Passagieri und erhielten dafür Verpflegung und eine Dachkammer im ersten Stock mit einer Fenstertür, die, gegenüber der Kirche, auf den Balkon hinausführte. Die Kirchturmuhr war stehengeblieben, zeigte unveränderlich zehn vor vier.

Elizabeth stand auf dem Balkon, hängte Bettücher und Wäsche auf. Sie hatte einen Pullover über ihr Schürzenkleid gezogen, ihre Hände und Wangen waren rot wie die einer Bäuerin. Sie mußte die Küche schrubben, in der Frühe den Abfall im Hof verbrennen und die Kaninchen füttern, die dem Restaurant als Stammgericht dienten. Aber Elizabeth hatte sich geweigert, sie zu schlachten. Angela, die Wirtschafterin (es wurde auch gesagt, sie sei Monsieur Passagieris Geliebte), übernahm diese schmutzige Aufgabe, sie machte es ohne viel Umstände, mit einem Schlag ins Genick, zog das Fell ab und hängte den blutigen Körper an den Hinterbeinen auf. Als Esther das zum erstenmal gesehen hatte, war sie durch das hohe Gras an den großen Fluß gerannt und hatte geschrien: »Ich will nach Saint-Martin zurück, ich will nicht länger hier bleiben, hier findet er uns nie!« Elizabeth war durch das Gestrüpp hinter ihr hergerannt, hatte sie mit zerkratzten Knien atemlos am Flußufer eingeholt und sie als erstes geohrfeigt, dann hatte sie sie an sich gedrückt, denn es war das erstemal, daß sie Esther geschlagen hatte. »Lauf nicht weg, mein Herz, mein Stern, bleib bei mir, sonst sterbe ich noch.« Esther haßte sie da, als hätte ihre Mutter das alles gewollt, als hätte sie diese eisigen Berge zwischen Esther und ihrem Vater aufgetürmt, um ihr das Herz zu brechen.

In der Pension Passagieri waren nicht viele Gäste. Es war Krieg. Da waren ein paar Handlungsreisende auf dem Weg nach Vinadio, die den Eindruck machten, als hätten sie sich verirrt, und drei oder vier Bauern aus dem Dorf weiter unten, die verwitwet oder zu alt waren, um zu Hause in ihrer Küche zu bleiben. Sie saßen im Speisesaal, die Ellbogen auf die Wachstuchdecke gestützt, und unterhielten sich. Um zu helfen, trug Esther die Teller, die Suppe, die Polenta und den Wein auf. Sie unterhielten sich in ihrer melodischen Sprache, sagten »wagazza«, sprachen das »r« seltsam aus, wie im Englischen. Sie lachten nicht, doch Esther mochte sie gern, sie waren so gewandt und zurückhaltend.

Wenn Angela Einkäufe machte, begleitete Esther sie. Angela sprach nicht viel. Sie wartete im Eingang des Bauernhofs, bis man ihr Milch, Gemüse, Eier und manchmal ein lebendes Kaninchen brachte, das sie an den Ohren trug. Sie hatte ein schlimmes Geschwür, hinkte und konnte keine Strümpfe mehr tragen. Esther betrachtete voller Scheu diese Wunde, die die Fliegen anzog, anfangs hatte sie gedacht, daß das gut zu einer Kaninchentöterin passe. Doch trotz ihres abstoßenden Äußeren war Angela sehr nett und großherzig. Sie sagte zu Esther »figlia mia«. Sie hatte sehr lebhafte blaue Augen. Wie die Großmutter, die Esther nie gekannt hatte.

In Festiona gab es keine Zeit, keine Bewegung, sondern nur die grauen Häuser mit den steinbedeckten Dächern, über denen der Rauch hing, die stillen Gärten, der Dunst in der Frühe, den die Sonne auflöste und der nachmittags wiederkehrte und das große Tal erfüllte.

Esther horchte abends in der kleinen Kammer auf die Geräusche, während sie darauf wartete, daß Elizabeth von der Arbeit zurückkam. Sie zitterte. Sie horchte auf das Bellen der Hunde. Auf das Holzschuhgeklapper der Zöglinge aus dem Kinderheim, die in die Kirche gingen und zurückkamen. Auf das Gemurmel der Gebete. Elizabeth hatte vorgehabt, Esther in der Schule des Kinderheims hier anzumelden, doch das Mädchen hatte sich geweigert, ohne Schreie, ohne Tränen. »Da gehe ich nicht hin, niemals.« Das Heim war ein großes, düsteres, einstöckiges Gebäude mit Fensterläden, die ab vier Uhr geschlossen waren. Dort waren ein Dutzend Kriegswaisen untergebracht und ein paar schwierige Fälle, die von ihren Eltern geschickt worden waren. Jungen und Mädchen trugen graue Kittel, waren blaß, kränklich und wagten den Blick nicht zu heben. Sie verließen nie das Heim, außer morgens und abends, wenn sie zur Kirche gingen, und sonntags zu einem Spaziergang in Zweierreihe an den Fluß, unter der Aufsicht der Ordensschwestern und eines großen, schwarzgekleideten Mannes, der das Amt des Hausmeisters innehatte. Esther hatte solche Angst vor ihnen, daß sie sich versteckte, sobald sie ihre Schritte auf dem Platz oder in den Gassen hallen hörte.

Abends arbeitete Elizabeth mit Esther im Schein einer Öllampe in der Kammer. Die Scheiben der Fenstertür waren wegen der Fliegerangriffe mit blauem Papier verklebt. Manchmal hörte man nachts das Geräusch von Flugzeugen in großer Höhe. Ein hohes Summen, das von allen Seiten zugleich kam und das Herz wild klopfen ließ. Esther schmiegte sich an ihre Mutter, legte den Kopf an ihre Brust. Elizabeth hatte kalte, vom Wäschewaschen aufgesprungene Hände. »Das ist nicht schlimm, Mama, sie fliegen weiter.«

Manchmal waren nachts auch Schüsse zu hören, die durch das ganze Tal hallten. Das waren die Partisanen. Brao sagte, sie würden sich *Giustizia e Liberta* nennen und kämen aus den Bergen herunter, um die Deutschen in der Nähe von Demonte anzugreifen, oder sie kämen die Stura hinab, dort wo die Brücke über die Schlucht und nach Borgo San Dalmazzo führt.

Brao war ein fünfzehnjähriger Junge. Er war als Zögling in das Kinderheim gesteckt worden. Er war einer der schwierigen Fälle. Er war mehrmals von zu Hause ausgerissen. Er klaute auf den Bauernhöfen. Er war so schlank und zart, daß man ihn für ein zwölfjähriges Kind halten konnte, doch Esther fand ihn witzig. Er lief weg, wenn es Zeit war, zur Kirche zu gehen. Er traf sich mit Esther im Hof der Pension. Er sprach ein paar Brocken Französisch und viel mit den Händen. Elizabeth wollte nicht, daß Esther sich mit ihm traf. Sie wollte nicht, daß Esther mit irgend jemandem sprach, sie hatte vor allen Angst, selbst vor denen, die nett waren. Sie sagte, Brao sei ein Strolch.

Esther ging gern mit Brao über die Felder am Rand des Dorfes. Morgens rannte Brao weg, und dann gingen sie gemeinsam über die Felder. Das Tal glänzte in der Sonne. Brao kannte alle Wege, alle Abkürzungen und auch die Fährten der Tiere, der Wildkaninchen, die Schlupfwinkel der Fasane, die

Stellen im Schilf, wo man Reiher und Wildenten beobachten konnte. Esther dachte an Mario zurück, wie er auf der Jagd nach Vipern in Saint-Martin über die großen Wiesen ging. All das lag jetzt in weiter Ferne, als wäre es in einem anderen Land geschehen, in einem anderen Leben.

Mit Brao ging sie durch das Flußbett in der Nähe von Ruà. Im Frühling, bei der Schneeschmelze, war die Stura ein breiter Fluß, der das Bett in seiner ganzen Breite einnahm und Schlamm, Baumstämme und vom Ufer abgerissene Grasbüschel mit sich führte. Da war vor allem das ohrenbetäubende, schwindelerregende Rauschen. Das Wasser strömte mit weißen Wirbeln hinab, riß alles mit sich. Esther träumte, sie treibe auf einem Floß aus Zweigen und Gräsern den Fluß hinab bis zum Meer und noch weiter, bis auf die andere Seite der Welt. Brao sagte, wenn man sich vom Fluß mitnehmen ließe, käme man bis nach Venedig. Er zeigte nach Osten, zur anderen Seite der Berge, und Esther konnte nicht begreifen, wie das Wasser so weit reisen konnte, ohne sich zu verlieren.

Mitten im Bett der Stura gab es Inseln. Dort wuchsen Bäume, hohes Gras. Der Fluß teilte sich in mehrere Arme, bildete Buchten, Kaps und Halbinseln. Azurblaue Seen. Raben stolzierten schwerfällig über die Strände, und wenn man sich ihnen näherte, flogen sie mit schrillen Schreien auf, die einen erschauern ließen. Hier, im Flußbett, war alles noch heil. Esther konnte hier Stunden verbringen, während Brao Krebse suchte. Es gab alle möglichen Verstecke.

Hier dachte Esther an ihren Vater. Es war, als sei er ganz in der Nähe, irgendwo in den Bergen, in der Costa dell' Arp oder in der Pissousa. Von dort oben konnte er sie sehen. Er konnte nicht hinabkommen, weil es noch zu früh war, doch er sah ihr zu. Esther spürte, wie sein Blick auf ihr ruhte, sanft und stark, wie eine Liebkosung, ein Hauch, der mit dem Wind in den Bäumen verschmolz, mit dem gleichmäßigen Geräusch des Wassers auf dem Kieselstrand und sogar mit den Schreien der Raben.

»Wenn du fliegen könntest wie dieser Vogel, wärst du schon heute abend dort.« Nun war Esther bei ihm, in Saint-Martin, hielt seine Hand, stand in seinem Schatten, er war so groß, daß er das Licht der Sommersonne abschirmte.

Der Winter, dann der Frühling, alles war so langsam, so lang, wie wenn man tief in einer Höhle ist und dem Licht entgegenblickt. Das lag an dem, was da oben in Borgo San Dalmazzo geschehen war. Elizabeth wußte es, doch sie sprach nie darüber. Bis auf das eine Mal, als Esther mit Brao auf der Straße weggegangen war, da wo der Fluß mit all seinen Armen und Inseln so breit ist, daß man die Berge kaum noch sieht, und Elizabeth sich auf die Suche nach ihr gemacht hatte.

Esther hatte sie bei Anbruch der Dunkelheit in Ruà getroffen, in dem geblümten Schürzenkleid, den Holzschuhen und dem schwarzen Kopftuch über dem Haar, wie eine Bäuerin. Elizabeth hatte sie an sich gedrückt, sie war eiskalt. Zum erstenmal bemerkte Esther, wie zerbrechlich ihre Mutter war, als sei sie plötzlich gealtert. Esther schämte sich, war wütend. »Warum läßt du mich nicht machen, was ich will? Mir reicht es jetzt, ich will weg von hier, hier findet er uns nie.« Sie wollte nicht mehr »Papa« sagen, sie wollte nicht mehr an dieses Wort denken, nicht mehr an diesen Namen glauben. Sie bekam keine Luft mehr, hatte Tränen in den Augen. Es war seltsam. Der Nebel glitt über die Felder, blieb in den Gassen hängen, stieg mit der Dunkelheit aus dem Flußbett auf. Elizabeth drückte Esther an sich, sie gingen langsam und mit leicht gesenktem Kopf, an ihren Gesichtern klebten all die kleinen Nebeltropfen.

»Sie haben alle mitgenommen, Hélène, verstehst du?« Elizabeth sprach langsam, deshalb waren ihre Hände so kalt. Die Worte waren langsam, ruhig und ebenfalls kalt. »Sie haben sie alle in Borgo San Dalmazzo auf der Straße festgenommen. Sie haben sie alle mitgenommen, selbst die alten Frauen und die kleinen Kinder. Sie haben sie in den Zug gesteckt, sie kommen nie wieder. Sie werden alle sterben.«

Wenn Esther danach den Namen Borgo San Dalmazzo hörte, dachte sie jedesmal an den Nebel, der vom Fluß aufstieg und alles auslöschte, die Gesichter und die Körper, und der die Namen verschluckte.

In den Bahnhofsgebäuden hatten sie gewartet. Die deutschen Soldaten hatten sie mühelos am Eingang von Borgo San Dalmazzo festgenommen. Sie waren vor Erschöpfung, Hunger und Müdigkeit entkräftet. Seit Tagen liefen sie über felsige Wege ohne Unterschlupf. Als sie durch das schmale Tal hinabgingen, sahen sie zunächst die Kirche von Entracque, die Dächer des Dorfes, und mit klopfendem Herzen machten sie halt. Die Kinder schauten sich entzückt um. Sie glaubten, sie seien am Ziel, sie hätten nichts mehr zu befürchten und der Krieg sei zu Ende. Das Tal glänzte in der Morgenluft, die Farben waren vom Herbst geprägt, einem siegreichen, fast berauschenden Herbst. In der Ferne erklang Glockengeläut, das in Fetzen herüberdrang, über den Dächern sah man glitzernde Taubenschwärme. Es war wie ein Fest.

Sie hatten sich wieder in Bewegung gesetzt, waren durch das Dorf gegangen. Die Hunde bellten, als sie vorbeikamen, rannten entlang der Böschungen hinter ihnen her. Die Kinder schmiegten sich an ihre Mütter. In den Hauseingängen standen die Dorfbewohner und schauten zu, wie sie vorbeigingen. Es waren zum großen Teil alte Leute, Bäuerinnen, schwarzgekleidete alte Frauen. Sie schauten sie wortlos an und kniffen die Augen zusammen wegen der Sonne. Doch es war weder Feindseligkeit noch Furcht zu spüren. Während sie durch das

Dorf gingen, kamen Frauen auf sie zu, gaben ihnen Brot, frischen Käse, Feigen und sagten ein paar Worte in ihrer Sprache zu ihnen.

Die Gruppe war das Tal hinabgegangen, bis nach Valdieri, sie hatten einen weiten Bogen gemacht, dem Gesso-Fluß folgend. Die Kinder betrachteten erstaunt die hohen Fassaden, die von der Sonne beschienen wurden, den Zwiebelturm der Kirche, die schlanke Spitze, die in die Höhe ragte wie ein Leuchtturm. Auch dort waren Taubenschwärme am Himmel, die im Sturzflug um die Kuppeln kreisten, Glockengeläut. Aufsteigende Rauchschwaden, die den Essensgeruch mitbrachten, auf den Feldern brennendes trockenes Gras. Das Geräusch des Wassers, das über die Flußkiesel strömte, ein sanftes Knirschen, das von Zukunft sprach. Sie gingen in Richtung Bahnlinie, würden nach Genua, nach Livorno, vielleicht bis Rom fahren, Angelo Donatis Schiff nehmen. Es gab keinen Krieg mehr. Man konnte überallhin fahren, konnte ein neues Leben beginnen. Als die Sonne im Zenit stand, machten sie am Flußufer halt, um sich auszuruhen. Die Frauen verteilten die Lebensmittel, das harte Brot aus Saint-Martin und das frische Brot, den Käse und die Feigen, die die Dorfbewohnerinnen ihnen gegeben hatten, als sie durch Entracque und Valdieri gekommen waren.

Da fühlten sie sich vielleicht wie bei einem Spaziergang, einem kleinen Picknick auf dem Land, trotz der Koffer und der Bündel, trotz der wunden Füße, des Leidens und des Fiebers, das den Kindern in den Augen brannte. Der Fluß glänzte in der Sonne, kleine Mücken tanzten in der Luft, die Bäume waren voller Vögel.

Sie setzten sich an den Kieselstrand, um zu essen. Sie lauschten der Musik des Flusses, der die Freiheit besang. Die Kinder begannen zu spielen, an den Ufern entlangzurennen. Sie bauten Schiffe aus kleinen Hölzern. Die Männer saßen da, rauchten und redeten. Sie sprachen darüber, was sie dort, jenseits der Berge, in Genua, in Livorno, machen würden. Manche sprachen sogar von Venedig, von Triest und vom Meer, das sie überqueren würden, bis nach Eretz Israel.

Sie sprachen von ihrem Land, von einem Bauernhof, einem Tal. Sie sprachen von der Lichterstadt mit ihren glitzernden Kuppeln und Minaretten, dort wo die Grundfesten des jüdischen Volkes waren. Vielleicht träumten sie, sie wären schon am Ziel, und die Kuppeln und Türme von Valdieri lägen vor den Toren Jerusalems.

Sie sind ziemlich schnell wieder aufgebrochen, weil es unten im Tal schon dunkel wurde. Am Eingang von Borgo San Dalmazzo, auf der Straße zum Bahnhof, haben die Soldaten der Wehrmacht sie festgenommen. Alles ist so schnell gegangen, daß sie nicht recht begriffen, was mit ihnen geschah. Vor ihnen standen Soldaten in grünen Mänteln am Ende der langen, schmalen, kalten Straße. Hinter ihnen fuhren mit aufgeblendeten Scheinwerfern die Lastwagen und trieben sie langsam wie eine Herde vor sich her. So sind sie zum Bahnhof gelangt. Dort haben die Soldaten sie in ein großes Gebäude rechts vom Bahnhof geführt. Nacheinander sind sie alle hineingegangen, bis die großen Räume voll waren. Dann haben die Deutschen die Türen verriegelt.

Es war Nacht. Laute Stimmen ertönten vor dem Bahnhof. Es gab kein Licht, nur die aufgeblendeten Scheinwerfer der Lastwagen. Die Frauen setzten sich neben ihre Bündel auf den Boden, und die Kinder schmiegten sich an sie. Weinende Kinder, Geflüster, Seufzer waren zu hören. Die Kälte der Nacht drang durch die zerbrochenen Scheiben, durch die Gitterstäbe in die großen Räume. Es gab keine Möbel, keine Betten. Hinter dem größten Raum waren übel riechende, verstopfte Latrinen. Der Nachtwind strich über die verängstigten Kinder. Dann schliefen die Kleinsten ein.

Gegen Mitternacht weckte sie der Lärm einfahrender, rangierender Züge, das Quietschen, das Aufeinanderpuffen der Waggons, das Fauchen der Lokomotiven. Pfiffe ertönten. Die Kinder versuchten zu sehen, was vor sich ging, die Kleinen begannen wieder zu weinen. Doch keine menschliche Stimme war zu hören, nur der Lärm der Maschinen. Nun waren sie nicht mehr nirgendwo.

Im Morgengrauen haben die Soldaten die Türen zu den Gleisen geöffnet und Männer und Frauen in die fensterlosen Waggons getrieben, die mit Tarnfarbe gestrichen waren. Es war kalt, der Dampf der Lokomotiven verbreitete sich in phosphoreszierenden Schwaden. Die Kinder klammerten sich an ihre Mütter, vielleicht fragten sie: »Wohin fahren wir? Wohin bringt man uns?« Die Bahnsteige, die Bahnhofsgebäude und die Stadt ringsumher, alles war menschenleer. Nur die schemenhaften Gestalten der Soldaten, die in ihren langen Mänteln in regelmäßigen Abständen im Dampf der Züge standen. Vielleicht träumten die Männer davon, zu fliehen, sie brauchten nur die Frauen und Kinder zu vergessen und über die Gleise zu rennen, über die Böschungen zu springen und auf den Feldern zu verschwinden. Das Morgengrauen war endlos und still, ohne Schreie und ohne Stimmen, ohne Vögel und ohne Hundegebell, da war nur das leise Fauchen der Lokomotiven und das Quietschen der Kupplungen, dann das schrille Knirschen, als die Räder auf den Schienen durchdrehten, der Zug sich in Bewegung setzte und diese Reise ohne Ziel begann: Turin, Genua, Ventimiglia, Kinder, die sich an ihre Mütter schmiegten, scharfer Geruch nach Schweiß und Urin, das Rattern der Achsen, Rauch, der in die fensterlosen Waggons drang, und das Licht des anbrechenden Tages durch die Türritzen, Toulon, Marseille, Avignon, das Rattern der Räder, das Weinen der Kinder, die gedämpften Frauenstimmen, Lyon, Dijon, Melun, und die Stille, nachdem der Zug angehalten hatte, und wieder eine kalte Nacht, die dumpfe Bewegungslosigkeit, Drancy, das Warten, all die Namen und Gesichter, die allmählich verschwammen, als wären sie Geschwister gewesen, die Esthers Gedächtnis entrissen wurden.

Die Waisen gingen jeden Nachmittag bei Anbruch der Dunkelheit in Festiona in die Kirche. Eines Abends ist Brao ausgerissen und hat Esther auf dem Platz getroffen. »Komm.« Er zeigte ihr die Kirche. Esther wollte nicht, sie verabscheute das Geräusch der Kinderschritte, das mechanische Gemurmel der Gebete. Neben der Tür hing dieses seltsame Gemälde, die Jungfrau Maria, die einen Drachen zertrat. Brao nahm Esther an die Hand und zog sie mit sich in die Kirche, die wie eine finstere Grotte wirkte. Es roch nach Möbelpolitur und Kerzentalg. Hinten in der Kirche flackerte auf beiden Seiten des Altars ein kleiner Lichterstern in der Kälte. Esther ging auf die Lichter zu, als könne sie den Blick nicht abwenden.

Nach einer Weile zog Brao sie am Arm fort. Er schien unruhig zu sein, begriff nicht. Da nahm Esther eines der Lichter und begann, die Kerzen anzuzünden, eine nach der anderen. Sie wußte nicht recht, warum sie das tat, sie wollte das Licht glänzen sehen wie an jenem Abend in Saint-Martin, als sie das Chalet oben im Dorf mit all den flackernden Kerzenflammen betreten hatte. Hier herrschte jetzt dasselbe Licht, als sei die Zeit stehengeblieben, als sei Esther noch auf der anderen Seite, vor der Gebirgswand, als durchlöcherten die Flammen den Schatten und schauten sie an.

Es waren die Augen der Leute aus Saint-Martin, die Esther

ansahen, die Kinder, die Frauen, Cécile mit ihrem Kopftuch über dem schönen, schwarzen Haar. Männerstimmen, die anschwollen, wie ein Gewitter hallten und dann wieder leiser wurden und flüsterten, und die Worte des Buches in dieser geheimnisvollen Sprache, die in sie drangen, ohne daß sie sie verstand.

Mit einem Licht in der Hand ging Esther durch die ganze Kirche und zündete die Kerzen an, wo immer sie eine sah, in den Ecken, vor den Statuen, auf beiden Seiten des Altars. Brao blieb am Eingang stehen und sah ihr wortlos zu, doch auch seine Augen glänzten. Das Mädchen ging fieberhaft hin und her, ließ weitere Lichtersterne entstehen, und jetzt erstrahlte die Kirche wie zu einem Fest. Die Kerzen funkelten. Sie erzeugten eine starke, fast magische Wärme. Esther blieb mitten in der Kirche stehen und sah zu, wie die Lichter glänzten. Sie ließ die Wärme in sich dringen. Es war, als seien sie alle da, noch einen Moment, nur für einen Moment, sie spürte die Kraft ihrer Blicke, die Kinder, die Fragen stellten, die Frauen, die ihre Liebe schenkten, sie spürte die Kraft in den Blicken der Männer, hörte den tiefen Klang ihrer Stimmen, während sich die Körper beim Singen langsam wiegten, und die ganze Kirche vibrierte und bebte wie ein Schiff.

Doch das dauerte nur einen kurzen Moment, denn plötzlich öffnete sich die Kirchentür, und die Stimme des Hausmeisters ertönte. Der schwarzgekleidete Mann packte Brao am Kragen seines Kittels, und Brao schrie: »Elena! Elena!« Esther schämte sich, sie hätte dableiben, Brao helfen sollen, doch sie hatte auf einmal Angst und rannte fort. Als sie in der Pension ankam, schloß sie sich in ihr Zimmer ein, doch selbst dort glaubte sie noch Brao zu hören, der ihren Namen rief, und das Holzschuhgeklapper der verdammten Waisen, die im Gleichschritt zur Kirche gingen. Wie jeden Abend gingen sie in die finstere Grotte, setzten sich in ihren alten, grauen, an den Ellbogen durchgescheuerten Kitteln auf die knarrenden Bänke, die Mädchen links, die Jungen mit dem kahlrasierten Schädel rechts, auch Brao war bei ihnen, seine Schulter schmerzte noch von den Schlägen, die er bekommen hatte.

Es war gegen Ende des Sommers, man wußte, daß die Deutschen den Rückzug angetreten hatten und nach Norden zogen. Brao sprach davon, und auch die Leute im Restaurant der Pension Passagieri, sie sprachen von den Männern der Gruppe *Giustizia e Libertà,* die sich bei der Madonna vom Coletto, oberhalb von Festiona, getroffen hatten. Elizabeth hatte Esther fest an sich gedrückt, ihre Stimme war verändert, sie konnte keine rechte Erklärung geben. »Bald gehen wir zurück, alles ist vorbei, bald gehen wir nach Frankreich.« Doch Esther blickte sie hart an. »Gehen wir dann morgen zurück?« Elizabeth bedeutete ihr zu schweigen. »Nein, Hélène, wir müssen warten, jetzt noch nicht.« Elizabeth tat, als verstände sie nicht, als wäre nichts geschehen und alles normal, sie wollte nicht einmal mehr »Esther« sagen, das war ein Name, der ihr angst machte. Esther löste sich von ihrer Mutter, verließ das kleine Zimmer, ging auf den Hof und lief in Richtung der Felder. Das Herz schnürte sich ihr zusammen, sie spürte, wie ein Nerv in ihrer Brust zitterte.

Früh am nächsten Morgen machte sich Esther auf den Weg zum Coletto. Sie ging den Lehmweg hinauf. Vor ihr erhob sich das Gebirge, das mit vom Herbst rostbraun gefärbten Lärchen bewaldet war. Unmittelbar nach den letzten Häusern von Festiona führte die Straße in Serpentinen bergauf.

Es war jetzt ein Jahr her, daß Esther und Elizabeth dieselbe Straße hinabgegangen waren, als sie aus Valdieri kamen. Das lag so weit zurück, und dennoch hatte Esther den Eindruck, die Füße direkt in die eigenen Fußstapfen zu setzen. Seit Beginn des Sommers hatte es nicht geregnet. Der Lehm auf der Straße zerbröckelte, Steine gerieten ins Rollen, die Böschungen waren mit trockenem Gras bedeckt. Zwischen den Serpentinen nahm Esther die Abkürzung durch das Gebüsch. Sie kletterte hinauf, ohne zurückzublicken, und suchte an Sträuchern nach Halt. Das Herz klopfte ihr heftig in der Brust, sie spürte die Schweißtropfen, die ihr Kleid auf dem Rücken durchnäßten und unter den Achseln brannten.

Kein Laut drang aus dem Wald, nur hin und wieder die Schreie von unsichtbaren Raben. Das Gebirge war schön und einsam, die Morgensonne ließ die Nadeln der Lärchen glänzen, verstärkte den Duft der Büsche.

Esther dachte an die Freiheit. *Giustizia e Libertà.* Brao sagte, sie seien dort oben, in diesen Bergen, träfen sich in der Nähe der Kapelle. Vielleicht konnte sie mit ihnen sprechen, vielleicht wußten sie etwas, hatten eine Nachricht aus Saint-Martin. Vielleicht konnte sie mit ihnen weggehen, das Gebirge überqueren und würde dahinten Tristan und Rachel und Judith treffen und alle Leute aus dem Dorf, die alten Männer, eingemummt in Kaftane, und die Frauen in langen Kleidern und mit unter Kopftüchern verhülltem Haar. Auch die Kinder wären dort, all die Kinder, die auf dem Platz um den Brunnen rannten oder die Straße mit dem Bach hinabliefen, bis zu den Wiesen am Ufer des Flusses. Doch sie wollte nicht mehr an all das denken. Sie wollte noch weiter weg, wollte mit dem Zug nach Paris fahren, bis an den Ozean fahren, in die Bretagne vielleicht. Früher hatte sie oft mit ihrem Vater über die Bretagne gesprochen, er hatte ihr versprochen, sie dorthin mitzunehmen. Deshalb erklomm sie dieses

Gebirge, um frei zu sein, um nicht mehr zu denken. Wenn sie mit den Leuten von *Giustizia e Libertà* zusammen wäre, bräuchte sie an nichts mehr zu denken, dann würde alles anders sein.

Kurz vor zwölf erreichte Esther die Wallfahrtsstätte. Die Kapelle war verlassen, die Tür verschlossen, die Fenster hatten zerbrochene Scheiben. Unter dem Portalvorbau waren Spuren von Feuer. Leute hatten dort gegessen, vielleicht geschlafen. Pappstücke lagen herum, trockene Reiser. Esther kletterte hinauf bis zum Brunnen, oberhalb der Wallfahrtsstätte, und trank das eiskalte Wasser. Dann setzte sie sich hin und wartete. Ihr Herz klopfte. Sie hatte Angst. Alles war still, nur in den Lärchen rauschte leise der Wind, doch nach und nach nahm Esther weitere Geräusche wahr, ein Knacken in den Steinen, ein Rascheln im Gebüsch, ein vorbeifliegendes Insekt oder in der Ferne einen Vogelschrei im Dickicht. Der Himmel war tiefblau und wolkenlos, die Sonne brannte.

Plötzlich konnte Esther nicht mehr länger warten. Sie begann zu rennen, wie damals auf der Straße nach Roquebillière, als Gasparini sie mitgenommen hatte, um bei der Weizenernte zuzusehen, und sie gespürt hatte, wie eine Leere in sie drang, die Angst vor dem Tod. Sie rannte auf der Straße nach Valdieri, bis sie an die große Kurve kam, wo man das Tal sehen kann, dort blieb sie atemlos stehen. Vor sich konnte sie alles sehen, als wäre sie ein Vogel.

Das Tal von Valdieri lag in der Sonne, Esther erkannte jedes Haus, jeden Pfad, bis hin zum Dorf Entracque, durch das sie mit Elizabeth gekommen war. Es war eine große Schneise, über die der Wind wehte. Da setzte sie sich am Straßenrand auf den Boden und blickte in die Ferne, in Richtung der Berge. Die Gipfel waren spitz, krallten sich an den Himmel, ihre Schatten erstreckten sich über die rostfarbenen Hänge bis ins Tal. Ganz hinten glitzerte wie ein Juwel das Eis.

Vor einem Jahr hatten Esther und Elizabeth mit all den Leuten, die vor den Deutschen flohen, diese Berge überquert. Esther erinnerte sich an jeden Augenblick, und dennoch kam es ihr vor, als wäre es vor langer Zeit geschehen, in einem anderen Leben. Alles hatte sich geändert. Was jenseits der Berge lag, war jetzt unerreichbar geworden. Vielleicht war nichts mehr davon übriggeblieben.

Das riß ein Loch in ihrem Innern auf, ein Fenster, durch das die Leere hereinströmte. Genau das hatte sie gesehen, sie erinnerte sich daran, als sie sich dem Gebirge genähert hatte, kurz vor dem Paß. Ein unwirkliches Fenster, hinter dem der strahlende Himmel zu sehen war. Aber vielleicht hatte sie es nur geträumt, kurz bevor sich die Wolken wieder über Elizabeth und ihr zugezogen und sie in Festiona ins Vergessen getaucht hatten. Dann konnten die Kämpfer von *Giustizia e Libertà* also nichts mehr ausrichten, denn kann man sich von Schatten befreien?

Die Sonne begann hinter den hohen Bergen zu versinken, Esther spürte auf dem Gesicht den Weg in die Finsternis. Dahinten war das Massiv, das die Leute auch so nannten, Mont Tenebre, der finstere Berg.

Esther bemühte sich, den Blick nicht vom Ende des Tales zu lösen, von der Kluft mitten im Eis. Der Schatten breitete sich langsam aus, bedeckte das Tal, begrub die Dörfer. Jetzt hörte Esther die Geräusche des Lebens, das Hundegebell, das Glockengeläut und sogar das Kindergeschrei. Der Geruch des Rauches wurde vom Wind herübergetragen. Dort unten war ein Tag wie jeder anderer. Niemand dachte an den Krieg.

Der Gipfel des Gelas schien in immer weitere Ferne zu rücken, er schwebte über dem Dunst, leicht wie eine Wolke. Esther ließ den Blick schweifen, die Sonne näherte sich unaufhaltsam den Bergen. Esther dachte an Elizabeth, unten in Festiona. Sie hatte bestimmt wegen der Kühle der anbrechenden Dunkelheit den Pullover über ihr Kittelkleid gezogen. Brao wartete wahrscheinlich auf dem Platz, denn um diese Zeit machten sich die Heimkinder fertig, um zur Kirche zu gehen. Noch einige Minuten lang blickte Esther auf das Tal von Valdieri, auf den scharfen Kamm der Gletscher, als würde bald jemand kommen, von den Gipfeln hinabsteigen und auf die rauchverhangenen Dörfer zugehen, ein hochgewachsener Mann, der die Wildbäche und die Wiesen überquerte, den Rücken der Sonne zugewandt, und endlich würde sie seinen Schatten auf sich spüren.

Esther

Hafen von Alon, Dezember 1947

Ich bin siebzehn. Ich weiß, daß ich dieses Land bald für immer verlasse. Ich weiß nicht, ob ich je dort unten ankomme, aber bald fahren wir ab. Mama sitzt neben mir im Sand, im Schutz der verfallenen, kleinen Hütte. Sie schläft, und ich warte. Wir sind in die Militärdecke gehüllt, die uns Onkel Simon Ruben vor unserer Abreise gegeben hat. Es ist eine feste, wasserdichte Wolldecke des amerikanischen Heeres, an der er sehr hing. Simon Ruben ist Mamas Freund, er ist auch mein Freund. Er hat alles für unsere Reise vorbereitet. Nach dem Krieg, als wir ohne meinen Vater nach Paris gekommen sind, hat Simon Ruben uns aufgenommen. Er war mit meinem Vater befreundet, er kannte ihn gut, und deshalb hat er uns aufgenommen. Erst hat er uns in einer Garage untergebracht, weil er nicht sicher war, ob der Krieg wirklich zu Ende war und die Deutschen nicht wiederkommen würden. Als er dann begriff, daß es tatsächlich der Fall war und es keinen Grund mehr gab, sich zu verstecken, hat er uns die Hälfte einer Wohnung überlassen, die er in der Rue des Gravilliers besaß, in der anderen Hälfte wohnte eine blinde alte Dame, die Madame d'Aleu hieß, und dort haben wir gewohnt. Aber jetzt ist kein Geld mehr da, und wir wissen nicht, wohin wir gehen sollen. Nirgendwo ist mehr Platz für uns. Simon Ruben hat zu Mama gesagt, das hätte nichts mit Geld zu tun, sondern mit unserm Leben, damit wir vergessen könnten. Er hat gesagt: »Soll man nicht vergessen, was unter der Erde ist?« Das hat er gesagt, ich erinnere mich noch genau, doch ich verstand nicht, was er meinte. Er hatte Mamas Hände ergriffen, sich über den Tisch gebeugt, sein Gesicht war ganz nah an Mamas Gesicht, und er sagte immer wieder: »Ihr müßt fortgehen, um zu vergessen! Ihr müßt vergessen!« Ich begriff nicht, was er sagen wollte, was wir vergessen sollten und was unter der Erde war. Jetzt weiß ich, daß er von meinem Vater gesprochen hat, das hat er gemeint, mein Vater war unter der Erde, und wir mußten ihn wohl oder übel vergessen. Ich erinnere mich an Onkel Simon Ruben mit seinem gealterten, aufgedunsenen Gesicht, ganz dicht neben Mama, und sie war so schön, blaß und zart, so jung. Ich erinnere mich an ihr Gesicht mit den großen, dunklen Augen und den tiefschwarzen Wimpern. Sogar mir, ihrer Tochter, kam sie jung und zart wie ein kleines Mädchen vor. Ich glaube, sie hat geweint. Hier sind wir im Morgengrauen angekommen, nachdem wir die Nacht über vom Bahnhof in Saint-Cyr durch den Regen gelaufen sind, unterwegs haben wir das Geräusch des Windes im Wald gehört, ein Geräusch wie von Atemzügen, des Windes, der uns zum Meer trieb. Wie viele Stunden sind wir gelaufen, wortlos, aufs Geratewohl, vom kalten Regen durchnäßt und nur vom dünnen Lichtstrahl der Taschenlampe geleitet? Ab und zu hörte es auf zu regnen, und man hörte den Wind nicht mehr. Der schlammige Weg wand sich durch die Hügel, führte durch tiefe Täler. Bei Tagesanbruch haben wir unten in einem Tal einen Wald aus riesigen Strandkiefern erreicht. Vor dem blassen Schimmer des Meeres ragten die Stämme der Bäume hoch auf, und das ließ unsere Herzen höher schlagen, als gingen wir durch ein unbekanntes Land. Der Mann, der uns hierher führte, hat uns alle zu einer verfallenen kleinen Hütte gebracht und ist wieder fortgegangen. Mama hat sich auf den Boden gesetzt, in den Sand, über ihre Beine geklagt und leise geschluchzt.

Wir warten im Morgengrauen. Der Wind weht in Böen, ein kalter Wind, der die nasse Hülle der Wolldecke zu durchdringen sucht. Mama hat sich an mich geschmiegt. Sie ist fast sofort eingeschlafen. Ich rühre mich nicht, um sie nicht zu wecken. Ich bin so müde.

Die Zugreise von Paris. Die Abteile waren überfüllt, es gab keinen einzigen Sitzplatz mehr. Mama hat sich im Gang vor der Toilettentür auf ein Stück Pappe auf den Boden gelegt, und ich bin, so lange ich konnte, stehen geblieben, um auf unsere Koffer aufzupassen. Unsere beiden Koffer sind vorsorglich mit Bindfäden umwickelt. Alle unsere Schätze befinden sich darin. Unsere Kleider, Toilettensachen, Bücher, Fotos und Andenken. Mama hat zwei Kilo Zucker mitgenommen, weil sie meint, der sei dort sicher knapp. Ich habe nicht viel zum Anziehen. Ich habe mein Sommerkleid aus weißem Perkal mitgenommen, Handschuhe, Schuhe zum Wechseln und vor allem meine Lieblingsbücher, die Bücher, aus denen uns mein Vater manchmal abends nach dem Essen vorlas, *Nikolas Nickleby* und *Die Pickwickier.* Das sind die Bücher, die ich am liebsten mag. Wenn ich weinen oder lachen oder an etwas anderes denken möchte, brauche ich nur eins der beiden Bücher zu nehmen, es irgendwo aufzuschlagen, und sofort finde ich eine Stelle, die genau das richtige für mich ist.

Mama hat nur ein einziges Buch mitgenommen. Onkel Simon Ruben hat ihr vor unserer Abreise das Buch des Anfangs gegeben, *Sefer Bereschit,* so heißt es. Mama ist auf dem schmutzigen Boden im Gang des Wagens eingeschlafen, trotz der ratternden Achsen und der Toilettentür, die neben ihrem Kopf schlägt, und des Gestanks ... Ab und zu taucht jemand am anderen Ende des Gangs auf und möchte die Toilette benutzen. Wenn er Mama auf ihrem Stück Pappe schlafen sieht, macht er kehrt und sucht sich eine andere Toilette. Aber einer wollte trotzdem hineingehen. Er hat sich vor Mama aufgepflanzt und gesagt: »Verzeihung!«, als würde sie sofort aufwachen und aufstehen. Sie schlief weiter, da schrie er mehrmals immer lauter werdend: »Verzeihung! Verzeihung! Verzeihung!« Dann beugte er sich hinab, um sie zur Seite zu schieben. Ich weiß nicht, was da in mich gefahren ist, aber das habe ich nicht ertragen, nein, dieser mitleidslose dicke Kerl, der Mama wecken wollte, um in Ruhe aufs Klo gehen zu können. Ich habe mich auf ihn gestürzt und angefangen, mit den Fäusten auf ihn einzuschlagen und ihn zu kratzen, mit zusammengebissenen Zähnen und mit Tränen in den Augen, aber ohne ein Wort zu sagen oder zu schreien. Er ist zurückgewichen, als hätte sich eine tollwütige Katze auf ihn gestürzt, hat mich zurückgedrängt und mit seltsam schriller Stimme voller Zorn und Angst geschrien: »Ihr werdet noch von mir hören! Das werdet ihr schon sehen!« Und dann ist er weggegangen. Da habe auch ich mich auf den Boden gelegt, neben Mama, die nicht einmal aufgewacht war, habe den Arm um sie geschlungen und ein wenig geschlafen, ein Schlaf voller Geräusche und Gerüttel, von dem mir übel wurde.

In Marseille regnet es. Stundenlang warten wir auf dem langen Bahnsteig. Es sind viele Leute auf den Bahnsteigen, dicht gedrängt inmitten des Gepäcks. Die ganze Nacht warten wir. Der kalte Wind weht über die Bahnsteige, der Regen hüllt die elektrischen Lampen in Nebel. Die Leute liegen neben ihren Koffern auf der Erde. Manche haben sich in Wolldecken des Roten Kreuzes eingemummt. Ein paar Kinder weinen eine Weile und schlafen dann plötzlich ein, von Müdigkeit übermannt. Da sind auch schwarzgekleidete Männer, Juden, die sich unentwegt in ihren Sprachen unterhalten. Sie sitzen auf ihrem Gepäck, reden und rauchen, und ihre Stimmen hallen seltsam durch die Leere des Bahnhofs.

Als wir kurz vor Mitternacht in Marseille angekommen sind, hat uns niemand etwas gesagt, aber ein Gerücht verbreitet sich über den Bahnsteig: Vor drei oder vier Uhr morgens fährt kein Zug nach Toulon. Vielleicht müssen wir die ganze Nacht auf dem Bahnsteig warten, doch was macht das schon? Zeit gibt es für uns nicht mehr. So lange sind wir nun schon auf der Reise, sind draußen in einer Welt, in der die Zeit nicht mehr existiert.

Da habe ich ihn auf demselben Bahnsteig gesehen, unter der großen Bahnhofsuhr, die wie ein bleicher Mond aussieht. Er war auch in Paris auf dem Bahnsteig, bevor der Zug abfuhr, doch das ist schon so lange her, daß es mir vorkommt, als wären es Wochen. Er ging durch die Menge, als der Zug mit fauchendem Dampf und mit quietschenden Bremsen in den Bahnhof einfuhr. Er war groß, mager, und sein goldblondes Haar und sein Bart gab ihm das Aussehen eines Hirten. Das sage ich, weil ich jetzt weiß, daß er so heißt, Jacques Hirt. Und darum habe ich ihm diesen Spitznamen gegeben, der Hirte.

Er ging durch die Menge und hielt nach irgend etwas, irgend jemandem Ausschau, nach einem Verwandten, einem Freund. Als er neben mir war, ließ er den Blick so lange auf mir ruhen, daß ich die Augen abwenden mußte, und damit er nicht sah, wie ich errötete, habe ich mich über meinen Koffer gebeugt, als suchte ich etwas.

Ich hatte ihn vergessen, nicht ganz vergessen, aber der Zug, der Lärm der Achsen, das Rütteln, und Mama, die neben der Toilettentür auf dem Boden lag und wie ein krankes Kind schlief, all das hielt mich davon ab, an wen auch immer zu denken. Mein G...! Ich hasse diese Reisen! Wie kann man nur zum Vergnügen den Zug oder das Schiff nehmen! Ich würde am liebsten mein ganzes Leben lang am selben Ort bleiben und zusehen, wie die Tage vergehen, wie die Wolken, die Vögel vorüberziehen, und träumen. Dieser Hirte steht, wie in Paris, am anderen Ende des Bahnsteigs, als warte er auf jemanden, einen Verwandten, einen Freund. Trotz der Entfernung sehe ich seinen Blick im Schatten der Augenhöhlen.

Da wir vielleicht die ganze Nacht auf diesem Bahnsteig warten müssen, machen wir es uns lieber bequem. Ich habe die beiden Koffer flach auf den Boden gelegt, und Mama sitzt auf dem Boden, den Oberkörper an die Koffer gelehnt. Ich habe vor, gleich dasselbe zu tun. Wann ist das bloß alles zu Ende? Es kommt mir heute so vor, als wäre ich seit meiner Geburt immer nur gereist, mit dem Zug, mit dem Bus, auf den Straßen im Gebirge, und dann von einer Wohnung zur anderen, in Nizza, in Saint-Martin, in Festiona, dann wieder Nizza, Orléans und Paris, bis der Krieg zu Ende war. Da habe ich verstanden, daß ich nie aufhören kann zu reisen, nie zur Ruhe komme. Ich wünschte mir, es würde mir gelingen, nicht mehr an Saint-Martin, an Berthemont, zu denken. Mama hat einmal gesagt, diese Namen seien verflucht, man sollte sie nicht mehr aussprechen. Nicht einmal mehr an sie denken.

Der Hirte hat mich eben angesprochen, als ich von der Bahnhofstoilette zurückkam. Ich ging unter der Bahnhofsuhr her, und er saß da auf seinem Koffer, mitten zwischen Leuten, die auf dem Boden lagen. Neben ihm war eine Gruppe schwarzgekleideter Juden, die sich unterhielten und rauchten. Mit seiner ziemlich tiefen Stimme hat er gesagt: »Guten Tag, Mademoiselle.« Er hat zu mir gesagt: »Die Zeit wird einem lang, wenn man auf dem Bahnsteig wartet«, und: »Ist Ihnen nicht zu kalt?« mit einem Pariser Akzent, glaube ich. Ich habe gesehen, daß er über der Lippe eine kleine Narbe hatte, und habe an meinen Vater gedacht. Ich weiß nicht mehr, was ich gesagt habe, vielleicht bin ich weggegangen, ohne zu antworten, mit gesenktem Kopf, weil ich alles so leid war, so schrecklich müde war. Ich glaube, ich habe ein paar unfreundliche Worte gebrummt, um schneller weggehen zu können und mich möglichst nah neben Mama zu setzen, den Oberkörper an die Koffer gelehnt, die Beine seitlich angewinkelt. Ich glaube, ich habe bisher noch nie daran gedacht, daß sie sterben könnte.

Die Nächte sind lang, wenn es kalt ist und man auf einen Zug wartet. Trotz der Müdigkeit und trotz der Leere, die mich umgab, habe ich nicht einen Augenblick schlafen können. Ich sah mich ständig nach allen Seiten um, als wollte ich mich vergewissern, daß sich nichts verändert hatte und alles noch da war. Ich sah das alles an, den riesigen Bahnhof mit dem Glasdach, über das der Regen rann, die Bahnsteige, deren Enden sich im Dunkel verloren, die Lichtkreise um die Laternen, und ich dachte: So, hier bin ich jetzt. Ich bin in Marseille, all das sehe ich zum letztenmal in meinem Leben. Ich darf es nicht vergessen, niemals, selbst wenn ich so alt werde wie Madame d'Aleu, die alte blinde Dame, die mit uns die Wohnung in der Rue des Gravilliers 26 geteilt hat. Ich darf nichts von all dem je vergessen. Ich richtete mich dann halb auf, stützte mich auf die alten Koffer und betrachtete die Körper, die auf dem Bahnsteig lagen und an den Wänden lehnten, und die Leute, die in Wolldecken gehüllt auf den Bänken saßen und schliefen, sie sahen aus wie Mumien, wie weggeworfene Kleider. Mir brannten die Augen, in meinem Kopf drehte sich alles, ich hörte die schweren, tiefen Atemzüge, und ich spürte, wie mir an der Nase entlang Tränen über die Wangen liefen und auf den Koffer tropften, ohne daß ich wußte, warum sie mir aus den Augen rannten. Mama bewegte sich ein wenig im Schlaf, stöhnte leise, und ich strich ihr über das Haar, wie man es mit einem Kind tut, damit es nicht aufwacht. Die Bahnhofsuhr im Hintergrund zeigte ihr bleiches Gesicht, ihr Mondgesicht, auf dem die Zeiger so langsam vorrückten: ein Uhr, zwei Uhr, halb drei. Ich versuchte den Hirten am Endes des Bahnsteigs unter der Uhr zu entdecken, doch er war verschwunden. Auch er war zu einer Mumie geworden, zu einem weggeworfenen Lumpen. Da legte ich die Wange auf den Koffer und dachte an alles, was geschehen war, und alles, was noch kommen würde, ganz langsam, aufs Geratewohl, wie wenn man einen Brief schreibt. Ich dachte an meinen Vater, als er aus dem Haus ging, an das letzte Bild, das mir von ihm im Gedächtnis geblieben ist, die große, starke Gestalt, das sanfte Gesicht, das lockige, tiefschwarze Haar und der Blick, als wolle er sich entschuldigen, als habe er eine Dummheit begangen. Einen Augenblick lang war er da, küßte mich, drückte mich so fest an sich, daß mir der Atem wegblieb, und ich schob ihn ein wenig zurück und lachte. Dann ging er fort, während ich schlief, und ließ nur das Bild dieses ernsten Gesichts und dieser Augen zurück, die um Vergebung baten.

Ich denke an ihn. Manchmal rede ich mir ein, daß wir ihn am Ziel unserer Reise wiedersehen. Schon seit langem übe ich mich darin, mir etwas einzureden, bis ich daran glaube. Das ist schwer zu erklären. Das ist wie der Strom, der vom Magnet in die Eisenfeder geht. Einen Augenblick lang bewegt sich die Feder, zittert. Und im nächsten Moment, noch ehe man etwas gesehen hat, klebt die Feder am Magnet. Ich erinnere mich noch, daß mich mein Vater, als ich zehn Jahre alt war, es war zu Beginn des Krieges, als wir aus Nizza nach Saint-Martin geflohen sind, im Sommer ins Tal mitgenommen hat, um dort unten bei der Ernte zuzusehen, vielleicht an derselben Stelle, zu der ich drei Jahre später mit dem jungen Gasparini zurückkehrte. Wir waren den ganzen Weg mit dem Pferdewagen gefahren, und mein Vater hatte den Bauern beim Mähen und beim Binden der Weizengarben geholfen. Ich blieb in seiner Nähe, hinter ihm, und atmete seinen Schweißgeruch ein. Er hatte das Hemd ausgezogen, und ich sah seine Muskeln, die sich auf beiden Seiten des Rückens unter der weißen Haut spannten wie Saiten. Trotz der Sonne und des Geschreis der Leute, trotz des Geruchs nach gemähtem Weizen, begriff ich plötzlich, hatte ich die Gewißheit, daß bald alles zu Ende sein würde, daß mein Vater für immer fortgehen müsse, wie wir heute. Ich erinnere mich noch, dieser Gedanke ist ganz ruhig auf mich zugekommen, auf leisen Sohlen, und plötzlich hat er sich auf mich gestürzt, mein Herz mit eisernen Klauen gepackt, und da habe ich mir nichts mehr einreden können. Zutiefst entsetzt bin ich den Weg mitten durch die Weizenfelder unter dem blauen Himmel gerannt, bin so schnell weggelaufen, wie ich konnte. Ich konnte nicht mehr schreien und nicht mehr weinen, ich konnte nur noch mit aller Kraft rennen und spürte ständig diese eiserne Klammer, die mir das Herz zerquetschte, die Luft abdrückte. Mein Vater ist hinter mir hergerannt, hat mich auf der Straße eingeholt, mich vom Boden gerissen und mich hochgehoben, ich erinnere mich noch, und ich habe mich gewehrt, da hat er mich an seine Brust gedrückt und mir über Haar und Nacken gestrichen, um mich zu beruhigen, mein Schluchzen ohne Tränen, meinen Schluckauf. Danach hat er mir nie eine Frage gestellt, mir keine Vorwürfe gemacht. Zu den Leuten, die ihn fragten, was geschehen sei, hat er nur gesagt, nichts, gar nichts, sie hat Angst gehabt. Aber ich habe seinen Augen angesehen, daß er begriffen hatte, daß auch er diesen kalten Schatten gespürt hatte, der trotz des schönen Mittagslichts und des goldgelben Weizens vorübergezogen war.

Ich erinnere mich auch an den Tag, als ich mit Mama in der Nähe von Berthemont einen Spaziergang gemacht habe, wir sind an dem schwefelgelben Wildbach über dem verfallenen Hotel entlanggegangen. Mein Vater war schon fort, er hatte sich den Leuten aus dem Maquis angeschlossen, es war geheimnisvoll. Sie hatten sich gegenseitig Mitteilungen zukommen lassen, die mein Vater hastig las und anschließend verbrannte, und Mama hatte sich eilig angezogen. Sie nahm mich an die Hand, wir gingen schnell über die menschenleere Straße am Fluß entlang bis zu dem verlassenen Hotel. Wir begannen den Berg hinaufzuklettern, erst über eine kleine Treppe und dann über einen schmalen Pfad, Mama ging schnell, ohne außer Atem zu geraten, und ich hatte Mühe, ihr zu folgen, doch ich wagte nicht, etwas zu sagen, weil es das erstemal war, daß sie mich mitnahm. Sie zeigte eine Ungeduld, die ich heute nicht mehr an ihr kenne, ihre Augen glänzten fiebrig. Wir gingen jetzt hoch oben einen Hang hinauf, der mit riesigen Weiden bedeckt war, und rings um uns war der Himmel. Ich war noch nie so hoch hinaufgegangen, so weit, und mir klopfte das Herz vor Erschöpfung, vor Unruhe. Dann kamen wir oben auf dem Hang an, und dort, am Fuß der Gipfel, erstreckte sich eine weite Grasebene, auf der viele Hirtenhütten aus schwarzem Mauerwerk standen. Mama ging zu den ersten Hütten, und als wir ankamen, tauchte mein Vater auf. Er stand mitten im hohen Gras und glich einem Jäger. Seine Kleider waren zerrissen und verschmutzt, über seiner Schulter hing ein Gewehr. Ich hatte Mühe, ihn wiederzuerkennen, weil er einen Bart trug und sein Gesicht von der Sonne verbrannt war. Wie immer hob er mich hoch und drückte mich fest an sich. Dann legte er sich mit Mama neben der Steinhütte ins Gras, und sie unterhielten sich. Ich hörte sie reden und lachen, doch ich blieb ein wenig abseits. Ich spielte mit den Steinen, ich erinnere mich noch, ich warf sie auf den Handrücken wie bei »Wappen und Zahl«.

Ich höre noch ihre Stimmen und ihr Lachen an jenem Nachmittag auf dem Hang mit den riesigen Weiden und dem Himmel, der uns umgab. Die Wolken zogen vorüber, malten blendende Spiralen auf das Blau des Himmels, und ich hörte neben mir im Gras das Lachen und die Stimmen meines Vaters und meiner Mutter. Und da, in diesem Augenblick, habe ich begriffen, daß mein Vater bald sterben würde. Der Gedanke war auf einmal da, und so sehr ich ihn auch zurückdrängte, er kam immer wieder, ich hörte die Stimme meines Vaters, sein Lachen, ich wußte, daß ich mich nur umzudrehen brauchte, um die beiden zu sehen, um sein Gesicht zu sehen, sein Haar und seinen Bart, der in der Sonne glänzte, sein Hemd und Mamas Silhouette, die an ihn geschmiegt lag. Und plötzlich habe ich mich auf die Erde geworfen und mir in die Hand gebissen, um nicht zu schreien, um nicht zu weinen, und trotzdem spürte ich, wie mir Tränen aus den Augen liefen und sich eine Leere in mir auftat, mir den Leib zerriß, eine Leere, eine Kälte, und ich konnte nicht aufhören zu denken, daß er bald sterben würde, bald sterben müßte.

Das muß ich auf dieser Reise vergessen, wie Onkel Simon Ruben gesagt hat, »Ihr müßt vergessen, ihr müßt fortgehen, um zu vergessen!«

Hier, am Rand der Bucht von Alon, scheint das alles weit zurückzuliegen, als habe es jemand anders, in einer anderen Welt erlebt. In der Nacht weht der Nordwind heftig, und ich habe mich an Mama geschmiegt und Simon Rubens harte Wolldecke bis an die Augen hochgezogen. Ich habe schon so lange nicht mehr geschlafen. Mein ganzer Körper tut weh, mir brennen die Augen. Das Rauschen des Meeres beruhigt mich, selbst wenn es stürmt. Zum erstenmal in meinem Leben schlafe ich am Ufer des Meeres. Kurz vor Marseille, als ich neben Mama im Gang stand, habe ich das Meer durch das Zugfenster gesehen, wie es vom Wind gekräuselt in der Abenddämmerung funkelte. Alle Leute standen auf derselben Seite des Abteils, um das Meer zu sehen. Anschließend, im Zug nach Bandol, habe ich versucht, es zu sehen und die Stirn an die kalte Scheibe gedrückt, vom Rütteln und von den Kurven hin und her geschüttelt. Doch man sah nur das Dunkel, aufblitzende Lichter und Lampen in der Ferne, die wie Schiffslaternen tanzten.

Der Zug hat im Bahnhof von Cassis gehalten, und viele Leute sind ausgestiegen, Männer und Frauen in Mänteln, manche mit großen Regenschirmen, als wollten sie auf einem Boulevard spazierengehen. Ich blickte nach draußen, um zu sehen, ob der Hirte mit ihnen ausgestiegen war, doch er war nicht auf dem Bahnsteig. Anschließend hat sich der Zug langsam in Bewegung gesetzt, die Leute standen auf dem Bahnsteig und entfernten sich wie Gespenster, wie müde Vögel, die vom Wind geblendet sind, das war traurig und zugleich ein wenig komisch. Wollen auch sie nach Jerusalem? Oder wollen sie nach Kanada? Doch das weiß man nicht, das kann man nicht fragen. Es sind Leute da, die mithören, Leute, die es wissen möchten, um uns am Fortgehen zu hindern. Simon Ruben hat das gesagt, als er uns zum Bahnsteig begleitet hat: »Sprecht mit niemandem. Fragt niemanden etwas. Es gibt Leute, die mithören.« In das Buch des Anfangs hat er einen Zettel mit dem Namen und der Adresse seines Bruders in Nizza gelegt, Möbelhaus Edouard Ruben, Descente Crotti, wenn die Polizei uns anhält, sollen wir sagen, daß wir dorthin wollen. Anschließend sind wir in Saint-Cyr angekommen, und alle sind ausgestiegen. Auf dem Bahnsteig wartete ein Mann auf uns. Er hat alle um sich geschart, die das Land verlassen wollen, und im Licht seiner Taschenlampe haben wir uns auf den Weg gemacht bis zum Hafen von Alon.

Jetzt sind wir hier am Strand, im Schutz der kleinen verfallenen Hütte, und warten auf die Morgendämmerung. Vielleicht versuchen auch andere etwas zu erkennen, wie ich. Sie richten sich auf, blicken geradeaus, versuchen im Dunkel das Licht des Schiffes zu erkennen, sie horchen auf das Tosen des Meeres, um das Rufen der Seeleute zu hören. Die riesigen Kiefern knarren und knacken im Wind, ihre Nadeln rauschen wie Wellen am Bug. Das Schiff, das kommen soll, stammt aus Italien, wie Angelo Donati. Es heißt *Sette Fratelli*, das bedeutet Sieben Brüder. Als ich in Paris zum erstenmal diesen Namen gehört habe, habe ich an die sieben Kinder aus dem Märchen »Der Däumling« gedacht, die sich im Wald verirrt haben. Ich habe das Gefühl, mit diesem Namen kann uns nichts passieren.

Ich erinnere mich, daß mein Vater über Jerusalem sprach, daß er erzählte, was für eine Stadt das war, abends, wie eine Geschichte vor dem Einschlafen. Weder er noch Mama waren gläubig. Das heißt, sie glaubten an G..., aber sie glaubten nicht an die Religion der Juden und auch an keine andere Religion. Aber wenn mein Vater über Jerusalem zur Zeit König Davids sprach, erzählte er außergewöhnliche Dinge. Ich dachte, das müsse die schönste und größte Stadt der Welt sein, anders als Paris auf jeden Fall, denn dort gab es sicher keine finsteren Gassen und baufälligen Häuser, keine zerlöcherten Regenrinnen, keine stinkenden Treppen und Bäche, durch die ganze Rattenheere liefen. Wenn man Paris sagt, gibt es Leute, die glauben, man habe Glück, so eine schöne Stadt! Aber mit Jerusalem war das sicher anders. Wie war das? Ich konnte mir das nicht recht vorstellen, eine Stadt wie eine Wolke, mit Kuppeln und Kirchtürmen und Minaretten (mein Vater sagte, es gäbe dort viele Minarette) und Hügeln ringsumher, die mit Orangen- und Olivenbäumen bepflanzt waren, eine Stadt, die über der Wüste schwebte wie eine Fata Morgana, eine Stadt, in der es nichts Banales, nichts Schmutziges, nichts Gefährliches gab. Eine Stadt, in der man die Zeit damit verbrachte, zu beten und zu träumen.

Ich glaube, ich wußte damals noch nicht recht, was Beten bedeutet. Vielleicht dachte ich, es sei wie Träumen, wenn man verschwiegene Dinge um sich schweben läßt, all das, was man sich wünscht und auf der Welt am liebsten mag, ehe man in Schlaf versinkt.

Auch Mama hatte oft davon gesprochen. In der letzten Zeit in Paris lebte sie nur noch für diesen Namen, Jerusalem. Sie sprach nicht wirklich über die Stadt und auch nicht über das Land Eretz Israel, sondern über alles, was es dort früher gegeben hatte, und über alles, was neu beginnen würde. Für sie war es ein Tor, das sagte sie.

Der kalte Wind dringt allmählich in mich, geht durch mich hindurch. Es ist ein Wind, der nicht vom Meer kommt, sondern aus dem Norden, über die Hügel, und der in den Stämmen der hohen Bäume heult. Jetzt ist es grau, und ich sehe die hohen Bäume und zwischen den Ästen den Himmel. Aber das Meer sieht man noch nicht. Mama ist von der Kälte des frühen Morgens aufgewacht. Ich spüre, wie ihr Körper neben mir zittert. Ich habe sie fester an mich gedrückt. Ich sage etwas zu ihr, um sie zu beruhigen, um sie zu besänftigen. Hat sie mich gehört? Ich möchte mit ihr über all das sprechen, über das Tor, ihr sagen, daß es wirklich schwierig und langwierig ist, durch dieses Tor zu gehen. Ich habe das Gefühl, als sei sie das Kind und ich die Mutter. Die Reise hat vor so langer Zeit begonnen. Ich erinnere mich an jede Etappe, von Anfang an. Als wir nach Paris gekommen sind und in Simon Rubens Wohnung in der Rue des Gravilliers mit der blinden alten Dame zusammen gewohnt haben. In jener Zeit habe ich nicht mehr gesprochen und nicht mehr gegessen, nur wenn Mama mich mit dem Löffel fütterte wie ein Baby. Ich war zu einem Baby geworden, jede Nacht habe ich das Bett genäßt. Mama wickelte mich in Windeln, die sie aus bunten alten Lappen machte. Nach Saint-Martin, nach dem Marsch durchs Gebirge nach Italien, dem langen Marsch nach Festiona, gab es für mich eine Leere. Die Erinnerung kam in

Fetzen wieder, wie die Dunstschwaden auf den Dächern des Dorfes und im Winter der im Tal aufsteigende Schatten. Im Zimmer der Pension Passagieri versteckt, hörte ich das Bellen der Hunde, hörte ich die schleppenden Schritte der Waisen, die jeden Abend zu der düsteren Kirche gingen, und ich hörte Braos Stimme, die »Elena!« rief, während der Lehrer ihn an der Schulter vorwärts schob. Und das Tal, das sich bis zu dem Fenster aus Eis öffnete, die langen rostfarbenen Hänge, die ich mit den Augen abgesucht hatte, die leeren Pfade, nur der Wind, der die Geräusche der Dorfschmiede herüberwehte, das verschwommene Geschrei der Kinder, und immer nur der Wind, der bis in die Tiefen meines Inneren wehte und die Leere in mir vergrößerte. Onkel Simon Ruben hatte alles versucht. Er hatte es mit Gebeten versucht, hatte den Rabbiner kommen lassen und einen Arzt, um mich von dieser Leere zu heilen. Nur das Krankenhaus hatte er nicht versucht, weil Mama das nicht wollte, ebensowenig wie sie die Jugendfürsorge um Hilfe bitten wollte. Diese furchtbaren Jahre habe ich hinter mir gelassen, im kalten Schatten, auf den Gängen und den Treppen der Rue des Gravilliers. Sie entschwinden, bleiben zurück wie die Landschaft hinter einem Zug.

Noch nie ist mir eine Nacht so lang vorgekommen. Ich erinnere mich noch, damals, bevor wir in Saint-Martin waren, erwartete ich die Nacht voller Unruhe, weil ich glaubte, daß das der Augenblick sei, in dem man sterben könne, daß der Tod nachts die Leute stehle. Man schlief lebendig ein, und wenn die Nacht sich auflöste, war man verschwunden. So war Madame d'Aleu eines Nachts gestorben und hatte ihren kalten, weißen Körper im Bett zurückgelassen, und Onkel Simon Ruben kam, um Mama bei der Leichenwäsche für die Beerdigung zu helfen. Mama hatte mich beruhigt, mir gesagt, so sei das nicht, der Tod stehle niemanden, sondern Körper und Geist seien einfach müde und hörten auf zu leben, so wie man einschlafe. »Und wenn man jemanden tötet?« Das hatte ich gefragt. Das hatte ich fast geschrien, und Mama wandte den Blick ab, als schäme sie sich, gelogen zu haben, als sei es ihre Schuld. Denn auch sie hatte sofort an meinen Vater gedacht und hatte dann gesagt: »Wer andere Menschen tötet, stiehlt ihnen das Leben, er ist wie ein wildes Tier, er hat kein Mitleid.« Sie erinnerte sich auch daran, als mein Vater mit seinem Gewehr ins Gebirge gegangen war, sie erinnerte sich, wie er im hohen Gras verschwunden war, um nie mehr zurückzukehren. Wenn die Erwachsenen nicht die Wahrheit sagen, wenden sie die Augen ab, weil sie Angst haben, man könne es ihrem Blick ansehen. Doch zu dieser Zeit war ich schon von der Leere geheilt und hatte keine Angst mehr vor der Wahrheit.

An diese Nächte denke ich jetzt in der grauen Morgendämmerung zurück und lausche dem rauschenden Meer auf den Felsen der Bucht von Alon. Das Schiff muß bald kommen, um uns nach Jerusalem zu bringen. Diese Nächte sind miteinander verschmolzen, haben die Tage überdeckt. Diese Nächte haben mich in Saint-Martin durchdrungen, haben meinen Körper kalt, allein und kraftlos zurückgelassen. Hier am Strand, während Mamas zitternder Körper an mich geschmiegt ist und ich dem Geräusch ihres Atems lausche, der keuchend geht wie bei einem Kind, erinnere ich mich an die Nächte, als wir in die Rue des Gravilliers 26 eingezogen sind, an die Kälte, das Geräusch des Wassers in den Regenrinnen, das Quietschen aus den Werkstätten im Hof, die Stimmen, die laut hallten, während Mama neben mir in dem schmalen kalten Zimmer lag und sich an mich drückte, um mich aufzuwärmen, denn das Leben verließ mich, das Leben floh aus meinem Körper, in die Laken, in die Luft, in die Wände.

Ich lausche, und es kommt mir vor, als könnte ich ringsumher all die Menschen hören, die auf das Schiff warten. Sie sind da, liegen im Sand vor dem Gemäuer der verfallenen Hütte, unter den hohen Kiefern, die uns vor den Windböen schützen. Ich weiß nicht, wer diese Menschen sind, kenne ihre Namen nicht, bis auf den Hirten, aber das ist der Spitzname, den ich ihm gebe. Es sind nur Gesichter, die im Halbdunkel kaum zu sehen sind, Silhouetten, in Mäntel gehüllte Frauen, alte Männer, die unter großen Regenschirmen kauern. Alle haben sie die gleichen, mit Bindfäden umwickelten Koffer, die gleichen Wolldecken vom Roten Kreuz oder der amerikanischen Armee. Irgendwo in ihrer Mitte, ganz allein, ist der Hirte, der noch einem Heranwachsenden gleicht. Aber wir dürfen nicht miteinander sprechen, wir dürfen nichts wissen. Das hat Simon Ruben auf dem Bahnsteig gesagt. Er hat uns lange in den Arm genommen, Mama und mich, hat uns ein wenig Geld und seinen Segen gegeben. Wir sind also nicht die einzigen, die durch dieses Tor gehen. Es sind noch andere da, hier an diesem Strand und anderswo, Tausende, die auf Schiffe warten, um fortzufahren und nie zurückzukommen. Sie fahren in eine andere Welt, nach Kanada, nach Südamerika, nach Afrika, dorthin, wo sie vielleicht erwartet werden und sie ein neues Leben beginnen können. Aber wer erwartet uns und all die anderen, die hier mit uns am Strand von Alon sind? In Jerusalem, hatte Onkel Simon Ruben lachend gesagt, erwarten euch nur die Engel. Durch wie viele Tore müssen wir gehen? Jedesmal, wenn wir den Horizont überqueren werden, öffnet sich ein neues Tor. Um nicht zu verzweifeln, dem kalten Wind, der Müdigkeit zu widerstehen, muß ich an die Stadt denken, die einer Fata Morgana gleicht, die Stadt der in der Sonne glänzenden Minarette und Kuppeln, die Stadt der Träume und Gebete, die Stadt, die über der Wüste schwebt. In dieser Stadt kann man bestimmt vergessen. In dieser Stadt gibt es keine schwarzen Mauern, kein schwarzes Wasser, das hinabrinnt, keine Leere und keine Kälte, keine Menschenmengen auf den Boulevards, die uns an die Seite schieben. Man kann ein neues Leben beginnen, das wiederfinden, was es früher gab, den Geruch der Weizenfelder im Tal bei Saint-Martin, das Wasser der Bäche, wenn der Schnee schmilzt, die Stille der Nachmittage, den Sommerhimmel, die Pfade, die mitten durch das hohe Gras führen, das Rauschen des Wildbachs und Tristans Wange auf meiner Brust. Ich hasse Reisen, ich hasse die Zeit! Jerusalem ist das Leben vor der Zerstörung. Ist es wirklich möglich, das zu finden, selbst wenn man auf der *Sette Fratelli* die Meere überquert?

Der Tag bricht an. Zum erstenmal kann ich an das denken, was vor uns liegt. Bald ist das italienische Schiff dort im Hafen von Alon, den ich allmählich erkennen kann. Es kommt mir vor, als spürte ich schon die Bewegung des Meeres. Das Meer wird uns zu der heiligen Stadt bringen, der Wind wird uns zum Tor der Wüste treiben. Nie habe ich mit meinem Vater über G... gesprochen. Er wollte nicht, daß wir darüber sprechen. Er hatte eine Art, einen einfach und ohne zu zögern anzusehen, daß man keine Fragen mehr stellte. Später, als er nicht mehr da war, war es nicht mehr wichtig. Onkel Simon Ruben hatte eines Tages Mama gefragt, ob man nicht allmählich an den Unterricht denken müsse, damit meinte er die Religion, um die verlorene Zeit aufzuholen. Mama hat sich immer geweigert, ohne direkt Nein zu sagen, hat nur gesagt, das sähen wir später, weil es nicht dem Willen meines Vaters entspreche. Sie sagte, das komme alles zu seiner Zeit, wenn ich alt genug sei, um selbst zu wählen. Auch sie meinte, die Religion sei eine Sache der Wahl. Sie wollte nicht einmal, daß man mich bei meinem jüdischen Namen nannte, sie sagte »Hélène«, weil auch das mein Name war, der Name, den sie mir gegeben hatte. Aber ich nannte immer meinen richtigen Namen, Esther, ich wollte keinen anderen Namen mehr. Eines Tages hatte mein Vater mir die Geschichte von Esther erzählt, die Hadassa hieß und weder Vater noch Mutter hatte, und wie sie den König Ahasveros geheiratet und gewagt hatte, den großen Saal zu betreten, in dem sich der König aufhielt, um ihn zu bitten, ihr Volk zu verschonen. Auch Simon Ruben hatte mir von ihr erzählt, doch er sagte, man dürfe den Namen G... nicht aussprechen und ihn auch nicht schreiben, und deswegen glaubte ich, es sei ein Name, der dem Meer gliche, ein Name, der riesengroß sei und den man unmöglich ganz kennen könne. Und heute weiß ich, daß es wahr ist. Ich muß das Meer überqueren, muß auf die andere Seite fahren, bis nach Eretz Israel und Jerusalem, muß die Kraft dazu finden. Nie hätte ich geglaubt, daß es so groß ist, nie hätte ich gedacht, daß es auch solch ein Tor war, durch das man hindurch mußte. Müdigkeit und Kälte hindern mich daran, an etwas anderes zu denken. Ich kann nur an diese endlose Nacht denken, die jetzt im Morgengrauen zu Ende geht, an den Wind in den riesigen Bäumen, an das Meer, das zwischen den Spitzen der Felsen tost. In diesem Augenblick schlafe ich an Mama geschmiegt ein und lausche dem Wind, der die Wolldecke wie ein Segel schlagen läßt, lausche dem unaufhörlichen Geräusch der Wellen auf dem Sandstrand. Vielleicht träume ich, daß das Schiff, wenn ich die Augen wieder öffne, dort auf dem glitzernden Meer liegt.

Ich sitze in einer Felsspalte neben dem abgestorbenen großen Baum. Ich halte Ausschau. Vor mir liegt das blendend blaue Meer, es tut mir weh. Die Windböen wehen über mich hinweg. Ich höre, wie sie in den Blättern der Büsche und in den Zweigen der Kiefern ankommen, ein rieselndes Geräusch, das mit dem Tosen der Wellen auf den weißen Felsen verschmilzt. Gleich nach dem Aufwachen bin ich heute morgen zur Spitze des Hafens von Alon gelaufen, um das Meer besser sehen zu können.

Jetzt brennt mir die Sonne im Gesicht, brennt mir in den Augen. Das Meer mit seiner langsamen Dünung, die vom anderen Ende der Welt kommt, ist so schön. Die Wellen schlagen mit dem Gurgeln tiefen Wassers gegen die Küste. Ich denke an nichts mehr. Ich blicke in die Ferne, meine Augen schweifen unermüdlich über die klare Linie des Horizonts, suchen das vom Wind gepeitschte Meer, den blanken Himmel ab. Ich will das italienische Schiff ankommen sehen, will die erste sein, wenn es auf uns zuhält, sein Bug das Meer teilt. Wenn ich nicht hier an der Spitze der Landzunge bleibe, vor der Einfahrt in die Bucht von Alon, kommt das Schiff nicht, scheint mir. Wenn ich nur eine Sekunde den Blick abwende, sieht es uns nicht, fährt weiter nach Marseille.

Jetzt muß es kommen, das spüre ich. Ohne Grund kann das

Meer nicht so schön sein, kann sich der Himmel nicht von den Wolken befreit haben.

Ich will als erste den Schrei ausstoßen, wenn das Schiff einläuft. Ich habe Mama nichts davon gesagt, als ich sie, in die amerikanische Wolldecke gehüllt, am Strand zurückgelassen habe. Niemand ist mit mir gekommen. Ich bin der Ausguck, habe einen ebenso sicheren und scharfen Blick wie die Indianer in Gustave Aymards Romanen. Wie sehr wünsche ich mir, daß mein Vater in diesem Augenblick bei mir wäre! Wenn ich an ihn denke, mir vorstelle, er säße neben mir auf den Felsen und suchte das glitzernde Meer ab, schlägt mein Herz schneller, und mich überkommt Schwindel, der mir den Blick trübt. Vielleicht sind auch der Hunger und die Müdigkeit daran schuld. Es ist schon so lange her, daß ich nicht mehr geschlafen, nicht mehr richtig gegessen habe! Ich habe das Gefühl, als würde ich vornüber fallen, in das dunkle, berauschende Meer. Ich erinnere mich, daß ich so auf das bewölkte Gebirge gestarrt habe, aus dem mein Vater kommen sollte. In Festiona verließ ich jeden Tag das Zimmer der Pension und ging an eine Stelle oberhalb des Dorfes, wo ich das ganze Tal, das ganze Gebirge und den Anfang des Weges überblicken konnte, und ich starrte so lange, so angestrengt hinauf, daß ich den Eindruck hatte, mein Blick würde ein Loch in die Felswand bohren.

Doch ich darf mich nicht gehen lassen. Ich bin der Ausguck. Die anderen sitzen hinten in der Bucht von Alon am Strand und warten. Mama hat mir heute morgen, als ich fortging, die Hand gedrückt, ohne etwas zu sagen. Die Sonne, die soeben aufgegangen war, hatte ihr wieder Kraft gegeben. Mama hat gelächelt.

Ich will das italienische Schiff sehen. Ich will, daß es kommt. Das Meer ist unendlich weit, voll brodelnden Lichts. Der starke Wind reißt Gischt von den Wellenkämmen und wirft ihn nach hinten. Die kräftigen Wogen kommen vom anderen Ende der Welt, schlagen gegen die weißen Felsen, drängen sich in die enge Einfahrt des Hafens von Alon. Das blaue Wasser dreht sich in der Bucht im Kreis, zieht Wirbel. Dann breitet es sich über den Sandstrand aus.

Neben mir ist der Stamm des abgestorbenen Baums. Er ist weiß und glatt wie ein Knochen. Ich mag diesen Baum. Es kommt mir vor, als hätte ich ihn schon immer gekannt. Er ist magisch, er wird nicht zulassen, daß uns etwas widerfährt. Die Insekten laufen zwischen den Wurzeln umher, über den vom Wasser abgeschliffenen Stamm. Von der Wärme der Sonne erweckt, weht der Duft der Kiefern im Wind herüber. Der Wind kommt näher, das Meer dreht sich. Ich glaube, wir sind am Ende der Welt, an der äußersten Grenze, da, wo man nicht mehr zurückkann. Wenn jetzt das Schiff nicht ankommt, sterben wir alle, glaube ich.

Die schwarzen Städte, die Züge, die Angst, der Krieg, all das haben wir hinter uns gelassen. Als wir heute nacht, dem Licht der Taschenlampe folgend, im Regen durch die Hügel gegangen sind, haben wir das erste Tor durchschritten. Deshalb war alles so hart, so ermüdend. Der Wald mit den riesigen Kiefern am Rand der Bucht von Alon, das Rauschen des Windes, der die Äste knarren ließ, der kalte Wind, der Regen und dann dieses verfallene Gemäuer, an das wir uns gekauert haben wie im Sturm verirrte Tiere.

Ich öffne die Augen, das Meer und das Licht brennen bis in die Tiefen meines Körpers, doch ich liebe das. Ich atme, ich bin frei. Schon werde ich von Wind und Wellen getragen. Die Reise hat begonnen.

Ich bin heute den ganzen Tag lang zwischen den Felsen der Landspitze umhergeirrt. Das Meer immer an meiner Seite, die Linie des Horizonts im Kopf. Der Wind weht immer noch, er biegt die Baumstämme, bewegt die Büsche. In den Spalten wächst Ilex und Sassaparille. Nah am Meer wächst Heide, deren winzige rosa Blüten mit einem schwarzen Punkt gezeichnet sind. Von den Gerüchen, dem Licht, dem Wind wird mir schwindlig. Das Meer brandet gegen die Klippen.

Am Strand des Hafens von Alon sitzen die Emigranten nebeneinander und essen. Einen Augenblick lang setze ich mich neben Mama, ohne zwischen den beiden Felsspitzen die Linie, die Himmel und Meer trennt, aus den Augen zu lassen. Mir brennen die Augen, mein Gesicht glüht. Ich habe den Geschmack von Salz auf den Lippen. Ich esse schnell die Vorräte, die Mama aus ihrem Koffer geholt hat, eine Scheibe ganz weißes amerikanisches Brot, ein Stück Käse, einen Apfel. Ich trinke viel, direkt aus der Limonadenflasche. Dann kehre ich in die Felsen zurück, zu meinem Ausguck neben dem abgestorbenen Baum.

Das Meer ist aufgewühlt, von Gischt gesäumt. Es wechselt ständig die Farbe. Als der Himmel sich wieder mit Wolken überzieht, wird das Meer grau, düster, violett, wie geschmolzenes Quarzgestein.

Jetzt ist mir kalt. Ich kauere mich im Schutz des Felsens zusammen. Was machen die anderen? Warten sie noch? Wenn wir nicht mehr daran glauben, macht das Schiff vielleicht kehrt, kämpft nicht mehr gegen den Wind und fährt nach Italien zurück. Mir klopft das Herz schnell und heftig, meine Kehle ist trocken, weil ich weiß, daß wir in diesem Augenblick unser Leben aufs Spiel setzen, denn die *Sette Fratelli* ist nicht irgendein Schiff. An ihm hängt unser Schicksal.

Der Hirte hat mich in meinem Versteck besucht. Es ist schon Abend. Durch ein Loch in den Wolken verströmt die Sonne grelles, purpurfarbenes Licht, das mit Asche vermischt zu sein scheint. Der Hirte kommt zu mir, setzt sich auf den Baumstamm, spricht mit mir. Anfangs höre ich nicht zu, was er sagt, ich bin zu müde, um zu plaudern. Mir brennen die Augen, aus Augen und Nase läuft mir Wasser. Der Hirte glaubt, daß ich vor Mutlosigkeit weine, er setzt sich neben mich, legt mir den Arm um die Schultern. Das tut er zum erstenmal, ich spüre die Wärme seines Körpers, ich sehe das Licht, das seine Barthaare merkwürdig glänzen läßt. Ich denke an Tristan, denke daran, wie sein Körper nach dem Wasser des Flusses roch. Das ist eine sehr alte Erinnerung, aus einem anderen Leben. Sie ist leicht wie der Schauer, der mir über die Haut läuft. Der Hirte redet, erzählt sein Leben, Vater und Mutter von den Deutschen nach Drancy geschickt, nie zurückgekommen. Er nennt seinen Namen, spricht von seinen Plänen in Jerusalem, von seiner Absicht, zu studieren, vielleicht in Amerika, um Arzt zu werden. Er nimmt mich an die Hand, und gemeinsam gehen wir zum Hafen, zu der Steinhütte, wo die Leute warten. Als ich mich wieder neben Mama setze, ist es fast dunkel.

Nach und nach ist der Sturm wieder heraufgezogen. Die Wolken haben die Sterne verhüllt. Es ist kalt, regnet in Strömen. Wir haben uns in die Wolldecke von Onkel Simon Ruben gehüllt, lehnen mit dem Rücken an dem verfallenen Gemäuer. Die riesigen Kiefern beginnen wieder zu knarren. Ich spüre die Leere in mir, ich falle. Wie soll das Schiff uns jetzt finden, wenn kein Ausguck mehr da ist?

Der Hirte weckt mich. Er hat sich über mich gebeugt, berührt meine Schulter, sagt etwas, und ich wirke wohl noch so verschlafen, daß er mich zwingt aufzustehen. Auch Mama ist aufgestanden. Der Hirte zeigt mir in der Ferne eine Silhouette, die sich im grauen Licht des frühen Morgens vor der Einfahrt zum Hafen von Alon kaum sichtbar auf dem Meer bewegt. Es ist die *Sette Fratelli.*

Niemand stößt einen Schrei aus, niemand sagt etwas.

Nacheinander stehen die Männer, Frauen und Kinder, noch in Decken und Mäntel gehüllt, am Strand auf und blicken aufs Meer hinaus. Das Schiff fährt langsam in die Bucht, seine Segel knattern im Wind. Es wendet, schlingert in den Wellen, die gegen die Schiffswand schlagen.

In diesem Augenblick reißt der Himmel auf. Zwischen den Wolken glänzt der Himmel, und mit einem Schlag erhellt das Licht des anbrechenden Tages die Bucht von Alon, die weißen Felsen, und erleuchtet das Nadelkleid der großen Kiefern. Das Meer funkelt. Die Segel des Schiffes wirken riesig, weiß und fast unwirklich.

Der Anblick ist so schön, daß ich eine Gänsehaut bekomme. Mama hat sich am Strand in den Sand gekniet, und andere Frauen tun es ihr gleich, dann einige Männer. Auch ich knie im feuchten Sand, und wir blicken auf das Schiff, das mitten in der Bucht vor Anker geht. Wir blicken nur hin. Wir können nicht mehr sprechen, nicht mehr denken, nichts mehr tun. Alle Frauen knien am Strand. Sie beten oder weinen, ich höre ihre monotonen Stimmen in den Windböen. Hinter ihnen stehen die alten Juden in ihren schweren schwarzen Mänteln, manche stützen sich auf ihren Regenschirm wie auf einen Stock. Sie blicken aufs Meer, auch ihre Lippen bewegen sich, als beteten sie. Zum erstenmal in meinem Leben bete auch ich. Es ist in mir, das spüre ich, tief in mir, ohne daß ich es will. Es ist in meinen Augen, es ist in meinem Herzen, als wäre ich aus mir herausgetreten und könnte über den Horizont, über das Meer hinausblicken. Und alles, was ich jetzt sehe, bedeutet etwas, trägt mich hinweg, wirft mich in den Wind über dem Meer. Das habe ich noch nie gespürt: Alles, was ich erlebt habe, all die Anstrengung, der Marsch durch das Gebirge und dann die furchtbaren Jahre in der Rue des Gravilliers, die Jahre, in denen ich nicht einmal auf den Hof hinauszugehen wagte, um die Farbe des Himmels zu sehen, die erstickenden, häßlichen Jahre, die einer langen Krankheit glichen, all das verblaßt hier in dem Licht, das die Bucht von Alon erhellt, während sich die *Sette Fratelli* langsam um den Anker dreht und ihre großen, schlaffen, weißen Segel im Wind knattern.

Noch in unsere Decken eingehüllt, steif von der Kälte und vom Schlaf, knien oder stehen wir alle regungslos am Strand. Wir haben keine Vergangenheit mehr. Wir sind wie neugeboren, als hätten wir tausend Jahre hier an diesem Strand geschlafen. Ich sage das, habe das in diesem Augenblick gedacht, blitzschnell und so heftig, daß mir das Herz klopft, als wollte es zerspringen. Mama weint lautlos, vor Erschöpfung vielleicht oder vor Freude, ich spüre, daß ihr Körper, wie von Schlägen getroffen, neben mir nach vorn sinkt. Vielleicht weint sie über meinen Vater, der nie dort angekommen ist, wo wir ihn erwartet haben. Damals hat sie nicht geweint, selbst als sie begriff, daß er nicht mehr kommen würde. Und jetzt ist da diese Leere, diese Leere in Form eines Schiffes, das regungslos mitten in der Bucht liegt, und das ist mehr, als sie ertragen kann.

Ist das ein richtiges Schiff, das mit Menschen bemannt ist? Wir betrachten es zugleich mit Angst und Verlangen, fürchten, es könnte den Anker lichten, im Wind über das Meer in die Ferne fliehen und uns an diesem einsamen Strand zurücklassen.

Nun rennen die ersten Kinder über den Sand am Ufer, vergessen ihre Müdigkeit, den Hunger und die Kälte. Sie laufen zu der felsigen Landzunge, winken und rufen: »He! Heda!...« Ihre schrillen Stimmen reißen mich aus meinem Traum.

Es ist tatsächlich die *Sette Fratelli*, das Schiff, auf das wir gewartet haben und das uns auf die andere Seite des Meeres bringen wird, nach Jerusalem. Jetzt erinnere ich mich, warum mir der Name des Schiffes, die »sieben Brüder«, gefallen hat, als Simon Ruben ihn zum erstenmal nannte. Eines Tages hatte mein Vater mir von den Kindern Jakobs erzählt, die über die ganze Welt verstreut sind. Ich erinnere mich nicht mehr an die Namen aller, aber da waren zwei, deren Namen mir gefielen, weil sie sehr geheimnisvoll waren. Der eine hieß Benjamin, der unersättliche Wolf. Und der andere Sebulon, der Seefahrer. Ich glaube, er ist eines Tages mit seinem Schiff in einem Sturm verschwunden, und das Meer hat ihn in eine andere Welt verschlagen. Dann war da noch Naphthali, die Hirschkuh, das einzige Mädchen, und ich stellte mir vor, daß meine Mutter mit ihren tiefschwarzen und so sanften Augen ihm wohl gleichen müsse (und auch ich, mit meinen länglichen Augen und dem stets wachen Blick). Vielleicht war es also Sebulon, der heute mit seinem Schiff zurückkam, um uns wieder an die Ufer unserer Väter zu bringen, nachdem er so viele Jahrhunderte lang über die Meere geirrt war. Der Hirte ist bei mir, er nimmt einen Augenblick meine Hand, ohne etwas zu sagen. Seine Augen glänzen, vor Rührung ist ihm die Kehle so zugeschnürt, daß er kein Wort herausbringt. Doch ich mache mich plötzlich los und laufe mit den anderen Kindern über den Strand, ohne länger zu warten, schreie und winke. Vom kalten Wind tränen mir die Augen, ist mein Haar zerzaust. Ich weiß wohl, daß Mama das nicht gern sieht, egal! Ich muß jetzt rennen, ich kann nicht länger hier bleiben. Auch ich muß schreien. Und so schreie ich irgend etwas, winke mit den Armen und schreie dem Schiff zu: »Heda! Sebulon!« Die Kinder haben es verstanden, schreien ebenfalls mit schrillen Stimmen, die wütenden Vogelschreien gleichen: »Sebulon! Sebulon! Heda, Sebulon! ...«

Das Wunder geschieht: Von der *Sette Fratelli* löst sich ein Ruderboot, das mit zwei Seeleuten bemannt ist. Es gleitet durch das ruhige Hafenwasser und landet unter den Begrüßungsschreien der Kinder auf dem Strand. Einer der Seeleute springt ans Ufer. Ein wenig erschrocken verstummen die Kinder. Der Seemann blickt uns einen Augenblick an, die noch knienden Frauen, die alten Juden in den schwarzen Mänteln und mit den Regenschirmen. Er hat ein rotes Gesicht, rotes, salzverklebtes Haar. Die sieben Brüder sind keine Kinder Jakobs.

Der Sturm erhebt sich wieder, als wir alle im Bauch des Schiffes sind. Durch die Ladeluken sehe ich, wie sich der Himmel verändert, wie sich die Wolken zusammenziehen. Die grauen Segel (aus der Nähe wirken sie nicht mehr so weiß) knattern im Wind. Sie spannen sich zitternd und fallen dann mit einem Knall zurück, als wollten sie zerreißen. Trotz des Motors, der im Maschinenraum dröhnt, hat die *Sette Fratelli* zu kämpfen, sie neigt sich so tief zur Seite, daß sich alle an die Spanten klammern müssen, um nicht umzufallen. Ich lege mich neben Mama auf die Planken, die Füße gegen die Koffer gestemmt. Die meisten Passagiere sind schon seekrank. Im Halbdunkel des Schiffsraums sehe ich ihre auf dem Boden liegenden Gestalten, ihre bleichen Gesichter. Auch der Hirte muß seekrank sein, denn er ist verschwunden. Wer noch dazu imstande ist, erbricht sich über der Abflußrinne im Kielraum. Einige Kinder weinen mit seltsam schwachen, hohen Stimmen, die mit dem Ächzen des Schiffsrumpfs und dem Pfeifen des Windes verschmelzen. Man hört auch das Geräusch von Stimmen, Gemurmel, Gebeten, Klagen. Ich glaube, jetzt bereuen alle, in diesem Schiff in der Falle zu sitzen, in dieser Nußschale, die vom Meer fortgerissen wird. Nur Mama beklagt sich nicht. Wenn ich sie ansehe, lächelt sie schwach, doch ihr Gesicht ist erdfarben. Sie versucht zu sprechen, sagt: »Stern, mein kleiner Stern«, wie früher mein Vater. Doch einen Augenblick später muß ich ihr helfen, zur Abflußrinne zu kriechen. Anschließend streckt sie sich frierend auf dem Boden aus. Ich drücke ihr ganz fest die Hand, wie sie es früher tat, wenn ich krank war... An Deck rennen die Matrosen barfuß durch den Sturm, schreien und fluchen auf italienisch, mühen sich ab und rennen hin und her, als wäre das Schiff ein wildgewordenes Pferd.

Der Motor läuft nicht mehr, doch ich merke es nicht gleich. Das Schiff stampft und schlingert schrecklich, und auf einmal habe ich das Gefühl, daß wir bald untergehen. Ich kann es nicht ertragen, weiterhin eingeschlossen zu bleiben. Trotz des Verbots, trotz der Wind- und Regenböen schiebe ich die Luke auf und strecke den Kopf hinaus.

Im Dämmerlicht des Sturms sehe ich das Meer, das auf das Schiff zukommt und in Gischtböen explodiert. Der Wind ist zu einem sichtbaren Ungeheuer geworden, er schlägt gegen die Segel, schüttelt sie, drückt gegen die beiden Masten und kippte das Schiff auf die Seite. Der Wind wirbelt, nimmt mir den Atem, läßt meine Augen tränen. Ich versuche zu widerstehen, um das Meer zu sehen, das so schön und grauenerregend ist. Ein Matrose gibt mir ein Zeichen, wieder in den Schiffsraum hinabzugehen. Es ist ein junger Kerl mit kohlschwarzem Haar, er hat uns in den Schiffsraum gebracht, als wir an Bord gekommen sind. Er spricht französisch. Ohne die Reling loszulassen, kommt er auf mich zu, er ist von Kopf bis Fuß durchnäßt. Er ruft: »Gehen Sie nach unten! Gehen Sie nach unten! Es ist gefährlich.« Ich gebe ihm durch ein Zeichen zu verstehen, daß ich nicht will, daß mir unten übel wird und ich lieber an Deck bleibe. Ich sage zu ihm, daß wir sicher bald sterben und ich dem Tod ins Auge sehen will. Er sieht mich starr an und sagt: »Sind Sie verrückt? Gehen Sie nach unten, oder ich sage es dem Kapitän.« Ich schreie gegen den Wind, gegen das Tosen des Meeres: »Lassen Sie mich in Ruhe! Wir werden alle sterben! Ich will nicht nach unten!« Der Junge zeigt auf einen dunklen Fleck im Meer vor dem

Schiff. Eine Insel. »Dahin fahren wir. Dort warten wir, bis sich der Sturm gelegt hat! Wir werden nicht sterben! Also gehen Sie schon in den Schiffsraum runter!« Die Insel liegt vor uns, keine zweihundert Meter entfernt. Sie schützt schon das Schiff, der Wind drückt nicht mehr gegen die Masten. Das Wasser rinnt über das Deck, läuft in Strömen an den Planken entlang, trieft aus den Segeln, die an den Rahen hängen. Plötzlich wird es still, während wir noch das Tosen des Meeres im Ohr haben. »Ist das wahr, wir sterben nicht?« Ich habe das in einem Ton gesagt, daß der junge Seemann laut auflacht. Er schiebt mich sanft auf die Luke zu, während die anderen Matrosen erschöpft auftauchen. Der Himmel über uns ist feuerrot. »Wie heißt diese Insel? Sind wir schon in Italien?« Der Junge sagt nur: »Das ist die Insel Port-Cros in Frankreich, Mademoiselle. Das ist die Bucht von Port-Man.« Also steige ich wieder in den Bauch des Schiffes hinab. Ich spüre den schalen Geruch, die Angst, die Bedrängnis. Ich taste mich im Halbdunkel zu Mama vor. »Es ist vorbei. Wir sind in Port-Man angekommen. Das ist unsere erste Zwischenstation.« Ich sage das, als seien wir auf einer Kreuzfahrt. Ich bin erschöpft. Jetzt strecke auch ich mich auf dem Boden aus. Mama ist neben mir, legt mir die Hand auf die Stirn. Ich schließe die Augen.

Wir liegen schon seit einem Tag und einer Nacht vor Port-Man, ohne etwas tun zu können. Das Schiff dreht sich langsam an der Ankerkette, erst in die eine Richtung, dann in die andere. Der Schiffsraum hallt wider vom Geräusch der Werkzeuge, mit denen der Motor repariert wird. Trotz des Verbots des Kapitäns (ein dicker, glatzköpfiger Mann, der nach allem möglichen aussieht, nur nicht nach einem Seemann) steige ich alle Augenblicke mit den anderen Kindern an Deck. Ich bin schlank, und ich stelle mir vor, daß man mich mit meinem kurzen Haar für einen Jungen hält. Wir gehen mitten durch das Tauwerk zum Heck. Ich setze mich und blicke auf die schwarze Küste der Insel unter dem Sturmhimmel. Das Ufer ist so nah, daß ich mühelos hinüber schwimmen könnte. Trotz des Regenhimmels und der Windstöße ist das Wasser in der Bucht von Port-Man glatt und glasklar.

Der junge italienische Seemann kommt und setzt sich neben mich. Er spricht halb französisch, halb englisch mit mir und ab und zu auch etwas Italienisch. Er hat mir gesagt, daß er Silvio heißt. Er hat mir eine amerikanische Zigarette angeboten. Ich habe versucht zu rauchen, doch sie schmeckt scharf und süß, und mir wird schwindlig davon. Anschließend hat er eine Tafel Schokolade aus der Jackentasche gezogen und einen Riegel für mich abgebrochen. Die Schokolade ist zugleich süß und bitter, ich glaube, so etwas habe ich noch nie gegessen. Der Junge tut das alles sehr ernst, ohne zu lächeln, die Treppenleiter der Kommandobrücke, über die der Kapitän kommen könnte, läßt er dabei nicht aus den Augen. »Warum lassen Sie die Leute nicht an Deck gehen?« Ich frage das langsam, während ich ihn ansehe. »Es ist kaum auszuhalten da unten, man bekommt keine Luft, und es gibt kein Licht. Das ist unmenschlich.« Silvio scheint nachzudenken. Er sagt: »Der Kapitän will das nicht. Er will nicht, daß man sieht, daß Menschen auf dem Schiff sind. Das ist verboten.« Ich sage: »Aber wir haben doch nichts getan. Wir fahren in unser Land.« Er zieht nervös an seiner Zigarette. Er sieht zur Insel hinüber, auf den dunklen Wald und den kleinen weißen Strand. Er sagt: »Wenn die Zöllner kommen, stoppen sie das Schiff. Dann ist die Fahrt zu Ende.« Er wirft seine Zigarette ins Meer und steht auf. »Und jetzt müßt ihr wieder in den Schiffsraum runtergehen.« Ich rufe die Kinder, und wir steigen wieder in den Bauch des Schiffs hinab. Im Inneren ist es heiß und dunkel. Man hört Stimmengewirr. Mama hält mich am Arm fest, sie hat fiebrige Augen. »Was hast du gemacht?

Mit wem hast du gesprochen?« Die Männer am anderen Ende des Schiffsraums sprechen laut. In ihren Stimmen liegt Wut oder Angst. Mama flüstert: »Sie sagen, die Reise gehe nicht weiter, man habe uns getäuscht und werde uns hier an Land setzen.«

Den ganzen Tag lang starren wir auf das Licht, das durch die Luke hereindringt, ein fahles Licht, das in den Augen weh tut. Wir sehen die Wolken vorbeiziehen, die den Himmel verschleiern, als bräche die Dunkelheit an. Nach und nach verstummen die Stimmen der Männer. Oben an Deck haben die Seeleute aufgehört zu arbeiten. Man hört, wie der Regen auf den Schiffsrumpf prasselt. Ich träume, wir wären weit weg, auf dem offenen Meer, mitten auf dem Atlantik, und führen beide nach Kanada. Dahin hatte Mama früher gewollt, als wir in Saint-Martin waren. Ich erinnere mich noch, daß sie im Winter in dem kleinen Zimmer, in dem ich mit offenen Augen im Dunkeln lag und wartete, über Kanada sprach, über den Schnee, die Wälder, die Holzhäuser am Ufer der endlosen Flüsse, die Schwärme von Wildgänsen. Das würde ich jetzt gern hören. »Erzähl mir von Kanada.« Mama beugt sich über mich, sie küßt mich. Doch sie sagt nichts. Vielleicht ist sie zu müde, um an ein Land zu denken, das es nicht gibt. Vielleicht hat sie es vergessen.

In der Nacht erhebt sich wieder der Sturm. Die Wellen branden wohl über die Felszunge, die Port-Man schützt, sie schlagen gegen das Schiff, so daß es sich auf die Seite legt, ächzt und alle aufwachen. Wir halten uns an den Spanten fest, um nicht gegen die Schiffswand geschleudert zu werden. Die Bündel, die Koffer und andere unsichtbare Gegenstände geraten ins Rutschen und knallen gegen die Eisenwände. Man hört keine Stimme, keinen menschlichen Laut an Deck, und bald verbreitet sich das Gerücht, die Mannschaft habe uns verlassen, wir seien allein an Bord des Schiffes. Damit sich keine Angst ausbreitet, haben die Männer eine Sturmlaterne angezündet. Alle drängen sich um die Laterne, die Männer auf der einen Seite, die Frauen und Kinder auf der anderen. Ich sehe die Gesichter, die auf gespenstische Weise beleuchtet werden, die glänzenden Augen. Einer der Männer kommt aus Polen, er wird Rebbe Joël genannt. Er ist groß und schlank, hat schönes Haar und einen schwarzen Bart. Er sitzt vor der Laterne und hat eine kleine schwarze Schachtel neben sich liegen, die mit einem Lederriemen zugeschnürt ist. Er rezitiert seltsame Worte in dieser Sprache, die ich nicht verstehe. Er spricht die Worte langsam aus, lange, rauhe und zugleich sanfte Worte, die widerhallen, und ich erinnere mich an die Stimmen, die damals in dem Tempel im Haus in Saint-Martin gesungen hatten. Kein Wort hat je eine solche Wirkung auf mich ausgeübt, ein Schauder in der Kehle, eine Erinnerung. »Was sagt er?« Das frage ich Mama mit leiser Stimme. Die Männer und Frauen wiegen sich langsam, begleiten die Bewegung des Schiffes im Sturm, und auch Mama wiegt sich und blickt in die Flamme der Laterne, die auf dem Boden steht. »Hör zu, das ist jetzt unsere Sprache.« Das sagt sie, und ich betrachte ihr Gesicht. Die Worte des Rabbiners sind stark, sie vertreiben die Angst vor dem Tod. Die kleine Schachtel aus schwarzem Leder glänzt seltsam auf dem Boden, als ginge eine unbegreifliche Kraft von ihr aus. Die Stimmen der Männer und Frauen begleiten Joëls Worte, und ich versuche von ihren Lippen zu lesen, um zu verstehen. Was sagen sie? Ich hätte gern Jacques Hirt gefragt, doch ich wage nicht, zu ihm zu gehen und mich neben ihn zu setzen, das könnte den Zauber brechen und wieder Angst unter uns aufkommen lassen. Es sind Worte, die die Bewegung des Meeres begleiten, Worte, die dröhnen und grollen, sanfte und mächtige Worte, Worte von Hoffnung und Tod, Worte, die größer sind als die Welt, stärker als der Tod. Als das Schiff am frühen Morgen in die Bucht von Alon eingelaufen ist, habe ich begriffen, was ein Gebet ist. Jetzt höre ich die Worte des Gebets, und die Sprache reißt mich mit. Rebbe Joëls Worte hallen auch für mich im Schiff wider. Ich bin nicht draußen, ich bin keine Fremde. Die Worte tragen mich, versetzen mich in eine andere Welt, in ein anderes Leben. Jetzt weiß ich es, verstehe es. Joëls Worte werden uns dorthin bringen, nach Jerusalem. Selbst wenn es stürmt, selbst wenn man uns verlassen hat, mit den Worten des Gebets werden wir nach Jerusalem kommen.

Die Kinder haben sich an ihre Mütter geschmiegt und sind wieder eingeschlafen. Die tiefen oder hellen Stimmen antworten Joëls Worten, folgen dem Auf und Ab der Wellen. Vielleicht befehligen sie den Wind, den Regen, die Nacht. Die Flamme der Laterne flackert, läßt die Augen glänzen. Die kleine schwarze Schachtel neben Rebbe Joël schimmert seltsam, als kämen die Worte aus ihr.

Ich habe mich wieder auf den Boden gelegt. Ich habe keine Angst mehr. Mamas Hand gleitet wie früher durch mein Haar, ich höre ihre Stimme, die neben meinem Ohr die rauhen und zugleich sanften Worte des Gebets nachspricht. Das wiegt mich in den Schlaf. Ich bin in meiner Erinnerung, der ältesten Erinnerung der Erde.

Als die *Sette Fratelli* heute morgen in aller Frühe Port-Man verließ, wurde sie vom Küstenwachboot des Zolls gestoppt. Das Meer war ruhig, wunderbar glatt nach dem Sturm. Das Schiff konnte den Motor wieder benutzen und fuhr mit vollen Segeln dem offenen Meer entgegen. Ich war mit ein paar Kindern an Deck und blickte auf das tiefe Meer, das vor uns lag. Und ehe jemand es recht begriff, war plötzlich das Küstenwachboot da. Es hielt auf unser Schiff zu, während sein kräftiger Bug das Meer teilte. Einen Augenblick lang tat der

Kapitän so, als habe er nicht verstanden, und die *Sette Fratelli* segelte, seitlich über die Wellen geneigt, weiter dem offenen Meer entgegen. Da riefen die Zöllner etwas durch das Sprachrohr. Es war kein Zweifel mehr möglich.

Ich beobachtete, wie das Küstenwachboot auf uns zukam. Mir klopfte das Herz zum Zerspringen, ich konnte den Blick nicht von den Gestalten in Uniform lösen. Der Kapitän erteilte Befehle, und die italienischen Matrosen holten die Segel ein und stellten den Motor ab. Unser Schiff begann zu treiben. Und dann, auf einen Befehl hin, kehrten wir dem offenen Meer den Rücken und fuhren zur Küste zurück. Der Streifen Land lag noch dunkel vor uns. Wir fahren nicht mehr nach Jerusalem. Die Worte des Gebets tragen uns nicht mehr. Wir fahren zu der großen Hafenstadt Toulon, wo man uns ins Gefängnis bringen wird.

Im Bauch des Schiffes sagt niemand etwas. Die Männer sitzen an derselben Stelle wie gestern, Gespenstern gleich. Die meisten Kinder schlafen noch, den Kopf an die Knie ihrer Mütter gelehnt. Die anderen sind mit vom Wind zerzausten Haar wieder unter Deck gegangen. In einer Ecke des Schiffsraums, neben dem Gepäck, steht die erloschene Sturmlaterne.

Man hat uns in diesen großen leeren Raum hinter den Werkstätten der Werft gesperrt, vermutlich weil man uns nicht in Zellen mit anderen Häftlingen stecken konnte. Man hat uns Gurtbetten und Decken gegeben. Man hat uns all unsere Papiere, das Geld und alles abgenommen, was als Waffe hätte dienen können, selbst die Stricknadeln der Frauen und die kleinen Bartscheren der Männer. Durch die hohen, vergitterten Fenster sieht man eine kahle Esplanade, mit rissigem Zement bedeckt, auf dem der Wind die Grasbüschel bewegt. Am hinteren Ende der Esplanade befindet sich eine große Steinmauer. Wenn diese Mauer nicht da wäre, könnte man das Mittelmeer sehen und träumen, wieder auf die Reise zu gehen. Zwei Tage nachdem man uns in der Werft eingesperrt hatte, bekam ich solche Lust, das Meer zu sehen, daß ich einen Plan schmiedete, um auszubrechen. Ich erzählte niemandem davon, weil Mama sich Sorgen gemacht und ich dann nicht mehr den Mut gehabt hätte, fortzugehen. Zur Mittagszeit kommen drei Marineinfanteristen durch die Hintertür in unseren Raum. Zwei von ihnen teilen die Suppenration aus, während der dritte, auf sein Gewehr gelehnt, dasteht und uns überwacht. Es gelingt mir, mich der Tür zu nähern, ohne ihre Aufmerksamkeit zu erregen. Als mir einer der Marinesoldaten einen vollen Teller Suppe reicht, lasse ich ihm den Teller auf die Füße fallen und renne durch den Gang, ohne mich um das Geschrei hinter mir zu kümmern. Und ich bin gerannt, so schnell ich konnte, ich war so flink und gewandt, daß mich niemand einzuholen vermochte. Am hinteren Ende des Gangs ist die Tür, die zur Esplanade hinausführt. Ich bin ins Freie gelaufen, ohne haltzumachen. Es ist schon so lange her, daß ich Sonnenlicht gesehen habe, daß mir der Kopf schwirrt und ich spüre, wie mein Herz klopft. Der Himmel ist tiefblau, ohne eine Wolke, alles glänzt in der kalten Luft. Ich bin bis zu der hohen Steinmauer gerannt und habe nach einem Durchgang gesucht. Die kalte Luft brennt mir in Kehle und Nase, die Augen tränen mir. Ich bin einen Augenblick stehengeblieben, um mich umzusehen. Doch niemand schien mir zu folgen. Die Esplanade war leer, die hohen Mauern glänzten. Es war Essenszeit, alle Marinesoldaten waren wohl im Speisesaal. Ich bin immer weiter an der Umfassungsmauer entlanggerannt. Plötzlich sehe ich vor mir das große Tor, dessen Flügel beide offenstehen, und die Allee, die zum Meer führt. Pfeilschnell bin ich durch die Tür gelaufen, ohne zu wissen, ob in dem Schilderhaus ein Wachsoldat stand. Ich renne, ohne Luft zu holen, bis ans Ende der Allee, dahin, wo eine Festung ist und Felsen, die das Meer überragen. Jetzt bin ich mit zerkratzten Beinen und Händen im Gebüsch und springe von Fels zu Fels. Das habe ich nicht verlernt, seit ich in Saint-Martin den Bach hinaufgerannt bin. Innerhalb einer Sekunde sehe ich, wohin ich springen kann, die Stelle, wo ich durchkomme, die Löcher, die ich vermeiden muß. Dahinter werden die Felsen steil, und ich muß langsamer laufen. Ich klammere mich an die Büsche und klettere durch die Felsspalten nach unten.

Als ich über dem Meer ankomme, weht der Wind so stark, daß ich kaum noch atmen kann. Der Wind drückt mich gegen die Felsen, pfeift in den Büschen. In einer Felsmulde mache ich halt, direkt unter mir ist das Meer. Es ist ebenso schön wie im Hafen von Alon, eine feurige, harte, glatte Fläche, und in der Ferne liegt die schwarze Masse der Kaps und Halbinseln. Der Wind wirbelt am Eingang meines Verstecks, er ächzt und stöhnt wie ein Tier. Unten schlägt der Gischt gegen die Felsen, zerstiebt im Wind. Hier gibt es nichts anderes als den Wind und das Meer. Noch nie habe ich mich so frei gefühlt. Mir schwirrt der Kopf, ein Schauer geht mir durch den Körper. Dann blicke ich zur Linie des Horizonts, als müßte unser Schiff über den flammenden Weg kommen, den die Sonne auf dem Meer hinterlassen hat. In Gedanken bin ich auf der anderen Seite der Welt, habe den Wind bezwungen und das Meer überquert, habe die schwarze Anhäufung von Kaps und Inseln, wo die Menschen lebten und man uns eingesperrt hatte, hinter mir gelassen. Wie ein Vogel habe ich mich im Wind knapp über dem Meer dahingleiten lassen, im Licht und im Salzstaub, habe Zeit und Entfernung aufgehoben, bin auf der anderen Seite angekommen, dort wo das Land und die Menschen frei sind, wo alles wirklich neu ist. Nie zuvor hatte ich daran gedacht. Es ist wie ein Rausch, denn in diesem Augenblick denke ich nicht mehr an Simon Ruben oder an Jacques Hirt, nicht einmal mehr an meine Mutter, und ich denke nicht mehr an meinen Vater, der oberhalb von Berthemont in den hohen Gräsern verschwunden ist, ich denke nicht mehr an das Schiff und auch nicht mehr an die Marineinfanteristen, die mich suchen. Doch sucht man wirklich nach mir?

Bin ich nicht für immer verschwunden, oberhalb des Meeres, hoch oben in meinem Felsenversteck, wie ein Vogel in meinem Schlupfwinkel, den Blick starr auf das Meer gerichtet? Mein Herz schlägt langsam, ich spüre keine Angst mehr, Spüre keinen Hunger mehr, keinen Durst und auch nicht die Last der Zukunft. Ich bin frei, habe in mir die Freiheit des Winds, des Lichts. Zum erstenmal.

Ich bin den ganzen Tag in meinem Versteck geblieben und habe der Sonne zugesehen, die langsam zum Meer herabsinkt. Hier ist niemand. Schon seit so langer Zeit habe ich Lust, wirklich allein zu sein, ohne einen Menschen, der neben mir etwas sagt. Ich denke an die Berge, an das weite Tal, an das Fenster aus Eis, als ich auf die Rückkehr meines Vaters wartete. Das ist das Bild, das ich mitgenommen habe, wohin ich auch kam,wenn ich Einsamkeit brauchte. Das ist das Bild, das ich gesehen habe, wenn ich im dunklen Zimmer in der Rue des Gravilliers eingeschlossen blieb, dieses Bild tauchte auf der Tapete auf. Ich erinnere mich noch. Mein Vater, der vor mir durch das Gras geht, und die Steinhütten, bei denen Mama und ich angekommen sind. Die Stille, und nur das Geräusch des Winds in den Gräsern. Ihr Lachen, als sie sich in die Arme fielen. Wie hier, die Stille, der Wind, der in den Büschen pfeift, der wolkenlose Himmel, die weite, dunstige Talsohle und die Bergkegel, die wie Inseln herausragen. Das habe ich die ganze Zeit mit mir herumgetragen, im Kopf behalten, in Simon Rubens Garage, in der Wohnung in der Rue des Gravilliers, die wir nie verließen, selbst als Simon Ruben sagte, die Deutschen kämen nicht zurück, sie kamen nie wieder. Da hatte ich diese Berge im Kopf, diese Grashänge, die bis in den Himmel zu reichen schienen, und das dunstverhangene Tal, die dünnen Rauchsäulen, die in der Abenddämmerung aus den Dörfern in die glasklare Luft aufstiegen.

Daran will ich mich erinnern und nicht an die furchtbaren Geräusche, die Schüsse. Ich gehe wie durch einen Traum, und Mama kneift mich in den Arm und schreit: »Los mein Schatz, lauf! Lauf!«, und sie reißt mich mit sich, den Berg hinab, in Windeseile durch die Gräser, die mir die Lippen aufreißen, und ich renne vor ihr her, obwohl mir die Knie zittern, und höre, wie ihre Stimme seltsam bebt, als sie schreit: »Lauf! Rette dich!«

Hier in meinem Versteck habe ich zum erstenmal das Gefühl, als müßte ich diese Geräusche, diese Worte nicht mehr hören, als sähe ich diese erträumten Bilder nicht mehr, weil Wind, Sonne und Meer in mich gedrungen sind und alles gereinigt haben.

Ich bin hier in meinem Versteck mitten in den Felsen geblieben, bis die Sonne ganz dicht über dem Horizont war und die Baumlinie auf der Halbinsel hinter der Reede berührte.

Dann habe ich plötzlich die Kälte gespürt. Sie kam mit der Dunkelheit. Vielleicht lag es auch am Hunger und am Durst und an der Müdigkeit. Ich habe das Gefühl, daß ich seit dem Tag, an dem wir den Berg hinabgeflohen sind, durch die hohen Gräser, die mir Lippen und Beine aufrissen, ununterbrochen gelaufen und gerannt bin, und daß mein Herz seit diesem Tag zu schnell und zu stark schlägt, daß es wie ein verängstigtes Tier in der Brust klopft. Selbst in der dunklen Wohnung in der Rue des Gravilliers bin ich ununterbrochen auf und ab gegangen und gerannt, ich war außer Atem. Der Arzt, der mich besucht hat, hieß Rose, ich habe seinen Namen nicht vergessen, auch wenn ich ihn nur ein einziges Mal gesehen habe, denn ich hörte, wie Mama und Onkel Simon seinen ungewöhnlichen Namen nannten: »Monsieur Rose hat gesagt... Monsieur Rose ist gegangen... Monsieur Rose meint...« Als er kam und unsere elende Wohnung betrat, glaubte ich, alles würde heller werden, glänzen. Und trotzdem war ich nicht wirklich enttäuscht, als ich sah, daß Monsieur Rose ein kleiner, glatzköpfiger, rundlicher Mann mit den dicken Brillengläsern des Kurzsichtigen war. Er hat mich durch die Unterwäsche hindurch abgehorcht, hat Hals und Arme abgetastet und gesagt, ich hätte Asthma und sei zu mager. Er hat mir Eukalyptuspastillen gegen das Asthma gegeben und zu Mama gesagt, ich müsse Fleisch essen. Fleisch! Ob er sich wohl vorstellen konnte, daß wir nur verdorbenes Gemüse aßen, das Mama auf dem Großmarkt auflas, und manchmal sogar nur Kartoffelschalen. Aber von da an habe ich eine Brühe aus Hälsen und Hühnerbeinen bekommen, die Mama zweimal in der Woche kaufte. Danach habe ich Monsieur Rose nicht wiedergesehen.

Ich denke daran, als die Nacht über die Reede hereinbricht, weil ich hier in diesem Versteck zum erstenmal spüre, daß ich aufgehört habe, zu laufen und zu rennen. Mein Herz schlägt endlich ruhig in der Brust, ich kann mühelos atmen, ohne daß es in den Bronchien pfeift.

Die Hunde haben mich vor Tagesanbruch geweckt. Die Marinesoldaten haben mich in meiner Grotte gefunden, mich zur Werft zurückgebracht. Als ich den großen Raum betrat, ist Mama von ihrem Bett aufgestanden, auf mich zugekommen und hat mich in die Arme genommen. Sie hat nichts gesagt. Ich konnte auch nichts zu ihr sagen, weder den Grund noch eine Entschuldigung. Ich wußte, daß ich nie wieder einen Tag und eine Nacht wie diese erleben würde. Sie blieben in mir, mit dem Meer, dem Wind, dem Himmel. Jetzt konnte man mich für immer ins Gefängnis stecken.

Niemand hat etwas gesagt. Aber die Leute, die mich bisher nicht zur Kenntnis genommen hatten, sprachen jetzt freundlich mit mir. Der Hirte kam und setzte sich neben mich, sprach mit einer gewissen Höflichkeit mit mir, die mir sonderbar vorkam. Es schien mir, als wären dort, in meinem Versteck, Jahre vergangen. Jetzt saßen wir den ganzen Tag vor den hohen Fenstern auf der Erde und unterhielten uns. Rebbe Joël hat sich auch zu uns gesetzt, er sprach über Jerusalem, über die Geschichte unseres Volkes. Ich mochte es vor allem, wenn er über Religion sprach.

Weder mein Vater noch meine Mutter hatten je über Religion gesprochen. Onkel Simon Ruben hatte manchmal über die Religion, über Zeremonien, Feste, Hochzeiten gesprochen. Doch für ihn waren das normale Dinge, die keine Angst einflößten, Dinge ohne Geheimnis, Gewohnheiten. Und wenn ich ihm eine Frage über die Religion stellte, wurde er wütend. Er runzelte die Stirn und sah mich schräg an, und Mama stand da, als sei sie daran schuld. Das liegt daran, daß mein Vater nicht gläubig war, daß er Kommunist war, wie erzählt wird. Und deshalb wagte Onkel Simon Ruben nicht, den Rabbiner kommen zu lassen, und wurde wütend, wenn von Religion die Rede war.

Aber wenn der Hirte mit Rebbe Joël über die Religion sprach, wurde er wirklich ein anderer. Ich liebte es, ihnen zuzuhören, und sah sie verstohlen an, den Hirten mit seinem Bart und goldblonden Haar, und Joël mit seinem kalkweißen Gesicht, dem schwarzen Haar und der schlanken Figur. Er hatte hellgrüne Augen, wie Mario, ich dachte, der richtige Hirte sei eigentlich er.

Es war merkwürdig, in diesem großen Raum, in dem wir eingesperrt waren, einfach so über Religion zu sprechen. Der Hirte und Joël redeten mit leiser Stimme, um die anderen nicht zu stören, es war, als wären wir noch in Ägypten gefangen und ständen vor dem Aufbruch und als würde die furchterregende Stimme durch den Himmel und die Berge hallen und das Licht in der Wüste aufleuchten.

Ich stellte dumme Fragen, glaube ich, weil ich nichts wußte. Mein Vater hatte nie mit mir darüber gesprochen. Ich fragte, warum G... unbenennbar ist, warum er unsichtbar und verborgen ist, obwohl er doch alles auf der Erde geschaffen hat. Rebbe Joël schüttelte den Kopf und sagte: »Er ist nicht unsichtbar, er ist nicht verborgen. Wir sind unsichtbar und verborgen, wir sind im Schatten.« Er sagte das oft: der Schatten. Er sagte, die Religion ist das Licht, das einzige Licht, und das ganze Leben der Menschen, ihr Tun und alles, was sie an

Großem und Wunderbarem vollbringen, das sind nur Schatten. Er sagte: »Der, der alles geschaffen hat, ist unser Vater, wir sind aus ihm geboren. Eretz Israel ist der Ort, an dem wir geboren sind, der Ort, an dem das Licht zum erstenmal aufgeleuchtet ist, wo die ersten Schatten begonnen haben.«

Wir saßen vor dem vergitterten Fenster, und ich betrachtete den tiefblauen Himmel. »Wir erreichen Jerusalem nie.« Ich sagte das, weil ich so müde davon war, daran zu denken. Ich wollte wieder in meinem Versteck in den Felsen über dem Meer sein. »Vielleicht gibt es Jerusalem gar nicht!« Der Hirte sah mich empört an. Sein sanftes Gesicht war vor Zorn verzerrt. »Warum sagst du das?« Er sprach langsam, doch seine Augen glänzten vor Ungeduld. Ich sagte: »Vielleicht gibt es Jerusalem, aber wir kommen nicht dorthin. Die Polizei läßt uns nicht fort. Wir müssen nach Paris zurück.« Der Hirte sagte: »Wenn sie uns heute nicht fahren lassen, fahren wir eben morgen. Oder übermorgen. Und wenn man uns nicht mit dem Schiff fahren läßt, gehen wir zu Fuß, und wenn es ein Jahr dauert.« Er sagte das nicht, weil er fort wollte, denn auch er wollte das Land sehen, in dem die Religion geboren und das erste Buch geschrieben worden war. Mein Herz schlug schneller, als ich das Licht in seinen Augen sah. Da er unbedingt nach Jerusalem wollte, würden wir vielleicht tatsächlich eines Tages dorthin kommen.

So vergingen die Tage, sehr lange Tage, und man vergaß. Die Leute sagten, man würde uns einen Prozeß machen und uns alle nach Paris zurückschicken. Als ich sah, wie Mama, wegen der Kälte in die amerikanische Decke gehüllt, niedergeschlagen und traurig auf dem Bett saß und auf den Boden starrte, zog es mir das Herz zusammen. Ich sagte zu ihr: »Sei nicht traurig, Mama, du wirst schon sehen, wir kommen hier raus. Ich habe einen Plan. Wenn sie uns wieder in den Zug nach Paris setzen wollen, habe ich einen Plan, dann machen wir uns aus dem Staub.« Das stimmte nicht, ich hatte keinen Plan, und seit ich einmal ausgerissen war, behielten mich die Marineinfanteristen im Auge. »Und wohin sollen wir gehen? Sie finden uns überall wieder.« Ich drückte ihr ganz fest die Hand. »Du wirst schon sehen, wir laufen an der Küste entlang, bis nach Nizza, zum Bruder von Onkel Simon. Danach gehen wir nach Italien, nach Griechenland und dann nach Jerusalem.« Ich hatte nicht die geringste Ahnung, welche Länder man durchqueren mußte, um nach Eretz Israel zu gelangen, aber der Hirte hatte von Italien und Griechenland gesprochen. Mama lächelte leicht. »Kind, und wo sollen wir das Geld für die Reise hernehmen?« Ich sagte: »Das Geld? Das ist kein Problem, wir arbeiten unterwegs. Du wirst schon sehen, wir beiden, wir brauchen niemanden.« Je öfter ich darüber sprach, um so mehr glaubte ich selbst daran. Wenn wir keine Arbeit finden sollten, würde ich auf der Straße und auf den Hinterhöfen singen, mit schwarz bemaltem Gesicht und weißen Handschuhen, wie die Minstrels in den Straßen von London, oder ich würde lernen, auf einem Seil zu balancieren, und eine mit Pailletten besetzte Hose anziehen, und die Passanten würden Münzen in einen alten Hut werfen, und Mama wäre immer da, um aufzupassen, denn die Welt ist voller böser Menschen. Ich stellte mir sogar vor, daß der Hirte mit uns nach Italien gehen würde und auch Rebbe Joël mit seinen schwarzen Kleidern und seiner Gebetsschachtel. Er würde zu den Menschen über die Religion sprechen, über Jerusalem. Und die Leute würden sich im Kreis um ihn setzen, um ihm zuzuhören, und sie würden uns zu essen geben und ein bißchen Geld, vor allem die Frauen und die Mädchen, wegen des Hirten und seines schönen, goldblonden Haars.

Ich mußte mir unbedingt einen Plan ausdenken, um uns zu retten. Das ging mir jede Nacht durch den Kopf. Ich ersann eine List nach der anderen, um den Marinesoldaten und der

Polizei zu entkommen. Vielleicht könnten wir ins Meer springen und uns mit Rettungsringen oder einem Floß auf den Wellen treiben lassen, bis wir die italienische Grenze überquert hatten. Aber Mama konnte nicht schwimmen, und ich war mir nicht sicher, ob der Hirte es konnte, und auch nicht, ob Rebbe Joël bereit war, in seinem schönen schwarzen Anzug und mit seinem Buch ins Wasser zu springen.

Außerdem wäre er niemals bereit, seine Familie im Stich zu lassen und sein Volk in den Händen der Feinde zurückzulassen, die uns hier gefangenhielten. Wir mußten alle fort von hier, die alten Leute, die Kinder, die Frauen, alle, die hier gefangen waren, weil auch sie es verdienten, nach Jerusalem zu kommen. Außerdem hätte auch Moses die anderen bestimmt nicht verlassen, um ganz allein nach Eretz Israel zu fliehen. Das war die Schwierigkeit bei der Sache.

Am liebsten mochte ich die langen Nachmittage nach dem Essen, wenn die Sonne im großen Raum, in dem wir eingesperrt waren, die hohen Fenster erhellte und die feuchte Kälte ein wenig vertrieb. Die Frauen setzten sich in die Rechtecke aus Licht, die sich auf den grauen Steinplatten abzeichneten, breiteten Decken wie Teppiche auf dem Boden aus und unterhielten sich, während neben ihnen die Kinder spielten. Ihre Unterhaltungen machten ein seltsames Geräusch, wie das Summen in einem Bienenkorb. Die Männer blieben im hinteren Teil des Raums, saßen auf den Gurtbetten und redeten mit leiser Stimme, rauchten, tranken Kaffee, und ihre Stimmen machten ein dumpferes Geräusch, das von lauten Stimmen und Gelächter unterbrochen wurde.

Und dann hörte ich gern den Geschichten zu, die Rebbe Joël erzählte. Er setzte sich zu den Kindern ins Licht von einem der Fenster, und sein Haar und seine schwarzen Kleider glänzten wie Seide. Anfangs sprach Joël nur für mich und Jacques Hirt, ohne die Stimme zu heben, um die anderen nicht zu stören. Er schlug sein schwarzes Buch auf und las langsam, erst in dieser schönen, rauhen und zugleich sanften Sprache, die ich schon im Tempel in Saint-Martin gehört hatte. Dann redete er französisch, langsam, nach Worten suchend, und manchmal half ihm der Hirte dabei, weil Joël die Sprache nicht richtig beherrschte. Später kam auch Mama hinzu, und es kamen andere Kinder, ausländische Mädchen und Jungen, die unsere Sprache nicht sprachen, aber dennoch blieben, um zuzuhören. Da war auch ein Mädchen namens Judith, das ärmlich gekleidet war und immer, wie eine Bäuerin, ein geblümtes Kopftuch trug. Wir warteten, daß Rebbe Joël zu sprechen begann, und wenn er sprach, schien eine innere Stimme die Worte zu sagen, die wir hörten. Er sprach über das Gesetz und die Religion, als wären das die einfachsten Dinge auf der Welt. Er sagte mit einfachen Worten, was die Seele war, und sprach über unseren Schatten und die Gerechtigkeit, sprach über das Sonnenlicht und die Schönheit der Kinder. Dann las er das Buch des Anfangs, jenes Buch, das Onkel Simon Ruben Mama vor unserer Abreise gegeben hatte. Es gab nichts Besseres als die Geschichte vom Anfang der Welt. Er sagte erst die Worte in der göttlichen Sprache, ganz langsam, und betonte dabei jeden Namen und jede Silbe, und manchmal glaubten wir, die Worte dieser Sprache einfach dadurch, daß wir sie hier in der Stille unseres Gefängnisses erklingen hörten, verstanden zu haben. Denn in diesem Augenblick verstummten alle Unterhaltungen und Diskussionen, und selbst die alten Männer, die auf den Gurtbetten saßen, hörten zu. Es waren die Worte G..., jene Worte, die er durch den Raum schweben ließ, ehe er die Welt erschuf. Joël sagte den Namen langsam hauchend, so: »Elohim, Elohim, er, der allein unter den anderen ist, der Höchste, der einzig und aus sich selbst ist und schafft...« Er erzählte von den ersten Tagen, hier in diesem großen Raum mit dem Rechteck der Fenster, das langsam über den Boden wanderte.

»Und so schuf Elohim im Anfang die Person des Himmels, die Person der Erde.«

Ich fragte: »Die Personen? Waren der Himmel und die Erde Personen?«

»Ja, Personen, die ersten Wesen, die Elohim glichen.«

Er las weiter: *»Denn die Erde war im Entstehen, und die Finsternis war in der Leere.«* Er sagte: »Elohim bediente sich der Leere, die Leere ist der Zement der Erde, des Daseins.«

Er las weiter: *»Und der Hauch Elohims, des Höchsten, schwebte daher und säte auf der Fläche der Wasser.«* Er sagte: »Der Hauch, der Atem, auf der Kälte des Wassers.«

Er sprach von der Sonne, vom Mond, es waren Märchen. Wir dachten nicht mehr an den Schatten im Raum, an die Zeit, die die Fenster auf dem Boden weiterwandern ließ.

Es war erstaunlich. Wir alle, Judith und selbst die kleinen Kinder begriffen sofort, was diese Worte bedeuteten.

Er las wieder: *»Und der Höchste sprach: Es werde Licht; und es ward Licht. Und der Höchste sah, daß es gut war. Und der Höchste schied zwischen dem Licht und der Finsternis.«* Er sagte: »Das Licht war das, was man erkennen konnte, und die Dunkelheit war der Zement der Erde. Das eine und das andere waren also für alle Zeit da, getrennt und nicht zusammenzuhalten. Auf der einen Seite der Geist, auf der anderen die Welt...«

»Und der Höchste nannte das Licht JOM und die Finsternis LAI-LA.« Wir hörten diese Namen, die schönsten, die wir je gehört hatten. »JOM war grenzenlos wie das Meer, alles erfüllend, alles gebend. LAILA war die Leere, der Zement der Welt.« Ich lauschte den Worten dieser göttlichen Sprache, die durch das Gefängnis hallte. *»Und es ward Abend im Westen, und es ward Morgen im Osten. JOM ECHAD.«*

Als Joël das sagte, Tag Eins, ging es wie ein Schauer durch uns: der erste Tag, der Augenblick der Geburt.

»Und der Höchste sprach: Es werde eine Ausdehnung mitten in den Wassern, und sie scheide zwischen Wassern und Wassern. Und der Höchste machte die Ausdehnung und schied zwischen den unteren Wassern und den oberen Wassern; und es ward also.«

»Was sind die unteren Wasser?« Das fragte ich. Joël blickte mich an, ohne sogleich zu antworten. Schließlich sagte er: »Warte, das Buch sagt das nicht ohne Grund. Hör dir an, was folgt: *Und der Höchste nannte die Ausdehnung SCHAMAIM, Himmel, die oberen Wasser, und es ward Abend im Westen, und es ward Morgen im Osten. JOM SCHENI.«* Er hielt einen Augenblick inne, dann las er weiter: *»Und der Höchste sprach: Es sammeln sich die unteren Wasser an einem Ort, und es werde sichtbar die Erde; und es ward also.«*

»Warum war das Wasser zuerst da?«

»Es war die Bewegung vor dem Unbeweglichen, die erste Bewegung des Lebens.«

Ich dachte an das Meer, das wir überqueren mußten. Die Erde ohne Wasser würde auf der anderen Seite beginnen. Joël las wieder, dann übersetzte er: *»Und der Höchste nannte die Erde ERETZ, und die Sammlung der Wasser JAMMIM, die endlosen Wasser, das Meer. Und der Höchste sah, daß es gut war.«*

»Wie war Eretz?« Ich versuchte mir das erste Festland vorzustellen, das aus dem Meer aufgetaucht war, wie die dunklen Inseln, die ich im Sturm vom Deck der *Sette Fratelli* gesehen hatte.

»Wie stellst du es dir vor?« Joël wandte sich erst an mich, dann an den Hirten und schließlich an jeden von uns. Und da niemand etwas sagte, entgegnete er: »Siehst du, das kann man nicht sagen…«

Er fuhr fort: »*Der Höchste sprach: Es lasse hervorsprießen die Erde grünes Gras mit Samenkörnern, ein jedes mit seinem Samenkorn, um die Erde einzusäen; und es ward also.*«

Er hielt inne und fragte: »Habt ihr an dieses Samenkorn gedacht?«

Er sagte: »Die Bewegung, die Wärme und Kälte vereint, den Geist und die Welt. Der Tag, die Nacht, die Samenkörner, das Wasser... All das gab es schon...«

Es las die Worte aus dem Buch vor: »*Und die Erde brachte hervor ein lebendiges Gras, ein jedes mit seinem Samenkorn, ein jedes mit seiner Frucht, welche Samen enthielt nach ihrer Art, und der Höchste sah, daß es gut war. Und es ward Abend im Westen, und es ward Morgen im Osten. JOM SCHLISCHI.*«

Die Stimme wühlt mich zuinnerst auf, berührt mich im Herzen, im Bauch, sie sitzt mir in der Kehle, in den Augen. Das verwirrt mich so sehr, daß ich mich ein wenig zurückziehe und das Gesicht in Mamas Tuch verstecke. Jedes Wort dringt in mich ein und zerbricht etwas. So ist die Religion. Sie zerbricht etwas in dir, etwas, was diese Stimme daran hindert, sich auszubreiten.

Seit Wochen höre ich jeden Tag in diesem Gefängnis der Stimme des Lehrers zu. Zusammen mit den anderen Kindern, mit den Frauen und den Männern, sitze ich auf dem Boden, und gemeinsam hören wir diesen Belehrungen zu. Jetzt habe ich keine Lust mehr zu fliehen, nach draußen in die Sonne zu rennen, um das Meer zu sehen. Was das Buch sagt, ist viel wichtiger als das, was draußen ist.

Joël las: »*Und der Einzige sprach: Es seien Lichter in der Leere des Himmels, zu scheiden zwischen dem Tag und der Nacht, und sie seien zu Zeichen und Zeiten und zu Tagen und Jahren.*«

»War das die Zeit?«

Doch Joël sah mich an, ohne zu antworten. Er las: »*Und es*

seien Lichter in der Leere des Himmels, zu leuchten auf die Erde. Und es ward also.«

Dann wandte er sich mir zu und antwortete: »Elohim hat nicht die Zeit gegeben, sondern den Geist, die Verstandeskraft. Das, was man heute Wissenschaft nennt. Alles war bereit, damit der Mechanismus der Welt funktionieren konnte. Die Wissenschaft war die Helligkeit der Sterne ...«

Niemand hatte mehr mit mir über die Sterne gesprochen, seit mein Vater sie mir eines Abends gezeigt hatte, in dem Sommer, in dem er starb. Die Fixsterne und die Sternschnuppen, die wie Tropfen über die Oberfläche der Nacht glitten. Und so hatte er mir meinen Namen gegeben, Stern, kleiner Stern ...

»Und also schuf der Einzige die beiden großen Lichter: das große Licht zur Herrschaft des Tages, und das kleine Licht zur Herrschaft der Nacht. Und all die, die Kochavim hießen, die Sterne.«

Joël schloß das Buch des Anfangs wieder, weil die Nacht hereinbrach. Die Stille breitete sich wie Kälte im Raum aus.

Wir standen nacheinander auf, und jeder ging an seinen Platz zurück. Ich setzte mich mit Mama auf mein Bett an der Wand. »Jetzt weiß ich, daß wir nach Jerusalem kommen.« Ich sagte das, um Mama wieder Mut zu machen, aber auch weil ich daran glaubte. »Wenn wir alles wissen, was in dem Buch steht, sind wir dort.« Mama sagte lächelnd: »Das ist ein guter Grund, es zu lesen.« Ich hätte Mama gern gefragt, warum mein Vater mir nie aus diesem Buch vorgelesen hatte, warum er die Romane von Dickens vorgezogen hatte. Vielleicht wollte er, daß ich es selbst entdeckte, wenn ich es eines Tages wirklich brauchte. Alles, was er mir erklärt hatte, und alles, was man mir bis zum heutigen Tage in der Schule beigebracht hatte, all das wurde auf einmal klar und wahr, alles wurde leicht verständlich. Es war Wirklichkeit geworden.

Der Rechtsanwalt hat uns in unserem Gefängnis besucht. Er ist heute früh mit einer Aktentasche voller Papiere angekommen und ist fast den ganzen Tag lang in dem großen Raum geblieben, um mit den Leuten zu sprechen. Er hat sogar mit uns gegessen, als die Marineinfanteristen uns das Mittagessen brachten, gekochte Kartoffeln und Fleisch. Die alten Juden wollten das Fleisch nicht essen, weil es nicht gut war, wie sie sagten, doch die Frauen und die Kinder haben es gegessen, ohne auf sie zu hören. Der Hirte sagte, das Wichtigste sei zu leben, um die Kraft zu haben, frei zu sein und nach Jerusalem zu gehen. Der Rechtsanwalt hat auch mit Mama gesprochen und mit Jacques Hirt und mit Judiths Mutter, die bei uns war. Der Rechtsanwalt, ein nicht mehr ganz junger Mann mit sorgsam gekämmtem Haar und einem kleinen Schnurrbart, trug einen grauen Anzug. Er hatte eine sehr sanfte Stimme und freundliche Augen, und Mama freute sich, daß sie mit ihm sprechen konnte. Er hat Mama ein paar Fragen gestellt, um sich zu erkundigen, woher wir kamen, wer wir waren und warum wir beschlossen hatten, nach Jerusalem zu gehen. Er notierte sich die Namen und die Antworten in ein Schulheft, und als er erfuhr, daß mein Vater im Krieg umgekommen war, durch die Deutschen, und daß er im Maquis gewesen war, schrieb er all das sorgfältig in das Heft. Er sagte, wir könnten hier nicht in diesem Gefängnis bleiben. Er schrieb sich auch den Namen von Jacques Hirt und Judiths Mutter auf und prüfte sorgfältig alle Papiere, denn man hatte sie ihm im Hauptquartier gegeben, bevor er kam. Dann gab er allen ihre Papiere wieder, den Personalausweis oder den Paß. Die Leute standen im Kreis um ihn herum, und er schüttelte jedem die Hand. Die Männer und Frauen drängten sich um ihn, stellten ihm Fragen, wollten wissen, wann man uns freilassen und ob man uns nach Paris zurückschicken würde. Vor allem die Leute, die aus Polen kamen, wollten Genaueres wissen, und die Frauen redeten alle durcheinander. Da bat er um Ruhe und sagte mit lauter Stimme, damit jeder es hören konnte, und diejenigen, die kein Französisch verstanden, ließen sich gleichzeitig seine Worte übersetzen: »Meine Freunde, haben Sie keine Angst, meine lieben Freunde. Alles geht in Ordnung, bald sind Sie frei. Das verspreche ich Ihnen, Sie haben nichts zu befürchten.« Stimmen um ihn herum sagten: »Und das Schiff? Können wir wieder mit dem Schiff fahren?« Das Wort Schiff löste Stimmengewirr aus, und der Rechtsanwalt mußte noch lauter sprechen. »Ja, meine Freunde, Sie können Ihre Reise fortsetzen. Das Schiff ist abfahrtbereit. Kapitän Frullo hat die fehlenden Rettungsboote an Bord bringen lassen, und ich verspreche Ihnen... Ich verspreche Ihnen, daß Sie in ein oder zwei Tagen die Reise fortsetzen können.« Als der Rechtsanwalt fortging, wurde es schon dunkel. Er schüttelte noch jedem die Hand, selbst den kleinen Kindern.

Und er sagte immer wieder: »Haben Sie Vertrauen, meine lieben Freunde. Alles geht in Ordnung.«

Wir verbrachten die folgenden Stunden in großer Erregung. Die Frauen redeten und lachten, und die Kinder wollten nachts nicht schlafen. Das lag vielleicht an dem kalten, trockenen Wind, der in diesen Tagen wehte. Der Himmel war so klar, daß man selbst nachts etwas sehen konnte.

Eingehüllt in meine Decke, blieb ich vor einem Fenster sitzen und beobachtete, wie der Mond hinter den Gitterstäben weiter wanderte und zur Mauer am Ende der Esplanade herabsank. Die Männer redeten mit leiser Stimme in dem großen Raum. Die frommen alten Leute beteten.

Ich hatte den Eindruck, die Entfernung, die uns von der großen heiligen Stadt trennte, gäbe es jetzt nicht mehr und derselbe Mond, der über den Himmel wanderte, schiene auch auf Jerusalem, auf die Häuser, die Olivenhaine, die Kuppeln und die Minarette. Auch die Zeit gab es nicht mehr. Es war derselbe Himmel wie damals, als Moses im Haus des Pharaos wartete oder als Abraham davon träumte, wie die Sonne und der Mond, die Sterne, das Wasser, die Erde und alle Tiere der Welt erschaffen worden waren. Hier im Gefängnis der Werft wußte ich, daß wir Teil dieser Zeit waren, das ließ mich vor Angst erschauern und mein Herz klopfen, als ob ich den Worten des Buches lauschte.

In jener Nacht ist der Hirte gekommen und hat sich neben mich vor das Fenster gesetzt. Er konnte auch nicht schlafen. Wir haben uns mit leiser Stimme unterhalten. Nach und nach legten sich die Leute um uns zur Ruhe, und die Kinder schliefen ein. Man hörte das regelmäßige Geräusch des Atmens und das Schnarchen der alten Leute. Der Hirte erzählte mir von Jerusalem, von dieser Stadt, in der wir endlich zu uns finden konnten. Er sagte, daß er auf einer Farm arbeiten, und wenn er genug gespart hätte, vielleicht in Frankreich oder in Kanada studieren würde. Er kannte niemanden dort, hatte weder Verwandte noch Freunde. Er sagte, Mama und ich könnten auch in einem Kibbuz arbeiten. Es war das erstemal, daß ich jemanden darüber sprechen hörte, über die Zukunft, über die Arbeit. Ich dachte an die Weizenfelder in Roquebillière und an die Männer, die sensenschwingend voranschritten, und an die Kinder, die Ähren lasen. Mein Herz klopfte, ich spürte die heiße Sonne auf dem Gesicht. Ich war so müde und hatte das Gefühl, immer nur gewartet zu haben, in Festiona, auf dem Feld oberhalb des Dorfes, wo ich unablässig auf die Felswand gestarrt hatte, an der der Paßweg mündete, auf dem mein Vater nie aufgetaucht war.

Da habe ich den Kopf an Jacques Hirts Schulter gelehnt, und er hat den Arm um mich gelegt, wie an jenem Tag, als ich im Hafen von Alon in den Felsen auf die Ankunft des Schiffes gewartet hatte. Ich spürte den Geruch seines Körpers, den Geruch seines Haars. Ich wäre so gern eingeschlafen, wollte endlich die Augen schließen, und wenn ich sie wieder öffnete, wäre ich inmitten der Olivenbäume, in den Hügeln von Jerusalem, und sähe das Licht auf den Dächern und auf den Minaretten glitzern.

Mama ist gekommen. Ohne ein Wort zu sagen, hat sie mich behutsam in den Arm genommen, mir geholfen aufzustehen und mich zu meinem Bett an der Wand geführt. Der Hirte hat verstanden. Er ist zur Seite gerückt, hat mit heiserer Stimme gute Nacht gesagt und ist zu seinem Bett zurückgegangen, auf der Seite der Männer. Mama hat mich ins Bett gebracht, mich sorgsam zugedeckt, damit ich nicht fror. Ich war todmüde, noch nie hatte ich Mama so geliebt, weil sie nichts sagte. Sie hat mich schön zugedeckt wie früher in der Dachwohnung in Nizza, als ich noch klein war und dem Quietschen der Wetterfahne auf dem Blechdach lauschte. Sie gab mir einen Kuß neben das Ohr, wie ich es mochte. Dann hat auch sie sich hingelegt, und ich habe ihrem regelmäßigen Atem gelauscht, ohne die Atemzüge und das Schnarchen der anderen Schläfer zu hören. Ich bin schließlich eingeschlafen, während sie die Augen im Dunkeln aufhatte und mich ansah.

Die *Sette Fratelli* ist heute morgen bei Tagesanbruch losgefahren. Das Meer ist glatt, dunkel und voller Möwen. Diesmal dürfen wir an Deck gehen, solange wir die Seeleute nicht stören. Der Rechtsanwalt hat uns bis an die Gangway begleitet. Er hat jedem von uns die Hand geschüttelt und gesagt: »Auf Wiedersehen, meine Freunde. Viel Glück!« Rebbe Joël in seinem schwarzen Anzug ist als letzter an Bord gegangen. Joël hat ihn demütig gefragt, was wir tun könnten, um ihn zu bezahlen, doch der Rechtsanwalt hat ihm die Hand geschüttelt und zu ihm gesagt: »Schreiben Sie mir, wenn Sie angekommen sind.« Er blieb am Kai stehen. Kapitän Frullo hat den Befehl gegeben, die Leinen zu lösen. Der Schiffsmotor begann stärker zu vibrieren, und wir entfernten uns langsam. Mit seiner Schultasche in der Hand blieb der Rechtsanwalt, von Windböen geschüttelt, am Kai stehen. Die Frauen und die Kinder winkten mit Taschentüchern, und der Kai mit der kaum sichtbaren Gestalt im Dämmerlicht wurde immer kleiner.

Mama hat sich in ihre Decke und ihr schwarzes Tuch gehüllt, sie ist schon ganz blaß wegen des Schlingerns. Sie hat zugesehen, wie sich die Küste entfernte und die großen Halbinseln zurückwichen. Sie ist in den Schiffsraum hinuntergegangen, um sich hinzulegen. Jeder hat wieder denselben Platz eingenommen, wie zu Beginn der Reise.

Auf offener See haben Delphine unser Schiff begleitet, sich vor dem Bug getummelt. Dann ist die Sonne aufgegangen, und die Delphine haben sich versteckt. Heute abend sind wir in Italien, in La Spezia.

Esther stand auf der Brücke und blickte auf das Schiffsdeck, auf dem sich die Passagiere versammelt hatten. Es war wunderbares Wetter. Zum erstenmal seit Tagen waren die grauen Wolken aufgerissen, und es herrschte strahlender Sonnenschein. Das Meer hatte eine herrliche, leuchtend blaue Farbe. Esther konnte sich daran nicht satt sehen.

In der letzten Nacht war die *Sette Fratelli* ohne Licht und mit abgeschalteten Maschinen an Zypern vorbeigefahren, nur vom Wind angetrieben, der die Segel knattern ließ. Niemand im Schiffsraum schlief, bis auf die kleinen Kinder, die sich der Gefahr nicht bewußt waren. Alle wußten, daß die Insel dort lag, ganz nah an Backbord, und daß englische Schnellboote in den Gewässern patrouillierten. Die Engländer hatten Tausende von Menschen auf Zypern interniert, Männer, Frauen und Kinder, die sie auf dem Weg nach Eretz Israel auf See festgenommen hatten. Der Hirte sagte, daß wir, wenn die Engländer uns erwischten, bestimmt zurückgeschickt würden. Sie würden uns in ein Lager stecken und anschließend auf Schiffe verfrachten, die uns zurückbringen würden, die einen nach Frankreich, die anderen nach Italien, Deutschland oder Polen.

Esther hatte in dieser Nacht nicht geschlafen. Das Schiff glitt lautlos über die unruhige See, schlingernd und seitlich geneigt, denn der Wind drückte auf das Großsegel. Kapitän Frullo duldete niemanden an Deck. Keine Lampe durfte angezündet werden, nicht einmal ein Feuerzeug für eine Zigarette. Im Schiffsraum der *Sette Fratelli* war es dunkel wie in einem Verlies. Esther hielt die Hand ihrer Mutter ganz fest gedrückt, horchte auf das Rauschen des Wassers am Schiffsrumpf und das Knattern des Segels. Die Nacht war sehr lang. Es war eine Nacht, in der jeder Augenblick zählte, wie in Festiona, als die Deutschen das Gebirge nach Flüchtlingen abgesucht, oder wie die Nacht, als die Amerikaner Genua bombardiert hatten. Aber diese Nacht war noch länger, weil jetzt, nach zwanzig Tagen auf See, das Ziel der Reise ganz nah war. Alle hatten so lange gewartet, so viel gebetet, geredet und gesungen. Im Dunkeln sangen einen Augenblick lang Stimmen gedämpft in einer unbekannten Sprache. Dann verstummten sie plötzlich, als könnten die Patrouillen der Engländer sie trotz der Entfernung und der rauschenden Wellen irgendwo auf See hören.

Irgendwann zündete jemand trotz des Verbots ein Feuerzeug an, um die Uhrzeit zu sehen, und die Nachricht ging von einem zum anderen, auf deutsch, auf jiddisch und schließlich auf französisch: »Mitternacht... Es ist Mitternacht. Zypern liegt hinter uns.« Woher wußten sie das? Esther versuchte sich die Insel vorzustellen, die hohen Berge hinter dem Schiff, ein düsteres Ungeheuer. Die Passagiere begannen wieder zu reden, man hörte Gelächter. Schritte ertönten an Deck, die Luke wurde geöffnet. Silvio, der junge Italiener, mit dem Esther sich angefreundet hatte, kam ein paar Stufen hinab und sagte: »Ruhe, macht keinen Lärm. Die englischen Schiffe sind hier in der Nähe.« Man hörte Befehle an Deck und dann das dumpfe Geräusch des Segels, das eingeholt wurde. Vom Wind befreit, richtete sich das Schiff wieder auf, schwankte auf der Dünung und wurde bald auf der einen, bald auf der anderen Bordwand von den Wellen getroffen. Wo waren die Engländer? Esther hatte den Eindruck, sie seien auf allen Seiten zugleich und zögen auf der Suche nach ihrer Beute, die sie im Dunkel errieten, ihre Kreise auf dem Meer.

Das Schiff blieb sehr lange bewegungslos, drehte sich nur im Wind um sich selbst und wurde von den Wellen hin und her geschaukelt. Von Deck drang kein Geräusch mehr hinab. Waren die italienischen Seeleute etwa verschwunden? Hatten sie das Schiff verlassen? Esther hielt immer noch die Hand ihrer Mutter fest. Die Stille war so tief, daß die kleinen Kinder aufwachten und zu weinen begannen, und die Mütter versuchten, die Schreie der Kinder an ihrer Brust zu ersticken.

Die Minuten, die Sekunden zogen sich hin, jeder Herzschlag war durch schmerzhaftes Warten vom nächsten getrennt. Nach sehr langer Zeit hörte man wieder Schritte an Deck, und die Stimme des Kapitäns schrie: »Alza la Vela! Alza la vela!« Der Wind blähte wieder das Segel. Man hörte die Masten knarren und das Pfeifen des Windes in der Takelung. Seitlich geneigt nahm das Schiff wieder Fahrt auf gegen die Dünung.

Für Esther gab es nichts Schöneres. Die Leute begannen im Dunkeln wieder zu reden, erst mit leiser Stimme, dann immer lauter und alle zugleich, sie schrien, lachten, sangen. Die Luke öffnete sich wieder. Silvio kam mit einer Sturmlampe herab. Er sagte: »Wir haben es geschafft.« Alle schrien und klatschten. Wenig später wurden die Motoren wieder eingeschaltet. Das Dröhnen der Maschinen kam allen wie liebliche Musik vor. Sie legten sich auf den Boden und lehnten den Kopf auf die für die Ankunft fertig gepackten Bündel. Esther lauschte dem regelmäßigen Vibrieren der Motoren auf den Planken, die Augen auf den Lichtstern der Sturmlampe gerichtet. Ohne Elizabeths Hand loszulassen, schlief sie ein.

Vor Sonnenaufgang ging Esther an Deck. Die Seeleute schliefen noch. Als sie die Luke öffnete, nahm ihr der Wind den Atem. Sie war schon so lange im Schiffsraum eingeschlossen gewesen, daß sie einen Augenblick fast die Balance verlor, sich nicht rühren konnte. Dann ging sie vorsichtig auf das Vorderschiff und ließ sich dort nieder, vor ihr blähte sich das Dreieck der Fock. Dort sah sie, wie der Tag über dem Meer anbrach.

Erst sah sie nur einen blauen Schatten, schwankende Sterne und das schwache Licht der Milchstraße. Nach und nach erhellte sich in weiter Ferne der Horizont vor dem Schiff, ein heller Streifen, der die Sterne verblassen ließ, wurde sichtbar. Einen Augenblick lang färbte sich der Himmel grau, das Meer mit seinen leuchtenden Wellenkämmen war zu erkennen, und der Horizont zog sich wie ein glatter Schnitt über die Welt. Das Schiff bewegte sich ruhig vorwärts, glitt langsam, ohne Widerstand über die Wellen, während der Wind gegen die Segel drückte und die Motoren eintönig vibrierten. Als das Licht erschien, starrte Esther auf die schmale Linie des Horizonts, ohne zu blinzeln, ohne den Blick abzuwenden. Sie lehnte sich an die Reling und hatte das Gefühl, mit dem Bug verschmolzen zu sein, selbst die Fluten zu teilen und auf ihrer eigenen Sehnsucht dahinzusegeln wie ein Vogel im Gleitflug, sie bewegte sich geradewegs auf den Horizont zu und versuchte als erste die Küstenlinie zu entdecken, fein und leicht wie eine Wolke und doch wirklich, sie suchte das Meer ab, bis ihr die Augen weh taten.

So verbrachte sie mehrere Stunden. Dann tippte Silvio ihr auf die Schulter. »Mademoiselle, bitte.« Sie sah ihn verständnislos an. Die Sonne stand inzwischen hoch am Himmel, das Meer brannte. Silvio half ihr, bis zur Poop zu gehen, und sagte: »Der Kapitän will das nicht… Es ist gefährlich.« Er hatte »gefährlisch« gesagt, doch Esther konnte nicht lachen. Ihr Gesicht war vom Wind gelähmt, vom Schmerz des Hinsehens.

»Kommen Sie, trinken Sie einen Kaffee.« Doch als Esther vor dem schwarzen Loch der Luke ankam, wollte sie nicht hineingehen. Sie ertrug es nicht mehr, in den Schiffsraum hinunterzugehen, den Geruch der Angst zu spüren, das Warten. Wenn sie hinuntergehen würde, würde die Küste von Eretz Israel nie über dem Meer auftauchen. Sie schüttelte den Kopf, und Tränen rannen ihr über die Wangen. Der Wind und das Sonnenlicht hatten die Tränen bewirkt, doch plötzlich spürte sie ein Schluchzen in der Kehle. Silvio sah sie verlegen an, dann legte er ihr den Arm um die Schultern und half ihr, sich im Schutz der Treppenleiter, die auf die Poop führte, aufs Deck zu setzen. Einen Augenblick später kam er mit einer Tasse aus Steingut wieder: »Caffé.« Sie nippte an der glühendheißen Flüssigkeit. Die Haare klebten ihr von den Tränen an den Wangen, ihr Mund brachte kein Lächeln zustande. »Danke.« Sie hätte gern etwas gesagt, gefragt, doch die Worte blieben ihr in der Kehle stecken. Der junge Matrose verstand ihren Blick. Er zeigte auf den Horizont vor dem Bug und sagte: »Mezzodi.« Dann kehrte er zu den anderen Seeleuten zurück. Esther hörte ihre Stimmen, die sich über ihn lustig machten.

Die Passagiere kamen nacheinander aus dem Schiffsraum herauf. Die Sonne stand im Zenit, glitzerte auf dem Meer, und die Frauen und Kinder legten die Hände schützend über die Augen, als sie an Deck kamen. Sie alle waren blaß, erschöpft und von der Sonne geblendet, als hätten sie Jahre unten im Schiffsraum verbracht. Die Männer hatten wuchernde Bärte und zerknitterte Kleider. Sie hatten Hüte oder Schirmmützen aufgesetzt, um sich vor der Sonne und dem Wind zu schützen. Die Frauen waren in Tücher gehüllt, manche trugen einen Mantel mit Pelzkragen. Die alten Männer hatten ihre schweren Kaftane übergezogen. Nacheinander kamen sie an Deck, versammelten sich hinten auf dem Schiff und blickten stumm nach Osten auf den Horizont. Auch Rebbe Joël in seinem schwarzen Anzug war da.

Im Ruderhaus hatten die Seeleute das Radio eingeschaltet, die Musik kam und ging, es war dieselbe seltsame, rauhe Stimme, der Esther eines Nachts in der Straße von Messina gelauscht hatte, die Stimme von Billie Holiday, die einen Blues sang.

Jetzt kam Elizabeth. Jacques Hirt hielt sie an der Hand. Durch die schwarzen Kleider wirkte ihr Gesicht sehr blaß. Esther wäre gern zu ihr gegangen, doch die dichte Schar der Passagiere hinderte sie daran. Sie erklomm die Treppenleiter zur Poop, um besser sehen zu können. Wie alle anderen starrte auch Elizabeth auf den Horizont. Die Sonne war inzwischen wieder auf der anderen Seite des Schiffes hinabgesunken. Der Wind hatte sich gelegt. Plötzlich, ohne daß jemand recht begriff, wie es zuging, war die Küste da, vor dem Schiff. Niemand sagte etwas, als befürchtete jeder, sich zu täuschen. Alle blickten auf die graue Linie, die wie ein Nebelschwaden über dem Meer aufgetaucht war. Über ihr häuften sich große Wolken.

Dann erhoben sich die Stimmen der Männer und Frauen, riefen dasselbe Wort: »Eretz Israel! Eretz Israel!« Selbst die italienischen Seeleute rührten sich nicht mehr. Auch sie blickten auf die Küstenlinie.

Die Wellen glitzerten in der Sonne. Die Segel des Schiffes wirkten weißer. Und man sah die ersten Vögel, die das Schiff umkreisten. Ihre Schreie hallten in der Stille des Meeres, übertönten die Stimmen der Menschen und das Dröhnen der Motoren, übertönten Billie Holidays Stimme. Alle verstummten, um den Vögeln zu lauschen. Esther erinnerte sich auf einmal an den schwarzen Vogel, der damals über das Gebirge geflogen war, an den Vogel, den ihr Vater ihr gezeigt hatte. Jetzt würden auch sie vor Einbruch der Nacht ihr Ziel erreichen. Sie würden ungehindert am Strand landen.

Rebbe Joël ging auf die Treppenleiter der Poop zu. Er hatte sich den Bart und das Haar sorgsam gekämmt, und sein schwarzer Anzug glänzte in der Sonne wie eine Rüstung. Sein Gesicht war von Müdigkeit und Sorge gezeichnet, aber auch von Energie, und seine Augen glänzten wie damals, als er in Frankreich im Gefängnis aus dem Buch des Anfangs vorgelesen hatte. Er schritt durch die Menge und grüßte jeden, als sähe er nach langer Abwesenheit alle zum erstenmal wieder. Trotz des müden Gesichts wirkte er mit seiner schlanken Gestalt wie ein junger Mann.

Er blieb vor der Treppenleiter stehen und schlug das Buch auf. Inzwischen hatten sich ihm alle zugewandt, blickten nicht länger auf den Streifen Land, der sich vor dem Bug des Schiffes erstreckte. Auch Kapitän Frullo kam, und die Seeleute schalteten das Radio ab. In der Stille des Meeres erhob sich Joëls Stimme. Er las langsam, in dieser seltsamen, sanften Sprache, der Sprache, die Adam und Eva im Paradies gesprochen hatten, der Sprache, die Moses in der Wüste Sinai gesprochen hatte. Esther verstand die Sprache nicht, doch die Worte drangen, wie schon zuvor, in sie und verschmolzen mit ihrem Atem. Die Worte glänzten auf dem tiefblauen Meer, erhellten jeden Winkel des Schiffs, selbst die von der Reise verschmutzten oder beschädigten Stellen, selbst die Flecken auf dem Deck oder die Risse in den Segeln.

Sie erhellten jedes Gesicht. Die schwarzgekleideten Frauen, die Mädchen mit ihren geblümten Kopftüchern, die Männer, die kleinen Kinder, alle hörten zu. Nach jedem Satz des Buches machte Joël eine Pause, und man hörte das Geräusch des Wassers am Bug, das Dröhnen des Motors. Die Worte des Buches waren schön wie das Meer, sie trugen das Schiff weiter, der bewölkten Linie Eretz Israels entgegen.

Esther saß auf den Stufen der Treppenleiter, lauschte der Stimme und blickte auf die Küste, die größer wurde. Die Worte würden ihr immer im Gedächtnis bleiben. Es waren dieselben Worte wie jene, die Joël sie im Gefängnis gelehrt hatte, die von Gut und Böse sprachen, von Licht und Gerechtigkeit, von der Geburt des Menschen auf der Welt. Und genau das war es heute, der Anfang. Das Meer war neu. Die Erde tauchte soeben aus den Fluten auf, die Sonne schien zum erstenmal, und am Himmel flogen Vögel über das Schiff, um den Weg zum Strand zu zeigen, wo sie geboren worden waren.

Anschließend geschah alles sehr schnell, wie in einem Traum. Die *Sette Fratelli* ging an einem großen Strand vor Anker, vor der dunkelgrünen Linie der Berge. Boote kamen ans Schiff und brachten die Leute in kleinen Gruppen an Land. Als Elizabeth und Esther an der Reihe waren, sah das junge Mädchen die Männer, die am Strand warteten, die Koffer und Bündel und die Frauen, die ihre Kinder an sich drückten. Und plötzlich bekam sie Angst. Sie ging zurück zu ihrem Platz neben der Treppe zur Poop, als wollte sie auf dem Schiff bleiben und die Reise fortsetzen. Elizabeth wartete, und Jacques Hirt bedeutete ihr zu kommen, doch sie blieb dort und klammerte sich mit den Händen ans Treppengeländer. Schließlich ging Elizabeth zu ihr, zog sie hinter sich her bis an die Reling, und dann kletterten sie gemeinsam die Strickleiter hinab ins Boot.

Kurz darauf waren Esther und Elizabeth am Strand. Der Hirte stand neben den Koffern, sein rotes Gesicht war vor Sorge angespannt, seine Augen vom Licht geblendet. Ohne es zu wollen, begann Esther plötzlich zu lachen, und sofort danach spürte sie, wie ihr Tränen in die Augen stiegen. Ihr Gesicht glühte fiebrig. Sie ließ sich in den Sand gleiten und lehnte den Oberkörper gegen den Koffer ihrer Mutter. Sie sah nichts mehr. »Alles ist vorbei, alles wird wieder gut, Estrellita.« Elizabeths Stimme war jetzt ruhig. Esther spürte, wie die schlanken Finger ihr salzverklebtes Haar streichelten. Noch nie hatte ihre Mutter »kleiner Stern« zu ihr gesagt, es war das erstemal.

Das Schiff, das vor der Küste lag, begann zu vibrieren. Die Ankerketten gingen ruckend hoch. Die italienischen Seeleute blickten vom Deck auf den Strand. Das Großsegel flatterte knatternd im Wind, dann straffte es sich mit einem Schlag. Die *Sette Fratelli* entfernte sich. Einen Augenblick später sah man nur noch das in der untergehenden Sonne blendende Meer und die Boote, die auf den Strand gezogen wurden. Esther und Elizabeth gingen langsam über den Strand, und Jacques Hirt trug ihnen die Koffer. Vor den Dünen lagen die Leute im Sand und warteten. Manche hatten ihre Decken ausgebreitet. Die Dunkelheit brach an. Der Wind war lau, der Geruch war lieblich und voller Blütenstaub. Er war ein wenig berauschend.

Das Licht war schön, das Licht und die Steine. Als hätte sie das nie zuvor erlebt, als hätte sie nur den Schatten gekannt. Das Licht war der Name der Stadt, den sie gehört hatte, seit sie klein war, der Name, den ihr Vater abends gesagt hatte, damit sie darüber einschlief. Der Name hatte vor ihr gestanden, vor Elizabeth, als sie über den steinigen Weg durch den Wald gegangen waren, um nach Italien zu kommen. Es war der Name, den sie hören wollte, als sie sich jeden Nachmittag in Festiona im Gras versteckt und dort gewartet hatte, wo ihr Vater ankommen sollte. Es war auch der Name, der in der Wohnung in der Rue des Gravilliers 26 gegenwärtig gewesen war, in dem düsteren Durchgang und den Treppen, über die das Wasser rann, und dem Dach, das voller Löcher war wie alte Kleider. Dieser Name war auch auf dem Schiff, das über das winterliche Meer floh, er glänzte und blendete Esther, wenn sie an Deck kam.

Esther rannte durch die Straßen der neuen Siedlung, dort wo die Einwanderer sich niedergelassen hatten. Sie ging auf den Hügel hinauf, verirrte sich in den Pinienwäldern. Sie ging soweit fort, bis sie keinen menschlichen Laut mehr hörte, nur noch das Pfeifen des Windes in den Pinienzweigen und das leise Rascheln eines Vogels.

Der blaue Himmel machte sie schwindlig. Die Felsen brannten mit weißer Flamme. Das Licht war so grell, daß ihr die Augen tränten. Sie setzte sich auf die Erde, legte den Kopf auf die Knie, den Mantelkragen bis über die Ohren hochgeschlagen.

Dort hatte Jacques Hirt sie eines Morgens gefunden, und danach hatte er sie jeden Tag begleitet. Vielleicht war er ihrer Spur gefolgt oder hatte sie aus der Ferne beobachtet, als sie durch die Straßen in die Berge rannte. Er hatte ganz laut ihren Namen gerufen, und sie hatte sich hinter einem Busch versteckt. Nachdem er an ihr vorbeigegangen war, lief sie bis zu einer alten Mauer hinab. Dort holte er sie ein. Sie gingen durch den Pinienwald, und er nahm sie an die Hand. Als er sie küßte, ließ sie es mit sich geschehen und wandte nur den Kopf zur Seite, um seinem Blick auszuweichen.

Jacques sprach von den Gefahren, die wegen des Krieges überall lauerten. Er sagte, er würde gegen die Feinde Israels kämpfen, gegen die Araber, gegen die Engländer. Eines Tages sprach er von der Nachricht von Gandhis Tod, er war blaß und verstört, als wäre es hier geschehen. Esther hörte das, sah den Tod, der am Himmel, in den Steinen, in den Pinien und Zypressen funkelte. Der Tod funkelte wie ein Licht, wie das Salz unter ihren Schritten, auf jedem Fleckchen Land.

»Wir gehen auf den Toten«, sagte Esther. Sie dachte an all die, die woanders gestorben waren, vergessen, verlassen, an all die, die von den Soldaten der Wehrmacht in den Bergen, im Stura-Tal, gejagt worden, und an die, die in das Lager von Borgo San Dalmazzo gesperrt und nie zurückgekommen waren. Sie dachte an den Abhang unterhalb des Coletto, wo sie so lange nach der Gestalt ihres Vaters Ausschau gehalten hatte, bis es ihr schwarz vor Augen und sie ohnmächtig geworden war. Hier funkelten die weißen Steine, sie waren die Gebeine derer, die verschwunden waren.

Jacques las das schwarze Buch des Anfangs, und Esther

hörte die Namen jener, die auf dieser Erde gestorben waren, jener, deren Gebeine sich in Steine verwandelt hatten. Sie bat: »Lies mir vor, was Rebbe Joël bei unserer Ankunft auf dem Schiffsdeck vorgelesen hat.« Jacques las langsam, und seine sanfte Stimme wurde laut und heftig, sie ließ Esther erschauern.

»Und Gott redete zu Moses und sprach zu ihm: Ich bin der Ewige. Ich bin erschienen Abraham, Isaak und Jakob als der allmächtige Gott, JAHVE. Aber mit meinem Namen bin ich ihnen nicht kundgeworden. Auch habe ich meinen Bund mit ihnen errichtet, daß ich ihnen gebe das Land Kanaan, das Land ihrer Wallfahrt, darin sie Fremdlinge gewesen sind. Auch habe ich gehört die Wehklage der Kinder Israel, welche die Ägypter zu Sklaven gemacht haben, und habe gedacht meines Bundes. Darum sage den Kindern Israel: Ich bin der Ewige! Und ich will euch erretten vom Unglück Ägyptens, euch befreien aus der Sklaverei. Ich erlöse euch mit ausgerecktem Arm und mit großen Strafgerichten. Und werde euch annehmen mir zum Volke und werde euer Gott sein. Und ihr sollt erkennen, daß ich JAHVE bin, der Ewige, der euch befreit vom Unglück Ägyptens. Und ich werde euch bringen in das Land, welches zu geben dem Abraham, dem Isaak und Jakob ich versprochen habe; das will ich euch geben zu eigen, ich, der Ewige.«

Die Worte hallten in der Stille der Berge. Jacques beugte sich zu Esther hinunter, legte den Arm um sie und fragte: »Was hast du? Ist dir kalt?« Sie schüttelte den Kopf, doch es schnürte ihr die Kehle zusammen. »Warum muß Krieg sein? Kann man nicht in Frieden leben?« Jacques sagte: »Das muß der letzte Krieg sein, es darf nie wieder einen geben. Dann haben sich die Worte des Buches erfüllt, und wir können in dem Land leben, das Gott uns gegeben hat.«

Doch die Berge über der Stadt Haifa waren weiß von Gebeinen. Das Licht war nicht sanft. Es brannte in den Augen, es war grell und unbarmherzig, und die Angst war im Wind, im blauen Himmel, im Meer. »Ich bin müde, so müde«, sagte Esther. »Ich möchte mich so gern ausruhen.« Jacques blickte sie verständnislos an. Das Licht war bei ihm sanfter, auf seinem Haar und seinem blonden Bart, in seinen blassen Augen. Es gelang ihr zu lächeln. Sie betrachtete seine große weiße Hand in ihren Händen, die so dunkel und klein waren, die Hände einer Zigeunerin. Die beiden blieben auf dem steinigen Hang liegen, atmeten den Geruch von Myrte und Pinien ein, hörten das Geflüster des Windes.

Als die Sonne auf das Meer herabsank, nahm Jacques Esthers Hand, und sie gingen durch die Olivenbäume, von Terrasse zu Terrasse, bis zu den Häusern der neuen Siedlung. Vor ihnen lag die Ebene, aus der ein paar dünne Rauchschwaden aufstiegen. Tauben flogen über die Dächer. Im Hafen waren weitere Schiffe angekommen, Schiffe, die die Blockade der Engländer durchbrochen hatten. Esther und Jacques betraten die Straßen der Stadt und hielten sich fest an der Hand. So haben sie sich verlobt.

Am Morgen des 14. Mai strömten in Jaffa die Leute nach und nach auf den Platz vor der großen Moschee und an den Strand. Manche kamen nur für ein paar Stunden aus den umliegenden Farmen. Viele, wie Esther, Elizabeth und Jacques Hirt kamen mit ihren Koffern, um auf die Reise zu gehen. Die Jungen und Mädchen bildeten lärmende Gruppen. Ein paar ärmliche Frauen in Begleitung kleiner Kinder suchten im Pinienwald Schutz. Die Sonne brannte schon heiß. Elizabeth und Esther ließen sich wie die anderen Armen am Strand in der Nähe der Altstadt nieder. Die Leute warteten stumm, ohne zu wissen, was geschehen würde. Heute war der Tag, an dem alles anfangen würde, so wurde gesagt. Lastwagen würden die Leute nach Jerusalem bringen.

Jetzt trafen noch weitere Familien am Strand ein. Es waren zum größten Teil schwarzgekleidete Leute aus Mitteleuropa. Sie ließen sich in den Dünen neben der Straße nieder und blickten auf das Meer, während sie geduldig warteten. Nur die Kinder und Jugendlichen konnten nicht still sitzen. Sie rannten über den Strand und riefen sich etwas zu. Manche hatten Musikinstrumente mitgebracht, ein Akkordeon, eine Gitarre, eine Mundharmonika. Hin und wieder hörte man lauten Gesang.

Niemand dachte daran, was an diesem Tag geschehen

würde. Es war, als wären sie außerhalb der Zeit, als schwebten sie über der Erde. So war dieser Tag: ohne Anfang und ohne Ende. Als die Lastwagen in das Lager der Einwanderer in Haifa gekommen waren, war es noch dunkel. Esther und Elizabeth schliefen in ihren Kleidern und hatten die Koffer fertig gepackt neben sich stehen. Im Nu waren die beiden auf den Lastwagen gestiegen. Auch Jacques war auf einen Lastwagen gestiegen, ein Fahrzeug, auf dem sich nur Männer befanden, die alle bewaffnet waren, falls man sie auf dem Weg angreifen sollte. Als die Lastwagen in Tel Aviv eintrafen, schien die Sonne. Deshalb hatten die Leute das Gefühl, daß dieser Tag keinen Anfang gehabt hatte,

Als die Lastwagen in die Stadt fuhren, kam ihnen eine Fahrzeugkolonne entgegen, die nach Haifa unterwegs war. Alle Männer stiegen ab, um sich die Kolonne anzusehen. Sie schrien und klatschten. Jacques kam zu Esther. Seine Augen glänzten vor Bewegung. Er sagte: »Das sind die Engländer, die sich zurückziehen. Wir sind frei!« Die englischen Panzerwagen rollten langsam über die staubige Straße, und mitten in der Kolonne war das Fahrzeug des Hochkommissars Cunningham. Sie fuhren an den Frauen und Männern vorbei, verschwanden in einer Staubwolke, waren auf dem Weg zu dem Kreuzer *Euryalus*, der auf sie wartete.

Die Leute am Strand begannen jetzt zu essen, Brot, Oliven, Obst. Junge Männer hatten auf Holzfeuern zwei Hammel gebraten und verteilten nun an alle Stücke von dem gegrillten Fleisch. Einer der Jungen kam auf Esther zu und hielt ihr einen Teller Hammelfleisch hin. Esther bediente sich, Elizabeth ebenfalls, und auch Jacques nahm sich ein Stück. Der Junge war zwölf oder dreizehn Jahre alt. Er hatte ein hübsches gebräuntes Gesicht, lockiges Haar und große schwarze Augen, die wie Jaspis glänzten. Esther fragte ihn auf französisch: »Wie heißt du?« Doch er verstand sie nicht. Jacques übersetzte. »Johanan. Er sagt, er sei aus Ungarn. Er fährt auch nach Jerusalem.« Der Junge ging weiter, um das Fleisch an die Familien zu verteilen, die am Strand warteten.

Als sie fertig gegessen hatten, wuschen sie sich die Hände mit Sand und Meerwasser. Jacques Hirt nahm das Buch des Anfangs, las langsam daraus vor und übersetzte gleichzeitig. *Beha'alotecha*, die Stelle, die vom Licht handelt, das bis zum Morgen am Himmel schwebt wie ein Meteor, und die Wolke, die das Zelt des Tabernakels einhüllt und Moses' Volk durch die Wüste führt. Esther lauschte den geheimnisvollen, fernen Worten, und hier an diesem Strand, vor dem tiefblauen Meer, unter freiem Himmel, hörte sich das seltsam an, mit all den Einwanderern, die am Straßenrand warteten, den Kindern, die im Sand spielten, der Musik der Mundharmonika, die wer weiß woher kam, und dem Geruch des Rauchs. Esther dachte an die Lichter, die sie in Saint-Martin gesehen hatte, als sie zum erstenmal das Chalet betreten hatte, die im Halbdunkel angezündeten Kerzen und den alten Mann, Eïzik Salanter, der, in ein weißes Tuch gehüllt, die Worte dieser sanften und zugleich rauhen Sprache vorgelesen hatte, die sie nicht verstand.

Kurz vor vier haben sich Esther und Jacques auf den Weg in die Altstadt, zum Museum gemacht. Sie gingen mit der Menge, den jungen Leuten, den Kindern. Rings um das Museum standen bewaffnete Soldaten und Milizionäre mit Armbinden. Die große Allee war voller Menschen, und alles war still. Die Leute, die neu hinzukamen, blieben stehen und warteten ruhig, ohne zu sprechen. Männer und Frauen stiegen aus einem Wagen und gingen ins Museum. Esther stellte sich auf die Zehenspitzen, blickte über die Köpfe der Menschen hinweg und sah einen kleinen, schwarzgekleideten Mann mit dem Gesicht eines alten Hirten und dichtem weißen Haar. Anschließend ertönte aus einem Lautsprecher, der im Garten des alten Hauses angebracht war, eine leicht heisere Stimme, und alle hielten den Atem an, um zu hören, was sie sagte, selbst jene, die kein Hebräisch verstanden. Jacques beugte sich zu Esther hinunter und übersetzte die Worte: »Israel ist das Land, in dem das jüdische Volk geboren ist, hier ist seine Religion entstanden, seine Unabhängigkeit, seine Kultur... Für das jüdische Volk und für das Universum ist hier das Buch geschrieben worden, um es der Welt zu geben...« Jacques hörte auf zu übersetzen, weil er nicht weitersprechen konnte. Als die Stimme plötzlich verstummte, war es einen Augenblick still, dann ertönte Gesang, erst in der Ferne und dann immer näher, Gesang, der sich über die ganze Straße ausbreitete, über die umliegenden Straßen und so weit, daß die ganze Welt es hören mußte. Esther sang nicht mit, weil sie die Worte nie gelernt hatte, doch es schnürte ihr die Kehle zu, und ihr standen Tränen in den Augen. Schließlich wurde es wieder still, und aus dem Lautsprecher drang die leichte, langsame Stimme des alten Rabbiners Maimon, der den Segen sprach. Jacques beugte sich zu Esther hinunter und sagte: »Israel existiert, Israel ist proklamiert worden.« Über dem Museum stieg an einem Mast die Fahne in die Höhe, die Fahne mit dem blauen Stern, der am Himmel schwebte.

Die jungen Leute rannten durch die Straßen und sangen. Die Menschen nahmen sich an die Hand, bildeten Ketten, die sich durch die Stadt schlängelten. Esther wurde von dem Sog erfaßt, auch sie rannte atemlos durch unbekannte Straßen, Hand in Hand mit einem Mädchen, das einen gestreiften Marinepullover trug. Nach all der Anstrengung war es wie ein Taumel, wie Übermut. Auch Jacques rannte durch die blendend hellen Straßen, holte Esther ein, verlor sie wieder. Überall war Musik und Gesang.

In einem Café in der Nähe des Strands setzten sie sich hin, um sich auszuruhen, um Kaffee zu trinken, Bier. Das Mädchen im gestreiften Pullover hieß Myriam, ein anderes Alexia. Auch die Jungen nannten ihre Vornamen, Samuel, Ivan, David. Sie sprachen nur jiddisch, deutsch, ein bißchen englisch. Sie tranken, rauchten und lachten, während sie radebrechend versuchten, sich zu unterhalten. Nichts war mehr wichtig. Jacques drückte Esther an sich, streichelte ihr das Haar. Er war ein wenig betrunken.

Dann liefen sie wieder ziellos durch die Straßen. Trotz der Vorbereitungen zum Sabbat tanzten und musizierten die jungen Leute weiter. Als es dunkel wurde, kehrten sie an den Strand zurück, dorthin, wo zwischen den Felszungen im Meer Pinien auf dem Lehmboden wuchsen. Die Jungen sammelten Holz und Pinienzweige und zündeten ein Feuer zwischen den Steinen an, um das Licht glänzen zu sehen. Ohne viel zu reden, saßen sie rings um das Feuer, lauschten dem Knistern der Flammen und warfen ab und zu Reiser ins Feuer. Noch nie hatten sie nachts so schönes Licht gesehen, während der Wind vom Meer herwehte.

Als das Feuer erlosch, legten sie sich unter die Bäume auf die Piniennadeln. Esther spürte, wie sich die Erde langsam unter ihr drehte, wie ein Floß, das von den Fluten fortgetrieben wird. Neben sich spürte sie Jacques' Körper, hörte seinen Atem. Sie hörte auch das Geräusch der anderen Paare, ihre Körper, die die Piniennadeln zerdrückten und die Reiser zerbrachen. Die Lippen des Hirten suchten die ihren. Sie spürte, wie sein Körper zitterte. Sie stand auf und sagte: »Komm, wir müssen zu Mama zurück.« Sie gingen einen Augenblick lang schweigend über den Strand. Dann nahm Esther Jacques an die Hand, und sie rannten stolpernd durch den Sand bis zum Ende des Strands. Dort saß Elizabeth in ihre alte Decke gehüllt, den Rücken an die Koffer gelehnt. Als sie ankamen, sagte sie nur: »Wir müssen jetzt schlafen.« Dann streckte sie sich im Sand aus.

Zwei Tage später saßen Esther und Elizabeth auf der Ladefläche des Lastwagens, der nach Jerusalem fuhr. Die Kolonne, die aus sechs Lastwagen und einem amerikanischen Jeep bestand, rollte langsam über die ausgefahrene Straße, durch die trockenen Hügel östlich von Ramla. In den ersten beiden Lastwagen befanden sich die bewaffneten Männer, auch Jacques Hirt war bei ihnen. Die vier anderen Lastwagen beförderten die Frauen und Kinder. Wenn Esther die Plane zurückschlug, sah sie nur Staub und die aufgeblendeten Scheinwerfer des nächsten Lastwagens. Der Staub legte sich manchmal, und dann konnte sie die Hügel, die Schluchten und ein paar Häuser erkennen. Der Wind war kalt, der Himmel unverändert blau. Und doch war Krieg, überall um sie herum. In den Nachrichten hieß es, in der Siedlung von Ataroth seien jüdische Bauern ermordet worden. Vor der Abfahrt aus Tel Aviv hatte Jacques Esther die Erklärung General Shealtiels vorgelesen, die auf den Hauswänden angeschlagen war: »Der Feind richtet den Blick auf Jerusalem, den ewigen Sitz unseres ewigen Volkes. Es wird eine grausame, gnadenlose Schlacht ohne Rückzug sein. Unser Schicksal ist Sieg oder Vernichtung. Wir werden bis zum letzten Mann ums Überleben kämpfen und für unsere Hauptstadt.« Die von John Bagot Glubb und König Abdallah befehligten arabischen Streitkräfte hatten die Straße von Tel Aviv nach Haifa bombardiert. Die Ägypter hatten die Grenze überschritten und marschierten auf das westliche Ufer des Toten Meeres zu, um dort zu den anderen Truppen zu stoßen.

Und dennoch hatte niemand auf den Lastwagen Angst. Alle waren noch von der ausgelassenen Freude über die Proklamation des Staates Israel erfüllt, vom Tanz durch die sonnigen Straßen, von den Liedern und dem schönen Abend am Strand unter den Pinien.

Die Leute sagten, nun, da die Engländer fort seien, werde sich alles zum Guten wenden. Andere sagten, dieser Krieg würde jetzt erst richtig beginnen, sich zum dritten Weltkrieg ausweiten. Doch Elizabeth wollte davon nichts wissen. Auch sie war voller Ausgelassenheit, voller Freude, jetzt, da das Ziel der Reise so nah war. Ihre Augen glänzten, sie redete, lachte sogar, wie schon seit langem nicht mehr. Esther betrachtete ihr ebenmäßiges Gesicht, das von einem schwarzen Kopftuch eingerahmt war, und fand sie jung und sehr hübsch.

In all den Stunden, in denen die Leute auf die Abfahrt gewartet hatten, hatte sie unentwegt über Jerusalem gesprochen, die Tempel, die Moscheen, die glänzenden Kuppeln, die Gärten und Brunnen. Sie sprach darüber, als hätte sie Jerusalem schon gesehen, aber vielleicht hatte sie die Stadt ja im Traum gesehen. Es war der schönste Ort auf Erden, wo sich alle Wünsche erfüllten, wo es keinen Krieg geben konnte, weil all die, die auf der Welt verfolgt und beraubt worden waren und ohne Vaterland umherirrten, dort in Frieden leben konnten.

Die Lastwagenkolonne fuhr in einen Wald aus Pinien und Zedern, durch den klare Bäche flossen. Im Dorf Latrun hielt der Konvoi, und die Soldaten und Einwanderer stiegen ab, um sich zu erfrischen. Dort gab es einen Brunnen und einen Waschplatz, das Wasser plätscherte leise. Die Frauen wuschen sich den Staub von Gesicht und Armen, die Kinder spritzten sich lachend naß. Esther trank in langen Zügen mit Wonne das kalte Wasser. Bienen schwirrten durch die Luft. Die Dorfstraßen waren still und menschenleer. Manchmal hörte man wie das Grollen eines Gewitters ein Geräusch aus den fernen Bergen.

Während die Frauen und Kinder tranken, standen die Männer mit dem Gewehr in der Hand an den Straßenmündungen. Die Stille war seltsam, bedrohlich. Esther dachte an den Tag zurück, als sie mit Elizabeth in Saint-Martin auf den Platz gekommen war, auf dem die Leute sich versammelten um aufzubrechen, die alten Männer in schwarzen Mänteln, die Frauen mit straff gebundenen Kopftüchern, die Kinder, die herumrannten, ohne etwas zu verstehen, es war dieselbe Stille gewesen. Jetzt war da nur das Grollen, wie von einem Gewitter.

Der Konvoi setzte sich wieder in Bewegung. Nach einer Weile führte die Straße durch einen felsigen Engpaß, der schon im Dunkeln lag. Die Lastwagen verlangsamten die Fahrt. Esther schlug die Plane zurück und sah einen Treck von Flüchtlingen. Neben ihr beugte sich eine Frau vor. »Araber.« Mehr sagte sie nicht. Die Flüchtlinge gingen am Straßenrand an den Lastwagen entlang. Es waren etwa hundert, vielleicht mehr, nur Frauen und kleine Kinder. Die Frauen, barfuß, zerlumpt, den Kopf in zerrissene Tücher gehüllt, wandten das Gesicht ab, als sie durch die Staubwolke gingen. Manche trugen Lasten auf dem Kopf. Andere hatten Koffer oder verschnürte Kartons in der Hand. Eine alte Frau schob sogar einen klapprigen Kinderwagen mit allen möglichen Gegenständen vor sich her. Die Lastwagen haben haltgemacht, und die Flüchtlinge gehen langsam mit abgewandtem Gesicht und ausdruckslosem Blick vorbei. Es liegt eine drückende, eine tödliche Stille auf diesen Gesichtern, die Masken aus Staub und Stein gleichen. Nur die Kinder sehen mit furchtsamen Augen herüber.

Esther steigt ab und geht auf sie zu, sie will begreifen. Die Frauen wenden sich ab, manche schreien ihr böse Worte in ihrer Sprache zu. Plötzlich löst sich ein junges Mädchen aus der Gruppe. Es geht auf Esther zu. Sein Gesicht ist blaß und müde, sein Kleid voller Staub, um das Haar hat es einen langen Schal gewickelt. Esther sieht, daß die Riemen seiner Sandalen zerrissen sind. Das Mädchen geht ganz nah an Esther heran, berührt sie schließlich. In seinen Augen liegt ein seltsam leuchtender Glanz, doch das Mädchen sagt nichts, fragt nichts. Eine ganze Weile bleibt es regungslos stehen und läßt die Hand auf Esthers Arm liegen, als wolle es etwas sagen. Dann zieht es ein neues Schulheft mit schwarzem Pappeinband aus der Jackentasche und schreibt in großen Buchstaben seinen Namen oben rechts auf die erste Seite, so: N E J M A. Das Mädchen hält Esther das Heft und den Bleistift hin, damit auch sie ihren Namen aufschreibe. Dann bleibt es noch einen Augenblick stehen und drückt das schwarze Heft an die Brust, als gäbe es nichts Wichtigeres auf der Welt. Schließlich kehrt es, ohne ein Wort zu sagen, zu der Gruppe von Flüchtlingen zurück, die sich entfernen. Esther geht einen Schritt auf das Mädchen zu, um es zu rufen, es zurückzuhalten, doch es ist zu spät. Sie muß wieder auf den Lastwagen steigen. Von einer Staubwolke umgeben, fährt der Konvoi weiter. Doch Nejmas Gesicht geht Esther nicht aus dem Sinn, der Blick, die Hand, die sie auf Esthers Arm gelegt hat, die langsame, feierliche Geste, mit der sie ihr das Heft hingehalten hat, in dem ihr Name steht. Esther kann die Gesichter der Frauen nicht vergessen, ihren abgewandten Blick, die Angst in den Augen der Kinder und diese Stille, die in den dunklen Schluchten rings um den Brunnen auf der Erde lastet. »Wohin gehen sie?« Die Frage ist an Elizabeth gerichtet. Die Frau, die die Plane zurückgeschlagen hat, blickt sie wortlos an. »Wohin gehen sie?« fragt Esther noch einmal. Die Frau zuckt die Achseln, vielleicht weil sie die Frage nicht verstanden hat. Eine andere Frau, schwarz gekleidet und mit sehr blassem Gesicht, antwortet: »In den Irak.« Sie sagt das so hart, daß Esther nicht wagt, weitere Fragen zu stellen. Die Straße ist durch den Krieg stark beschädigt, unter der Plane des Lastwagens schwebt gelb schimmernder Staub in der Luft. Elizabeth hält Esthers Hand fest in der ihren, wie damals auf dem Weg nach Festiona. Die Frau sieht Esther an, als versuche sie, ihre Gedanken zu lesen, und sagt dann: »Es gibt keine Unschuldigen, das sind die Mütter und Frauen derer, die uns umbringen.« Esther fragt: »Aber die Kinder?« Die vor Angst geweiteten Augen gehen ihr nicht aus dem Sinn, sie weiß, daß nichts diese Blicke aus ihrem Gedächtnis löschen kann.

Abends erreichte der Konvoi Jerusalem. Die Lastwagen hielten auf einem großen Platz. Weder Soldaten noch bewaffnete Männer waren zu sehen, nur Frauen und Kinder, die neben anderen Lastwagen warteten. Die Sonne ging unter, doch die Stadt lag noch in hellem Glanz da. Esther und Elizabeth stiegen mit ihren Koffern vom Fahrzeug. Sie wußten nicht, wohin sie sich wenden sollten. Jacques Hirt war schon in die Innenstadt gegangen. Das Grollen des Donners war ganz nah, jede Explosion ließ den Boden erzittern, man sah den rötlichen Schein von Bränden. Vor Esther und Elizabeth lag die Stadtmauer, lagen die Hügel voller Häuser mit schmalen Fenstern und vielleicht auch die wunderbaren Silhouetten von Moscheen und Tempeln. In der Mitte des kupferfarbenen Himmels stieg eine schwarze Rauchsäule auf, dehnte sich aus, wurde zu einer drohenden Wolke, in der die Dunkelheit begann.

Nejma

Das Lager Nour Chams, Sommer 1948

Dies ist die Erinnerung an die Tage, die wir im Lager Nour Chams verbracht haben, so wie ich beschlossen habe, sie aufzuschreiben, ich, Nejma, zum Gedenken an Saadi Abou Talib, den Baddawi, und an unsere Tante Aamma Houriya. Und zum Gedenken an meine Mutter Fatma, die ich nicht gekannt habe, und an meinen Vater Ahmad.

Scheint die Sonne nicht für alle? Ich höre ständig diese Frage. Der, der sie vor über einem Jahr gestellt hat, ist jetzt tot. Er ist auf der Kuppe des Hügels, der das Lager überragt, begraben. Seine Kinder haben die Erde mit Spatenstößen aufgerissen, die Steine in zwei gleiche Haufen zu beiden Seiten aufgeschichtet, dann haben sie ihn hinabgelassen, eingehüllt in ein altes Laken, das sie selbst zusammengenäht haben, das aber zu kurz war, und es war seltsam, wie der Körper des steifen alten Mannes in diesem Laken, aus dem die beiden nackten Füße ragten, in das Grab hinabgelassen wurde. Seine Söhne haben die Erde mit dem Spaten zurückgeschoben, und die kleineren Kinder haben mit den Füßen mitgeholfen. Dann haben sie die größten Steine auf das Grab gelegt, damit die streunenden Hunde es nicht öffnen konnten. Ich dachte an die Geschichten, die uns unsere Tante an Regentagen erzählte, die Mäuler, die ausgehungerten Wölfe, die die Toten fraßen. Aamma Houriya erzählte gern Gruselgeschichten, wenn der

Himmel sich verdunkelte, Geschichten von Teufeln und Gespenstern. Daran dachte ich, als der alte Nas starb, noch ehe ich traurig war, an die Stimme von Aamma Houriya, die Geschichten erzählte, wenn es regnete.

Als die Soldaten zu ihm gekommen sind, um ihn in das Lager zu bringen, hat der Alte das zu ihnen gesagt, und danach hat er diese Frage immer wieder gestellt. Die Soldaten hatten es sicher nicht verstanden. Und wenn sie es verstanden hätten, hätte es sie vielleicht zum Lachen gebracht: »Scheint die Sonne nicht für alle?«

Unser Lager hatte in jenem Sommer mehr Sonne als genug, die Erde wurde rissig, und die Brunnen versiegten einer nach dem anderen. Der alte Nas ist gegen Ende des Sommers gestorben, als die Rationen immer dürftiger wurden. Da warteten die Leute stundenlang auf dem Steinhügel oberhalb des Lagers auf die Ankunft des Lastwagens der Vereinten Nationen, weil man von dort aus die Straße nach Tulkarm am besten überblicken kann.

Wenn der Lastwagen kommt, weiß man es schon lange im voraus, weil man von diesem Hügel die Staubwolke im Westen, in der Nähe von Seita, sehr gut sehen kann. Dann beginnen die Kinder zu schreien und zu singen. Sie schreien und Singen unablässig dieselben Worte, »Das Mehl! ... Das Mehl! ... Die Milch! ... Das Mehl! ...«, und dann rennen sie den Hügel hinab zum Eingang des Lagers und schlagen mit Stöcken auf leere Benzinkanister oder gegen alte Konservendosen und machen soviel Lärm, daß die alten Leute sie verfluchen und alle streunenden Hunde bellen. Der alte Nas kann sie noch heute oben auf seinem Hügel hören, er erfährt als erster von der Ankunft der Lastwagen, die Mehl, Öl, Milch und Trockenfleisch bringen. Wenn er mit den Kindern oben auf den Steinhügel gegangen wäre, wäre er vielleicht noch am Leben. Aber unten, auf den Straßen des Lagers, kam von überall her der Lärm, der Lärm von den Stimmen der Leute, die allmählich verzweifelten, das hat er gehört, und das hat ihm das Herz zerrissen, und deshalb hat er nicht mehr leben wollen. Mit jedem Tag ist er ein wenig mehr gestorben, wie eine Pflanze, die vertrocknet.

Das Gerücht kam zunächst aus Dschenin und hat sich in allen Lagern ausgebreitet, in Fariaa, in Balata, in Askar: die Vereinten Nationen lassen uns im Stich, sie geben uns keine Lebensmittel und keine Medikamente mehr, und bald sterben wir alle. Erst sterben die alten Leute, weil sie am schwächsten sind, die alten Frauen und die kaum entwöhnten Kinder, die Gebärenden, die Fieberkranken. Danach sterben die jungen Leute, selbst die stärksten und mutigsten jungen Männer. Sie gleichen bald einem vom Wüstenwind ausgedörrten Strauch, dann sterben sie. Das haben die Fremden beschlossen, damit wir für immer vom Erdboden verschwinden.

Hassan und Said, die beiden Söhne von Nas, sind stark und unerschrocken, sie sind hochgewachsen, haben muskulöse Beine, ihr Gesicht ist von der Feldarbeit gebräunt, ihr Blick feurig. Doch das Gerücht ist in sie gedrungen, der Lärm der Stimmen, als sie ihren Vater in seinem Laken oben auf dem steinigen Hügel begraben haben. Und jetzt erwarten sie nicht einmal mehr die Ankunft der Lastwagen der Fremden. Vielleicht hassen sie sie. Vielleicht schämen sie sich, daß sie zu dem geworden sind, was sie sind, Bettlern gleich, die ihr Essen an den Toren der Stadt erbetteln.

Das Lager Nour Chams versinkt allmählich im Unglück. Als wir auf dem Pritschenwagen der Vereinten Nationen angekommen sind, wußten wir nicht, daß dieser Ort unser neues Leben sein würde. Wir dachten alle, es ist nur für ein oder zwei Tage, bevor wir weiterfahren. Bis die Bombenangriffe und die Kämpfe in den Städten vorbei sind, und dann würden die Fremden jedem von uns ein Stück Land geben, einen Garten, den wir bestellen, ein Haus, in dem wir wieder leben konnten wie zuvor. Die Söhne des alten Nas hatten einen Hof in Tulkarm. Sie haben alles zurückgelassen, Vieh, Werkzeug, selbst die Kornvorräte und das Öl, und ihre Frauen haben die Küchengeräte zurückgelassen, die Wäsche, weil auch sie glaubten, daß sie für ein oder zwei Tage weggingen, bis alles wieder in Ordnung war. Dem Hirten, der ihr Nachbar war und nicht zu dem Konvoi von Leuten gehörte, die umgesiedelt wurden, hatten die Söhne von Nas aufgetragen, das Haus in ihrer Abwesenheit zu bewachen, aufzupassen, daß die Hühner nicht gestohlen wurden, und die Ziegen und Kühe zu tränken. Als Entlohnung hatten sie ihm die älteste Ziege der Herde gegeben, eine Ziege, die unfruchtbar und deren Euter eingetrocknet war. Als sie auf den Lastwagen stiegen, hatte der alte Beduinenhirt mit schmalen Augen, die wie Schlitze im Gesicht wirkten, zugesehen, wie sie abfuhren, während er die alte, staubige Ziege, die eine Zeitung auf der Straße aufzufressen versuchte, an einem Strick hielt. Das ist das letzte Bild, das sie von ihrem Geburtshaus in Erinnerung behalten haben, dann hüllte der Lastwagen beim Anfahren alles in eine Staubwolke.

Ich sitze oben auf dem Steinhügel auf einem Felsen, nicht weit von der Stelle, wo der alte Nas begraben ist, und betrachte das Lager. Hat er an diesen Hügel gedacht, als er sagte: Scheint die Sonne nicht für alle? Hier brennt das Licht unentwegt auf die weite Wüste, das Sonnenlicht ist so stark, daß die anderen Hügel in der Nähe von Jaabad und Dschenin wie Wellen näher zu kommen scheinen.

Unter mir liegen die geraden Straßen des Lagers. Mit jedem Tag ist es für uns ein wenig mehr zu einem Gefängnis geworden, und wer weiß, ob es nicht für uns zu einem Friedhof wird? Auf der steinigen Ebene, die im Osten vom Bett des ausgetrockneten Wadis begrenzt wird, bildet das Lager Nour Chams einen großen, dunklen, rost- und schlammfarbenen Fleck, zu dem die staubige Straße führt. Hier oben auf dem Hügel, in der Stille des Nachmittags, stelle ich mir gern die Dächer von Akka vor, das Gewirr der Flachdächer, Kuppeln, hohen Türme, und die alten Stadtmauern über dem Meer, über dem man die Möwen im Wind gleiten sieht, und die schmalen Segel der Fischerboote. Jetzt begreife ich, daß uns nichts von alledem je wieder gehören wird. Eines Tages sind in Akka vor den Mauern der Stadt die arabischen Soldaten erschienen, manche von ihnen noch Kinder, doch Erschöpfung und Krieg hatten sie schon zu Männern gemacht, zerlumpt und mit blutigen Köpfen, mit Stoffetzen anstelle von Verbänden um den Beinen und mit von Hunger und Durst gezeichneten Gesichtern, gefolgt von einer Schar von Frauen, kleinen Kindern und Krüppeln, die sich bis zum Horizont hinzog; sie wagten nicht, durch die Stadttore zu gehen, sondern legten sich in den Olivenhainen auf den Boden und warteten darauf, daß man ihnen Brot und Wasser und ein wenig Sauermilch brachte. Das war im Frühling, und sie berichteten, was in Haifa geschehen war, sie berichteten von den Kämpfen in den schmalen Straßen, in der Markthalle der Altstadt, und von all den Leichen, die mit dem Gesicht auf der Erde lagen. Da waren die Leute am Meer entlang über den langen Sandstrand nach Akka gezogen, den ganzen Tag lang der brennenden Sonne und dem Wind ausgesetzt, bis sie die Mauern unserer Stadt erreichten.

Ich erinnere mich noch, an jenem Abend bin ich allein durch die Stadt geirrt, in einem sehr langen Kleid und in Tücher gehüllt, gebeugt und mit einem Stock in der Hand, damit man mich für eine alte Frau auf der Suche nach etwas Eßbarem hielt, denn man erzählte sich in der Stadt, daß sich unter den Flüchtlingen Banditen versteckten, die junge Mädchen vergewaltigten. Vor den Stadttoren habe ich all diese Menschen gesehen, die zwischen den Sträuchern und Olivenbäumen auf der Erde lagen wie Tausende von Bettlern. Sie waren erschöpft, doch sie schliefen nicht. Ihre Augen waren von Fieber und Durst geweitet. Manchen war es gelungen, Feuer anzuzünden, die im Halbdunkel der Dämmerung hier und dort am Strand aufflackerten und ihre niedergeschlagenen Gesichter beleuchteten. Greise, Frauen, Kinder. So weit man sehen konnte, am Strand und in den Dünen, lagen diese Menschen, als hätte man sie dort auf die Erde geworfen. Sie beklagten sich nicht, sie sagten nichts. Und diese Stille war noch furchtbarer als Schreie oder Klagen. Nur ab und zu weinte ein kleines Kind, verstummte dann wieder. Und das Rauschen des Meeres, die langen Wellen, die sich auf dem Strand brachen und die im Sand liegenden Boote umspülten.

Ich bin eine Weile zwischen diesen Körpern herumgegangen und habe solches Mitleid empfunden, daß ich vergaß, mich wie eine alte Bettlerin zu bewegen. Und plötzlich habe ich den Mut verloren. Ich bin in die Stadt zurückgekehrt. Am Stadttor hat mir ein bewaffneter Mann den Weg versperren wollen. Er hat mich harsch gefragt: »Wohin gehst du?« Ich habe meinen Namen und das Haus meines Vaters genannt. Er hat mir mit einer Taschenlampe ins Gesicht geleuchtet. Dann hat er sich über mich lustig gemacht und mich gefragt, was ein Mädchen in meinem Alter allein draußen zu suchen habe. Ich bin fortgegangen, ohne ihm zu antworten. Ich schämte mich für all das, was ich gesehen hatte.

Anschließend habe ich rings um die Stadt das Knattern der Waffen gehört, Tag und Nacht, die Kanonenschüsse, die die Erde erzittern ließen, als die Drusen vor dem Sommer gegen die Hagana Krieg geführt haben. Da sind die wehrfähigen Männer in den Krieg gezogen, und mein Vater Ahmad ist mit ihnen nach Norden aufgebrochen. Er hat mir das Haus anvertraut, hat mir seinen Segen gegeben und ist fortgegangen. Auch er hat geglaubt, er wäre bald wieder da, doch er ist nie zurückgekehrt. Später habe ich erfahren, daß er beim Bombenangriff auf Naharija umgekommen ist.

Dann sind die Lastwagen gekommen, um die Zivilbevölkerung woanders in Sicherheit zu bringen. Die Soldaten sind gekommen, haben sich in unserem Haus niedergelassen, und ich bin auf einen Pritschenwagen gestiegen.

Die Wagenkolonnen fuhren unter den Blicken derer, die dablieben, vor die Tore von Akka. Die Lastwagen fuhren in alle Richtungen, nach Kantara, nach Nahatieh oder südlich nach Gaza oder nach Tulkarm, Dschenin, Ramallah. Manche fuhren angeblich sogar zu den Städten Salt und Amman am anderen Ufer des Jordans. Aamma Houriya und ich wußten nicht, wohin wir fuhren. Wir wußten nicht, daß auch wir zu den auf die Erde geworfenen Körpern gehören würden, die ich eines Abends vor den Stadtmauern gesehen hatte.

Das Lager Nour Chams ist vermutlich das Ende der Welt, weil es jenseits davon, so scheint mir, nichts mehr geben kann, man nichts mehr erhoffen kann. Die Tage haben sich angehäuft. Sie gleichen dem feinen Staub, der aus dem Nichts kommt, unsichtbar und nicht zu greifen, und der dennoch alles bedeckt, die Kleider, die Zeltdächer, die Haare und selbst die Haut, ein Staub, dessen Gewicht ich spüre, der sich mit dem Wasser vermischt, das ich trinke, und dessen Geschmack ich im Essen und auf der Zunge spüre, wenn ich morgens aufwache.

Es gibt drei Brunnen in Nour Chams, drei Löcher, die in das ausgetrocknete Flußbett gegraben worden sind, von einem Kreis aus flachen Steinen umgeben und mit alten Brettern bedeckt. Morgens in aller Frühe, wenn die Sonne noch hinter den Hügeln verborgen und der Himmel weit und klar ist, gehe ich mit Eimern Wasser holen, das Wasser der Nacht, das noch frisch und klar ist, weil noch niemand es getrübt hat. Doch sogleich bildet sich eine endlose Schlange von Frauen und Kindern, die sich auf die Brunnen zubewegt. Anfangs, als wir im Lager angekommen sind, gab es noch Stimmengewirr und Gelächter, als wären wir irgendwo auf der Welt, an einem Ort ohne Kriege und ohne Gefängnisse. Die Frauen erzählten sich die Neuigkeiten, gaben Klatsch weiter, erfanden Geschichten, als sei das alles belanglos oder als seien sie einfach auf Reisen und kehrten bald nach Hause zurück.

Sie sagten: »Woher bist du?« Und die hellen Stimmen nannten die Namen der Orte, wo sie geboren waren, wo sie geheiratet hatten und wo ihre Kinder geboren waren: Kalkiliya, Jaffa, Kakun, Schafa Amr und die Namen der Leute, die sie kannten, die Straßennamen aus der Altstadt von Akka, von al-Kuds, von Nablus; Hamza, die nicht weit von der Makpela-Höhle wohnte, Malika, die Mutter des Schusters, der seinen Stand neben der Synagoge Rabbi Jochanaan hatte, und Aischa, die drei Töchter hatte und neben der großen Kirche der Christen wohnte, in der Nähe der Zitadelle, auf der Glubb Pascha seine Kanonen aufgestellt hatte. Ich hörte diese Namen, Muchalid, Dschebaa, Kaisarija, Tanturah, Yajour, Dschara, Nassira, Dschitt, Ludd, Ramleh, Kafr Saba, Ras al-Ain, Askalan, Gaza, Tabarija, Rumaneh, Araara, all diese Namen, die in der kalten Luft an den Brunnen seltsam hallten, als wären sie schon aus einer anderen Welt.

Aamma Houriya war zu müde, um zu den Brunnen gehen zu können und den Namen zu lauschen. Wenn ich daher mit den zwei Eimern Wasser zurückkam, stellte ich sie vor die Tür unserer Hütte und erzählte Aamma Houriya alles, was ich gehört hatte, selbst die Namen, die ich nicht kannte. Sie hörte all diesem nickend zu, als habe das eine Bedeutung, die ich nicht verstand. Ich hatte ein außergewöhnliches Gedächtnis.

So war das zu Anfang, denn später ließ das Stimmengewirr allmählich nach, als das Brunnenwasser knapper und schlammiger wurde. Inzwischen mußte man sich das Wasser ein oder zwei Stunden in den Eimern abklären lassen, ehe man es in die Krüge goß, und den Eimer dabei ganz vorsichtig neigen, damit der Schlamm auf dem Boden blieb. Und so stieg die Sonne über einer Landschaft auf, die jeden Morgen rauher, röter und verbrannter war, mit kümmerlichen Dornensträuchern und Akazien, die keinen Schatten spenden konnten, über dem ausgetrockneten Wadi-Tal und den Häusern aus Brettern und Pappe, den zerrissenen Zelten, den Notunterkünften aus Autoblechen, Benzinkanistern und zerschnittenen Reifen, die mit Draht befestigt waren und als Dächer dienten. Jeden Morgen nach dem Gebet sahen alle zu, wie die Sonne über den Hügeln aufging, bis auf die alte Leyla, deren Schicksal an ihren Namen gebunden war, denn sie war blind, und ihre weißen Augen konnten die Sonne nicht sehen. Sie blieb auf einem großen Stein vor ihrer Höhle sitzen, murmelte Gebete oder Flüche und wartete darauf, daß jemand ihr zu trinken und zu essen brachte, und jeder wußte, daß sie an dem Tag, an dem man sie vergäße, sterben würde. Ihre Söhne waren alle im Krieg bei der Eroberung von Haifa gefallen, und sie stand völlig allein.

Nach und nach hörten auch die Kinder auf zu rennen und zu schreien und sich am Rand des Lagers zu prügeln. Jetzt blieben sie in der Nähe der Hütten im Schatten, saßen im Staub wie ausgemergelte Hunde und rückten mit der Sonne weiter. Außer wenn der Zeitpunkt der Lebensmittelverteilung nahte und die Sonne im Zenit stand.

Dann sah ich die Kinder, ein Spiegelbild meiner eigenen Schwäche, meiner eigenen Hinfälligkeit. Die kindlichen Züge waren bei vielen von ihnen, vor allem bei den Armen, den Vollwaisen oder jenen, die ohne Geld und Vorräte im Bombenhagel aus den Küstendörfern geflohen waren, schon von unerklärlicher Vergreisung gezeichnet. Magere kleine Mädchen mit gebeugten Schultern und einem Körper, der in viel zu weiten Kleidern steckte, halbnackte kleine Jungen mit krummen Beinen, zu großen Knien, dunkelgrauer, aschfarbener Haut, grindigem Schädel und Augen, die von kleinen Fliegen bedeckt waren. Ich betrachtete vor allem die Gesichter, starrte sie an, weil ich sie nicht sehen wollte: den Ausdruck, den ich nicht verstehen konnte, ihren leeren, abwesenden, fremden Blick, in dem das Licht des Fiebers glänzte. Wenn ich ziellos, vom Zufall geleitet, durch die Straßen von Nour Chams ging und an den Häuserreihen vorbeikam, den Wänden aus Teerpappe oder alten Brettern, sah ich überall diese Kindergesichter, diese leeren, abwesenden Blicke, die mich verfolgten. Und wie in einem Spiegel sah ich dann mein eigenes Gesicht, nicht das eines sechzehnjährigen Mädchens von verschleierter Schönheit, das von den jungen Männern mit ungeduldigen Augen gemustert wird, sondern das Gesicht einer runzligen, verwelkten alten Frau, vom Unglück verdunkelt, vom nahenden Tod ausgezehrt.

Wohin ich auch im Lager ging, sah ich dieses Gesicht, mein Gesicht, und meine abgemagerten Hände mit hervortretenden Venen, und die Silhouette meines Körpers, zart und flüchtig wie ein Schatten. Die anderen wandten die Augen ab oder aber starrten mich aus dem Schatten ihres *tarh* wie aus der Tiefe einer Höhle unverwandt an, ohne etwas zu sagen, jedoch mit einem Ausdruck stummen Wahns. Nun hatten die Frauen sogar aufgehört, sich an den Brunnen zu unterhalten. Sie beklagten sich nicht mehr, nannten nicht mehr die Namen der Städte, der verschwundenen Leute. Durch die Trockenheit des Sommers war der Wasserspiegel in den Brunnen noch weiter gesunken, und der Eimer an der Leine schrappte seitlich gekippt über den schlammigen, fast schwarzen Grund.

Das Wasser war so knapp geworden, daß man sich nicht mehr waschen konnte, auch für die Wäsche reichte es nicht mehr. Die Kleidung der Kinder war von Exkrementen, Essen und Erde verschmutzt, und die Kleider der Frauen waren steif vor Dreck, wie Baumrinde.

Die alten Frauen hatten schwarze Gesichter, verfilztes Haar, und ein Aasgeruch ging von ihnen aus, von dem sich mir der Magen umdrehte. Wir teilten damals unser Haus mit einer alten Bäuerin von der Küste (bei Sarka). Der Geruch der alten Frau war mir so unerträglich geworden, daß ich mir angewöhnte, in ein altes Stück Leinen eingehüllt, draußen im Staub zu schlafen.

Ich fühlte mich nur dann wohl, wenn ich mich vom Lager entfernen konnte. Früh am Morgen kletterte ich auf den Steinhügel, bis hinauf zum Grab des alten Nas. Auf dem Weg habe ich eines Tages zum erstenmal gesehen, wie ein Tier verdurstete. Es war die weiße Hündin von Nas' jüngstem Sohn Said, die ich gut kannte, weil sich der alte Mann gegen Ende seines Lebens mit ihr angefreundet und sie oft mit ausgestreckten Vorderpfoten und erhobenem Kopf neben ihm gelegen hatte. Ich glaube, sie hatte keinen Namen, aber sie folgte dem alten Mann überallhin. Als er starb, ist ihm die Hündin bis zu seinem Grab oben auf dem Hügel gefolgt und erst am nächsten Tag wieder heruntergekommen. Und seitdem lief sie jeden Morgen den Hügel hinauf und kam erst bei Einbruch der Dunkelheit wieder. Doch das Wasser war kostbar geworden, und als ich sie eines Morgens traf, lag sie im Sterben. Sie hechelte so laut, daß ich sie schon unten auf dem Weg hörte. Im Licht der aufgehenden Sonne sah ich sie mager und schlaff zwischen den Dornensträuchern liegen, wie ein Fleck. Ich ging auf sie zu und berührte sie, doch sie erkannte mich nicht. Sie war schon auf der Seite des Todes, hatte glasige Augen, zitterte am ganzen Körper, und die schwarze, geschwollene Zunge hing ihr aus dem Maul. Ich habe mich neben sie auf die Erde gesetzt und bin bis zum Ende geblieben, während das Sonnenlicht immer mehr blendete. Ich dachte an das, was der alte Nas gesagt hatte, an jene Frage, die er endlos, wie einen Refrain, wiederholt hatte: »Scheint die Sonne nicht für alle?« Da stand die Sonne hoch am Himmel, verbrannte die hoffnungslose Erde, verbrannte die Gesichter der Kinder, strahlte mit Macht auf das Fell der sterbenden Hündin. Noch nie zuvor hatte ich das gespürt, diese Art von Fluch, diese unerbittliche Kraft des Lichts auf einem Fleckchen Erde, wo das Leben zerbricht und entflieht, wo jeder neue Tag dem vorhergehenden etwas nimmt, wo das Leiden unbeweglich, blind und unverständlich ist wie das Gemurmel der alten Leyla in ihrer Höhle.

Als Saadi Abou Talib, der Baddawi, der später mein Mann wurde und weder schreiben noch lesen konnte, erfuhr, daß ich in die Schule von al-Dschasar gegangen war, hat er mich gebeten, alles aufzuschreiben, was wir hier im Lager Nour Chams erdulden müssen, damit es alle erfahren und es niemand zu vergessen wagt. Und ich habe auf ihn gehört, und deshalb habe ich das Leben hier Tag für Tag in den Schulheften beschrieben, die ich mitgebracht hatte. Mein Vater Ahmad hatte den Wunsch, bevor er in den Norden ging, aus dem er nie zurückgekommen ist, daß ich Lesen und Schreiben lernte, als wäre ich ein Junge, um die Suren des Buchs lernen, rechnen und Geometrieaufgaben lösen zu können wie jeder Junge. Hatte er daran gedacht, daß ich eines Tages das Schreiben dazu nutzen würde, um diese Hefte mit meinen Erinnerungen zu füllen? Mir scheint, er hätte es gutgeheißen, und deshalb habe ich auf das gehört, was mir Saadi, der Baddawi, gesagt hat.

Und auch für sie habe ich es aufgeschrieben, für sie, die auf der Straße zur Quelle von Latrun oben in mein Heft ihren Namen eingetragen hat, Esther Grève, in der Hoffnung, daß sie dies eines Tages lesen und zu mir kommen wird. An jenem Tag ist sie zu mir gekommen, und auf ihrem Gesicht habe ich mein Schicksal gelesen. Für einen Augenblick waren wir vereint, als hätten wir uns schon immer treffen müssen. Wenn ich diese Hefte vollgeschrieben habe, gebe ich sie einem Soldaten der Vereinten Nationen, damit er sie ihr bringt, wo immer sie auch sein mag. Deshalb habe ich, obwohl mich Einsamkeit und Wahnsinn umgeben, die Kraft zu schreiben.

Ich habe vom Tod der weißen Hündin gesprochen, von ihren ununterbrochenen Qualen, während die Sonne am Himmel über dem Steinhügel unerbittlich höher stieg, weil es das erstemal war, daß ich den Tod sah. Ich hatte schon früher in Akka tote Männer und Frauen gesehen, die in sehr sauberen, sehr weißen Räumen auf einer Matte lagen, Tote, die in dem blütenweißen, blitzsauberen Laken zu schlafen schienen, in das man sie einnähen würde, Tote mit dunkel gefleckten, geschlossenen Augen und zusammengepreßten Lippen, die von einem dünnen Faden zusammengehalten wurden, der die Kinnlade umspannte und sich im Haar verlor. Etwa meine Tante Raissa und meinen Großvater Mohamad, die kalt, unbeweglich und ein wenig linkisch im Tod waren, als seien sie noch nicht daran gewöhnt. Und dann die Särge, die man in die Gräber senkte, den Kopf nach Süden gewandt, und die Arbeit der Totengräber, die schrillen Schreie der bezahlten Klageweiber. Selbst der alte Nas war ohne jedes Geheimnis von uns gegangen, als erster, so wie man eine Lampe ausbläst, und ich bekam nur seine in ein altes, zu kurzes Laken gehüllte Gestalt zu sehen und seine beiden nackten Füße, die sich der tiefen Erde zuwandten.

Doch die weiße Hündin war wirklich gestorben, ich hatte das unbestimmte Grauen in ihrem Blick gesehen, ihre glasigen Augen, ich hatte ihren schweren Atem gehört, der nicht aufhören wollte, hatte das lange, schmerzhafte Zittern unter meiner Hand gespürt und dann die kalte Stille ihres Körpers, während die Sonne gnadenlos auf das staubige Fell schien. Da wußte ich, daß der Tod in unser Lager gekommen war. Jetzt würde er die anderen Tiere, die Männer, Frauen und Kinder nacheinander dahinraffen. Ich war durch die Büsche gerannt, bis auf den Hügel hinauf, von wo man die Straße nach Attil, nach Tulkarm, die Hügel von Dschenin, den dunklen Fleck des ausgetrockneten Wadis sehen konnte, all das, was unsere Welt geworden war und uns gefangenhielt. Warum waren wir hier? Warum gingen wir nicht fort, überquerten die Hügel nach Westen, zum Meer, das uns retten konnte?

Die meisten Bewohner des Lagers Nour Chams kamen aus dem Gebirge. Sie hatten in diesen roten Tälern voller Dornensträucher gelebt, durch die langsam Ziegenherden, von einem Kind geführt, zogen. Sie kannten nichts anderes, sie hatten das Meer nie gesehen. Selbst Aamma Houriya hatte nichts dafür übrig.

Doch ich war in Akka geboren, direkt am Meer, ich war dort aufgewachsen, am Strand, südlich der Altstadt, hatte in den Wellen gebadet, die die Stadtmauern umspülten, in der Nähe der Festung der Engländer oder unter den Mauern der Festung der Franzosen, und hatte nach den spitzen Segeln der Fischerboote Ausschau gehalten, um als erste inmitten der Kinderschar das Boot meines Vaters zu erkennen. Wenn ich das Meer noch einmal wiedersehen könnte, so schien mir, dann hätte der Tod keine Bedeutung mehr, hätte er keine Gewalt mehr über mich und auch nicht über Aamma Houriya. Dann wäre die Sonne nicht mehr so unerbittlich, und die Tage nähmen den vergangenen Tagen nicht mehr den Atem. Doch all das ist mir jetzt verboten.

Die ausländischen Soldaten haben uns auf die Pritschenwagen steigen lassen, um uns hierhin, ans Ende der Welt zu bringen, an diesen Ort, wo man nicht weitergehen kann, und mir ist nun bewußt, daß ich all das, was ich so geliebt habe, nie mehr wiedersehen werde. Wo sind die Segel der Boote, die morgens inmitten von Möwen und Pelikanen übers Meer gleiten?

Im Blick der Kinder, die regungslos im Schatten der Hütten kauern wie streunende Hunde, um die sich niemand kümmert, habe ich meine eigene Vergreisung, mein eigenes Ende gesehen. Mein abgemagertes, runzliges Gesicht mit der matten Haut, mein einst so schönes Haar, das mir bis auf die Hüften fiel wie ein Seidenmantel und das jetzt so verfilzt und verschmutzt ist, voller Staub und Dornen, von Läusen befallen, und meinen Körper, der so leicht geworden ist, meine schwärzlichen Hände und Füße, auf denen die Venen hervortreten wie auf den Händen und Füßen alter Frauen.

Schon seit langem hat niemand in Nour Chams mehr einen Spiegel. Als die Soldaten unser Gepäck durchsucht haben, haben sie uns alles genommen, was als Waffe hätte dienen können, Messer, Scheren, aber auch die Spiegel. Hatten sie Angst vor uns oder befürchteten sie, daß wir uns selbst etwas antun würden?

Zuvor hatte ich noch nie an Spiegel gedacht. Es war normal, daß ich mein Gesicht sehen konnte. Jetzt begriff ich, daß man ohne Spiegel anders ist, nicht mehr ganz dieselbe. Vielleicht wußten das die Soldaten, die sie uns weggenommen haben. Vielleicht hatten sie geahnt, daß wir die Gesichter der anderen besorgt ansehen würden, um von ihnen abzulesen, was aus uns selbst geworden war, um uns an uns selbst und unsere eigenen Namen zu erinnern.

An jedem Tag, in jeder Woche, die in Nour Chams verging, kamen noch mehr Männer, noch mehr Frauen, noch mehr Kinder an.

Jetzt erinnere ich mich, wie unsere Tante Houriya angekommen ist. Obwohl uns eigentlich nichts verband, da sie ein paar Tage nach mir mit den Flüchtlingen aus al-Kuds eingetroffen war, nannte ich sie Tante, weil ich sie gern mochte, wie eine richtige Verwandte. Wie ich war sie mit einem Pritschenwagen der Vereinten Nationen nach Nour Chams gekommen. Ihr ganzes Gepäck bestand aus einer Nähmaschine. Da sie kein Haus hatte, habe ich sie in die Bretterhütte geführt, in der ich allein lebte, in jenem Teil des Lagers, der an den Steinhügel grenzte. Als sie als letzte vom Lastwagen stieg, habe ich sie so vor mir gesehen, wie ich sie bis zum Schluß gekannt habe, würdevoll und mit gemessenem Auftreten inmitten von uns allen, die wir schon von den Strapazen erschöpft waren. Eine vertrauenerweckende Gestalt in kerzengerader Haltung auf dem staubigen Boden. Sie war traditionell gekleidet, mit einer langen Galabija aus hellem Tuch, einem schwarzen Schirwal, ihr Gesicht war weiß verschleiert, und sie trug kupferbesetzte Sandalen. Die Neuankömmlinge suchten ihr Gepäck zusammen und gingen auf die Mitte des Lagers zu, um eine Unterkunft und Schutz vor der Sonne zu suchen. Der Pritschenwagen der Fremden fuhr in einer Staubwolke nach Tulkarm zurück. Sie blieb regungslos neben ihrer Nähmaschine stehen, als warte sie auf einen anderen Lastwagen, der sie woandershin bringen würde. Unter den Kindern, die sie ansahen, hat sie dann mich ausgewählt, vielleicht weil ich die älteste war, und gesagt: »Zeig mir den Weg, meine Tochter.« Das hat sie zu mir gesagt, hat das Wort benti, meine Tochter, benutzt, und deshalb habe ich sie wohl Aamma genannt, Tante, als wäre sie nach Nour Chams gekommen, um mich zu besuchen, als hätte ich auf sie gewartet.

Ich habe ihr Gesicht gleich gemocht, als sie in der Hütte den Schleier abnahm. Sie hatte eine kupferfarbene, dunkle Haut, und ihre blaugrünen Augen schimmerten seltsam, als besäßen sie einen besonderen Glanz, wenn Aamma mich ansah, etwas Friedliches und zugleich Verwirrendes. Vielleicht konnte sie durch die Dinge und die Menschen hindurchsehen wie manche Blinde.

Aamma hat sich in der Hütte eingerichtet, in der ich allein lebte. Sie stellte ihre Nähmaschine ab, die wegen des Staubes in Tücher gehüllt war. Sie wählte den Teil des Hauses ganz in der Nähe der Tür. Sie schlief auf der Erde, auf einem Laken, dessen Ränder sie über sich zog, bis sie ganz darunter verschwunden war. Tagsüber, wenn sie mit den Essensvorbereitungen fertig war, setzte sie sich bisweilen an die Nähmaschine, um Kleider für die Leute auszubessern, die ihr dafür gaben, was sie gerade hatten, Nahrungsmittel oder Zigaretten, aber nie Geld, denn hier in unserem Lager konnte man mit Geld nichts anfangen. Jedenfalls machte sie das so lange, wie sie noch Garn hatte. Die Frauen brachten ihr Brot, Zucker, Tee oder Oliven. Doch manchmal konnten sie nichts anderes geben als ein paar Worte des Danks, und auch das genügte.

Wegen der Geschichten waren die Abende besonders schön. Hin und wieder begann Aamma einfach so, ohne daß ich wußte, warum, am späten Nachmittag, wenn die Sonne unterging und im Dunst über dem Meer verschwand, oder im Gegenteil, wenn der Wind die Wolken vertrieb und der Himmel mit der wie ein Säbel geneigten Mondsichel erstrahlte, eine Geschichte über die Dschinnen zu erzählen. Sie wußte es, sie spürte es, es war ein Abend zum Geschichten erzählen. Sie setzte sich vor mich, und ihre Augen leuchteten mit einem seltsamen Schimmer auf, wenn sie sagte: »Hör zu, ich will dir eine Geschichte über die Dschinnen erzählen.« Sie kannte die Dschinnen, hatte gesehen, wie sie, roten Flammen gleich, nachts in der Wüste tanzten. Am Tag sah man sie nie, sie versteckten sich im Glanz des Lichts. Aber nachts tauchten sie auf. Sie lebten in Städten, wie die Menschen, in Städten mit Türmen und Stadtmauern, mit Wasserbecken und Gärten. Nur Aamma wußte, wo diese Städte waren, und sie hatte mir sogar versprochen, mich dorthin mitzunehmen, sobald der Krieg zu Ende war.

Sie begann also eine Geschichte zu erzählen. Sie setzte sich in den Eingang unserer Hütte, das Gesicht nach draußen gewandt, ohne Schleier, weil sie nicht nur für mich erzählte. Ich saß im Hausinnern, im Schatten, ganz in ihrer Nähe, um ihre Stimme zu hören.

Und dann kamen nacheinander die Kinder aus der Nachbarschaft herbei. Sie sagten sich gegenseitig Bescheid und setzten sich vor das Haus in den Staub, oder sie blieben, an die Bretterwand gelehnt, stehen. Wenn Aamma Houriya begann, eine Geschichte über die Dschinnen zu erzählen, hatte Sie eine andere, eine neue Stimme. Ihre Stimme klang nicht mehr wie üblich, sondern gedämpfter, tiefer, so daß wir still sein mußten, um Sie besser hören zu können. Abends war im Lager kein Geräusch mehr zu vernehmen. Aammas Stimme war wie ein Flüstern, doch man hörte jedes Wort und vergaß es nicht.

Auch Aamma Houriyas Gesicht veränderte sich allmählich. Um besser hören zu können, legte ich mich vor der Tür auf den Boden, dann sah ich, wie sich ihr Gesicht belebte. Ihre Augen bekamen einen stärkeren Glanz, begannen zu funkeln. Sie schnitt Grimassen, auf ihrem Gesicht spiegelte sich Angst, Zorn, Eifersucht. Sie imitierte Stimmen, mal tiefe und dumpfe, mal hohe, schrille oder stöhnende Stimmen. Sie fuchtelte mit den Händen, als tanzte sie, so daß ihre Kupferarmbänder klirrten. Doch ihr übriger Körper bewegte sich nicht, wenn sie im Schneidersitz in der Türöffnung saß.

Es waren schöne Geschichten, die uns Aamma Houriya erzählte, wenn sie im Staub vor der Hütte saß, das Sonnenlicht immer sanfter wurde und die Last des Tages nachließ. Geschichten, die uns Angst einflößten, über Männer, die sich beim Überqueren eines Flusses in Wölfe verwandeln, oder Tote, die ihre Gräber verlassen, um Luft zu holen. Gespenstergeschichten von Totenstädten, die irgendwo in der Wüste liegen und aus denen der Reisende, der sich dorthin verirrt hat, nie wieder zurückfindet. Geschichten von einem Dschinn, der sich mit einer Frau vermählt, oder einer Dschenna, die sich eines Mannes bemächtigt und ihn in ihr Haus hoch oben in den Bergen verschleppt. Wenn der Wüstenwind weht, dringt ein böser Dschinn in die Körper der Kinder, raubt ihnen die Vernunft und läßt sie auf die Dächer der Häuser steigen, als wären sie Vögel, oder er läßt sie in die Brunnen springen, als wären sie Kröten.

Sie erzählte uns auch Geschichten über den bösen Blick, über die Hexe Bayrut, die die Mutter eines kleinen Kindes verhext und ihr vormacht, sie sei ihre Tante.

Die junge Frau entfernt sich kurz, und Bayrut nimmt das Kind und legt an dessen Stelle einen in Tücher gehüllten großen Stein in die Wiege, dann kocht sie das Kind und gibt es dessen eigener Mutter zu essen. Danach zeigte uns Aamma Houriya, wie man dem bösen Blick widerstehen kann, indem man die Hand vors Gesicht hält und auf die Stirn mit Wasser, unter das Asche gemischt ist, den Namen Gottes schreibt. Sie zeigte uns, wie man Hexen einschüchtert, indem man etwas Sand aus der offenen Hand bläst. Sie erzählte auch die Geschichten von Aischa der Afrikanerin, der grausamen, schwarzen, als Sklavin verkleideten alten Frau, die Kinderherzen aß, um unsterblich zu bleiben. Wenn Aamma Houriya mich an die Hand nahm, mir sagte, ich solle mich vor dem Haus neben sie setzen, und fragte: »Was soll ich dir heute abend erzählen?«, antwortete ich sofort: »Eine Geschichte über die alte Aischa, die Unsterbliche!«

Ich vergaß, wer ich war, wo ich war, ich vergaß die drei versiegten Brunnen, die elenden Behausungen, in denen die Männer und Frauen auf dem Boden schliefen und auf die Nacht und das Unbekannte warteten, ich vergaß die ausgehungerten Kinder, die oben auf dem Steinhügel nach den Lastwagen der Vereinten Nationen Ausschau hielten und, wenn sie die Staubwolke auf der Straße sahen, schrien: »Das Brot! Das Mehl! Die Milch! Das Mehl!« Und das harte, bittere Brot, das dann verteilt wurde, zwei Scheiben pro Tag und pro Person, und manchmal nur eine Scheibe. Ich vergaß die Wunden, die die Körper der Kinder bedeckten, die Bisse der Läuse, der Flöhe, die rissigen Fersen, die Haare, die in Büscheln ausfielen, die Bindehautentzündung, die auf den Lidern brannte.

Die Geschichten, die Aamma Houriya erzählte, waren nicht immer dazu da, uns angst zu machen. Wenn sie sah, daß wir niedergedrückt waren, daß die Kinder müde und ihre Gesichter vom Hunger gezeichnet waren und die Sonne unerträglich brannte, sagte sie: »Heute ist ein Tag für eine Geschichte über das Wasser, eine Geschichte über Gärten, eine Geschichte über eine Stadt mit plätschernden Brunnen und Gärten voller Vögel.«

Ihre Stimme war sanfter, in ihren Augen schimmerte ein fröhlicherer Glanz, wenn sie ihre Geschichte begann: »Wißt ihr, früher war die Erde nicht so, wie sie heute ist. Die Erde war zugleich von Dschinnen und Menschen bewohnt. Die Erde glich einem großen Garten, der von einem magischen Strom umgeben war, der in beide Richtungen fließen konnte. Auf der einen Seite floß er dem Abend, auf der anderen dem Morgen entgegen. Und dieses Fleckchen Erde war so schön, daß man es Firdus nannte, das Paradies. Wißt ihr, es war nicht weit von hier, wie man mir erzählt hat. Es lag am Ufer des Meeres, ganz in der Nähe der Stadt Akka. Noch heute gibt es ein kleines Dorf, das so heißt, das Paradies, und die Bewohner dieses Dorfes sollen alle, wie man sagt, von den Dschinnen abstammen. Ob es wahr ist oder nicht, kann ich euch nicht sagen. Auf jeden Fall herrschte an diesem Ort ewiger Frühling, die Gärten waren voller Blumen und Früchte, die Brunnen versiegten nie, und die Bewohner hatten immer genug zu essen. Sie lebten von Obst, Honig und Kräutern, denn sie wußten nicht, wie Fleisch schmeckt. Mitten in diesem großen Garten stand ein herrlicher Palast in der Farbe der Wolken, und in diesem Palast lebten die Dschinnen, denn sie waren die Herren dieser Erde, ihnen hatte Gott die Erde anvertraut. Zu jener Zeit waren die Dschinnen gutmütig, sie taten niemandem etwas zuleide. Männer, Frauen und Kinder lebten in dem Garten rings um den Palast. Die Luft war so sanft, die Sonne so mild, daß sie keine Häuser brauchten, um sich zu schützen, und nie war es Winter oder kalt. Und heute, Kinder, erzähle ich euch, wie das alles verlorenging. Denn an der Stelle, wo damals der Garten mit dem schönen Namen Firdus war, das Paradies, der Garten voller Blumen und Bäume, in dem unentwegt die Brunnen murmelten und die Vögel sangen, der Garten, in dem die Menschen in Frieden lebten und nur Obst und Honig aßen, ist heute ein Land ohne Wasser, ödes, kahles Land ohne einen Baum, ohne eine Blume, und die Menschen dort sind so böse geworden, daß sie sich einen grausamen, erbarmungslosen Krieg liefern, ohne daß die Dschinnen ihnen helfen.«

Aamma Houriya hielt inne. Wir rührten uns nicht und warteten darauf, was kommen würde. Während sie diese Geschichte erzählte, ich erinnere mich noch, ist der junge Baddawi, Saadi Abou Talib, zum erstenmal ins Lager gekommen. Er hockte sich ein wenig abseits auf die Fersen, um zuzuhören, was unsere Tante sagte. Diesmal schwieg Aamma Houriya eine ganze Weile, damit wir unseren Herzschlag hören konnten, die leisen Geräusche, die vor Einbruch der

Dunkelheit aus den anderen Häusern drangen, die Stimmen der Babys, das Bellen der Hunde. Sie wußte das Schweigen auszunutzen.

Sie erzählte weiter: »Das Wasser in diesem Garten war schön, wißt ihr. Es war ein Wasser, wie ihr es nie gesehen, nie gekostet, nie erträumt habt, ein Wasser, das so klar, so kühl und so rein war, daß alle, die davon tranken, ewige Jugend erlangten, sie alterten nicht, starben nie. Die Bäche rannen durch diesen Garten, mündeten in den großen Strom, der in beide Richtungen um ihn herum floß, vom Abend gen Morgen und vom Morgen gen Abend. So waren die Dinge in jener Zeit. Und sie würden immer noch so sein, und auch wir würden heute zur gleichen Stunde in diesem Garten, im Schatten der Bäume sitzen, dem Gemurmel der Brunnen und dem Gesang der Vögel lauschen, wären nicht die Dschinnen, die Herren dieses Gartens, gegen die Menschen in Zorn geraten und hätten alle Quellen versiegen lassen und Salz in den großen Strom geschüttet, der dadurch so geworden ist, wie er heute ist, bitter und grenzenlos.«

Houriya hielt wieder inne. Wir sahen, wie der Himmel allmählich dunkler wurde. Hier und da stieg zwischen den Dächern der Baracken Rauch auf, doch er war irreführend, das wußten wir genau. Die alten Frauen hatten ein Feuer angezündet, um Wasser zu kochen, doch bis auf ein paar Kräuter und ein paar Wurzeln, die sie in den Hügeln ausgegraben hatten, hatten sie nichts, was sie hineintun konnten. Manche Frauen hatten gar nichts zum Kochen da, doch sie machten aus Gewohnheit ein Feuer an, als könnten Sie sich vom Rauch ernähren, wie die Gespenster in den Geschichten, die Aamma Houriya uns erzählte. Sie erzählte weiter, und plötzlich schlug mein Herz schneller, weil ich begriff, daß sie unsere eigene Geschichte erzählte, diesen Garten, dieses Paradies hatten wir verloren, als der Zorn der Geister uns traf.

»Wie kommt es, daß die Dschinnen gegen die Menschen in Zorn geraten sind, und warum haben sie diesen Garten zerstört, in dem wir in ewigem Frühling hätten leben können? Manche sagen, eine Frau sei daran schuld gewesen, weil sie in den Palast der Dschinnen habe gehen wollen, und zu diesem Zweck habe sie den Menschen eingeredet, sie seien ebenso stark wie die Dschinnen, und da sie ihnen zahlenmäßig überlegen seien, könnten sie sie leicht aus ihrem Palast vertreiben. Andere sagen, zwei Brüder seien daran schuld, der eine hieß Souad, der andere Safi. Sie hatten denselben Vater, aber nicht dieselbe Mutter, haßten sich deshalb und wollten beide den Teil des Gartens für sich haben, der dem anderen zustand. Es wird erzählt, sie hätten sich schon als kleine Kinder mit nackten Fäusten geschlagen, wie zwei junge Böcke, die sich im Staub bekämpfen, und die Dschinnen hätten gelacht, als sie ihre Anstrengung sahen. Dann wurden sie größer und bekämpften sich mit Stöcken und Steinen, und die Dschinnen hoch oben auf den Palastmauern, halb in den Wolken, lachten noch immer, verspotteten sie und verglichen sie mit Affen. Doch sie sind erwachsen geworden, und nun ging der Kampf mit Schwertern und Gewehren weiter. Die beiden Männer waren gleich stark und gleich listig. Sie fügten sich grausame Wunden zu, ihr Blut floß auf die Erde, doch keiner der beiden wollte sich besiegt geben. Die Dschinnen sahen ihnen immer noch oben aus ihrem Palast zu und sagten: Sie sollen sich nur schlagen und ihre Kräfte verausgaben, danach können sie Freunde werden. Doch dann hat sich ein altes Weib eingemischt, eine Hexe, so wird gesagt, mit schwarzem Gesicht und zerlumpten Kleidern, vielleicht war es schon Aischa, denn sie war sehr alt und kannte alle Geheimnisse der Dschinnen. Die beiden Brüder haben sie nacheinander um Rat gefragt und ihr viel Gold versprochen, damit sie ihnen den Sieg gab. Die alte Sklavin suchte in ihrem Gepäck und gab jedem von ihnen ein Geschenk. Dem älteren, Souad, gab sie einen kleinen Käfig, in dem sich ein wildes Tier mit rotem Maul befand, das seltsam in der Dunkelheit leuchtete, und noch nie hatte jemand in diesem Garten solch ein Tier gesehen. Dem anderen, der Safi hieß, gab sie einen großen Sack aus Haut, der eine unsichtbare, mächtige Wolke enthielt. Denn zu jener Zeit gab es in dem Garten weder Feuer noch Wind. Da warfen die beiden Brüder auf dem Höhepunkt ihres Hasses, ohne zu überlegen, sich gegenseitig die beiden verderbenbringenden Geschenke an den Kopf. Als der eine den kleinen Käfig öffnete, sprang das wilde Tier mit dem roten Maul hinaus und bemächtigte sich sofort der Bäume und Gräser und wurde riesengroß. Da öffnete der andere Bruder den Sack aus Haut, und aus dem Sack kam der Wind, blies in das Feuer und verwandelte es in eine riesige Feuersbrunst, die den ganzen Garten in Brand steckte. Die roten Flammen verbrannten alles, Bäume, Vögel und die Menschen, die im Garten waren, bis auf einige wenige, die sich in den großen Strom retteten. Jetzt lachten die Dschinnen in ihrem von schwarzen Rauchwolken umgebenen Palast nicht mehr. Sie sagten: ›Gottes Fluch soll über euch Menschen kommen, über euch und die nachfolgenden Generationen.‹ Und sie verließen für immer den verwüsteten Garten. Und bevor sie gingen, schütteten sie alle Quellen und Brunnen zu, um sicher zu sein, daß nichts mehr auf dieser Erde wachsen konnte, dann warfen sie einen großen Salzberg hinab, der zerschellte und sich im Strom ausbreitete. Und so ist der Garten Firdus zu dieser Wüste ohne Wasser und der große, kreisförmige Strom bitter geworden und fließt nun nicht mehr in beide Richtungen. Hier ist meine Geschichte zu Ende. Seit dieser Zeit mögen die Dschinnen die Menschen nicht mehr, sie haben ihnen noch nicht vergeben, und die alte Aischa, die unsterbliche Sklavin, irrt weiterhin über diese Erde und gibt denen, die ihren Worten Gehör schenken, Waffen und Tod. Behüte uns Gott davor, daß wir ihr auf unserem Weg begegnen, Kinder.«

Die Nacht war angebrochen, Aamma Houriya stand jetzt auf und ging auf die Brunnen zu, um ihr Gebet zu verrichten, und die Kinder kehrten in ihre Häuser zurück. Ich lag an meinem Platz neben der Tür auf dem Boden und hatte noch Aamma Houriyas Stimme im Ohr, leicht und regelmäßig wie ihre Atemzüge. Ich spürte den Geruch des Rauchs am Himmel, den Geruch des Hungers. Und da dachte ich, wie lange wollen die Dschinnen die Menschen noch allein lassen?

Roumiya ist gegen Ende des Sommers in das Lager Nour Chams gekommen. Als sie eintraf, war sie schon im siebten Monat schwanger. Sie war eine sehr junge Frau, fast noch ein Mädchen, mit sehr weißem Gesicht, das von Müdigkeit gezeichnet war, aber dennoch etwas Kindliches bewahrt hatte, verstärkt noch durch ihr blondes Haar mit den zwei gleichmäßigen Zöpfen und ihre wasserfarbenen Augen, die jeden, wie manche Tiere, mit geradezu ängstlicher Unschuld anblickten. Aamma Houriya hatte sie sofort in ihre Obhut genommen. Sie führte sie in unser Haus und brachte sie dort unter, wo bisher eine alte Frau gelebt hatte, die woanders Quartier gefunden hatte. Roumiya war eine der Überlebenden von Deir Jassin. Roumiyas Mann war dort umgekommen, genau wie ihr Vater, ihre Mutter und ihre Schwiegereltern. Die ausländischen Soldaten hatten sie aufgelesen, als sie auf der Straße umherirrte, und sie ins Militärlazarett gebracht, weil sie glaubten, sie sei verrückt. Vielleicht war Roumiya übrigens seit jenem Tag verrückt, denn sie hatte sich angewöhnt, stundenlang in einer Ecke zu sitzen, ohne sich zu rühren und ohne ein Wort zu sagen. Die Soldaten hatten sie in verschiedene Lager gebracht, in der Nähe von Jerusalem, nach Dschalazun, nach Muaskar, nach Deir Ammar, dann nach Tulkarm und nach Balata. Und so war sie schließlich am Ende der Straße, in unserem Lager angelangt.

In der ersten Zeit, nachdem sie zu uns gekommen war, wollte sie ihren Schleier nicht ablegen, nicht einmal im Haus. Sie blieb völlig regungslos neben der Tür sitzen, bis zu den Knien eingehüllt in ihren staubbefleckten Schleier, und sah mit ausdruckslosen Augen geradeaus. Die Kinder aus der Nachbarschaft sagten, sie sei verrückt, und wenn sie an der Tür vorbeigingen oder Roumiya am Eingang zum Lager auf dem Weg begegneten, bliesen sie Staub aus der hohlen Hand, um Unglück abzuwenden.

Sie sprachen nur flüsternd über sie und sagten »habla, habla«, sie ist verrückt geworden, sie sagten auch »khayfi«, sie hat Angst gehabt, weil ihre Augen starr und weit aufgerissen waren wie die eines verängstigten Tieres, doch in Wirklichkeit hatten die Kinder Angst. Für uns alle ist sie ein bißchen so geblieben: khayfi. Doch Aamma Houriya ist es gelungen, den Weg zu ihr zu finden. Sie machte Roumiya mit jedem Tag ein wenig zugänglicher. Sie gab ihr zu essen, anfangs brachte sie ihr wie einem Kind eine Schale Mehlbrei mit Klim-Milch und strich ihr mit dem speichelbenetzten Finger über die trockenen Lippen, damit sie etwas zu sich nahm. Sie redete leise auf sie ein, streichelte sie, und nach und nach ist Roumiya aus ihrer Erstarrung erwacht und hat zum Leben zurückgefunden. Ich erinnere mich noch, wie sie zum erstenmal den Schleier abnahm, wie ihr weißes Gesicht im Licht glänzte, die schmale Nase, der kindliche Mund, die blauen Tätowierungen auf Wangen und Kinn, und vor allem ihr langes, dichtes Haar, das in Kupfer- und Goldtönen schimmerte. Noch nie hatte ich so schönes Haar gesehen, und ich verstand, warum man ihr den Namen Roumiya gegeben hatte, denn sie stammte nicht aus unserer Rasse.

Aus ihrem Blick war vorübergehend die Angst gewichen,

sie sah uns an, Aamma Houriya und mich, doch ohne etwas zu sagen, ohne zu lächeln. Sie sprach fast nie, höchstens ein paar Worte, um Wasser oder Brot zu erbitten, oder sie sagte plötzlich einen Satz auf, den sie nicht verstand und der auch für uns keinen Sinn ergab.

Manchmal hatte ich genug von ihr, von ihrem leeren Blick, dann ging ich oben auf den Steinhügel, dorthin, wo der alte Nas beerdigt worden war und wo jetzt der Baddawi in einer Hütte lebte, die er aus Zweigen und Steinen errichtet hatte. Ich blieb bei den anderen Kindern, als wartete ich auf die Ankunft der Versorgungslastwagen. Vielleicht vertrieb mich Roumiyas Schönheit, ihre stumme Schönheit, ihr Blick, der alles zu durchdringen und seines Sinns zu berauben schien.

Wenn die Sonne ganz hoch am Himmel stand und die Wände unseres Hauses wie Backofenbleche aufheizten, wusch Aamma Houriya Roumiyas Körper mit einem feuchten Handtuch. Jeden Morgen holte sie Wasser aus dem Brunnen, weil das Wasser knapp und schlammfarben war und man lange warten mußte, bis es sich gesetzt hatte. Es war ihre Ration zum Trinken und zum Kochen, und Aamma Houriya benutzte sie, um der jungen Frau den Bauch zu waschen doch niemand anders wußte davon. Aamma Houriya sagte, daß es dem Kind, das bald zur Welt kommen würde, nie an Wasser fehlen werde, denn es lebe schon, es höre, wie das Wasser über die Haut laufe, es spüre die Frische wie im Regen. Aamma Houriya hatte seltsame Vorstellungen, es war wie mit ihren Geschichten: wenn man sie verstanden hatte, schien alles klarer und wahrer zu sein.

Sobald die Sonne ganz hoch am Himmel stand, sich im Lager nichts mehr rührte, und die Hitze die Hütten aus Brettern und Teerpappe umgab wie Flammen einen Backofen, hängte Aamma Houriya ihren Schleier vor die Türöffnung, der einen blauen Schatten warf. Fügsam ließ sich Roumiya ganz ausziehen. Sie wartete auf das Wasser, das aus dem Handtuch rieselte. Aammas gewandte Finger wuschen ihr den ganzen Körper von oben bis unten, den Nacken, die Schultern, die Hüften. Auf Roumiyas Rücken wanden sich die langen Zöpfe wie nasse Schlangen. Dann legte sie sich auf den Rücken, und Aamma ließ Wasser über ihre Brüste und den gewölbten Bauch laufen. Anfangs ging ich aus dem Haus, nach draußen, um das nicht zu sehen, ich taumelte in dem grellen Licht. Später blieb ich in der Hütte, fast gegen meinen Willen, weil in den Gesten der alten Frau etwas Mächtiges, Unverständliches und Wahres lag, das einem langsamen Ritus, einem Gebet glich. Roumiyas unförmiger Bauch tauchte unter dem schwarzen, bis zum Hals hochgerafften Kleid auf, wie ein Mond, weiß und wegen des blauen Halbdunkels rosa gefleckt. Aammas Hände waren kräftig, wrangen das Handtuch über der Haut aus, und in diesem Haus, das einer Höhle glich, rieselte mit kaum hörbarem Geräusch das Wasser. Ich betrachtete die junge Frau, sah ihren Bauch, ihre Brüste, ihr Gesicht, das mit geschlossenen Augen nach hinten gebeugt war, und ich spürte, wie mir der Schweiß über Stirn und Rücken lief und mir das Haar an den Wangen klebte. In unserem Haus, das wie ein verschwiegener Ort inmitten der Hitze und Dürre war, hörte ich nur das Geräusch des Wassers, das auf Roumiyas Haut tropfte, ihre langsamen Atemzüge und Aamma Houriyas Stimme, die ein Wiegenlied summte, ohne Worte, nur ein Flüstern, ein langes Summen, das sie jedesmal unterbrach, wenn sie das Handtuch in den Eimer tauchte.

All das dauerte endlos, so lange, daß Roumiya, wenn Aamma Houriya sie fertig gewaschen hatte, unter den Tüchern, die auf ihrem Bauch fleckig wurden, schon eingeschlafen war.

Draußen blendete noch immer die Sonne. Auf dem Lager lag die Last des Staubs, der Stille. Bevor es dunkel wurde, war ich oben auf dem Hügel und hatte das Geräusch des Wassers und die summende Stimme der alten Frau noch im Ohr. Vielleicht sah ich das Lager nicht mehr mit denselben Augen. Es war, als hätte sich alles verändert, als wäre ich gerade angekommen und wüßte noch nicht, was das alles bedeutete, diese Steine, diese schwarzen Häuser, dieser von den Hügeln versperrte Horizont und dieses dürre, von verbrannten Bäumen übersäte Tal, in das nie das Meer kam.

Wir sind schon so lange in diesem Lager eingesperrt, daß ich mich nur mit Mühe erinnern kann, wie es vorher in Akka war. Das Meer, der Geruch des Meeres, das Geschrei der Möwen. Die Boote, die im Morgengrauen durch die Bucht glitten. Der Ruf zum Gebet in der Abenddämmerung, im verschwommenen Licht, wenn ich in der Nähe der Stadtmauern durch die Olivenhaine ging. Die Vögel stoben auf, träge Turteltauben, Wildtauben mit silbrigen Flügeln kreisten in Schwärmen am Himmel, schwenkten in eine andere Richtung, flogen davon. In den Gärten stießen die Drosseln, wenn es Nacht wurde, unruhige Schreie aus. All das habe ich verloren.

Hier beginnt die Nacht ganz plötzlich, ohne Ruf, ohne Gebet, ohne Vögel. Der leere Himmel verfärbt sich, wird rot, dann steigt die Dunkelheit aus den Schluchten auf. Als ich ankam, im Frühling, waren die Nächte warm. Die Steinhügel verströmten bis tief in die Nacht die Hitze der Sonne. Jetzt ist es Herbst, die Nächte sind kalt. Sobald die Sonne hinter den Hügeln verschwunden ist, spürt man die Kälte, die von der Erde aufsteigt. Die Leute hüllen sich so gut es geht in Wolldecken, die die Vereinten Nationen verteilt haben, in schmutzige Mäntel, in Laken. Das Holz ist so knapp geworden, daß nachts kein Feuer mehr angezündet wird. Alles ist dunkel, still, eisig. Wir sind von allen verlassen, fern der Welt, fern des Lebens. Noch nie zuvor habe ich das empfunden. Wenig später tauchen am Himmel die Sterne auf, zeigen ihre herrlichen Bilder. Ich erinnere mich noch, früher, am Strand, mit meinem Vater, da waren mir manche Sternbilder vertraut vorgekommen. Sie waren wie Lichter von unbekannten Städten, die am Himmel schwebten. Jetzt läßt das fahle, kalte Licht der Sterne unser Lager noch dunkler, noch verlassener erscheinen. An den Abenden, an denen der Mond voll ist, bellen die streunenden Hunde. »Der Tod geht um«, sagt Aamma Houriya. Morgens bringen die Männer die Kadaver der Hunde, die nachts gestorben sind, weit weg.

Nachts schreien auch die Kinder. Ich spüre, wie ich am ganzen Körper erschauere. Müssen wir morgens die Körper der Kinder holen, die nachts gestorben sind?

Der Baddawi, der eigentlich Saadi heißt, hat sich auf dem Steinhügel niedergelassen, in der Nähe der Stelle, wo der alte Nas schon vor über einem Jahr begraben worden ist. Nicht weit von dem Grab hat er sich aus alten Ästen und einem Stück Tuch einen Unterschlupf errichtet. Er bleibt dort Tag und Nacht, fast ohne sich zu regen, und beobachtet die Straße nach Tulkarm. Jeden Morgen besuchen ihn die Kinder, und mit ihnen überwacht er die Straße, auf der der Versorgungslastwagen auftauchen muß. Doch wenn der Lastwagen ankommt, geht er nicht hinab. Er bleibt neben seinem Unterschlupf sitzen, als ginge ihn das nichts an. Er holt sich nie seinen Anteil ab. Manchmal hat er solchen Hunger, daß er den Hügel halb hinabläuft, und da unser Haus das erste ist, auf das man stößt, bleibt er ein wenig abseits stehen. Aamma Houriya nimmt etwas Brot oder einen Pfannkuchen aus Kichererbsen, den sie selbst gebacken hat. Das legt sie auf einen Stein und kehrt ins Haus zurück. Saadi nähert sich. Mit einer gewissen Schüchternheit und Härte, die mir das Herz schneller schlagen läßt, hat er den Blick starr auf mich gerichtet. Die Hunde, die in den Hügeln um das Lager herumstreunen, haben Augen von derselben Farbe. Der Baddawi ist der einzige, der vor den Hunden keine Angst hat. Er spricht mit ihnen da oben auf dem Hügel. Das erzählen die Kinder, und als Aamma Houriya das hörte, hat sie gesagt, er habe ein einfaches Gemüt, deshalb sei unser Lager geschützt.

Jeden Morgen bin ich auf den Hügel hinaufgegangen, um zu sehen, wie der Lastwagen der Vereinten Nationen ankommt. Das habe ich gesagt. Aber ich bin auch hingegangen, um den Baddawi zu sehen, der in einen Wollmantel gehüllt auf einem Stein vor seiner Hütte aus Ästen sitzt. Sein Haar ist lang und verfilzt, doch er hat das Gesicht eines noch bartlosen Jungen mit spärlichem Schnurrbart. Als ich nähergekommen bin, hat er mich angeblickt, und ich habe die Farbe seiner Augen gesehen, die jener der streunenden Hunde gleicht. Er kommt nur vom Hügel herab, um an den Brunnen zu trinken. Er wartet in der Schlange, und wenn er an der Reihe ist, schöpft er mit der Hand Wasser aus dem Eimer und trinkt bis zum Abend nichts mehr. Die Mädchen machen sich über ihn lustig, aber sie fürchten sich auch ein wenig vor ihm. Sie sagen, er verstecke sich in den Büschen, um sie zu belauern, wenn sie urinieren gehen. Sie sagen, er habe versucht, ein Mädchen mitzunehmen, und sie habe ihn gebissen. Doch das ist nur Gerede.

Manchmal, wenn Aamma Houriya eine Geschichte über die Dschinnen erzählt, kommt er und hört zu. Er setzt sich nicht zu den Kindern. Er bleibt etwas abseits stehen und senkt den Kopf beim Zuhören. Aamma Houriya sagt, er habe niemanden mehr auf der Welt, nicht einen Angehörigen. Doch niemand weiß, woher er kommt oder wie er hierhergekommen ist, ans Ende der Straße, nach Nour Chams. Vielleicht war er vor allen anderen hier, mit einer Ziegenherde, und als seine

Ziegen tot waren, ist er hier geblieben, weil er nicht wußte, wohin er gehen sollte. Vielleicht ist er hier geboren.

Er ist auf mich zugekommen, hat mit mir geredet. Seine Stimme war sanft, mit einem Akzent, den ich noch nie zuvor gehört habe. Aamma Houriya sagt, er rede wie die Leute aus der Wüste, wie ein Baddawi. Deshalb nennen wir ihn so.

Er hat mich mit seinen gelben Augen angesehen. Er hat mich gefragt, wer ich sei, woher ich käme. Als ich ihm von Akka und vom Meer erzählt habe, wollte er wissen, wie das Meer sei. Er hatte es nie gesehen. Er kannte nur den großen Salzsee und das riesige Ghor-Tal und al-Mudschib, wo, wie er sagte, die Dschinnen ihren Palast hätten. Ich erzählte ihm, was ich gesehen hatte, die regelmäßigen Wellen, die sanft die Stadtmauern umspülten, die am Strand angeschwemmten Bäume, und die Segelboote, die im Morgengrauen inmitten von Pelikanschwärmen durch den Nebel glitten. Den Geruch des Meeres, den salzigen Geschmack, den Wind, die Sonne, die jeden Abend ins Wasser sank, bis zum letzten Funken. Ich mochte die Art, wie er zuhörte, seinen glänzenden Blick, wie er die Arme über dem Mantel kreuzte und die nackten Füße ganz flach auf die Erde setzte.

Ich erzählte nicht so wie Aamma Houriya, denn ich kannte keine Geschichten. Ich konnte nur über das sprechen, was ich gesehen hatte. Er sprach auch über das, was er kannte, über die Berge in der Nähe des großen Salzsees, in denen er die Herden gehütet hatte, Tag und Nacht war er mit ihnen an den Flüssen entlanggelaufen, die unter dem Sand flossen, während die Tiere an Gräsern und Büschen knabberten, und seine einzigen Gefährten waren die Hunde, die vor ihm herrannten. Er sprach über die Nomadenlager, den Geruch der Feuer, die Stimmen der Frauen, seine Brüder, die von woandersher mit anderen Herden gekommen waren, sie trafen sich und gingen wieder auseinander.

Wenn ich ihm etwas erzählte, oder wenn er mir etwas erzählte, kamen Kinder, zum Zuhören. Ihre Augen waren vom Fieber geweitet, ihr Haar verfilzt, ihre schwarze Haut glänzte durch ihre zerlumpten Kleider hindurch. Doch wir waren genau wie sie, ich, das Mädchen aus der Stadt am Meer, und er, der Baddawi, nichts unterschied uns mehr, wir hatten denselben Blick eines streunenden Hundes. Wir unterhielten uns jeden Abend, wenn die Dämmerung die brennende Hitze des Tages milderte, und blickten auf die dünnen Rauchsäulen, die aus dem Lager aufstiegen, und dann schien nichts mehr aussichtslos zu sein. Wir konnten entkommen, wurden wieder frei.

Nun wartete auch ich nicht mehr auf den Lastwagen mit Nahrungsmitteln. Ich saß oben auf dem Hügel neben Saadi, sah in der Ferne die Staubwolke auf der Straße nach Tulkarm und hörte das Geschrei der herbeirennenden Kinder, ihren Singsang: »Das Mehl! ... Die Milch! ... Das Mehl! ...«

Aamma Houriya mußte unsere Rationen holen. Ich blieb da, hörte Saadi zu und versuchte, mich noch genauer zu erinnern, wie es damals am Strand von Akka gewesen war, wenn ich auf die Rückkehr der Fischerboote gewartet und alles getan hatte, um als erste das Boot meines Vaters zu entdecken.

Aamma schalt mich: »Der Baddawi hat dich verhext! Ich werde ihm eine Tracht Prügel geben!« Sie machte sich über mich lustig.

Der Krieg ist so fern. Nie geschieht etwas. Anfangs spielten die Kinder mit Stöcken, ahmten das Geräusch der Gewehre nach oder bewarfen sich gegenseitig mit Steinen und ließen sich dann auf die Erde fallen, als wären es Handgranaten. Jetzt tun sie nicht einmal mehr das. Sie haben es vergessen. »Warum gehen wir nicht fort? Warum kehren wir nicht nach

Hause zurück?« Auch das fragten sie, und jetzt haben sie es vergessen. Ihre Väter und ihre Mütter wenden den Blick ab.

In den Augen der Menschen liegt eine Art Rauch, eine Wolke, die ihren Blick verschleiert, ihn leicht und fremd macht. Haß und Zorn sind verschwunden, die Tränen, das Verlangen, die Unruhe sind verschwunden. Und jetzt ist da dieser milchige Schleier auf der Hornhaut, wie im Blick der weißen Hündin, kurz bevor sie starb.

Deshalb mag ich Saadis Augen. Er hat das Wasser seines Blicks nicht verloren. Seine gelbe Iris glänzt wie die der Hunde, die in den Hügeln um das Lager herumstreunen. Wenn ich zu ihm gehe, schimmern seine Augen. Er lacht, aber nur innerlich, ohne die Lippen zu bewegen, nur mit den Augen. Das sieht man ganz genau.

Manchmal spricht er über den Krieg. Er sagt, wenn alles zu Ende ist, geht er nach Süden, in die Nähe des großen Salzsees, in das Tal seiner Kindheit. Dann will er nach seinem Vater, seinen Brüdern, seinen Onkeln und Tanten suchen. Er meint, daß er sie wiederfindet und wieder mit seinen Tieren an den unsichtbaren Flüssen entlangziehen kann.

Er nennt Namen, die ich noch nie zuvor gehört habe, Namen, die ebenso fern sind wie die der Sterne: Suweima, Suweihi, Basha, Safut, Madasa, Kamak und Wadi al-Sirr, der Fluß des Geheimnisses, wo jeder schließlich hinkommt. Wie er sagt, ist das Land dort so öde und der Wind so stark, daß die Menschen wie Staub davongeweht werden. Wenn sich der Wind erhebt, gehen die Tiere in Richtung Jordan und manchmal sogar noch weiter bis zu der großen Stadt al-Kuds, die die Hebräer Jerusalem nennen. Wenn der Wind sich legt, kehren die Tiere in die Wüste zurück. Wie der alte Nas sagt auch er: Gehört die Erde nicht allen? Scheint die Sonne nicht für alle? Sein Gesicht ist jung, aber sein Blick ist voller Wissen. Er ist kein Gefangener des Lagers Nour Chams. Er kann fortgehen, wann er will, über die Hügel bis nach al-Kuds und sogar noch weiter, auf die andere Seite des Stroms, bis zu den Städten aus Gold und Perlmutt, Bagdad, Isfahan, Basra, wo, wie Aamma Houriya sagt, früher Könige gelebt haben, die sogar über die Dschinnen herrschten.

Eines Nachts ging es mir sehr schlecht, ich brannte in meiner Haut. Ich hatte das Gefühl, mir läge ein Stein auf der Brust. Ich ging aus dem Haus. Draußen war alles ruhig. Aamma Houriya schlief, eingehüllt in ihr Laken, neben der Tür, doch Roumiya schlief nicht. Ihre Augen waren weit geöffnet. Ich sah, wie der Atem ihren Oberkörper hob, doch sie sagte nichts, als ich an ihr vorbeiging.

Ich sah die Sterne. Nach und nach glitzerte in der Dunkelheit alles sehr hell, ein hartes Licht, das mir weh tat. Die Luft war heiß, der Wind schien aus einem Backofen zu kommen. Dennoch war niemand draußen. Selbst die Hunde hatten sich versteckt.

Ich betrachtete die geraden Wege des Lagers, die geteerten Dächer der Häuser, die Wellblechplatten, die im Wind klapperten. Es war, als wären alle tot, als wäre alles für immer verschwunden. Ich weiß nicht, was in mich gefahren war: Ich hatte plötzlich Angst, hatte starke Schmerzen wegen des Drucks auf der Brust, wegen des Fiebers, das mir tief in den Knochen brannte. Auf jeden Fall bin ich auf einmal durch das Lager gerannt, ohne zu wissen, wohin, und habe geschrien: »Wacht auf! ... Wacht auf! ...« Anfangs blieb mir die Stimme im Hals stecken, und ich stieß nur einen heiseren Schrei aus, der mich zerriß, einen Schrei des Wahnsinns. Er hallte seltsam durch das schlafende Lager, und bald begannen die Hunde zu bellen, erst einer, dann noch einer, und schließlich alle Hunde rings um das Lager, bis hinauf in die unsichtbaren Hügel. Und ich lief weiter die Wege entlang, lief barfuß durch den

Staub, mit diesem Brennen auf Gesicht und Körper, diesem Schmerz, der nicht aufhören wollte. Ich schrie allen Leuten zu, allen Häusern aus Brettern und Blech, allen Zelten, allen Behausungen aus Pappe: »Wacht auf! Wacht auf!« Die Leute kamen allmählich heraus. Männer tauchten auf, Frauen trotz der Hitze in Mänteln. Ich rannte und hörte deutlich, was sie sagten, dasselbe, was sie gesagt hatten, als Roumiya angekommen war: »Sie ist verrückt, sie ist verrückt geworden.« Die Kinder wachten auf, die größeren rannten mit mir, die anderen weinten im Dunkeln. Doch ich konnte nicht mehr anhalten. Ich rannte und rannte, lief immer wieder über dieselben Wege des Lagers, mal in der Nähe des Hügels, dann wieder unten in Richtung der Brunnen und am Stacheldraht entlang, den die Fremden um die Brunnen gezogen hatten, und ich hörte, wie mein Atem in der Lunge pfiff, ich hörte mein Herz schlagen, ich spürte das Feuer der Sonne auf meinem Gesicht, auf meiner Brust. Ich schrie mit einer Stimme, die nicht mehr die meine war: »Wacht auf! ... Macht euch bereit! ...«

Dann ist mir mit einem Schlag der Atem ausgegangen. Ich fiel hin, neben dem Stacheldraht. Die Leute kamen zu mir, Frauen, Kinder. Ich hörte das Geräusch ihrer Schritte, ich hörte deutlich ihren Atem, ihre Worte. Jemand brachte Wasser in einem Metallbecher, das Wasser rann mir in den Mund, wie Blut über die Wange. Ich sah Aammas Gesicht ganz nah bei mir. Ich sprach ihren Namen aus. Sie war da, legte ihre sanfte Hand auf meine Stirn. Sie flüsterte Worte, die ich nicht verstand. Dann begriff ich, daß es Gebete waren, und ich spürte, wie die Dschinnen sich von mir entfernten, wie sie mich verließen. Plötzlich fühlte ich mich leer, von einer großen Schwäche überkommen. Ich konnte gehen, auf Aammas Arm gestützt. Als ich in unserem Haus auf der Matte lag, hörte ich, wie das Geräusch der Stimmen leiser wurde. Die Hunde bellten noch lange, und ich schlief vor ihnen ein.

Als ich morgens auf den Steinhügel hinaufging, kam Saadi auf mich zu und sagte zu mir: »Komm, ich will mit dir reden.« Wir sind zum Grab des alten Nas gegangen. Es war noch früh, die Kinder waren noch nicht da. Ich sah, daß Saadi sich verändert hatte. Er war zur Stunde des Gebets zu den Brunnen gegangen und hatte sich Gesicht und Hände gewaschen, und seine Kleider waren sauber, wenn auch zerrissen. Er drückte mir ganz fest die Hand, und in seinem Blick lag ein Glanz, wie ich ihn noch nie gesehen hatte. Er sagte: »Nejma, ich habe heute nacht deine Stimme gehört. Ich habe noch nicht geschlafen, als du nach uns gerufen hast. Ich habe verstanden, daß Gott dir das gegeben hat. Niemand hat dich gehört, doch ich habe deinen Ruf gehört, und deshalb habe ich mich fertig gemacht.«

Ich wollte meine Hand zurückziehen und fortgehen, doch er hielt mich so fest, daß ich mich nicht losmachen konnte. Der Hügel war menschenleer, still, das Lager weit weg. Ich hatte Angst, und die Angst vermischte sich mit einem Gefühl, das ich wegen des Glanzes in seinem Blick nicht verstand. Er sagte zu mir: »Ich will, daß du mitkommst. Wir gehen auf die andere Seite des Flusses, zu dem Tal, in dem ich geboren bin, nach al-Mudschib. Du wirst meine Frau, und wir werden Söhne haben, wenn Gott es erlaubt.« Er sprach langsam, mit einer gewissen Freude, die seinen Blick aufleuchten ließ. Das zog mich an und flößte mir zugleich Angst ein. »Wenn du willst, brechen wir noch heute auf. Wir nehmen Brot und etwas Wasser mit und gehen durch die Berge.« Er zeigte in Richtung der aufgehenden Sonne, auf die noch dunklen Hügel.

Der Himmel war wolkenlos, die Sonne stieg allmählich höher. Die Erde strahlte in neuem Glanz. Unter uns, am Fuß des Hügels, lag wie ein dunkler Fleck das Lager, aus dem ein paar Rauchschwaden aufstiegen. In der Nähe der Brunnen sah man die Silhouetten von Frauen, Kinder rannten durch den Staub.

»Sag etwas, Nejma. Du brauchst nur Ja zu sagen, dann brechen wir noch heute auf. Niemand kann uns zurückhalten.« Ich sagte: »Das geht nicht, Saadi. Ich kann nicht mit dir fortgehen.« Sein Blick verfinsterte sich. Er ließ meine Hand los und setzte sich auf einen Felsen. Ich setzte mich neben ihn. Ich hörte, wie mir das Herz in der Brust laut klopfte, denn ich hatte Lust fortzugehen. Um mein Herz nicht hören zu müssen, begann ich zu sprechen. Ich sprach über Aamma Houriya, über Roumiya und das Kind, das bald auf die Welt kommen würde. Ich sprach über meine Stadt Akka, in die ich zurückkehren mußte. Er hörte zu, ohne zu antworten, und blickte auf das weite Tal, auf das Lager, das einem Gefängnis glich, mit diesen Leuten, die wie Ameisen auf den Straßen hin und her gingen und sich in der Nähe der Brunnen zu schaffen machten. Er sagte: »Ich dachte, ich hätte deinen Ruf verstanden, den Ruf, den Gott dir heute nacht geschickt hat.« Er sagte das mit gleichbleibender Stimme, doch er war traurig, und ich spürte, wie mir die Tränen in die Augen stiegen, und mein Herz klopfte wieder stärker, weil ich fortgehen wollte. Da ergriff ich seine Hände mit den langen, dünnen Fingern, auf deren dunkler Haut sich die Nägel als helle Flecke abzeichneten. Ich spürte das Blut in seinen Händen. »Vielleicht komme ich eines Tages mit, Saadi. Aber jetzt kann ich nicht weg. Bist du wütend auf mich?« Er blickte mich lächelnd an, und seine Augen strahlten wieder. »Das ist also die Botschaft, die Gott dir gesandt hat? Dann bleibe auch ich.«

Wir gingen ein Stück über den Hügel. Als wir seine Hütte erreichten, sah ich, daß er ein Bündel für die Reise gepackt hatte. Ein paar in ein Tuch gehüllte Nahrungsmittel und eine Flasche Wasser, die mit einer Schnur festgebunden war. »Wenn der Krieg zu Ende ist, nehme ich dich mit zu uns, nach Akka. Dort gibt es viele Brunnen, da brauchen wir kein Wasser mitzunehmen.«

Er schnürte das Bündel auf, und wir setzten uns auf die Erde, um etwas Brot zu essen. Das Sonnenlicht vertrieb die Kühle des Morgens. Man hörte die Geräusche aus dem Lager, die Kinder, die ankamen. Sogar ein Vogel flog mit schrillem Schrei vorüber. Wir lachten beide laut, weil wir schon so lange keinen Vogel mehr gesehen hatten. Ich hatte den Kopf an Saadis Schulter gelegt. Ich lauschte seiner zögernden, melodischen Stimme, die von dem Tal erzählte, in dem er mit seinen Brüdern der Herde gefolgt war, am unterirdischen Fluß al-Mudschib entlang.

Dann kam der Winter, und das Leben in Nour Chams wurde schwierig. Jetzt waren wir schon fast zwei Jahre in dem Lager. Der Lastwagen mit Nahrungsmitteln kam immer seltener, zweimal in der Woche oder sogar nur einmal. Eine ganze Woche verging, ohne daß der Lastwagen ins Lager kam. Es gab Gerüchte über den Krieg, man erzählte sich furchtbare Dinge. Es wurde gesagt, in al-Kuds habe die Altstadt gebrannt und die arabischen Kämpfer hätten brennende Reifen in die Keller und in die Geschäfte geworfen. Auf dem Lastwagen trafen Flüchtlinge ein, Männer, Frauen und Kinder mit verstörten Gesichtern. Es waren nicht mehr arme Bauern, wie zu Anfang. Es waren die reicheren Leute aus Haifa, aus Jaffa, Händler, Anwälte, sogar ein Zahnarzt. Als sie vom Lastwagen stiegen, umringten sie die zerlumpten Kinder und riefen im Singsang: »Fulus! Fulus!« Sie rannten hinter den Neuankömmlingen her, bis diese ihnen ein paar Münzen gaben. Die Flüchtlinge wußten nicht, wo sie sich im Lager niederlassen sollten. Manche schliefen in Decken gehüllt im Freien und hatten die Koffer zu ihren Füßen aufgestapelt. Der Lastwagen hatte für sie Zigaretten, Tee und Marie-Kekse mitgebracht. Die Fahrer verkauften ihnen diese Dinge schwarz, während die Armen Schlange standen, um ihre Ration Mehl, Klim-Milch und Trockenfleisch in Empfang zu nehmen.

Als die Neuankömmlinge vom Lastwagen stiegen, umringten die Leute sie und stellten ihnen Fragen: »Woher kommt ihr? Was gibt es Neues? Stimmt es, daß Jerusalem brennt? Wer kennt meinen Vater, den alten Serays, an der Straße nach Ain Karim? Du, hast du nicht meinen Bruder gesehen? Er wohnt im größten Haus von Suleiman, in dem Haus mit dem Möbelgeschäft. Ist mein Stoffgeschäft vor dem Damaskus-Tor verschont geblieben? Und mein Töpferwarenladen in der Nähe der Moschee von Omar? Und mein Haus in al-Aksa, ein schönes weißes Haus mit zwei Palmen vor der Tür, das Haus von Mehdi Abou Tarash? Wißt ihr etwas über mein Viertel in der Nähe des Bahnhofs? Stimmt es, daß die Engländer es bombardiert haben?« Die Neuankömmlinge wurden von allen Seiten mit Fragen bestürmt, während sie sich, die Augen wegen des Staubs zusammengekniffen, benommen von der Reise einen Weg durch die Menge bahnten, ihre schönen Kleider waren schon schweißgetränkt, doch nach und nach hörten die Fragen auf, und es wurde wieder still. Die Leute aus dem Lager traten zur Seite und versuchten noch von den ausdruckslosen Augen der Flüchtlinge, ihren hängenden Schultern oder den Gesichtern der Kinder, auf denen die Angst wie krankhafter Schweiß schimmerte, eine Antwort auf ihre Fragen abzulesen.

Das war zu der Zeit, als die ersten Stadtbewohner ankamen, die von den Bomben vertrieben worden waren. Ihr Geld nützte ihnen hier nichts. Vergebens hatten sie auf dem ganzen Weg mit vollen Händen Geldscheine verteilt. Für einen Passierschein, für das Recht, noch ein wenig in ihrem Haus zu bleiben, um sich einen Platz auf dem Pritschenwagen zu sichern, der sie in das Lager am Ende der Straße gebracht hatte.

Danach wurden die Rationen immer knapper, weil all diese Leute in das Lager gekommen waren. Nun suchte sich der

Tod überall seine Opfer. Wenn ich morgens zu den Brunnen ging, war der Weg zwischen den Stacheldrahtzäunen von toten Hunden übersät, um die sich, knurrend wie Bestien, die überlebenden Tiere stritten. Aus Angst, von den Hunden zerrissen zu werden, konnten sich die Kinder kaum noch aus den Häusern wagen. Wenn ich auf den Steinhügel ging, um Saadi zu besuchen, mußte ich einen Stock mitnehmen, um mir die Hunde vom Leib zu halten. Nur Saadi hatte keine Angst. Er wollte dort oben bleiben. Sein Blick war immer noch strahlend, er hielt meine Hand, wenn er mit mir sprach, und seine Stimme war sanft. Aber ich blieb nicht lange. Roumiya konnte jederzeit niederkommen, und ich wollte dabei sein, wenn es soweit war.

Aamma Houriya war erschöpft. Sie konnte Roumiya nicht mehr waschen. Jetzt waren die Brunnen fast versiegt, trotz der Regenfälle. Die Frauen, die als letzte Wasser schöpften, brachten nur noch Schlamm nach Hause. Man mußte die ganze Nacht warten, bis sich wieder etwas Wasser auf dem Grund der Brunnen gesammelt hatte.

Unsere einzige Nahrung bestand aus Haferbrei mit Klim-Milch. Die gesunden Männer, die zehn- oder elfjährigen Jungen und selbst die Frauen verließen einer nach dem anderen das Lager. Sie gingen nach Norden, in Richtung Libanon, oder nach Osten an den Jordan. Man sagte, sie schlössen sich dort den Fedajin an, den Geopferten. Man nannte sie die *aidune*, die Gespenster, weil sie eines Tages wie Gespenster wiederkommen würden. Saadi wollte nicht in den Krieg ziehen, er wollte kein Gespenst sein. Er wartete darauf, daß ich mitkommen würde, um in das Tal seiner Kindheit zu gehen, nach al-Mudschib, auf der anderen Seite des großen Salzsees.

Roumiya verließ kaum noch das Haus, außer um in der Schlucht außerhalb des Lagers ihre Notdurft zu verrichten.

Sie ging nur mit mir oder in Begleitung von Aamma Houriya dorthin, wankte den Weg entlang und hielt sich mit beiden Händen den Bauch.

Dort, in der Schlucht, setzten die Wehen ein. Ich war oben auf dem Hügel, denn es war früh am Morgen, die Sonne stand noch sehr niedrig und schien durch einen Dunstschleier auf die Erde. Es war Wetter für die Dschinnen, Wetter, um die roten Flammen um den Brunnen von Sichron Jaacov tanzen zu sehen, wie Aamma Houriya sie kurz vor Ankunft der Engländer gesehen hatte.

Ich hörte einen schrillen Schrei, einen Schrei, der durch die Stille der Morgendämmerung drang. Ich ließ Saadi allein, rannte den Hügel hinab und riß mir dabei die nackten Füße an den scharfen Steinen auf. Der Schrei war nur ein einziges Mal erklungen, ich blieb stehen und versuchte zu erraten, woher er gekommen war. Als ich unser Haus betrat, sah ich die zur Seite geworfenen Laken. Der Krug mit Wasser, den ich in der Frühe gefüllt hatte, war noch unberührt. Instinktiv ging ich zur Schlucht. Mir klopfte das Herz, weil der Schrei in mich gedrungen war, ich hatte verstanden, daß es soweit war, Roumiya würde niederkommen. Ich rannte durch das Gestrüpp auf die Schlucht zu. Wieder hörte ich ihre Stimme. Sie schrie nicht, sie klagte, stöhnte immer lauter und hielt dann inne, um Atem zu schöpfen. Als ich in die Schlucht kam, sah ich sie. In ihren blauen Schleier gehüllt, lag sie mit bedecktem Kopf und angewinkelten Beinen auf der Erde. Neben ihr saß Aamma Houriya, streichelte sie und redete auf sie ein. Die Schlucht lag noch im Schatten. Die Kühle der Nacht milderte ein wenig den Geruch nach Urin und Kot. Aamma Houriya hob den Kopf. Zum erstenmal sah ich einen Ausdruck der Bestürzung in ihrem Blick. Ihre Augen waren voller Tränen. Sie sagte: »Wir müssen sie mitnehmen. Sie kann nicht mehr laufen.« Ich wollte zurückgehen, um Hilfe zu holen, doch Roumiya schob den Schleier zur Seite und richtete sich halb auf. Ihr kindliches Gesicht war vor Schmerz und Angst verzerrt. Ihr Haar war schweißnaß. Sie sagte: »Ich will hier bleiben. Helft mir.« Dann begann sie wieder im Rhythmus der Wehen zu stöhnen. Ich blieb vor ihr stehen, unfähig mich zu rühren, unfähig zu denken. Aamma Houriya sagte barsch zu mir: »Hol Wasser und die Laken!« Und da ich mich noch immer nicht rührte: »Mach schnell! Sie kommt nieder.« Da bin ich losgerannt, daß mir das Blut in den Ohren sauste und der Atem in der Kehle pfiff. Im Haus ergriff ich die Laken und den Krug Wasser, und da ich mich sehr beeilte, spritzte das Wasser aus dem Krug und lief mir übers Kleid. Die Kinder rannten hinter mir her. Als ich beim Eingang der Schlucht ankam, sagte ich zu ihnen, sie sollten Verschwinden. Doch sie blieben da und kletterten an den Rändern der Schlucht hinab, um zuzusehen. Ich warf mit Steinen nach ihnen. Sie wichen zurück, dann kamen sie wieder.

Roumiya lag auf der Erde und litt sehr. Ich half Aamma Houriya, sie hochzuheben, um sie in das Laken zu hüllen. Ihr Kleid war vom Fruchtwasser durchnäßt, und auf ihrem weißen, gewölbten Bauch zeichneten sich die Wehen ab, wie Wellen auf der Meeresoberfläche. Das hatte ich noch nie gesehen. Es war erschreckend und schön zugleich. Roumiya war nicht mehr dieselbe, ihr Gesicht hatte sich verändert. Nach hinten gebeugt, dem strahlenden Himmel zugewandt, wirkte ihr Gesicht wie eine Maske, wie von jemand anderem bewohnt. Roumiya keuchte mit offenem Mund. Aus ihrer Kehle kamen bisweilen stöhnende Laute, die sich nicht mehr wie ihre Stimme anhörten. Ich wagte mich noch näher an sie heran. Mit einem feuchten Tuch benetzte ich ihr das Gesicht. Sie öffnete die Augen und sah mich an, als hätte sie mich nicht erkannt. Sie flüsterte: »Es tut weh, es tut weh.« Ich wrang das Tuch über ihren Lippen aus, damit sie trinken konnte.

Die Wehe kam wieder, lief in einer Welle vom Bauch bis ins Gesicht. Roumiya bog sich nach hinten und kniff die Lippen zusammen, als wollte sie ihre Stimme daran hindern, die Kehle zu verlassen, doch die Welle wurde immer stärker, und das Stöhnen glitt hinaus, wurde zu einem Schrei und brach sich dann, wurde zu keuchendem Atem. Aamma Houriya hatte die Hände auf Roumiyas Bauch gelegt, drückte mit aller Kraft auf den Leib, so fest, als wolle sie auf dem Rand des Waschtrogs den Schmutz aus einem Wäschestück pressen. Ich sah das voller Entsetzen, sah das verzerrte Gesicht der alten Frau, während sie die Fäuste auf Roumiyas Bauch stemmte, und es kam mir vor, als wohne ich einem Verbrechen bei.

Plötzlich bewegte sich die Welle schneller. Roumiya stemmte die Fersen auf den Boden, die Schultern hatte sie gegen die Steine der Schlucht gepreßt, das Gesicht der Sonne zugewandt. Mit einem übernatürlichen Schrei stieß sie das Kind aus, dann sank sie langsam auf den Boden zurück. Und jetzt war da dieses Etwas, dieses mit Blut und Plazenta bedeckte Wesen, das eine lebende Schnur um den Körper trug. Aamma Houriya nahm es und begann es zu waschen, und plötzlich stieß es den ersten Schrei aus.

Ich blickte auf Roumiya, die mit hochgeschobenem Kleid auf der Erde lag, blickte auf ihren von Aammas Fäusten mißhandelten Bauch, die geschwollenen Brüste mit den violetten Spitzen. Ich verspürte Übelkeit, starken Schwindel. Als Aamma Houriya das Baby gewaschen hatte, zerschnitt sie die Nabelschnur mit einem Stein und verknotete die Wunde auf dem Bauch des Kindes. Zum erstenmal sah sie mich mit erleichterter Miene an. Sie zeigte mir das winzige, zerknitterte Baby: »Es ist ein Mädchen! Ein sehr hübsches Mädchen!« Sie sagte das mit entspannter Stimme, als wäre im Grunde gar nichts geschehen, als hätte sie das Baby in einem Korb gefunden. Sie legte es sanft der Mutter an die Brust, aus der schon Milch floß. Dann bedeckte sie die beiden mit einem sauberen Laken, setzte sich neben sie und summte. Inzwischen stand die Sonne hoch am Himmel. Die Frauen kamen nacheinander in die Schlucht. Die Männer und die Kinder blieben in der Ferne, auf den Hängen der Schlucht. Die Fliegen schwirrten im Kreis. Plötzlich schien Aamma Houriya den furchtbaren Gestank wieder wahrzunehmen. »Wir müssen ins Haus zurück. » Frauen brachten eine Decke. Zu fünft hoben sie Roumiya hoch, die ihr Kind an die Brust drückte, und sie trugen sie langsam wie eine Prinzessin fort.

Das Leben hatte sich verändert, seit das Baby in unserem Haus war. Obwohl Essen und Wasser knapp waren, gab es neue Hoffnung für uns. Selbst die Nachbarn spürten das. Jeden Morgen kamen sie an unsere Tür, brachten ein Geschenk, Zucker, saubere Windeln oder etwas Milchpulver, das sie sich von ihrer Ration abgespart hatten. Die alten Frauen, die nichts besaßen, was sie hätten schenken können, brachten trockenes Holz für das Feuer, Wurzeln, duftende Kräuter.

Auch Roumiya hatte sich seit der Geburt des Kindes verändert. Sie hatte nicht mehr jenen verlorenen Blick, versteckte sich nicht mehr hinter ihrem Schleier. Sie hatte ihre Tochter Loula genannt, weil es das erste Mal war. *Al-marra al-loula.* Und ich fand, daß es stimmte, hier in unserem elenden Lager, in das uns die Welt abgeschoben hatte, fern von allem. Es war wirklich das erste Mal. Loula war das einzige Kind, das hier auf die Welt gekommen war. Jetzt gab es ein Herz in diesem Lager, einen Mittelpunkt, und das war unser Haus.

Aamma Houriya wurde nicht müde, allen Frauen, die zu Besuch kamen, die Geburt zu erzählen, als sei es ein Wunder gewesen. Sie sagte: »Stellt euch vor, kurz vor Sonnenaufgang habe ich Roumiya zur Schlucht begleitet, damit sie ihr Geschäft verrichten konnte. Und Gott hat gewollt, daß das Kind dort auf die Welt kam, in dieser Schlucht, als wollte er damit zeigen, daß die schönsten Dinge in der häßlichsten Umgebung erscheinen können, mitten im Unrat.« Sie erfand immer neue Einzelheiten, die zu einer Legende wurden, und die Frauen trugen sie von Mund zu Mund weiter. Die Besucherinnen hielten ihren Schleier fest und steckten den Kopf ins Hausinnere, um einen Blick auf das Wunder zu werfen, wie Roumiya dort saß und Loula stillte. Und es stimmt, daß die Legende, die Aamma Houriya erfunden hatte, Roumiya mit einem besonderen Schein umgab, in ihrem sauberen, weißen Kleid, mit ihrem langen, blonden Haar, das ihr offen auf die Schulter fiel, und dieses Kind, das an ihrer Brust saugte. Irgend etwas würde wirklich beginnen, es war das erste Mal.

Im Winter lernte unser Lager dann die Verzweiflung, den Hunger, das Verlassensein kennen. Die Kinder und die alten Leute starben an Fieber und an den Krankheiten, die das Brunnenwasser hervorrief. Vor allem im unteren Teil des Lagers, dort, wo sich die Neuankömmlinge niedergelassen hatten. Saadi sah oben vom Hügel die Leute, die die Toten begruben. Es gab keine Särge, man hüllte die Toten in ein altes Laken, das nicht einmal mehr zugenäht wurde, dann grub man schnell ein Loch am Hang des Hügels und legte ein paar große Felsblöcke darauf, damit die streunenden Hunde die Toten nicht ausgruben. Doch wir versuchten uns einzureden, daß all das in weiter Ferne geschah und dank Loula uns so etwas nicht widerfahren konnte.

Inzwischen war es kalt geworden. Nachts wehte der Wind über die steinigen Ebenen, brannte auf den Lidern, ließ die Glieder erstarren. Manchmal regnete es, und ich lauschte dem Geräusch des Wassers, das über die Bretter und das Dach aus Teerpappe rann. Trotz unseres Elends empfand ich es als ebenso schön, als wenn wir in einem Haus gewohnt hätten, mit hohen, richtig trockenen Wänden und einem Becken im

Hof, in dem der Regen Musik machte. Um den Regen aufzufangen, hatte Aamma alle Behälter, die sie finden konnte, unter die Dachrinnen gestellt, Töpfe, Krüge, leere Milchpulverdosen und sogar eine alte Motorhaube, die die Kinder im Flußbett gefunden hatten. Und so hörte ich zu, wie der Regen in all den Behältern trommelte, und verspürte dieselbe Freude wie damals zu Hause, wenn ich dem Wasser zuhörte, das über das Dach rann, auf die Steinplatten im Hof plätscherte und die Orangenbäume bewässerte, die mein Vater in Töpfen gepflanzt hatte. Es war aber auch ein Geräusch, das mich fast in Tränen ausbrechen ließ, weil es zu mir sprach, mir sagte, daß nichts mehr so sein würde wie zuvor, daß ich weder mein Zuhause noch meinen Vater noch die Nachbarn und nichts von dem, was ich gekannt hatte, je wiedersehen würde.

Aamma Houriya kam und setzte sich neben mich, als hätte sie meine Traurigkeit gespürt. Sie sprach leise mit mir, vielleicht erzählte sie mir eine Geschichte über die Dschinnen, und ich lehnte mich an sie, doch nur leicht, denn sie war von den Entbehrungen geschwächt. Als es abends angefangen hatte zu regnen, hatte sie im Scherz gesagt: »Jetzt kann die alte Pflanze wieder ergrünen.« Doch ich wußte genau, daß der Regen ihr keine neuen Kräfte geben würde. Sie war so blaß und mager und wurde ihren Husten nicht mehr los.

Jetzt kümmerte sich Roumiya um sie. Aamma Houriya hütete das Baby, das in Tücher gehüllt war, sang ihm Wiegenlieder vor.

Der Lastwagen der Vereinten Nationen war schon lange nicht mehr gekommen. Die Kinder gingen in die Hügel, um eßbare Wurzeln, Blätter und Myrtenfrüchte zu sammeln. Saadi kannte die Wüste gut. Er verstand es, Tiere zu fangen, kleine Vögel und Wüstenspringmäuse, die er über dem Feuer briet und mit uns teilte. Ich hätte nie gedacht, daß mir so kleine Tiere so gut schmecken würden. Er brachte auch wilde Beeren mit, Früchte des Erdbeerbaums, die er weit weg, jenseits der Hügel pflückte. Wenn er seine Ausbeute in einem Tuch brachte, das er zeremoniell auf den flachen Stein vor der Tür legte, stürzten wir uns auf die Früchte, um sie gierig zu essen und auszulutschen, während er sich mit ruhiger Stimme über uns lustig machte: »Beißt euch nicht in die Finger! Eßt die Steine nicht mit!«

Seit kurzem spielte sich etwas Seltsames zwischen dem Baddawi und Roumiya ab. Während sie früher weggesehen hatte, wenn Saadi sich dem Haus näherte, zog sie jetzt ihren Schleier über das Gesicht, als wolle sie sich verstecken, doch ihre klaren Augen blickten den jungen Mann an. Wenn ich morgens von den Brunnen wiederkam, brauchte ich nicht mehr oben auf den Hügel zu gehen, um Saadi zu treffen. Er war da, saß auf dem flachen Stein neben dem Haus. Er sprach mit niemandem, blieb ein wenig abseits, als warte er auf jemanden. Jetzt konnte ich seine Hand nicht mehr in der meinen halten und den Kopf nicht mehr an seine Schulter legen, um ihm zuzuhören. Er sprach mit derselben sanften, melodischen Stimme mit mir, doch ich ahnte, daß sein Warten nicht mehr mir galt, sondern Roumiya, deren Silhouette im Schatten des Hauses verborgen war, Roumiya, deren langes Haar von Aamma Houriya gekämmt wurde, Roumiya, die ihr Baby stillte oder ein Gericht mit Mehl und Öl zubereitete. Manchmal sprachen sie miteinander. Roumiya setzte sich in ihrem blauen Schleier auf die Türschwelle, und Saadi setzte sich auf die andere Seite der Tür, und sie sprachen miteinander, lachten.

Da ging ich oben auf den Hügel und nahm meinen Stock mit, um die Hunde zu vertreiben. Die Kinder kamen nicht mehr, ich war die einzige, die nach dem Lastwagen mit Nahrungsmitteln Ausschau hielt. Das Sonnenlicht blendete, der Wind wirbelte vom Grund der Täler Staub auf. Der Horizont war grau, blau, unerreichbar fern. Ich stellte mir vor, es sei Morgengrauen und ich stände am Ufer des Meeres, am Strand, und hielte nach den Fischerbooten Ausschau, um als erste das Boot zu sehen, das ich so gut kannte, mit seinem roten Segel, und auf dem Bug war der grüne Stern meines Namens, der meinen Vater immer begleitete.

Eines Morgens ist ein Fremder in Begleitung mehrerer Soldaten in unser Lager gekommen. Ich war oben auf dem Hügel und hielt Ausschau, als sich eine große Staubwolke auf der Straße nach Seita erhob, und da begriff ich, daß es nicht die Lastwagen mit Nahrungsmitteln waren. Mir klopfte das Herz vor Angst, weil ich glaubte, Soldaten kämen, um uns zu töten.

Als der Konvoi ins Lager fuhr, hatten sich alle versteckt, weil sie Angst hatten. Dann kamen die Männer aus ihren Hütten und mit ihnen die Frauen und die Kinder. Ich rannte den Hügel hinab.

Die Lastwagen und die anderen Fahrzeuge hatten am Eingang des Lagers haltgemacht, und Männer und Frauen waren ausgestiegen, Soldaten, Ärzte und Krankenschwestern. Manche machten Fotos oder sprachen mit den Männern, verteilten Bonbons an die Kinder.

Ich habe mich der Menge genähert, um zu hören, was die Leute sagten. Die Männer in Weiß sprachen englisch, und ich schnappte ein oder zwei Worte auf, die ich verstand. »Was sagen sie? Was sagen sie?« fragte mich eine Frau besorgt. In den Armen hielt sie ein Kind mit abgezehrtem Gesicht und vom Grind kahlem Schädel. »Es sind Ärzte, die gekommen sind, um uns zu behandeln.« Ich sagte das, um sie zu beruhigen. Doch halb hinter ihrem Schleier verborgen, starrte sie noch immer hin und wiederholte: »Was sagen sie?«

Inmitten der Soldaten stand ein sehr großer, schlanker

Fremder, grau gekleidet und elegant. Während alle anderen Helme trugen, war er barhäuptig. Er hatte ein sanftes, rötliches Gesicht und beugte den Kopf zur Seite, um zu hören, was ihm die Ärzte sagten. Ich hatte den Eindruck, daß er der Leiter der Fremden war, und ging näher heran, um besser sehen zu können. Ich wollte auf ihn zugehen, ich wollte mit ihm sprechen, ihm sagen, wie sehr wir litten, von den Kindern erzählen, die hier jede Nacht starben und die man morgens am Fuß des Hügels begrub, vom Weinen der Frauen, das von einem Ende des Lagers bis zum anderen ertönte, und daß man sich die Ohren zuhalten und bis zum Hügel laufen mußte, um es nicht zu hören.

Als sie dann mit den Soldaten einen Rundgang durch das Lager machten, klopfte mir das Herz auf einmal sehr schnell. Ich bin auf sie zugerannt, ohne mich zu schämen, trotz meines zerrissenen Kleids, meiner verfilzten Haare und meines schmutzbefleckten Gesichts. Die Soldaten sahen mich nicht gleich, weil sie die seitlichen Bereiche überwachten, falls jemand sie angreifen sollte. Doch der große Mann mit den hellen Kleidern hat mich gesehen, er blieb stehen und starrte mich an, als wollte er mir Fragen stellen. Ich sah ganz deutlich sein sanftes, von der Sonne gerötetes Gesicht, sein silbergraues Haar. Die Soldaten ergriffen mich, hielten mich fest, umklammerten meine Arme mit solcher Kraft, daß es mir weh tat. Ich begriff, daß ich nicht bis zu dem Leiter vordringen würde, nicht mit ihm sprechen konnte, da schrie ich die einzigen Worte, die ich auf englisch kannte: »Good morning, Sir! Good morning, Sir! ...« Ich schrie sie aus vollem Hals, und ich wollte, daß er verstand, was ich ihm mit diesen wenigen Worten sagen wollte. Doch die Soldaten schoben mich zurück, und die Gruppe der Männer in Weiß und die Krankenschwestern gingen weiter. Der Leiter wandte sich nach mir um, sah mich lächelnd an und sagte etwas, was ich nicht verstand, aber ich glaube, es war einfach »Good morning«, und all diese Leute folgten ihm. Ich sah, wie er sich im Lager entfernte, seine große, helle Gestalt mit dem ein wenig zur Seite geneigten Kopf. Ich ging mit den anderen zurück, den Frauen, den Kindern. Ich war so erschöpft von dem, was ich getan hatte, daß ich den Schmerz in meinen Armen nicht mehr spürte und auch nicht die Verzweiflung darüber, daß ich nichts hatte sagen können.

Ich bin in unser Haus zurückgekehrt. Aamma Houriya hatte sich unter der Wolldecke ausgestreckt. Ich sah, wie blaß und mager sie war. Sie fragte mich, ob der Lastwagen mit Nahrungsmitteln endlich angekommen sei, und um sie zu beruhigen, sagte ich, der Lastwagen habe alles gebracht, Brot, Öl, Milch und Trockenfleisch. Ich erzählte auch von den Ärzten und Krankenschwestern, den Medikamenten. Aamma Houriya sagte: »Das ist gut. Das ist gut.« Sie blieb auf der Erde unter der Decke liegen, den Kopf an einen Stein gelehnt.

Trotz des Besuchs der Ärzte suchte Krankheit das Lager heim. Es war nicht mehr der fliehende Tod, der nachts die kleinen Kinder und alten Leute dahinraffte, die Kälte, die in die Körper der Schwächsten drang und die Wärme des Lebens raubte. Es war die Pest, die durch die Straßen des Lagers schlich und mitten am Tag, zu jeder Stunde, ihr tödliches Werk verrichtete, selbst unter den kräftigsten Männern.

Es hatte mit den Ratten begonnen, die man in der prallen Sonne auf den Straßen des Lagers sterben sah, als wären sie aus den Tiefen der Schluchten verjagt worden. Anfangs spielten die Kinder mit den toten Ratten, und die Frauen sammelten sie mit Stöcken auf und brachten sie weit weg. Aamma Houriya sagte, man müsse die Ratten verbrennen, aber es gab kein Benzin und kein Holz, um einen Scheiterhaufen zu errichten.

Die Ratten kamen aus allen Winkeln. Nachts hörte man, wie sie über die Dächer der Häuser rannten, und ihre Krallen kratzten auf dem Blech und auf den Brettern.

Sie flohen vor dem Tod. Wenn ich frühmorgens das Wasser für den Tag holte, war die Umgebung der Brunnen mit toten Ratten übersät. Selbst die streunenden Hunde rührten sie nicht an.

Zuerst sind die Kinder gestorben, jene, die mit den Ratten gespielt hatten. Die Nachricht verbreitete sich im Lager, weil schreiende Kinder, die Brüder oder die Freunde derer, die gestorben waren, durch das Lager rannten. Ihre schrillen Stimmen verbreiteten die schrecklichen, unglaublichen Worte, die sie selbst nicht verstanden, wie die Namen von Dämonen: »Habuba! ... Kahula! ...« Die Schreie der Kinder hallten wie Schreie unheilverkündender Vögel durch die regungslose Luft des Nachmittags. Ich ging nach draußen, lief in der sengenden Sonne durch die Straßen des Lagers. Niemand war zu sehen. Die Menschen schienen zu schlafen, und dennoch war der Tod allgegenwärtig. Im nördlichen Teil, dort wo sich die Neuankömmlinge niedergelassen hatten, die reichen Leute aus al-Kuds, Jaffa und Haifa, die vor dem Krieg geflohen waren, hatten sich die Leute vor einem Haus versammelt. Unter ihnen befand sich ein Mann, der wie ein Engländer angezogen war, aber seine Kleider waren verschmutzt und zerrissen. Es war der Zahnarzt aus Haifa. Er hatte die Ärzte und den Leiter der Fremden im Lager empfangen. Ich hatte ihn bei den Soldaten stehen sehen. Er hatte mich angesehen, als ich auf sie zugelaufen war, um zu versuchen, mit dem Mann in hellen Kleidern zu sprechen.

Er stand vor dem Haus und hatte ein Taschentuch vor dem Gesicht. Neben ihm weinten, völlig gebrochen, mehrere Frauen, die ihren Schleier über Mund und Nase gezogen hatten. Im Schatten des Hauses lag der leblose Körper eines Jungen auf der Erde. Die Haut seines Oberkörpers und Bauchs war von dunkelblauen Malen gezeichnet, und auf Gesicht und Handflächen hatte er furchterregende Flecken.

Die Sonne brannte am wolkenlosen Himmel, die Hitze ließ die Steinhügel rings um das Lager flimmern. Ich erinnere mich, daß ich langsam durch die Straßen ging, mit den nackten Füßen im Staub, und auf die Geräusche horchte, die aus den Häusern drangen. Ich hörte die Schläge meines Herzens, und Stille umgab mich in diesem blendenden Licht, als sei die ganze Welt vom Tod heimgesucht worden. Die Leute in den Häusern versteckten sich im Schatten. Man hörte ihre Stimmen nicht, doch ich wußte, daß hier und dort andere Kinder und auch Frauen und Männer von der Pest befallen waren, sie glühten vor Fieber und stöhnten von den Schmerzen in ihren geschwollenen, harten Drüsen unter den Armen, am Hals und in der Leiste. Ich dachte an Aamma Houriya, und ich war sicher, daß die tödlichen Flecken schon auf ihrem Körper zu sehen waren. Mir war übel. Ich konnte nicht nach Hause zurückgehen. Trotz der Hitze bin ich den steinigen Hang des Hügels hinaufgeklettert, bis zum Grab des alten Nas.

Es waren keine Kinder mehr da, und der Baddawi saß nicht mehr in seiner Hütte aus Zweigen. Niemand hielt nach dem Lastwagen mit Nahrungsmitteln Ausschau, vielleicht würde er ja auch nie mehr kommen. Die Pest würde alle Lebenden in Nour Chams dahinraffen. Vielleicht hatte sie sogar die ganze Erde befallen, eine Geißel, die die Dschinnen auf Gottes Befehl den Menschen gesandt hatten, damit sie aufhörten, Krieg zu führen; und anschließend, wenn alle tot wären und der Wüstensand ihre Knochen bedeckte, würden die Dschinnen zurückkommen und wieder in ihrem Palast im Paradiesgarten herrschen.

Ich habe den ganzen Tag lang im Schatten der verdorrten

Sträucher gewartet und auf was weiß ich gehofft. Vielleicht gehofft, daß Saadi käme. Doch seit er neben unserem Haus wohnte, kam er nicht mehr zu dem Grab. Wenn er wegging, um Hasen oder Feldhühner zu jagen, blieb er mehrere Tage fort, in den Bergen im Osten oder im Norden, in Bedus, dort wo, so erzählte er, die Trümmer eines Palastes der Dschinnen sind, wie im Tal seiner Kindheit.

Den ganzen Tag lang habe ich oben auf dem Hügel Ausschau gehalten und auf die Silhouette eines Mannes gewartet, eines Kindes, und den Stimmen der Frauen in der Ferne gelauscht.

Vor Sonnenuntergang bin ich wegen der wilden Hunde wieder hinabgegangen, die bei Einbruch der Dunkelheit kommen. Doch in dem dunklen Haus war nicht Aamma krank, sondern Roumiya. Sie lag auf ihrem Laken auf der Erde, war schon von der Krankheit befallen. Das Fieber hatte ihr Gesicht anschwellen lassen, ihre Augen waren blutunterlaufen. Sie atmete schnell, mit qualvollem Geräusch, und Wellen von Schüttelfrost ließen ihren Körper erheben. Aamma Houriya saß stumm neben ihr. In ihren blauen Schleier gehüllt, betrachtete sie regungslos Roumiya. Die kleine Loula war nicht mehr da. Aamma hatte sie einer Nachbarin anvertraut. Ab und zu tauchte Aamma ein Tuch in den Wasserkrug, wie ich es in der Schlucht getan hatte, als Roumiya niedergekommen war, und wrang es langsam über dem Gesicht der jungen Frau aus. Das Wasser rann ihr über die Lippen, benetzte ihr den Hals, das Haar. Roumiyas Augen sahen schon nichts mehr. Sie hörte nichts mehr, spürte nicht einmal das Wasser, das ihr über die aufgesprungenen Lippen rann.

In dieser Nacht ist Aamma Houriya die ganze Zeit neben Roumiya sitzengeblieben. Der Mond draußen war voll, prächtig, ganz allein am schwarzblauen Himmel. Um nicht das Geräusch des Atmens zu hören, schlief ich draußen, eingehüllt in meine Decke, den Kopf auf den flachen Stein der Türschwelle gelegt. Im Morgengrauen ist Saadi zurückgekommen. Er brachte Feldhühner und wilde Datteln mit. Als er auf einen Stock gestützt vor der Tür stand, wirkte er sehr groß und mager. Sein dunkles Gesicht glänzte wie Metall.

Saadi ist ins Haus gegangen, und ich habe auf die Stille gehorcht, wie zuvor in den Straßen des Lagers. Er kam wieder heraus, ging ein paar Schritte und setzte sich völlig erschöpft neben die Tür. Die toten Vögel und die Datteln rollten durch den Staub. Ich ging ins Haus. Aamma Houriya saß mit dem Tuch in der Hand an derselben Stelle. Im Dunkeln sah ich Roumiyas Körper, ihren zurückgebeugten Kopf, die geschlossenen Augen, das blonde, nasse Haar auf ihren Schultern. Sie schien zu schlafen. Ich dachte an den Tag zurück, als sie im Lager angekommen war, das war schon sehr lange her, schien mir, sehr lange. Es war die Stille des Todes, und ich spürte keine Träne in den Augen. Doch es war ein Tod wie im Krieg, der ringsumher eisige Kälte verbreitete. Roumiyas Gesicht war nicht von der Krankheit gezeichnet. Es war ganz weiß, mit zwei dunklen Ringen um die Augen. Nie würde ich dieses Gesicht vergessen können. Als ich regungslos neben der Tür stand, sah Aamma Houriya mich an. Ihr Blick war hart. Mit fast haßerfüllter Stimme, wie ich sie noch nie von ihr gehört hatte, sagte sie: »Geh fort. Geh weg von hier. Nimm das Kind und geh. Wir werden alle sterben.« Sie legte sich neben Roumiya auf die Erde. Auch sie schloß die Augen wie beim Einschlafen. Da küßte ich sie auf die Stirn und ging.

Im Haus der Nachbarin machte ich ein Bündel zurecht mit Brot, Mehl, Streichhölzern, Salz und mehreren Dosen Klim-Milch für Loula. Ich steckte auch meine Hefte ein, in denen ich jeden Tag mein Leben aufgeschrieben hatte. Das war alles, was ich aus dem Lager mitnahm. Saadi hatte seine Wasserflasche zurechtgestellt. Dann band ich mir das Baby mit einem

Tuch auf den Rücken, nahm das Bündel und verließ das Lager auf der Straße, auf der die Versorgungslastwagen gekommen waren.

Die Sonne stand noch sehr niedrig, dicht über den Hügeln, doch der Horizont flimmerte schon. Nach einer Weile drehte ich mich um und blickte auf das Lager zurück. Saadi, neben mir, sagte nichts. Seine Augen waren schmal und hart. Er legte mir die Hand auf die Schulter und zog mich mit sich.

Sie sind jeden Tag von Sonnenaufgang bis zur Mittagszeit durch die ausgedörrten Hügel nach Süden gegangen. Als die Klim-Milch verbraucht war, sagte Nejma, sie müßten Milch auftreiben, sonst würde das Kind sterben. Die Soldaten hatten Tulkarm besetzt. Von einer Anhöhe hielt Saadi den ganzen Tag regungslos Ausschau, so wie oben auf dem Steinhügel neben dem Grab des alten Nas. Er hatte so scharfe Augen, daß er die Stacheldrahtzäune erkennen konnte, die die Stadt umgaben, und die MG-Nester, die hinter Steinen verborgen waren. Auf der anderen Seite zog sich die schwarze Linie der Bahngleise durch die fruchtbaren Felder, und in noch weiterer Ferne waren die Rauchsäulen des Hafens von Muchalid zu sehen und, dunkel und unwirklich, das weite Meer.

Als er zurückkam, hörte Nejma vor allem eines aus Saadis Worten heraus: das Meer, weit weg, unerreichbar. Sie legte sich in den Schatten eines Baums, um Loula die Flasche zu geben, in der sie die letzten Löffel Milchpulver aufgelöst hatte. Nachdem das Kind getrunken hatte, begann es wieder zu wimmern. Saadi ging noch einmal fort.

Dort, unter dem Baum, hat sie den ganzen restlichen Tag gewartet, dann in der Kälte der Nacht und noch am folgenden Tag, fast ohne sich zu rühren, außer um ihre Notdurft zu verrichten, und sie bewegte sich nur mit dem wandernden Schatten des Baums. Für Loula waren nur noch etwas Zuckerwasser und ein paar Marie-Kekse da. Wenn Saadi nicht zurückkam, war ihnen der Tod gewiß.

Das Baby litt unter dem Durst, unter der Hitze. Obwohl es in Tücher gehüllt war, war seine Haut von der Sonne verbrannt, und die Lippen waren geschwollen. Um es zu beruhigen, sang Nejma Lieder aus ihrer Kindheit, doch sie erinnerte sich nicht mehr recht an die Worte. Sie harrte dort aus, starrte ins Leere und lauschte Loulas Atem, einem seltsamen Geräusch in der Stille der Hügel.

Mehrmals sah sie Schatten vorbeihuschen, und ihr Herz begann zu pochen, weil sie glaubte, Saadi käme zurück. Doch es waren Leute, die aus Tulkarm flohen und auch nach Süden zogen. Sie gingen vorüber, ohne Nejmas Anwesenheit zu ahnen, ohne Loula im Dunkeln weinen zu hören.

Am zweiten Abend, als Nejma gerade ihr Gebet verrichtet und sich selbst und dem Kind mit der Hand über das Gesicht gestrichen hatte, weil sie sich auf den Tod vorbereitete, traf Saadi ein. Lautlos kam er bis zu dem Baum und sagte zu Nejma: »Komm, sieh dir das an.« Seine Stimme war ungeduldig. Er half Nejma beim Gehen. »Komm schnell.« Ein wenig unterhalb sah Nejma an einem Strauch zwei helle Schatten: eine Ziege und ihr Zicklein waren dort angebunden. Nejma überkam solche Freude, wie sie sie seit ihrer Kindheit nicht mehr empfunden hatte. Sie rannte auf die Tiere zu, die hochsprangen. Die Ziege sträubte sich und zog an ihrem Seil, das Zicklein rannte durch das Gestrüpp. Nejma legte das Baby auf die Erde, näherte sich der Ziege und hielt dabei einen der letzten englischen Kekse in der offenen Hand. Als die Ziege sich beruhigt hatte, versuchte Nejma sie zu melken, doch sie hatte keine Kraft mehr in den Händen.

Der Baddawi hat die Ziege gemolken. Aus dem prallen Euter spritzte die Milch mit dickem, duftendem Strahl in einen

Blechteller. Nejma goß die warme Milch sofort in die Saugflasche und brachte sie Loula. Das Baby trank ohne Atempause, dann schlief es ein, und Nejma bettete es an den Fuß des Baums. Es blieb noch Milch übrig. Saadi trank als erster, dann trank auch Nejma direkt aus dem Teller. Die lauwarme, salzige Milch rann ihr die Kehle hinab und verbreitete bis tief in Nejmas Inneres Wärme. »Das tut gut.« Zum erstenmal schöpfte sie wieder Hoffnung. »Jetzt brauchen wir nicht mehr zu sterben.« Das sagte sie mit leiser Stimme zu sich selbst. Saadi sah sie an, ohne zu antworten.

Die Dunkelheit brach an, sie legten sich auf die Erde und betteten Loula zwischen sich. In der Nacht hörte Nejma, wie das Zicklein zwischen den Steinen herumstolperte und dann beim Saugen der Mutter Stöße mit dem Kopf versetzte. Die Sterne leuchteten am dunklen Himmel. Nejma hatte sie schon lange nicht mehr betrachtet. Im Süden waren sie besonders schön. Es waren andere Sterne als die, die über dem Lager geleuchtet hatten.

Es wurde kühl. Nejma ergriff die Hand des Baddawi, da glitt er über den Körper des schlafenden Babys hinweg und legte sich neben sie. Nejma ließ den Kopf auf seiner Brust ruhen und spürte, wie das Leben in ihm pulsierte, spürte seinen Geruch. Sie sind eine ganze Weile so liegengeblieben, ohne sich zu rühren, und blickten in die Dunkelheit. Im Körper des Jungen wuchs das Verlangen, er zog seine Kleider aus. Nejma spürte, wie ihr schwindlig wurde, sie begann zu zittern. »Hast du Angst?« fragte Saadi sanft, ohne Spott. Sie schlang Arme und Beine um den Jungen, drückte ihre Brust an seinen Körper, schmiegte sich an ihn. Ihr Atem ging schnell, als wäre sie gerannt. Sie dachte an nichts, nahm nur die Kälte der Nacht wahr, die glitzernden Sterne, Saadis sengend heißen Körper und sein Glied, das in sie drang und sie zerriß.

Jeden Tag zogen sie durch die Hügel ein Stück weiter nach Süden, sahen ab und zu die dunkle Linie des Meeres. Dann gingen sie an ausgetrockneten Flüssen entlang bis nach Dschemmal. Die Ziege und das Zicklein folgten ihnen, tranken aus denselben Wasserstellen, ernährten sich von denselben Wurzeln. Jeden Morgen und jeden Abend, wenn Loula gesättigt war, tranken sie die warme Milch, die ihnen Kraft verlieh. Saadi hatte Nejma gezeigt, wie man das pralle Euter preßt, um die Milch herausspritzen zu lassen.

Sie aßen Myrtenbeeren und die Früchte des Erdbeerbaums. Aus Angst vor den Soldaten betraten sie keine Stadt. Überall war Krieg. In der Ferne grollten wie Donner die Geschütze, doch die beiden sahen keine Kämpfe, nur hin und wieder eingestürzte Häuser, Gerippe von Pferden und Eseln, Bombenkrater. Eines Tages, im Gebirge, als sie in der Nähe von Asun waren, ertönte aus der Luft ein furchtbares Geräusch. Saadi und Nejma blieben wie angewurzelt stehen, die Flugzeuge kamen näher, und ihr Schatten glitt über die Erde. Die *Constellations* flogen langsam über den Himmel und zogen einen Halbkreis, dessen Mittelpunkt Nejma und Saadi zu bilden schienen. Währenddessen waren die Ziege und ihr Junges durch das Gestrüpp geflohen. Als die Flugzeuge am Horizont verschwunden waren, zitterte Nejma so sehr, daß sie sich auf den Boden setzen mußte und das weinende Kind an sich drückte. »Das hat nichts zu bedeuten«, sagte Saadi. »Sie fliegen Richtung Süden, nach Jerusalem.« Doch nie zuvor hatte er Flugzeuge aus solcher Nähe gesehen.

Er rannte los, um die Ziege wieder einzufangen. Um das Seil zu erwischen, mußte er eine List anwenden und sich gegen den Wind heranpirschen, als jage er einen Hasen.

Anschließend gingen sie bis zum Abend in Richtung Hawarah nach Osten. Bei Einbruch der Dunkelheit kamen sie in das Asun-Tal. Sie ließen sich unter den Akazien am Flußufer nieder. Der Abend war kühl, in den Blättern rauschte leise der Wind, Fledermäuse flatterten durch den Himmel. Ein verwahrloster Olivenhain, ein wenig abseits, verbreitete einen angenehmen Duft. Hier, am Wasser des Flusses, der sanft dahinfloß, im Duft der Bäume, im leisen Rauschen des Windes in den Akazien und den Zwergpalmen, vergaß man den Hunger, den Durst, den Krieg, all das, was Frauen und Kinder sterben ließ, die Leute aus ihrer Heimat vertrieb, und die Krankheit, die Flecke auf Körper und Gesicht der Jugendlichen hervorrief und die Roumiyas Körper verbrannt hatte. Nejma hörte Aamma Houriyas Stimme, die wiederholte: »Geh fort. Geh weg von hier. Wir werden alle sterben.«

Saadi ging an den Fluß, um sich vor dem Gebet zu waschen. Er wandte sich dem Tal seiner Kindheit zu, al-Mudschib, und berührte mit der Stirn den Sand des Strandes. Als es völlig dunkel war, legte er alle seine Kleider ab und watete in den Fluß. Er schwamm eine Weile gegen die Strömung.

Nejma kam zu ihm ins Wasser. Sie behielt ihren Schirwal an, drückte das Baby an die Brust und watete in den Fluß. Das kalte Wasser umspülte sie, erzeugte Wirbel in ihrem Rücken. Loula begann zu schreien, doch Nejma redete sanft auf sie ein, und das Wasser brachte das Kind zum Lachen. Im Sternenlicht glitzerte der Fluß zwischen den schwarzen Ufern. Der Wind wehte in Böen, rauschte in den Blättern der Akazien.

Als Nejma aus dem Wasser kam, hatte Saadi die Ziege schon gemolken. Er gab Loula die warme Flasche. Dann tranken sie nacheinander direkt aus dem Blechteller. Nejma wollte ein Feuer anzünden, um sich aufzuwärmen, doch Saadi befürchtete, das könnte die Aufmerksamkeit der Soldaten erregen. Sie aßen Myrtenbeeren, wilde Feigen und ein paar bittere Oliven. Eingehüllt in Nejmas Schleier schlief das Kind schon in einer Sandmulde.

Saadi und Nejma legten sich in ihren Kleidern zur Ruhe. Sie lauschten dem Rauschen des Winds in den Blättern der Akazien, dem ununterbrochenen Murmeln des Wassers, das durch das Tal strömte. Saadi beugte sich über Nejmas Gesicht, berührte es leicht mit den Lippen. Sie genoß die Wärme seines Atems wie einen Rausch. Als er in sie drang, spürte sie keinen Schmerz mehr. Sie umschlang ihn mit Armen und Beinen und legte die Hände um seinen Nacken. Sie hörte, wie sein Atem lauter wurde und sein Herz immer schneller schlug.

Hinten im Tal, dort, wo der Fluß ein Becken mit tiefem Wasser bildete, das blau wie das Meer war und über das die Vögel streiften, ließen sie sich nieder, um zu bleiben. Die Ufer waren von Akazien, Tamarisken und wilden Olivenbäumen bewachsen. Auf einer Anhöhe über dem Tal entdeckte Saadi die Ruinen eines Bauernhofs, ein paar hohe Mauern aus Steinen und Lehm, die Reste eines verkohlten Daches. Eine Feuersbrunst hatte alles bis zum Pferch rings um den Hof verbrannt. Nejma wollte den Hof nicht betreten. Sie sagte, es sei ein Haus der Toten. Saadi sperrte die Ziegen in den Pferch und errichtete weiter unten am Ufer des Flusses einen Unterschlupf aus Zweigen.

Die Tage hier in diesem Tal waren lang und schön. Morgens betrachtete Nejma das Licht der Sonne, die zwischen den Hügeln über dem Wasser des Flusses auftauchte. Das Wasser glitzerte wie ein funkensprühender Weg zwischen den noch dunklen Ufern. Der Himmel hellte sich auf, und die felsigen Hügel kamen aus dem Dunkel hervor. Nejma ließ Loula in ihren Tüchern noch im Unterschlupf schlafen und ging zum Wasserbecken. Der Sonne zugewandt, wusch sie sich den Körper, das Gesicht, das Haar. Nach dem Gebet zündete sie ein Feuer mit den trockenen Ästen an, die Saadi ihr brachte. Sie kochte in einem Topf Haferwurz, wilde Möhren und andere herbe, bittere Wurzeln, die Nejma nicht kannte. Sie machten nur im Morgengrauen ein Feuer an, weil Saadi behauptete, die Flugzeuge könnten sie dann wegen des Nebels nicht sehen. Nejma meinte, der Krieg sei vielleicht zu Ende und alle Leute in den Lagern, in Tulkarm, in Nour Chams, seien tot. Vielleicht waren auch die Soldaten nach Hause zurückgekehrt.

Wenn Loula ihre Flasche getrunken hatte, blieb Nejma mit ihr im Schatten der Tamarisken sitzen. Sie sah zu, wie das Wasser in das tiefe Becken floß: Schon seit langem hatte sie nicht mehr eine solch friedliche Atmosphäre erlebt. Sie konnte mit halb geschlossenen Augen träumen, von der Bewegung des Meeres auf den Felsen, vom Geschrei der Möwen, wenn die Fischerboote zur Mole zurückkehrten.

Saadi ging auf Nahrungssuche. In einen wollenen Umhang gehüllt, Gesicht und Haar unter einem langen, weißen Schleier verborgen, ging er auf der Suche nach Wurzeln und Myrtenbeeren barfuß durch die Steinhügel. Eines Tages fand er in einer Akazie einen Bienenkorb, der an den Zweigen hing wie eine Frucht der Sonne. Mit trockenen Blättern zündete er ein Feuer an, bis der Rauch die Bienen herauskommen ließ. Dann kletterte er auf den Baum und zerstörte den Bienenkorb, um die Waben herauszunehmen. Nejma aß mit Genuß den dickflüssigen, mit Wachszellen vermischten Honig, und sogar Loula saugte die Waben aus.

So vergingen die Tage vom Sonnenaufgang bis zum Sonnenuntergang, und die einzigen Geräusche waren das eintönige Rauschen des Flusses, Loulas Schreien und ihre Tränen und das sanfte Meckern der Ziege und des Zickleins. Saadi sagte zu Nejma: »Meine Frau«, und das brachte ihn zum Lachen. Sie liebte vor allem den Abend, wenn alles getan war. Saadi wandte sich der Nacht zu, um den Namen Gottes anzurufen, dann setzte er sich neben Nejma, und sie unterhielten sich, während Loula einschlief. Es war, als gäbe es niemand anders auf der Welt, als wären sie die ersten oder die letzten, das blieb sich gleich. Die Fledermäuse tauchten am grauen Himmel auf, und auch sie streiften auf der Jagd nach Mücken über das Becken mit dem tiefen Wasser. Saadi und Nejma setzten nacheinander den Blechteller an die Lippen und tranken die noch warme Ziegenmilch. Die Sterne leuchteten vor ihnen zwischen den Hügeln, der kühle Nachtwind erhob sich und rauschte leise in den Tamariskenblättern.

Später, wenn es richtig kalt wurde, beugte sich Saadi sanft über Nejmas Lippen, und sie sog seinen Lebenshauch ein. Es war ein so leidenschaftlicher Augenblick, daß es ihr vorkam, als hätte sie bisher nur dafür gelebt, daß ihre Körper sich vereinigten, ihr Atem, ihr Schweiß miteinander verschmolz und alles ringsumher verschwand. Und später, wenn Nejma spürte, daß der Schlaf ihre Sinne benommen machte, sprach Saadi mit leiser Stimme ganz nah an ihrem Ohr ein Gedicht oder sang ihr ein Lied über das Tal vor, in dem er geboren war, über seinen Vater und seine Mutter, über seine Brüder, über die Herden, die sie zu dem Tal führten, in dem der große Strom floß. Er sang das für sie und für sich selbst, dann legte auch er sich zur Ruhe, eingehüllt in seinen Mantel.

Eines Nachts wurden sie davon geweckt, daß sich Leute näherten: Schatten gingen am Ufer des Flusses entlang, machten am Becken halt. Saadi war auf der Hut, bereit, sich zu verteidigen. Da hörten sie Kinder weinen. Es waren Flüchtlinge wie sie, die sich am Tage versteckten und nachts weiterzogen. Im Morgengrauen ging Nejma an den Fluß, nahm Loula in ihrem Schleier mit. Sie sah die Ankömmlinge: Es waren nur Frauen und Kinder, die aus den Lagern kamen, aus Attil, aus Tulkarm, aus Kalansaweh oder aus den Städten an der Küste, aus Jaffa, aus Muchalid, aus Tanturah. Die Frauen erzählten furchtbare Dinge, von zerstörten, in Brand gesteckten Dörfern, von Tieren, die getötet, Männern, die gefangengenommen worden oder in die Berge geflüchtet waren, und von Frauen und Kindern, die mit einem Bündel Nahrung auf dem Kopf über die Straßen irrten. Wer Glück gehabt hatte, war auf einem Lastwagen in den Irak geflüchtet. Überall waren Soldaten. Sie fuhren in Panzerwagen über die Straßen, in Richtung al-Kuds und noch weiter bis zum Salzsee.

Die alten Frauen zählten mit leiernder Stimme die Namen ihrer Söhne auf, die getötet worden waren. Mehrere sagten barsch zu Saadi: »Und du? Warum nimmst du nicht am Kampf teil? Warum fliehst du mit den Frauen, statt ein Gewehr zu nehmen?« Saadi antwortete nicht. Als die Frauen sahen, daß Nejma ein Kind im Arm hielt, hörten sie auf, ihn zu beschimpfen. »Ist das dein Sohn?« Sie zogen den Schleier zur Seite und sahen, daß es ein Mädchen war. Nejma log: »Das ist meine erste Tochter. Sie heißt Loula, das erste Mal.« Die Frauen brachen in Gelächter aus. »Du hast also dieses Kind bekommen, nachdem du zum ersten Mal mit ihm geschlafen hast!«

Saadi wollte fortgehen. Er sagte, daß jetzt andere Leute kommen und die Soldaten sie mitnehmen würden. Er sagte das ganz ruhig. Er fand es völlig normal, fortzugehen. Seit seiner Kindheit hatte er immer wieder sein Bündel geschnürt und war hinter den Herden durch die Wüste gelaufen. Doch Nejma blickte sich traurig um. Hier war der erste Ort gewesen, an dem sie gelebt hatte, ohne an den Krieg denken zu müssen. Es war wie früher in Akka, am Fuß der Stadtmauern, wenn sie auf das Meer hinausgeblickt hatte, und die Zukunft keine Notwendigkeit gewesen war.

Sie machten sich bei Tagesanbruch auf den Weg, trieben die Ziege und das Zicklein vor sich her und gingen das Tal hinauf, bis der Fluß zu einem Gebirgsbach mit klarem Wasser wurde, das über die Felsen sprudelte. Als sie eines Morgens auf dem Gipfel eines Berges nicht weit von Hawarah ankamen, zeigte Saadi Nejma einen grünen Schatten am Horizont. »Das ist der Ghor, der große Strom.«

Um die Felswände zu umgehen, schlugen sie den Weg nach Süden ein, Richtung Jassuf, Lublan, Dschidschilijah. Und dann wieder nach Osten bis nach Medschel. Saadi blickte unruhig in das große Tal hinab. Staubwolken stiegen auf. »Die Soldaten sind schon da.« Doch Nejma konnte sie nicht sehen. Eine Bindehautentzündung trübte ihr die Sicht. Nejma war so erschöpft, daß sie auf dem Boden einschlief, ohne das Kind weinen zu hören.

Sie schliefen in den Ruinen von Samra, ehe sie zum Fluß hinabstiegen. Als Saadi morgens aufwachte, sah er, daß das Zicklein tot war. Die Ziege stand neben ihrem Jungen und stieß es verständnislos mit den Hörnern. Saadi hob ein Loch in der Erde aus und begrub das Zicklein. Damit die streunenden Hunde es nicht ausgruben, legte er Steine aus der römischen Ruine auf das Grab. Dann molk er die Ziege. Doch das schrundige Euter gab nur wenig Milch, die mit Blut vermischt war.

Vor Einbruch der Dunkelheit gelangten sie an den großen Fluß. Das schlammige Wasser floß zwischen hohen Bäumen durch das Tal. Überall am Ufer waren menschliche Spuren, Abdrücke von Gleisketten, geplatzte Reifen, Fußspuren und Kot.

Sie gingen nach Süden, in Richtung al-Riha, zur Grenze. In der Abenddämmerung stießen sie auf andere Flüchtlinge. Diesmal waren es Männer, die aus Amman kamen. Sie waren mager, von der Sonne verbrannt, zerlumpt. Manche waren barfuß. Sie berichteten von den Lagern, in denen die Leute an Hunger und Fieber starben. Die Kinder starben in so großer Anzahl, daß man ihre Leichen in die ausgetrockneten Kanäle werfen mußte. Wer noch genug Kraft hatte, brach nach Norden auf, in das weiße Land, den Libanon, nach Damaskus.

Bevor es Nacht wurde, hatten Saadi und Nejma den Fluß auf einer Brücke überquert, die von den Soldaten König Abdallahs bewacht wurde. Sie verbrachten die Nacht am Ufer des Flusses. Die Hitze staute sich unterirdisch, als würde in den Tiefen ein Feuer brennen. Bei Tagesanbruch sah Nejma zum ersten Mal Lots Meer, den großen Salzsee. Über dem Wasser schwebten seltsame blaue und weiße Wolken, die zu den Felswänden zogen. In der Nähe des Ufers, dort, wo der Fluß in den See mündete, bildete gelber Schaum einen Wall, der im Wind zitterte. Nejma betrachtete mit brennenden Augen den See. Die Sonne stand noch nicht am Himmel, doch der Wind wehte schon heiß. Saadi zeigte nach Süden auf die Berge, die im Dunst verschwanden. »Da ist al-Mudschib, das Tal meiner Kindheit.« Seine Kleider waren zerfetzt, seine nackten Füße von den Steinen aufgerissen, und sein Gesicht unter dem weißen Schleier war ausgetrocknet und schwärzlich. Er blickte Nejma an und Loula, die wimmernd den Mund an den Schleier preßte und eine Brust zum Saugen suchte. »Wir kommen nie bis al-Mudschib. Werden nie die Paläste der Dschinnen sehen. Vielleicht sind auch die Dschinnen fortgezogen.« Er sagte das mit ruhiger Stimme, doch die Tränen rannen ihm aus den Augen, hinterließen Spuren auf den Wangen und tropften auf den Saum seines staubigen Schleiers.

Die ersten Frauen und Kinder überquerten jetzt die Brücke. Die Flüchtlinge gingen die Straße entlang, der aufgehenden Sonne entgegen, Richtung Salt, zu den Lagern in Amman, Wadi al-Sirr, Madaba, Dschebel Hussain. Der Staub unter ihren Füßen bildete eine graue Wolke, die im Wind wirbelte. Ab und zu fuhren die Pritschenwagen der Soldaten mit aufgeblendeten Scheinwerfern auf der Straße vorüber. Saadi knotete das Seil der Ziege um sein Handgelenk und legte den rechten Arm um die Schultern seiner Frau. Gemeinsam machten sie sich auf den Weg, auf der Straße nach Amman, folgten den Spuren jener, die ihnen vorausgegangen waren. Die Sonne schien hoch am Himmel, sie schien für alle. Die Straße hatte kein Ende.

Das Kind der Sonne

Ramat Johanan, 1950

Ich hatte meinen Bruder wiedergefunden, es war Johanan, der Junge, der uns am Strand Hammelfleisch zu essen gegeben hatte, als wir angekommen waren. Sein Gesicht ist sehr sanft, er hat noch immer dieselben lachenden Augen und schwarzes, lockiges Haar wie ein Zigeuner. Als wir in den Kibbuz gekommen sind, hat er uns die Häuser, die Ställe, den Turm und die Wasserspeicher gezeigt. Mit ihm ging ich bis an den Rand der Felder. Zwischen den Apfelbäumen sah ich den See glänzen und auf dem Hügel hinter der Ebene die Häuser der Drusen.

Johanan sprach immer noch keine andere Sprache als Ungarisch, und inzwischen ein paar Worte englisch. Aber das war unwichtig. Wir verständigten uns mit den Händen, ich las in seinen Augen. Ich weiß nicht, ob er uns wiedererkannt hat. Er war lebhaft und gewandt, rannte immer mit seinem Hund durch das Gestrüpp. Er machte einen großen Umweg und kam keuchend wieder zu mir zurück. Er lachte beim geringsten Anlaß. Er war der Hirte. Jeden Tag brach er im Morgengrauen mit der Herde Ziegen und Schafe auf. Er führte die Tiere zum Weiden jenseits der Ebene, zu den Hügeln. In einer Umhängetasche nahm er Brot, Obst, Käse und etwas zu Trinken mit. Manchmal brachte ich ihm warmes Essen. Ich ging durch die Apfelplantage, und wenn ich die Ebene erreichte, horchte ich auf das Blöken der Schafe, um die Herde zu finden.

Wir sind am Anfang des Winters in den Kibbuz Ramat Johanan gekommen. Jacques nahm an den Kämpfen teil, an der syrischen Grenze in der Nähe von Tiberias. Immer wenn er Fronturlaub hatte, kam er mit Freunden in einem alten, verbeulten, grünen Packard, der eine sternförmig gesprungene Windschutzscheibe hatte. Gemeinsam fuhren wir ans Meer, gingen durch die Straßen von Haifa, sahen uns die Läden an. Oder wir fuhren auf den Karmel und blieben unter den Pinien sitzen. Die Sonne glänzte auf dem Meer, der Wind rauschte in den Nadeln, und es roch nach Harz. Abends kam er mit mir ins Lager, wir hörten Musik, Jazzplatten. Im Speisesaal saß Johanan auf einem Hocker mitten im Raum und spielte Akkordeon. Das Licht der Glühbirne ließ sein schwarzes Haar glänzen. Die Frauen tanzten seltsame mitreißende Tänze. Ich tanzte mit Jacques, trank Weißwein aus seinem Glas, legte den Kopf an seine Schulter. Dann gingen wir draußen spazieren, ohne miteinander zu reden. Die Nacht war sternklar, die Bäume schimmerten leicht, Fledermäuse flatterten um die Lampen. Ich spürte seine Wärme, den Geruch seines Körpers, ich kann ihn nicht vergessen.

Wir hatten vor, zu heiraten. Jacques sagte, das habe keine Bedeutung, es sei nur ein Brauch, meiner Mutter zuliebe. Im Frühjahr, sobald er von der Armee zurück sei.

Wenn der Fronturlaub zu Ende war, fuhr er mit seinen Freunden im Auto zur Grenze zurück. Er wollte nicht, daß ich dorthin kam. Er sagte, es sei zu gefährlich. Mehrere Wochen lang sah ich ihn nicht. Ich erinnerte mich an den Geruch seines Körpers. Nora stellte uns ihr Zimmer zur Verfügung, damit wir miteinander schlafen konnten. Ich wollte nicht, daß meine Mutter es erfuhr. Sie stellte keine Fragen, aber ich glaube, sie hat es geahnt.

Die Nächte waren sanft und samtfarben. Von überall her hörte man das Summen der Insekten. An den Sabbatabenden wehte die Musik des Akkordeons in Fetzen herüber, wie ein Atemzug. Wenn wir uns geliebt hatten, legte ich das Ohr an Jacques' Brust, lauschte dem Klopfen seines Herzens. Ich glaubte, wir wären Kinder, so weit weg von allem, so verträumt. Ich glaubte, all das würde ewig währen. Die blaue Nacht, das Summen der Insekten, die Musik, die Wärme unserer eng umschlungenen Körper auf dem schmalen Gurtbett, die Schläfrigkeit, die uns überkam. Oder wir redeten miteinander und rauchten dabei Zigaretten. Jacques wollte Medizin studieren. Wir würden nach Kanada gehen, nach Montreal oder vielleicht nach Vancouver. Wir würden abreisen, sobald Jacques seinen Militärdienst abgeleistet hatte. Wir würden heiraten und dann abreisen. Es war uns schwindlig vom Wein.

Die Felder waren riesig. Die Arbeit bestand darin, die jungen Rübentriebe auszureißen und nur alle fünfundzwanzig Zentimeter eine Pflanze stehenzulassen. Jungen und Mädchen arbeiteten gemeinsam, sie trugen dieselben Jacken und Hosen aus grobem Leinen und derbe Schuhe mit dicken Sohlen. Morgens waren die Felder hart von der nächtlichen Kälte. Milchiger Nebel klebte an den Bäumen, an den Hügeln. Wir bewegten uns in der Hocke vorwärts, um die bleichen Rübenstengel auszureißen. Dann erhob sich die Sonne über dem Horizont, und der Himmel wurde grellblau. Überall in den Furchen der Felder waren Arbeiter, die ein Geräusch machten wie Vögel. Ab und zu stoben vor uns Schwärme von Sperlingen auf.

Elizabeth blieb im Lager. Sie war der Wäscherei zugeteilt worden, um die Arbeitskleider zu waschen und auszubessern. Sie fühlte sich zu alt, um den ganzen Tag draußen zu bleiben. Doch für Esther war es hart und schön. Ihr machte es nichts aus, das Brennen der Sonne auf dem Gesicht, auf den Händen und durch den Stoff der Bluse hindurch auf den Schultern zu spüren. Sie arbeitete mit Nora zusammen. Die beiden bewegten sich im gleichen Rhythmus in den Furchen voran und füllten die Jutesäcke mit ausgerissenen Trieben. Anfangs plauderten sie, lachten über ihren Entengang. Ab und zu machten sie halt, um sich auszuruhen, setzten sich in den Schlamm und rauchten gemeinsam eine Zigarette. Doch am Ende des Tages waren sie so müde, daß sie kaum noch laufen konnten. Ihre gefühllosen Beine versagten ihnen den Dienst. Sie beendeten die Arbeit, indem sie auf dem Hosenboden voranrutschten. Gegen vier Uhr kehrte Esther in ihr Zimmer zurück und legte sich ins Bett, während ihre Mutter zum Abendessen ging. Dann wachte sie auf, es war Morgen, ein neuer Tag begann.

Sie trug das Brennen der Sonne im Leib. Es war für all die verlorenen Jahre, die erloschenen Jahre. Auch Nora trug das Brennen bis zum Wahnsinn in sich. Manchmal legte sie sich so lange mit verschränkten Armen und geschlossenen Augen auf die Erde, daß Esther sie schütteln mußte, sie zwingen mußte aufzustehen. »Mach das nicht, sonst wirst du krank.« Wenn auf den Feldern nichts zu tun war, brachten Esther und Nora dem Hirten in der Nähe der Hügel das Essen. Sobald Johanan sie kommen sah, holte er seine Mundharmonika hervor und spielte dieselben Melodien wie auf dem Akkordeon, ungarische Tänze. Die Kinder des Dorfes liefen herbei, rannten die Steinhügel hinab, näherten sich schüchtern. Sie waren sehr arm, und ihre Kleider waren zerrissen, so daß ihre braune Haut durch die Löcher in den Kleidern durchschimmerte. Wenn sie Esther und Nora sahen, wurden sie etwas zutraulicher, kamen ein Stück weiter herab, setzten sich auf die Steine, um zuzuhören, wie Johanan Mundharmonika spielte.

Esther holte etwas zu essen aus der Tasche, Brot, Äpfel, Bananen. Sie bot ihnen das Obst an, verteilte das Brot. Die mutigsten, die Jungen, nahmen wortlos das Essen entgegen und zogen sich zu den Felsen zurück. Esther näherte sich den Mädchen, kletterte bis zu ihnen über die Steine, versuchte mit ihnen zu sprechen, ein paar arabische Worte, die sie im Lager gelernt hatte: houbs, aatani, koul! Das brachte die Kinder zum Lachen, sie wiederholten die Worte, als wären sie in einer unbekannten Sprache.

Anschließend kamen Männer. Sie trugen das lange weiße Gewand der Drusen und auf dem Kopf ein großes weißes Tuch, das im Wind flatterte. Sie blieben oben auf der Kammlinie der Hügel, ihre Silhouetten zeichneten sich wie Vögel vor dem Himmel ab. Johanan hörte auf zu spielen, winkte sie heran. Doch die Männer kamen nicht. Eines Tages wagte Esther, durch die Felsen zu ihnen hinaufzuklettern. Sie nahm Brot und Obst mit, das sie den Frauen gab. Es war dabei furchterregend still. Sie gab ihnen die Lebensmittel, dann ging sie wieder zu Nora und Johanan hinunter. An den folgenden Tagen kamen die Kinder, sobald die Herde in der Nähe des Hügels war. Eine Frau begleitete sie, sie war etwa in Esthers Alter, trug ein langes, himmelblaues Kleid, und in ihr Haar waren Goldfäden geflochten. Sie gab ihnen einen Krug Wein. Esther nippte daran, der Wein war kühl, leicht und ein wenig herb. Anschließend trank Johanan, und auch Nora trank. Dann nahm die junge Frau den Krug und kletterte wieder über die Felsen hinauf auf den Hügel. Nur das gab es hier, die Stille, den Blick der Kinder, den Geschmack des Weins im Mund, den Sonnenschein. Auch deshalb glaubte Esther, daß all das ewig währen würde, als hätte es zuvor nie etwas anderes gegeben, als würde ihr Vater auftauchen und auch oben auf dem Hügel durch die Felsen gehen. Wenn die Sonne zum Horizont hinabsank, in den Dunst des Meeres, trieb Johanan die Tiere zusammen. Er pfiff den Hund, nahm den Hirtenstab, und Schafe und Ziegen trotteten auf die Mitte der Ebene zu, dorthin, wo der See zwischen den Bäumen glänzte.

Nachmittags, wenn die Sonne tiefer am Himmel stand, setzte sich Esther manchmal mit Nora in die Avocadoplantagen. Der Schatten des Laubs war schön kühl, und sie blieben dort eine ganze Weile, unterhielten sich, rauchten, oder Esther lehnte den Kopf an Noras Hüfte und schlief. Die Plantage befand sich auf einer Anhöhe, man überblickte das ganze Tal. In der Ferne lagen die dunklen Hügel um Tiberias und die hellen Flecken der arabischen Dörfer. In noch weiterer Ferne war die Grenze, dort wo Jacques kämpfte. Nachts sah man manchmal das Aufblitzen von Mörsern, wie Wetterleuchten, doch das Grollen hörte man nie.

Nora war Italienerin. Sie stammte aus Livorno, ihr Vater, ihre Mutter und ihre kleine Schwester waren verschollen, die Faschisten hatten sie mitgenommen. Am Tag, an dem die Milizsoldaten erschienen waren, war sie bei einer Freundin gewesen, und sie hatte den Krieg, in einem Keller versteckt, überlebt. »Sieh mal, Esther, da ist überall Blut.« Sie sagte seltsame Dinge. Sie hatte einen verlorenen Blick, eine bittere Falte auf beiden Seiten des Mundes. Wenn sie keine Arbeitskleidung trug, kleidete sie sich in Schwarz wie eine Sizilianerin. »Siehst du das Blut, das auf den Steinen glänzt?« Sie hob die flachen Steine auf und machte sich einen Spaß daraus, Skorpione hervorzulocken. Sie flohen über die staubige

Erde zwischen den Avocadobäumen, auf der Suche nach einem anderen Unterschlupf. Nora hielt sie mit zwei Stöckchen fest, ohne ihnen weh zu tun, und betrachtete die geschwollene Giftdrüse, den aufgerichteten Stachel. Sie sagte, sie könne die Skorpione abrichten, ihnen Kunststücke beibringen.

Sie arbeitete mit Esther auf den Rübenfeldern, entdeckte sofort die Spinnen, die sich unter den Trieben versteckt hatten. Sie nahm sie vorsichtig mit einem Grashalm auf, setzte sie ein Stück weiter wieder hin, damit ihnen nichts geschah. In ihrem Zimmer ließ sie zu, daß die Spinnen ihre Netze an der Decke webten. Sie sahen aus wie seltsame graue Sterne, die bei jedem Luftzug zitterten. Als Jacques zum erstenmal das Zimmer betrat, reagierte er mit Abscheu. Er hatte die Spinnweben abfegen wollen, doch Esther hatte ihn davon abgehalten: »Das darfst du nicht, das sind ihre Freunde.« Jacques hatte sich daran gewöhnt. Er fand auch, daß Nora ein bißchen verrückt war. Aber das war unwichtig. »Man muß schon ein bißchen verrückt sein«, sagte er, »um das zu tun, was wir hier tun.«

Eines Tages, als Nora auf den Feldern arbeitete, war ihr Zimmer neu gestrichen worden, alles war mit gallertartiger weißer Farbe bemalt worden, vom Boden bis zur Decke. Nora war wütend, lief schreiend durch das Lager und beschimpfte die, die das getan hatten. Das war wegen der Spinnen, sie weinte, weil sie verscheucht worden waren.

Esther und Nora hatten ein Versteck am äußersten Ende der Gebäude, unter dem Wasserspeicher. Nora hatte das Versteck gefunden, dort suchte sie nachmittags Zuflucht, wenn es zu heiß war. Nora hatte den Schlüssel gefunden, der die Tür unter dem Wasserspeicher öffnete. Es war ein großer leerer Raum mit zwei Schießscharten, durch die etwas Licht hereinfiel. In dem Raum befanden sich nur Kisten, alte Jutesäcke, Kabel, leere Kanister. Es war dunkel und kühl wie in einer

Grotte. Man hörte kein Geräusch, bis auf das Rauschen des Wassers, das durch die Rohre floß, und Tropfen, die irgendwo in regelmäßigen Abständen herabfielen. Es war seltsam, beunruhigend. Unter den Steinen fand Nora weiße, fast durchsichtige Skorpione. Andere waren ganz schwarz. Sie zeigte Esther die Ringe am Schwanz, die die Stärke des Gifts anzeigten. Seit ihr Zimmer weiß gestrichen worden war, sagte sie, wohne sie hier. Sie wollte Schauspielerin werden. Sie ging unter dem Wasserspeicher auf und ab und rezitierte laut Gedichte. Es waren Gedichte, die ihr ähnelten, stürmische, tragische Gedichte, die sie Esther übersetzte, Ausrufe, Beschwörungen. Sie rezitierte Gedichte von Garcia Lorca, von Majakowski. Dann trug sie italienische Verse vor, Passagen aus Dante und Petrarca, Stellen aus *Pavese, Kommen wird der Tod und deine Augen haben.* Esther hörte ihr zu, sie war Noras Publikum. Nora sagte: »Weißt du, was gut wäre? Man müßte die Kinder hierher mitnehmen und zuhören, wie sie singen und spielen.«

Es herrschte undurchdringliche Stille, wie voller Erwartung. Es war vorbei. Esther wollte, daß alles ausgefüllt blieb, daß es keinen Platz für die Leere der Erinnerung gab. Sie hatte die Gedichte von Chaim Nachman Bialik in ihr schwarzes Heft geschrieben, das gleiche Heft, in das Nejma auf dem Weg ins Exil ihren Namen geschrieben hatte. Sie las vor:

»Bruder, Bruder,
hab Mitleid mit den schwarzen Augen tief unter uns,
denn wir sind müde, denn wir teilen deinen Schmerz.
Ich habe mein Licht nicht in den Lehren der Freiheit
gefunden,
ich habe es nicht von meinem Vater erhalten,
ich habe es in mein eigenes Fleisch gebissen,
ich habe es in mein eigenes Herz geschnitten.«

Das Haus der Kinder war mitten im Kibbuz. Die Speisesäle dienten auch als Schule. Die Tische und Stühle entsprachen der Größe der Kinder, aber die Wände waren kahl und weiß gestrichen, mit derselben gallertartigen Farbe.

Es war stärker als sie. Nora ertrug es nicht mehr, allein in dem Raum unter dem Wasserspeicher zu sein, mit dem Geräusch des Wassers und dem blendenden Licht draußen. Sie ging hinaus, lief durch das hohe Gras, das rings um den Wasserspeicher wuchs. Sie suchte nach Schlangen. Ihr blasses Gesicht über dem schwarzen Kleid leuchtete wie eine Maske. Sie begegnete Esther, ohne sie zu erkennen. Sie war in den Tiefen ihrer Erinnerung verschwunden. Sie war in Livorno, die Männer von der Miliz hatten ihre Schwester Vera mitgenommen. Nora irrte wie eine Verrückte umher, schrie diesen Namen. »Vera, Vera, ich will sofort Vera sehen!« Sie ging zum Haus der Kinder und betrat den Klassenraum, der Lehrer stand vor der Tafel, auf der ein unvollendeter Satz auf hebräisch zu lesen war. Nora kniete vor einem kleinen Mädchen nieder, drückte es an sich, erstickte es fast mit Küssen, sprach auf italienisch auf das Kind ein, bis es erschrocken in Tränen ausbrach. Da wurde sich Nora mit einem Schlag bewußt, wo sie war, schämte sich, entschuldigte sich auf französisch und italienisch, sie sprach keine andere Sprache. Esther nahm sie am Arm, brachte sie in ihr Zimmer und legte sie aufs Bett, sanft und schwesterlich. Esther setzte sich neben sie aufs Bett, ohne mit ihr zu sprechen. Nora blickte starr geradeaus auf die viel zu weiße Wand, dann schlief sie plötzlich ein.

Das Lichterfest stand bevor. Alle erwarteten es. Es war das erste Mal, als würde nun alles neu sein, alles von vorn beginnen. Esther erinnerte sich, ihr Vater hatte das gesagt, man müsse alles von vorn beginnen. Die verwüstete Erde, die Trümmer, die Gefängnisse, die verfluchten Felder, auf denen die Männer gefallen waren, all das wurde vom Licht des Winters, von der Kälte des Morgens reingewaschen, als die Chanukka-Leuchter und das neue Feuer angezündet wurden, wie bei einer Geburt. Esther erinnerte sich auch an die Worte aus dem Buch des Anfangs, als am dritten Tag die Sterne aufgingen, sie erinnerte sich an die Kerzenlichter in der Kirche von Festiona. Jacques war noch bei ihr. Er mußte unmittelbar nach den Feiertagen zurückfahren. Doch Esther wollte davon nichts wissen. Die Pampelmusenernte hatte begonnen. Jacques und Esther arbeiteten Seite an Seite, die Plantage raschelte von all den Händen, die die Früchte pflückten. Es war ein herrlicher Morgen. Die Sonne war sengend heiß, trotz der kalten Luft. Nachmittags waren sie in Noras Zimmer zurückgekehrt. Sie blieben eng umschlungen liegen, Esthers Atem verschmolz mit dem seinen. Jacques hatte nur gesagt: »Ich gehe gleich.« Sie spürte, wie ihr die Tränen in die Augen traten. Es war der erste Tag, der Tag, an dem die erste Chanukka-Kerze angezündet worden war.

Es war eine Nacht, die sie nie vergessen würde. Der Speisesaal war voller Menschen, Musik erklang, Wein wurde getrunken. Die Mädchen kamen auf Esther zu, sagten auf englisch zu ihr: »Wann heiratest du?« Esther war mit Nora zusammen, sie war zum ersten Mal betrunken. Sie tranken beide Weißwein, aus derselben Flasche. Esther tanzte, ohne zu wissen mit wem. Sie spürte eine große Leere in sich. Sie wußte nicht warum. Es war nicht das erste Mal, daß Jacques an die Grenze zurückkehrte. Vielleicht lag es an der vielen Sonne, die ihre Gesichter auf der Plantage verbrannt hatte. Jacques' Haar und Bart glänzten wie Gold.

Nora lachte, dann begann sie plötzlich ohne Grund zu weinen. Von all dem Wein und Zigarettenrauch wurde ihr übel. Elizabeth und Esther begleiteten sie nach draußen in die Dunkelheit. Gemeinsam stützten sie sie, während Nora sich erbrach, dann halfen sie ihr, zu ihrem Zimmer zu gehen. Nora wollte nicht allein bleiben. Sie hatte Angst. Sie sprach von Italien, von Livorno, von Männern, die ihre Schwester Vera mitnahmen. Elizabeth befeuchtete ein Tuch und legte es ihr auf die Stirn, um sie zu beruhigen. Nora schlief ein, doch Esther wollte nicht mehr auf das Fest zurückkehren. Elizabeth begab sich zur Ruhe. Esther saß neben Nora auf dem Bett und begann im Schein der Nachttischlampe einen Brief zu schreiben. Sie wußte nicht recht, an wen er gerichtet war, an Jacques vielleicht oder an ihren Vater. Oder vielleicht schrieb sie ihn an Nejma, in das gleiche schwarze Heft wie jenes, das Nejma im Staub des Weges hervorgeholt hatte und in das sie ihren Namen geschrieben hatten.

Es war Morgen, und Esther merkte zum ersten Mal, daß sie ein Kind erwartete. Sie wußte es, noch bevor sie den körperlichen Beweis dafür hatte, sie spürte die Veränderung, die Schwere in ihrem Inneren, etwas war geschehen, was sie nicht begreifen konnte. Eine Freude, ja das war es, eine Freude, wie sie sie noch nie zuvor empfunden hatte. Es war im Morgengrauen, sie hatte bei offener Tür geschlafen, um die Kühle der Nacht zu spüren oder vielleicht auch wegen des Geruchs nach Wein und Tabak, der sich im Zimmer und in den Laken festgesetzt hatte. Elizabeth schlief noch, lautlos. Es war so früh, daß sich noch nichts im Lager regte. Und ab und zu ertönte vom anderen Ende des Kibbuz das heisere Krähen eines Hahns. Alles war grau, wie erstarrt.

Esther ging bis zum Wasserspeicher und schlug dann den Weg zur Avocadoplantage ein. Sie trug ein leichtes Kleid und an den nackten Füßen die Beduinensandalen, die sie mit Jacques auf dem Markt in Haifa gekauft hatte. Sie lauschte, wie die Erde bei jedem Schritt knirschte. Je weiter sie ging, um so heller wurde es. Inzwischen waren auf der Erde Schatten zu sehen, und auf den Gipfeln der Hügel zeichneten sich die Umrisse der Bäume ab. Vor ihr stoben Vögel auf. Scharen von plündernden Staren, die über die Felder glitten, flogen dem See entgegen.

Nach und nach waren die ersten Geräusche zu hören. Esther erkannte eines nach dem anderen. Sie hatte das Gefühl, daß diese Geräusche ihr gehörten, jedes einzelne, und daß sie in ihr waren wie die Worte eines Satzes, der rückwärts gerichtet und in ihren ältesten Erinnerungen verwurzelt war. Sie kannte diese Geräusche, hatte sie schon immer gehört. Sie waren schon da, als sie noch in Nizza war oder in den Bergen, in Roquebillière, in Saint-Martin. Das Kreischen der Vögel, das Blöken der Schafe und das Meckern der Ziegen im Stall, die Stimmen der Frauen, der Kinder, das Surren der Wasserpumpe, das Vibrieren der Saugrohre, der Windräder.

Irgendwann hörte sie, ohne es zu sehen, wie Johanans Herde auf die Weide zog, in die Nähe des Drusendorfs. Dann den Kuhhirten, der das Tor zum Pferch öffnete und die Kühe zur Tränke an den See führte.

Esther ging wieder weiter über die Felder. Die Sonne tauchte über den Steinhügeln auf, schien auf die Baumwipfel, rief rote Spiegelungen auf dem See hervor. Und in ihr war diese Sonne, dieser brennende rote Punkt, dessen Namen sie nicht kannte.

Sie dachte an Jacques. Sie würde es ihm nicht sagen, noch nicht. Sie wollte nicht, daß sich irgend etwas änderte. Sie wollte nicht, daß es jemand anderes gab. Bevor er an die Grenze zurückgefahren war, hatte Jacques gesagt, sie würden in Kanada heiraten, sobald sie dort wären, und er würde studieren. Deshalb wollte Esther nicht über andere Dinge sprechen, weder mit Jacques noch mit sonst jemandem. Sie wollte nicht zu sehr an die Zukunft denken.

Sie ging durch die Felder, die noch verlassen dalagen. Sie lief sehr weit auf die Hügel zu. So weit, daß sie die Geräusche der Menschen und das Brüllen des Viehs nicht mehr hörte. Sie stieg den steilen Weg mitten durch die Avocadoplantagen hinauf. Die Sonne stand inzwischen hoch am Himmel, ließ den See, die Bewässerungskanäle aufleuchten. Weit hinten im Süden, über dem Dunst des Meeres, sah man den Bergrücken des Karmel. Noch nie hatte eine Landschaft Esther so berührt. Alles war so weit, so rein und zugleich so verwittert, so alt. Esther sah sie nicht mit den eigenen Augen, sondern mit den Augen all derer, die von dieser Landschaft geträumt hatten, all derer, deren Augen mit dieser Hoffnung erloschen waren, mit den Augen der hilflosen Kinder, die ins Stura-Tal gekommen und in geschlossenen Waggons weggebracht worden waren. Die Bucht von Haifa, Akko, der Karmel, die dunkle Linie der Hügel, wie Esther und Elizabeth sie schon vor so langer Zeit vor dem Bug der *Sette Fratelli* am Horizont hatten auftauchen sehen.

Etwas wuchs in Esther heran, schwoll in ihrem Inneren, lebte in ihr, sie wußte es nicht, sie konnte es nicht wissen. Es war so stark, daß es sie zum Zittern brachte. Sie konnte nicht weitergehen. Sie setzte sich im Schatten eines Baums auf einen Stein und atmete langsam. Es kam aus weiter Ferne, durchdrang sie. Sie erinnerte sich an Joëls Worte im Gefängnis in Toulon, an die Worte in der geheimnisvollen Sprache, die durch ihre Kehle rannen, ihren ganzen Körper erfüllten. Sie hätte jetzt gern jedes einzelne dieser Worte wiedergefunden, hier auf dieser Erde, im Sonnenlicht. Sie erinnerte sich an den Augenblick, als Elizabeth und sie zum erstenmal den Fuß auf diese Erde gesetzt hatten, auf den Sand des Strandes, als sie in ihren schmutzigen, vom Meersalz feuchten Kleidern und mit ihren Ballen alter Wäsche das Schiff verlassen hatten.

Esther ging weiter. Sie hatte die Plantagen hinter sich gelassen, ging mitten durch das Gestrüpp. Sie war weit weg vom Kibbuz, im Reich der Skorpione und Schlangen. Und plötzlich bekam sie Angst. Es war wie damals auf der Straße in der Nähe von Roquebillière, als sie gespürt hatte, daß der Tod ihrem Vater auf den Fersen war und sich vor ihr eine Leere aufgetan hatte, und sie gerannt war, bis ihr der Atem ausging.

Esther begann zu rennen. Das Geräusch ihrer Schritte hallte in den Hügeln wider, das Geräusch ihres Blutes und das Geräusch ihres Herzens in den Schläfen. Alles war seltsam leer. Die Felder wirkten verlassen, die gleichmäßigen Furchen glänzten hart im Sonnenlicht wie Spuren einer versunkenen Welt. Kein Vogel war am Himmel.

Wenig später stieß Esther auf die Herde von Ziegen und Schafen. Die Tiere grasten unten in einer Schlucht, am Rand eines Feldes, ein paar Ziegen waren sogar die Böschung hinaufgeklettert und begannen, die jungen Rübentriebe zu fressen. Ihre dünnen Stimmen waren zu hören.

Als Esther in den Kibbuz kam, sah sie, daß sich Männer und Frauen vor den Häusern versammelt hatten. Die Kinder waren nicht in der Schule. Im Schatten des Hauptgebäudes, auf dem nackten Zement der Terrasse, lag Johanans lebloser Körper. Esther sah sein schneeweißes, nach hinten geneigtes Gesicht. Seine Arme waren am Körper ausgestreckt, die Hände geöffnet. Das Licht, das sich auf den Wänden spiegelte, ließ seine Augen und sein schwarzes Haar glänzen. Es war grauenhaft, er schien nur in der Mittagshitze eingeschlafen zu sein. Auf dem Hemd war ein großer, dunkler Fleck, dort wo der Mörder ihn getroffen hatte.

Am selben Tag erfuhr Esther von Jacques' Tod, er war an der Grenze, nicht weit vom See Genezareth, getötet worden. Als die Soldaten die Nachricht brachten, sagte Esther nichts. Ihre Augen waren trocken. Sie dachte nur: Er kommt also nicht wieder und wird seinen Sohn nie sehen.

Montreal, Rue Notre-Dame, Winter 1966

Durch das Fenster des geschlossenen Balkons blicke ich auf die unveränderliche Straße. Der Himmel ist so fern, so weiß, als befänden wir uns in den höchsten Schichten der Atmosphäre. Die Straße ist voller Schneereste. Ich sehe die Schlangenlinien der Reifenspuren, Fußabdrücke. Vor meinem Haus ist ein Garten mit kahlen Bäumen, die in den fahlen Himmel ragen. In diesem kleinen Garten hat Michel die ersten Schritte gemacht. Die Böschungen sind noch richtig weiß. Nur die Raben haben dort Spuren hinterlassen. Auf beiden Seiten der Straße stehen hohe, gebogene Straßenlaternen. Nachts bilden sie Pfützen aus gelbem Licht. An den verschneiten Bürgersteigen parken Autos. Manche stehen schon seit Tagen da, Dächer und Scheiben sind mit vereistem Schnee bedeckt. Ich kann Lolas VW sehen, dessen Batterie zu Beginn des Winters ausgefallen ist. Er sieht aus wie ein im Eis eingeschlossenes Wrack.

Weiter hinten auf der Straße leuchten die Rücklichter der Autos auf, wenn sie vor der Kreuzung bremsen. Die weißgelben Busse fahren rings um den Platz, dann die Straße hinab zur Kreuzung. Dort nehme ich den Bus nach Mac Gill. Und dort habe ich Lola zum ersten Mal getroffen. Sie ging auf die Schauspielschule. Auch sie erwartete ein Kind, und so sind wir ins Gespräch gekommen. Sonntags fuhren wir mit dem

VW nach Longueil oder auf den Friedhof Mont-Royal, um den Eichhörnchen zuzusehen, die in den Gräbern hausen. Das alles liegt so weit zurück, daß es mir fast unwirklich vorkommt. Jetzt ist die Wohnung leer, es sind nur noch ein paar Kartons, Bücher und Flaschen da.

Es ist schwer, wegzugehen. Ich hätte nicht gedacht, daß sich in all den Jahren soviel angesammelt hätte. Und so mußte ich einpacken, verschenken, verkaufen. Gestern fand im Hof vor Lolas Haus der Verkauf statt. Philip hat alles mit Michel und Lolas Tochter Zoé nach draußen gebracht. Das Geschirr, die Küchengeräte, das alte Spielzeug, die Platten, den Stapel »National Geographic«. Nach dem Verkauf haben wir noch etwas gefeiert, haben Bier getrunken und getanzt, Philip hat ziemlich laut geredet. Michel und Zoé sind sehr schnell wieder verschwunden, sie schienen sich ein wenig zu schämen. Sie sind mit Freunden Bowling spielen gegangen.

Das war Sonntag, es schneite. Lola wollte, daß wir noch einmal gemeinsam auf den Friedhof gehen, wie damals, als die Kinder noch klein waren. Es war sehr kalt, und obwohl wir lange gesucht haben, haben wir die Eichhörnchen, die in den Gräbern leben, nicht gesehen.

Es ist schwer, zurückzukehren. Ich betrachte die Straße mit schmerzhafter Aufmerksamkeit, um mir jede Einzelheit einzuprägen. Mein Gesicht ist so dicht an der Scheibe, daß ich die Kälte auf der Stirn spüre und mein Atem zwei beschlagene Kreise hinterläßt. Die Straße ist unendlich lang. Sie zieht sich in die Unermeßlichkeit der kahlen Bäume und Backsteinbauten hin, dem fahlen Himmel entgegen. Als brauchte man nur irgendeinen Autobus zu nehmen, um dorthin, auf die andere Seite des Ozeans, zu meiner Mutter Elizabeth zu fahren.

Jetzt, da ich fortgehen will, taucht plötzlich Tristans Gesicht vor mir auf, sein sanftes, kindliches Gesicht, wie ich es in Saint-Martin im Halbdunkel der Kastanien an jenem Tag gesehen habe, an dem unsere Flucht durch das Gebirge begonnen hat. Vor gut einem Jahr erfuhr ich, daß Tristan hier im Land ist. Er soll in Toronto arbeiten, in der Industrie oder im Hotelgewerbe, das habe ich nicht so genau verstanden. Jemand hat Philip von ihm erzählt, eine auf eine Streichholzschachtel gekritzelte Telefonnummer. Einen Augenblick habe ich daran gedacht, dann habe ich die Nummer verloren, vergessen.

Jetzt, da ich aufbrechen will, sehe ich sein Gesicht wieder vor mir, doch das ist auf der anderen Seite meines Lebens, das ist der Junge, über den ich mich so oft geärgert habe, weil ich ihm überall auf meinem Weg begegnet bin und ihm vorgeworfen habe, mir nachzuspionieren. Nicht den Mann in den Vierzigern will ich sehen, den Mann mit Bauchansatz und grauen Schläfen, mit Geschäften in Toronto. Sondern das Kind in Saint-Martin, als sich noch nichts am Lauf der Welt geändert hatte und man noch alles für möglich hielt, auch wenn rings um uns Krieg herrschte. Dann war mein Vater da, stand auf der Türschwelle, und Tristan gab ihm ernst die Hand. Oder Tristan drückt unten in der Schlucht mit dem rauschenden Wildbach sein Ohr an meine nackte Brust und lauscht dem Klopfen meines Herzens, als wäre es das Wichtigste auf der Welt. Wie hat sich all das einfach verflüchtigen können? Tief im Inneren tut es mir weh, ich kann nicht vergessen.

Es ist schwer, zurückzukehren, viel schwerer als wegzugehen. Ich gehe für Michel zurück, damit er endlich sein Land und seinen Himmel sieht, damit er endlich ein Zuhause hat. Mir wird plötzlich bewußt, daß er genauso alt ist wie ich damals, als ich an Bord der *Sette Fratelli* ging. Nur, daß man heute mit dem Flugzeug höchstens ein paar Stunden braucht, um den Abgrund zu überwinden, der uns von unserem Land trennt.

Ich betrachte diese Straße, mir wird schwindlig. Ich habe

geglaubt, alles sei so fern, fast unerreichbar, am anderen Ende der Zeit, am Ziel einer Reise, die lang und schmerzhaft ist wie der Tod. Ich habe geglaubt, ich würde mein ganzes Leben brauchen, um dorthin zu gelangen. Und morgen ist es soweit. Einfach am Ende dieser Straße. Jenseits der Signalmasten, dort wo die weißgelben Autobusse abbiegen und in den roten Schluchten der Hochhäuser verschwinden.

Jetzt denke ich an sie, an Nejma, meine Schwester mit dem Profil einer Inderin und blassen Augen, an sie, der ich nur einmal durch Zufall begegnet bin, auf der Straße nach Silo, in der Nähe von Jerusalem: Sie ist aus einer Staubwolke aufgetaucht und in einer anderen Staubwolke verschwunden, als uns die Lastwagen in die heilige Stadt gebracht haben. Manchmal habe ich das Gefühl, als spürte ich den leichten Druck ihrer Hand, die sich auf meinen Arm legt, als spürte ich ihren fragenden Blick, ich blicke sie an, wie sie langsam in lateinischen Buchstaben ihren Namen auf die erste Seite ihres schwarzen Hefts schreibt. Das ist die einzige Gewißheit, die mir nach all den Jahren von ihr bleibt, nachdem die Staubwolke sie eingehüllt hat, dieses schwarze Heft, in das auch ich meinen Namen geschrieben habe, wie für ein geheimnisvolles Bündnis.

Ich habe von diesem Heft geträumt. Ich sah es nachts, mit einer feinen Schrift bedeckt, mit demselben Bleistift beschrieben, den wir nacheinander in der Hand hielten. Ich träumte, ich könnte diese Schrift entziffern und hätte gelesen, was Nejma berichtete, für mich allein, eine Liebesgeschichte, eine Geschichte der Entwurzelung, die auch die meine hätte sein können. Ich träumte, das Heft sei mir mit der Post zugestellt oder von einem geheimnisvollen Boten vor die Tür meiner Wohnung in Montreal gelegt worden, wie die Kinder, die man zu Dickens' Zeiten aussetzte.

Und so hatte auch ich mir ein schwarzes Heft gekauft, auf dessen erste Seite ich ihren Namen geschrieben hatte, Nejma. Doch ich hielt darin mein eigenes Leben fest, Tag für Tag etwas, mein Studium an der Universität, Michel, die Freundschaft mit Lola, die Begegnung mit Bérénice Einberg, Philips Liebe. Und auch Elizabeths Briefe, das Warten auf die Rückkehr, die schönen Hügel, den Geruch der Erde, das Licht des Mittelmeers. War sie es, war ich es, ich wußte es nicht mehr. Eines Tages würde ich dorthin zurückkehren, auf die Straße nach Silo, die Staubwolke würde sich öffnen und Nejma auf mich zukommen. Wir würden unsere Hefte austauschen, um die Zeit aufzuheben und das Leid und den brennenden Schmerz der Toten zu bannen.

Philip machte sich über mich lustig. »Schreibst du deine Memoiren?« Vielleicht glaubte er, es sei ein Tagebuch, wie es unreife Mädchen führen, um darin ihre Liebesgeschichten und Herzensergüsse festzuhalten.

Ich habe überall nach Nejma gesucht, selbst hier. Ich hielt auf dieser verschneiten Straße durch das Fenster nach ihr Ausschau. Ich versuchte, sie auf den Gängen des Krankenhauses ausfindig zu machen, unter den armen Frauen, die dort saßen, um sich behandeln zu lassen. In meinen Träumen stand sie manchmal vor mir, als hätte sie soeben die Tür geöffnet, und ich empfand dieselbe Zuneigung und denselben Haß. Sie blickte mich an, ich spürte auf dem Arm den leichten Druck ihrer Hand. In ihrem blassen Blick lag derselbe fragende Ausdruck. Nichts an ihr hatte sich seit dem Tag, an dem wir uns begegnet waren, verändert. Sie trug dasselbe Kleid, dieselbe Jacke, grau vom Staub, dasselbe Kopftuch, das ihr halb das Gesicht verdeckte. Vor allem ihre Hände, ihre breiten, gebräunten Hände einer Bäuerin. Sie war immer allein, die anderen Frauen und Kinder, die neben ihr hergegangen waren, waren verschwunden. Sie kam aus dem Exil, aus den Ländern der Dürre und des Vergessens, allein, und sah mich an.

Als Jacques starb, war ich am Ende, ich träumte nicht mehr. Elizabeth nahm mich zu sich nach Hause. Sie war in Haifa in eine Wohnung gezogen, aus der man das Meer sehen konnte. Ich wußte nicht mehr, wo ich war. Ich irrte durch die Straßen, an den Strand, an dem wir vor so langer Zeit an Land gegangen waren. In der Menge begegnete ich immer derselben Frau, eine zerlumpte alterslose Gestalt, deren Gesicht mit einem fleckigen Tuch verschleiert war und die mit großen Schritten wie eine Wahnsinnige an den Bächen entlanglief, verfolgt von Kindern, die mit Steinen nach ihr warfen. Manchmal sah ich, wie sie an eine Wand gelehnt im Schatten saß, ohne sich von den vorüberfahrenden Autos und Lastwagen stören zu lassen. Eines Tages bin ich auf sie zugegangen. Ich wollte ihr in die Augen sehen, Nejmas Licht wiederfinden. Als ich mich näherte, streckte sie die Hand aus, die abgemagerte Hand einer alten Frau, mit Venen, die wie Saiten hervortraten. Von einem Schwindelgefühl erfaßt, wich ich zurück, und die Bettlerin mit dem wirren Blick spuckte mich an und floh in das Dunkel der Gassen.

Ich war wie Nora, sah überall Blut und Tod. Es war Winter, die Sonne brannte auf den Hügeln von Galiläa, brannte auf den Straßen. Und ich hatte diese Last, diesen Feuerball im Leib. Ich konnte nachts nicht mehr schlafen, meine Lider öffneten sich wieder, ich hatte Salz in den Augen. Ich konnte nicht begreifen, hatte das Gefühl, durch dieses Leben, das Jacques in mich gepflanzt hatte, bliebe ich mit ihm über den Tod hinaus verbunden. Ich sprach mit ihm, als sei er da, als könne er mich hören. Elizabeth hörte mich, streichelte mir das Haar.

Sie glaubte, es sei die Trauer. »Weine, Estrellita, danach fühlst du dich besser.« Ich wollte ihr nicht von dem Kind erzählen.

Tagsüber ging ich ziellos durch die Straßen. Ich hatte denselben Gang wie die Irre, die in der Nähe des Markts bettelte. Dann habe ich etwas Verrücktes unternommen und mich von einem Militärlastwagen mitnehmen lassen, der Material und Lebensmittel transportierte. Den beiden blutjungen Soldaten, die fast noch Kinder waren, machte ich weis, ich wolle meinen Verlobten an der Front besuchen. Ich fuhr bis Tiberias und lief von dort aus durch die Hügel, ohne zu wissen, wohin ich ging, einfach, um den Boden zu betreten, auf dem Jacques Hirt gefallen war.

Die Sonne brannte, ich spürte die Last des Lichts auf meinen Schultern, auf meinem Rücken. Ich kletterte über Terrassen mit Olivenbäumen und lief an verlassenen Höfen mit zerschossenen Wänden vorbei. Kein Laut war zu hören. Es war wie auf der Straße nach Festiona, als ich mit den Augen das Gebirge absuchte, an dessen Fuß mein Vater auftauchen sollte. Die Stille und der Wind ließen mein Herz schneller schlagen, das Sonnenlicht blendete mich, doch ich lief weiter, rannte durch diese lautlosen Hügel.

Plötzlich habe ich am Wegrand einen Panzer stehen sehen. Es war nur noch ein halb verkohltes Metallskelett mit Ketten, die von der Erde blockiert waren, doch ich bekam einen Schreck und wagte nicht weiterzugehen. Wenig später erreichte ich den Befestigungsgürtel. Es waren von Dornensträuchern überwachsene, mit Rundhölzern verstärkte Schützengräben, die sich im Zickzack über den Hang des Hügels zogen, wie Splitter von Sternen. Ich ging an den Schützengräben entlang, setzte mich an den Rand und blickte sehr lange zum See Genezareth hinüber.

Dort haben mich die Soldaten gefunden. Sie nahmen mich ins Hauptquartier mit, um mich zu verhören, weil sie glaubten, ich sei eine Spionin der Syrier. Dann brachte mich ein Lastwagen nach Haifa zurück.

Elizabeth hat alles organisiert, alles entschieden. Ich würde nach Kanada gehen, nach Montreal, an die Mac Gill Universität, um Medizin zu studieren. Das war auch Jacques Hirts Wunsch gewesen. Wegen des Kindes willigte ich ein. Das war mein Geheimnis, ich wollte, daß mein Kind in weiter Ferne auf die Welt kam und daß Elizabeth nichts davon erfuhr. Ende März schiffte ich mich auf der *Providence* ein, einem kleinen Frachtdampfer, der den arabischen Flüchtlingen Nahrungsmittel und Medikamente der Vereinten Nationen gebracht hatte und bis nach Marseille Fahrgäste aufnahm. In Marseille ging ich an Bord der *Nea Hellas*, die Auswanderer in die Neue Welt brachte.

Es war Ende September, als meine Sonne geboren wurde. Ich hatte geträumt, das Kind würde in meinem Land auf die Welt kommen, drüben, auf der anderen Seite des Ozeans, am Strand, wo Elizabeth und ich angekommen waren, als die *Sette Fratelli* uns ausgeschifft hatte. Die letzten Monate der Schwangerschaft waren anstrengend gewesen. Ich ging nicht mehr zu meinen Kursen, es war ein verlorenes Semester. Die Professoren waren gleichgültig, bis auf den Pathologieprofessor Salvadoni, einen alten Mann mit Schnurrbart und kleinen, runden Brillengläsern wie Gandhi. Er hatte zu mir gesagt: Kommen Sie wieder, wenn alles vorbei ist. Er ließ mein Stipendium weiterlaufen, ohne daß ich die Prüfungen nachholen mußte.

Lola kümmerte sich um mich wie eine Schwester. Auch sie war schwanger, doch sie erwartete das Kind nicht vor Weihnachten. Wir halfen uns gegenseitig, erzählten uns Geschichten, sie machte sich über meine unförmige Figur lustig. Auch sie war allein. Ihr Verlobter war verschwunden, ohne eine Adresse zu hinterlassen. Wir lebten fast die ganze Zeit zusammen. Sie brachte mir Yoga bei. Sie sagte, das könne uns in unserem Zustand helfen. Tief atmen, den Bauch herausstrecken, die Beine zum halben Lotussitz anwinkeln, die Augen schließen und meditieren. Lola war witzig, sehr groß und markant, sie hatte ein kindliches Gesicht, blaue Augen, krauses Haar und den Teint einer holländischen Puppe. Sie hieß van Walsum, ich begriff nie, warum ihre Eltern ihr einen mexikanischen Vornamen gegeben hatten.

Wir sprachen über Namen. Sie wollte ein Mädchen und zählte Vornamen auf, jeden Tag änderte sie die Reihenfolge, Leonora, Sylvia, Birgit, Romaine, Albertine, Christina, Carlotta, Sonya, Maryse, Marik oder Marit, Zoé und dann fügte sie immer Hélène hinzu, meinetwegen. Ich fand, daß Zoé gut zu Lolas Kind paßte, vor allem wenn es seiner Mutter ähneln würde. »Und dein Sohn?« Ich hatte beschlossen, daß es ein Sohn würde, meine Sonne. Doch ich tat so, als hätte ich nicht darüber nachgedacht. Ich hatte Angst vor dem Schicksal. Ich wagte ihr nicht zu sagen, daß er meine Sonne sein würde. Ich hatte ihr gesagt, wenn es ein Junge wird, bekommt er denselben Vornamen wie mein Vater. Michel. »Und wenn es ein Mädchen ist?« »Dann kannst du den Vornamen aussuchen.« Lola hatte nie nach dem Vater meines Kindes gefragt. Vielleicht glaubte sie, mir sei es genauso ergangen wie ihr, daß mich ein Mann verlassen hatte. Wir ähnelten uns so sehr, wir waren beide in Montreal gestrandet wie Treibholz, eines Tages würde uns die Welle wieder mitreißen, dann würden wir uns nie wiedersehen, das wußten wir.

Er würde das Kind der Sonne sein. Er wäre schon immer in mir gewesen, aus meinem Fleisch und meinem Blut geschaffen, aus meiner Erde und meinem Himmel. Er würde von den Wellen des Meeres an den Sandstrand getragen werden, auf dem wir gelandet waren, auf dem wir geboren waren. Seine Knochen würden die weißen Steine des Karmel und die Felsen des Gelas sein und sein Fleisch die rote Erde der Hügel von Galiläa, sein Blut würde das Wasser der Quellen sein, das Wasser des Wildbachs in Saint-Martin, das schlammige Wasser der Stura und das Wasser des Brunnens aus Nablus, das die Frau aus Samaria Jesus zu trinken gab. In seinem Körper würde er die Kraft und die Gewandtheit der Hirten haben, in seinen Augen würde das Licht Jerusalems glänzen.

Als ich in Ramat Johanan durch die Hügel irrte, auf der staubigen Erde der Avocadoplantagen, spürte ich das schon, diese Gegenwart, diese Kraft. Wie ein Bruchstück der Sonne, so brennend heiß und so schwer zu tragen. Wie sollten die anderen das verstehen? Sie hatten eine Familie, sie hatten einen Geburtsort, einen Friedhof, auf dem sie die Namen ihrer Großeltern lesen konnten, sie hatten Erinnerungen. Ich hatte nichts anderes als diesen Ball in meinem Bauch, diesen Ball, der herauskommen mußte. Deshalb war mir schwindlig, deshalb stieg mir die Übelkeit bis zu den Lippen, und in mir tat sich eine große Leere auf, ein Loch, das sich in eine andere Welt, in einen Traum öffnete. Ich erinnerte mich an die Worte des Rebbe Joël im Gefängnis von Toulon, als er in seiner geheimnisvollen Sprache von der Schöpfung Aischas erzählt hatte. Die Worte hatten mich erschauern lassen, und ich hatte Jacques' Hand gepreßt, damit er schneller übersetzte. Jetzt spürte ich dieselbe Kraft in mir, sie durchlief meinen Körper, als wären die Worte Wirklichkeit geworden. Die Sätze glitten vorüber, es waren Wellen, die wie die Spur des Winds über das Wasser liefen.

Ich wußte nicht mehr, wo ich war. Der Kreißsaal des Krankenhauses, die glänzenden, gelb gestrichenen Wände, die fahrbaren Betten, in denen die Frauen lagen, und diese abscheuliche braune Flügeltür, die in beide Richtungen schlug, wenn die Hebamme eine Wöchnerin hereinbrachte, und die Decke mit den sechs knisternden Neonleuchten, die großen vergitterten Fenster, die auf die dunkle Nacht hinausgingen, ein graurosa Himmel, ein Leuchten wie von Schnee und die Stille der Steppen, die nur vom Stöhnen der Frauen und vom Geräusch der eiligen Schritte auf den Steinplatten im Flur unterbrochen wurde.

Ich träumte, die Sonne würde auf der anderen Seite der Welt aufgehen, auf dem großen Strand, wo Elizabeth und ich vor so langer Zeit angekommen waren. Ich träumte, ich wäre dort, läge nachts im Sand, und meine Mutter Elizabeth wäre bei mir, um mir zu helfen und streichelte mir das Haar, und ich hörte das sanfte Rauschen der Wellen, die über den Strand glitten, die Schreie der Möwen und Pelikane, die im Morgengrauen die Fischerboote begleiten. Ich schloß die Augen und war dort. Ich roch das Meer, spürte das Salz auf meinen Lippen. Durch die Wimpern sah ich das helle Licht des frühen Morgens, das Licht, das erst aus dem Meer aufsteigt und nach und nach ans Ufer kommt.

Jacques war bei mir, ich spürte seine Hand in der meinen, ich sah sein helles Gesicht, das goldene Licht auf seinem Haar und seinem Bart, deshalb war mein Sohn das Kind der Sonne,wegen der Farbe seines Haars. Ich hörte seine Stimme, die für mich die Worte aus dem Buch des Anfangs übersetzte: *Und es ließ fallen der Ewige einen tiefen Schlaf über Adam, und er schlief ein. Und er nahm seiner Rippen eine und gab ihr Form und Schönheit, und dieser Rippe, die er Adam entnommen hatte, gab er seinen ganzen Willen, und erschuf Aischa und führte sie zu Adam. Und er sagte, Adam, diese ist jetzt Bein von meinem Bein, Fleisch von meinem Fleisch, und er nannte sie Aischa, weil sie nach seinem Willen genommen und geschaffen worden war.*

Es war die längste Nacht, die ich je erlebt hatte. Ich war so müde, daß ich im Kreißsaal zwischen den Wehen einschlief. »Wann fängt es endlich an?« Ich fragte das die Hebamme, ich war entmutigt. Sie gab mir einen Kuß. »Aber, meine Liebe, es hat schon angefangen.« Ich wußte, daß mein Sohn bei Sonnenaufgang zur Welt kommen würde, er war das Kind der

Sonne, er würde ihre Kraft haben und die Kraft meines Landes, die Kraft und die Schönheit des Meeres, das ich liebe. Und wieder war ich auf der Überfahrt vom Hafen von Alon nach Eretz Israel, und als ich die Augen schloß, spürte ich das sanfte Wiegen der Wellen, sah das spiegelglatte Meer im Morgengrauen, während sich der Bug des Schiffes dem Ufer näherte, und ich hörte die rauhe Stimme, die einen Blues sang. Dann kam das Kind allmählich heraus, und die Wellen trugen mich an den Strand, an dem ich eingeschlafen war, während Elizabeth neben dem Gepäck wachte. Es war unbeschreiblich. So schön. Ich hatte Schmerzen, doch ich hörte das Geräusch der Wellen auf dem Sand, sie trugen mich, ich glitt über das sich öffnende Meer, der Strand war von der Sonne, die zum Leben erwachte, hell erleuchtet. »Atmen, pressen, pressen, pressen, pressen.« Die Stimme der Hebamme hallte seltsam in der Einsamkeit dieses Strandes. Ich atmete, schrie nicht. Ich hatte Tränen in den Augen, die Wellen glitten in meinen Bauch. Und Michel ist zur Welt gekommen. Ich war von all dem Licht geblendet. Ich weiß nicht, wer mich weggebracht hat, weiß nicht, was dann geschehen ist. Ich habe lange geschlafen, lag auf dem langen, glatten Strand, auf dem ich endlich angekommen war.

Elizabeth

Nizza, Sommer 1982, Hotel Soledad

Elizabeth, die meine Mutter war, ist gestern gestorben, es ist schon so lange her, und wie es ihr Wille war, werde ich heute abend in der Dämmerung, wenn niemand mehr am Strand ist, bis auf ein paar regungslose Angler, die in der Schwüle des zu heißen Abends benommen auf der Mole stehen, ihre Asche in das Meer streuen, das sie so liebt. Ich werde es ohne Tränen tun, fast ohne etwas zu empfinden. Dann werde ich durch die Straßen gehen, die am Meer entlangführen, jene Straßen, deren Namen auf »i« enden, wie Ribotti, Macarani, Verdi, Alexandre Mari. Und an den Kreuzungen werde ich in Böen den Wind vom Meer spüren, den Geruch, den sie immer geliebt hat.

Die Sonne ist in den ganzen letzten Wochen, den ganzen letzten Monaten, sengend heiß gewesen. Waldbrände wüteten auf den Hügeln, und der Himmel war eigenartig, halb blau, halb vom Rauch verdunkelt. Jeden Abend ging ein Ascheregen über dem Meer nieder.

Die Terrassen der Cafés waren voller Touristen: Deutsche, Italiener, Amerikaner, Argentinier oder Araber. Die Leute redeten laut, sehr laut, die Frauen waren stark parfümiert. Da waren verschämte homosexuelle Paare, Kindermädchen, griechische, zypriotische, tunesische und sowjetische Seeleute. Da waren Clochards aus St. Germain-des-Prés und vom Boul'Mich, Pizzaiolos, Gigolos, Zuhälter. Da waren Börsenmakler, pensionierte Eisenbahner der S.N.C.F, Mädchen mit abwesendem Blick und gebleichtem Haar, junge Leute, die mit Drogen vollgepumpt waren. Da waren knallrote holländische Badegäste, kabylische Arbeiter, Kriegsveteranen, Friseure, Botschafter, Kraftfahrzeugmechaniker, Minister und was weiß ich.

Ich sah all diese Leute und kannte sie nicht. Ich erkannte sie nicht wieder. All diese Menschen, die kamen und gingen, sich überholten, stehenblieben, sich unterhielten, sich berührten, diese Menge, die wie ein zäher Strom durch eine Rinne floß. Vor allem das Geräusch der Schritte, das Stimmengewirr, das die aufheulenden Motoren übertönte. Die Menschen in ihrem hermetisch verschlossenen Gehäuse haben einen verhärteten, abwesenden Blick, wie ein Spiegelbild.

Elizabeth hat 1973, während des Kriegs in der Wüste Sinai, das Land verlassen, im selben Jahr, in dem ich Philip geheiratet und in Tel Aviv an einer lauten Straße in der Nähe des Habima-Theaters eine Praxis als Kinderärztin eröffnet habe. Warum ließ ich sie nur gehen? Ich hätte merken müssen, daß sie schon krank war und litt, ohne etwas zu sagen. Ihr Unterleib war schon vom Krebs zerfressen. Und ich wollte leben, schnell und rauschend, ohne etwas ahnen zu wollen, ohne zu zögern.

Elizabeth ist abgereist, schwarz gekleidet, mit demselben kleinen Koffer, den sie schon besaß, als sie mit dem Schiff angekommen war, ich habe versucht, sie zurückzuhalten, doch ich wußte, daß es zwecklos war. Ich erzählte ihr von meinem Beruf, von Philip, von Michel, der sie brauchte. Sie lächelte, deutete mit einer Handbewegung an, ich solle nichts übertreiben. Sie sagte: »Nicht ich werde ihm fehlen. Er wird mir fehlen.« Sie fügte mit gespielter Fröhlichkeit hinzu: »Wann immer er will, kann er sich ins Flugzeug setzen und mich besuchen. Das wird ihm gefallen.« Als ich mich auf dem Flughafen von ihr trennte, sagte sie mit verletzender Gelassenheit, die mein Herz schneller schlagen ließ: »Dir ist ja wohl klar, daß ich nicht weggehe, um irgendwann wiederzukommen. Ich gehe für immer.« Jetzt weiß ich, warum sie das gesagt hat.

Ich gehe durch die Straßen dieser Stadt, die ich nicht kenne. Hier haben mein Vater und meine Mutter ihre ganze Jugend verbracht. Ich habe das Gymnasium gesehen, in dem er Geschichte und Erdkunde unterrichtete, dieses prächtige Gefängnis aus grauem Stein, mit Türmen, Schießscharten und Gittern mit Lanzenspitzen. Ich habe den verkümmerten Olivenbaum gesehen, der als Symbol des Friedens auf dem Rasen gepflanzt wurde. Ich habe die Sonnenuhr mit dem lateinischen Spruch gesehen, der mich an die Formeln des Pickwick Klubs erinnert hat. Ich habe das Haus gesucht, in dem mein Vater und meine Mutter wohnten, ein Haus mit einem Balkon, der zum Fluß hinausging. Doch heute ist der Fluß mit Parkhäusern und protzigen Gebäuden aus Stahlbeton zugebaut. Nicht weit davon befindet sich in einem alten Haus ein Hotel, das einen Namen trägt, der mir gefällt, Hotel Soledad, Hotel der Einsamkeit. Ich habe ein kleines Zimmer genommen zum Innenhof, wegen des lauten Verkehrs. Wenn ich auf dem schmalen Bett liege, höre ich das Gurren der Tauben, ein unbestimmtes Geräusch von Radios und Kindergeschrei. Ich habe das Gefühl, an einem völlig beliebigen Ort zu sein, überall, nirgendwo.

Während all der Tage, die ich in dieser unbekannten Stadt verbrachte, war die Hitze der Waldbrände zu spüren. Jeden Tag hört man vom Krieg im Libanon und von neuen Waldbränden, die in den Hügeln des Var, im Massiv des Maures und im Esterel-Gebirge, ausgebrochen sind. Jeden Tag sitze ich im schmalen Zimmer des Krankenhauses vor dem geschwächten, abgezehrten Körper meiner Mutter, jeden Tag sehe ich, wie ihre Kräfte schwinden, ihr Tod näher kommt. Ich höre ihre brüchige, abwesende Stimme, ich spüre ihre Hand in der meinen. Sie spricht von früher, von meinem Vater. Sie sagt: Michel, sie spricht von Nizza, von Antibes, sie spricht über die glücklichen Tage, die Spaziergänge am Meer, die Ferien in Italien, in Siena, Florenz, Rom. Sie erzählt mir davon, als wäre ich damals schon dabeigewesen, irgendwo, schon erwachsen, eine Freundin, eine Schwester, ein junges Mädchen, das ein Ehepaar zufällig in einem Hotel am Ufer eines Sees kennenlernt und das eine Weile dessen Glück teilt, als wären es gestohlene Augenblicke. Das Restaurant in Amantea, das tiefblaue Meer, die Vorgebirge, die sich in der Abenddämmerung verloren. Ich war dort mit ihr und mit meinem Vater gewesen, hatte die erfrischenden Wassermelonen gegessen, den Wein getrunken, die Musik der Wellen und das Geschrei der Möwen gehört. Alles andere trat zurück, wenn sie mir von Amantea erzählte, von den Tagen im Sommer nach ihrer Hochzeit, als wäre auch ich dabeigewesen, als hätte ich ihre jugendlich strahlenden Gesichter gesehen, ihre Stimmen gehört, ihr einmütiges Lachen. Sie sprach und drückte dabei ganz fest meine Hand, so wie sie wohl damals meinem Vater die Hand gedrückt hatte, als sie auf einem Boot hinausgefahren und über das abendlich glitzernde Meer geglitten waren, umgeben vom berauschenden Geschrei der Möwen.

Elizabeths Stimme wurde jeden Tag schwächer, sie erzählte unentwegt dieselbe Geschichte, nannte dieselben Namen, dieselben Städte, Pisa, Rom, Neapel und immer wieder den Namen Amantea, als sei das der einzige Ort auf der Welt gewesen, wohin der Krieg nie vorgedrungen war. In den letzten Tagen war ihre Stimme so schwach, daß ich mich über ihre

Lippen beugen mußte, um den Hauch zu spüren, der diese Worte, diese Bruchstücke der Erinnerung, hervorbrachte.

Jeden Abend verließ ich bei Einbruch der Dämmerung das Krankenhaus und ging aufs Geratewohl durch die Straßen, mir schwirrte der Kopf, ich hörte den Namen, der sich endlos wiederholte, mich nicht mehr losließ, Amantea, Amantea. Jeden Tag las ich in der Zeitung von den Waldbränden, die ganze Gebirge verheerten, die die Steineichen- und Pinienwälder vernichteten, in Toulon, in Fayance, in Draguignan, im Massif du Tanneron. Von den Feuersbrünsten, die Beirut in lodernden Flammen untergehen ließen.

Und so ging ich nachts durch die sengend heißen Straßen, auf der Suche nach Schatten, nach Erinnerungen. Und da war Elizabeths Hand, die die meine drückte, und ihre Stimme, die unverständliche Worte flüsterte, verliebte Worte, die sie, an den Körper meines Vaters geschmiegt, am Strand von Amantea gesagt hatte, Worte, die er ihr wie ein Geheimnis gesagt hatte, und das Meer wirkte noch schöner, funkelnd von Licht, in endloser Folge trafen die Wellen auf den Strand. In den letzten Tagen konnte sie nicht einmal mehr sprechen, doch die Worte waren noch in ihr, gelangten bis an den Rand ihrer Lippen, und ich beugte mich hinab, um den Hauch einzufangen und sie noch einmal zu hören, die Worte des Lebens. Jetzt sprach ich mit ihr, da sie es nicht mehr konnte, ich erzählte ihr von all dem, von Siena, Rom, Neapel, Amantea, als wäre ich dort gewesen, als hätte ich am Strand die Hand meines Vaters gehalten, den weit auseinandergezogenen Möwenschwärmen am abendlichen Himmel zugesehen, der Musik der Wellen gelauscht und zugesehen, wie das Licht hinter dem Horizont verlosch. Ich drückte ihr die Hand, sprach mit ihr, sah ihr Gesicht an, ihre Brust, die kaum noch das Laken zu heben vermochte, drückte ihr ganz fest die Hand, um ihr etwas von meiner Kraft abzugeben. In der belagerten Stadt gab es kein Wasser, kein Brot mehr, nur noch das flackernde Licht der Brände, das Grollen der Geschütze und die Silhouetten von Kindern, die durch die Trümmer irrten. Es waren die letzten Tage im August, das ganze Gebirge oberhalb von Sainte-Maxime brannte.

Wenn ich abends aus dem Krankenhaus kam und durch die Hügel ging, sah ich wie Abendröte am Himmel den Feuerschein. Im Var standen siebentausend Hektar in Flammen, der Geschmack nach Asche lag in der Luft, im Wasser und sogar im Meer. Mit Scharen von Menschen beladen verließen die Frachtdampfer die Stadt in Trümmern. Ihre Namen waren jetzt tief in mir, die Dampfer hießen *Sol Georgios, Alkion, Sol Phryne, Nereus.* Sie fuhren nach Zypern, nach Aden, nach Tunis, nach Port Sudan. Sie glitten über das spiegelglatte Meer, und die Wellen ihres Kielwassers schwollen an, bis sie sich an den Ufern, an den Stränden brachen. Möwen begleiteten sie lange am klaren Abendhimmel, bis die Wohnblocks an der Küste zu winzigen weißen Flecken geworden waren. Im Straßengewirr blickten mich Gesichter, Augenpaare fragend an. Ich sah Frauen und Kinder wie Schatten durch die zerstörten Gassen irren, durch die zerfurchten Wege der Flüchtlingslager in Sabra, in Chatila. Die Schiffe entfernten sich, steuerten auf das andere Ende der Welt zu, auf die andere Seite des Meeres. Die *Atlantis* glitt langsam an der Mole entlang, fuhr im lauen Wind der Abenddämmerung über das glatte Meer, sie war hoch und weiß wie ein Wohnhaus. Sie fuhr nach Norden, nach Griechenland, vielleicht nach Italien. Ich suchte das Meer mit den Augen ab, das aschgraue Meer, als würde ich das Schiff bald hell erleuchtet, mit langer Kiellinie und von Möwen umschwirrt, im Halbdunkel vor mir auftauchen sehen.

Elizabeth war so schwach, daß ihre Augen mich nicht mehr sahen. Ich sprach lange mit ihr, ganz nah an ihrem Ohr, spürte die Strähnen ihres grauen Haars an meinen Lippen. Ich versuchte ihr die Worte zu sagen, die sie liebte, jene Namen, Neapel, Florenz, Amantea, weil das die Worte waren, die sie noch erreichen konnten und mit ihrem Blut, ihrem Atem verschmolzen. Die Krankenschwestern hatten versucht, mich wegzuschicken, doch ich klammerte mich an die Gitterstäbe des Betts, den Kopf auf dasselbe Kopfkissen gelegt, und wartete, atmete, lebte. Tropfen für Tropfen floß die Lösung aus dem Schlauch in ihre Venen, und meine Worte waren wie diese Tropfen, sie kamen einzeln, kaum wahrnehmbar, sehr leise, sehr langsam, die Sonne, das Meer, die schwarzen Felsen, der Schwarm der Vögel, Amantea, Amantea... Die Medikamente, die Spritzen, die grobe, schreckliche Behandlung und Elizabeths Hand, die sich plötzlich mit der Kraft des Leidens in meiner Hand verkrampfte. Und Worte, immer wieder Worte, um Zeit zu gewinnen, damit sie noch ein wenig blieb, damit sie nicht von mir ging. Die Sonne, die Früchte, der perlende Wein in den Gläsern, die schlanke Silhouette der Tartanen, die Stadt Amantea, die in der Hitze des Nachmittags schläft, die Kühle der Laken unter der nackten Haut, der blaue Schatten der geschlossenen Fensterläden. Auch ich hatte das kennengelernt, war dort gewesen, mit meinem Vater, mit meiner Mutter, ich war in diesem Schatten, in dieser Kühle, im Fleisch der Früchte. Der Krieg war nie bis dorthin vorgedrungen, nichts hatte je das glatte, weite Meer getrübt.

Elizabeth ist in der Nacht gestorben. Als ich in das Zimmer kam, sah ich ihren Leichnam, der in ein Laken gehüllt auf dem fahrbaren Bett lag, das Gesicht ganz weiß, ganz mager, mit einem friedlichen Lächeln, das unwirklich schien. Das Leiden war mit dem Leben in ihrem Leib erloschen. Ich habe sie einen Augenblick angesehen, dann bin ich fortgegangen. Ich empfand nichts mehr. Ich füllte die erforderlichen

Papiere aus, und ein Taxi brachte mich zum Krematorium, für das düstere Ritual. In wenigen Minuten verwandelte der auf achthundert Grad erhitzte Ofen die, die meine Mutter gewesen war, in ein Häufchen Asche. Gegen Zahlung gab man mir dann einen verschraubten eisernen Zylinder, den ich in meine Umhängetasche steckte. Seit Jahren war ich schon in dieser Stadt, es kam mir vor, als könnte ich sie nie mehr verlassen.

An jedem der folgenden Tage bin ich in der metallischen Hitze der Waldbrände ringsumher mit meiner Tasche durch die Straßen geirrt. Ich wußte nicht, was ich suchte. Vielleicht die Schatten, die in dieser Stadt von den Beamten der Gestapo verfolgt worden waren, all die Menschen, die die Gestapo zum Tode verurteilt hatte und die sich in den Kellern und auf den Dachböden versteckt hatten. Oder die, die das deutsche Heer im Stura-Tal festgenommen und in das Lager von Borgo San Dalmazzo in der Nähe des Bahnhofs gesteckt hatte, und die dann in gepanzerten Waggons, die nachts durch den Bahnhof von Nizza rollten, nach Norden gebracht worden waren, nach Drancy und noch weiter, nach Dachau, nach Auschwitz? Ich ging durch die Straßen dieser Stadt, die Gesichter schwebten vor mir, vom Licht der Straßenlaternen beleuchtet. Männer kamen auf mich zu, flüsterten mir Sätze ins Ohr. Junge Leute gingen lachend an mir vorbei, hielten sich in der Taille umschlungen. Jene, die der Präfekt Ribière durch den Ausweisungsbefehl gegen die Juden zum Tode verurteilt hatte. An einem Strand auf der anderen Seite des Meeres blicken die Kinder und die Frauen aus den Flüchtlingslagern den großen Schiffen nach, die sich auf dem spiegelglatten Meer entfernen, während die Stadt in ihrer Zerstörung erstarrt zu sein scheint. Und hier in dieser Stadt gehen die Leute vor den hell erleuchteten Schaufenstern auf und ab, sie sind gleichgültig, ungerührt. Sie gehen an den Straßenecken vorbei, wo die gemarterten Kinder an den Querstreben der Straßenlaternen aufgehängt worden sind wie an Fleischerhaken.

Am Tag nach Elizabeths Einäscherung bin ich über den Hügel von Cimiez gegangen, durch ruhige Straßen im Sonnenschein, im Geruch von Zypressen und Ziersträuchern. Katzen liefen zwischen den Autos umher, freche Amseln waren zu hören. Auf den Dächern der Villen tanzten Turteltauben. Der Geruch der Waldbrände war inzwischen verschwunden und der Himmel wolkenlos. Ich wußte nicht, was ich suchte, was ich sehen wollte. Es war wie eine Wunde im Herzen, ich wollte das Böse sehen, begreifen, was mir entgangen war, was mich in eine andere Welt getrieben hatte. Wenn ich die Spur dieses Bösen fände, so schien mir, könnte ich endlich fortgehen, vergessen und wieder mit Michel, mit Philip leben, den beiden Männern, die ich liebe. Dann könnte ich endlich wieder reisen, reden, Landschaften und Gesichter entdecken und in der Gegenwart leben. Ich habe wenig Zeit. Wenn ich nicht herausfinde, wo das Böse ist, ist mein Leben, meine Wahrheit verloren. Dann irre ich weiterhin umher.

Ich bin in all diesen Tagen mit meiner Tasche über der Schulter durch Parks gegangen, vorbei an hohen, luxuriösen Wohnhäusern am Meer. Dann bin ich an ein großes, weißes Gebäude gekommen, das besonders schön und ruhig in den letzten Sonnenstrahlen liegt. Dieses Gebäude wollte ich sehen. Schön und finster wie ein Königspalast, umgeben von einem französischen Garten mit seinem ruhigen Wasserbecken, aus dem die Tauben und Amseln trinken. Wie kam es nur, daß ich dieses Haus noch nicht gesehen hatte? Es war von jedem Punkt der Stadt zu sehen. Hoch oben, am Ende der Straßen, jenseits des Gewühls von Autos und Menschen stand dieses majestätische, unvergängliche weiße Haus, das ununterbrochen die Sonne ansah und deren Lauf von einem Ende des Meeres zum anderen verfolgte.

Ich habe mich langsam und vorsichtig genähert, als wäre die Zeit nicht vergangen, als wären der Tod und das Leiden immer noch da, in diesen prunkvollen Gemächern, in diesem regelmäßig angelegten Park, in den Laubengängen, hinter jeder Gipsstatue. Ich gehe langsam durch den Park, höre, wie der Kies unter den Sohlen meiner Sandalen knirscht, und in der Stille dieses Anwesens ist das ein Geräusch, das mir hart, fast bedrohlich vorkommt. Ich denke an das Hotel Excelsior in der Nähe des Bahnhofs, das ich gestern gesehen habe, mit den

Anlagen, der barocken, weißen Fassade und dem großen Eingang mit den Gipsengeln, an denen die Juden vor dem Verhör vorbeigehen mußten. Doch hier in der Ruhe und Pracht des großen Parks, unter den Fenstern des weißen Hauses herrscht trotz des Gurrens der Tauben und des Geschreis der Amseln Totenstille. Ich gehe weiter und höre noch die Stimme meines Vaters in der Küche unseres Hauses in Saint-Martin, wie er von den Kellern spricht, in denen jeden Tag gefoltert und getötet wird, den Kellern, die unter diesem prunkvollen Gebäude versteckt sind, und abends die Schreie der Frauen, die geschlagen werden, die Schreie der Gefolterten, von den Büschen des Parks und den Wasserbecken gedämpft, diese schrillen Schreie, die man nicht mit denen der Amseln verwechseln konnte, und vielleicht mußte man sich dann die Ohren zuhalten, um nicht zu begreifen. Ich gehe unter den hohen Fenstern des Palastes entlang, den Fenstern, aus denen sich die Nazioffiziere gebeugt haben, um mit dem Fernglas die Straßen der Stadt zu überwachen. Ich höre, wie mein Vater den Namen des Hauses ausspricht, die Eremitage, fast jeden Abend höre ich, wie er diesen Namen im Halbdunkel der Küche ausspricht, nachdem die Fenster wegen der Ausgangssperre mit Zeitungspapier verdunkelt worden sind. Und dieser Name war die ganze Zeit wie ein abscheuliches Geheimnis in mir geblieben, die Eremitage, dieser Name, der den anderen nichts sagt und nichts weiter bedeutet als die Pracht der großen Gemächer, die aufs Meer hinausgehen, und einen ruhigen Park, in dem sich die Tauben tummeln. Ich gehe an dem Haus entlang und betrachte die Fassade, Fenster für Fenster, und die finsteren Schlünde der Kellerlöcher, aus denen die Stimmen der Gefolterten gedrungen sind. Heute ist niemand hier, doch trotz des Sonnenscheins und des Meeres, das in der Ferne zwischen den Palmen glänzt, spüre ich tief in mir eine eisige Kälte.

Am Sonntag nach Elizabeths Tod bin ich mit dem Bus in das Dorf Saint-Martin gefahren. In der Straße mit dem Bach habe ich die Tür unseres Hauses gesucht, mit den drei oder vier Steinstufen, die hinabführen. Doch alles ist fremd geworden, oder ich bin eine Fremde. Der Bach mitten auf der Straße, der früher gefährlich und reißend wie ein Wildwasser war, ist nur noch ein dünnes Rinnsal, auf dem Papierfetzen schwimmen. Keller und ehemalige Ställe sind nun Restaurants, Pizzerien, Eisdielen oder Souvenirläden. Auf dem Platz steht ein neues unpersönliches Gebäude. Ich habe sogar das geheimnisvolle, beunruhigende Hotel gesucht, vor dem ich jeden Morgen mit meinem Vater und meiner Mutter Schlange gestanden hatte, um unsere Namen auf der Liste der Karabinieri abhaken zu lassen. Dort, wo Rachel mit dem italienischen Offizier getanzt hatte und wo die Karabinieri das Klavier des armen Monsieur Ferne aufgestellt hatten. Schließlich begriff ich, daß es dieses bescheidene Zwei-Sterne-Hotel mit den Reklame-Sonnenschirmen und den merkwürdigen, geschmacklosen Vorhängen war. Selbst das Haus von Monsieur Ferne, die seltsame, verlassene Villa mit dem Maulbeerbaum, in der er ganz für sich allein auf seinem schwarzen Klavier ungarische Walzer gespielt hatte, ist jetzt ein Ferienhaus. Doch den alten Maulbeerbaum habe ich wiedererkannt. Ich habe mich auf die Zehenspitzen gestellt und ein breites, fein geädertes Blatt von schöner, dunkelgrüner Farbe abgepflückt.

Ich bin unterhalb des Dorfes bis zur ersten Kurve gegangen, dorthin, wo man den Fluß und die dunkle Schlucht sehen kann, in der wir gebadet hatten, wie in den Tiefen eines geheimen Tals, und ich spürte noch, wie sich mir vom eisigen Wasser und der sengenden Sonne alle Härchen auf der Haut aufrichteten, hörte noch die Wespen summen, und fühlte auf meiner Brust Tristans glatte Wange, der den Schlägen meines Herzens lauschte. Vielleicht hörte ich das Lachen der Kinder, die schrillen Schreie der Mädchen, die von den Jungen naß gespritzt wurden, und die Stimmen, die wie früher riefen: »Maryse! Sonia!« Das schnürte mir das Herz zusammen, und ich ging schnell wieder zum Dorf hinauf.

Ich habe nicht gewagt, mit irgend jemandem zu sprechen. Im übrigen sind die alten Leute tot und die jungen Leute fortgegangen. Zweifellos ist alles vergessen. Durch die Gassen spazieren die Touristen mit ihren Kindern, ihren Hunden. In dem alten Haus, in dem die Frauen am Sabbat die Lichter angezündet hatten, ist jetzt eine Autowerkstatt. Auf dem Platz, wo sich die Juden vor ihrem Aufbruch ins Gebirge versammelt hatten, während die Truppen der 4. italienischen Armee das Tal hinaufgezogen waren und das Dorf den Deutschen überlassen hatten, sah ich Boule-Spieler, geparkte Autos,Touristen, die Fotos machten, einen belgischen Eisverkäufer. Nur der Brunnen rinnt noch wie damals in das Becken, speit aus vier Rohren Wasser für die Kinder, die sich auf den Brunnenrand stellen und trinken.

Da es keine andere Möglichkeit gab, bin ich per Anhalter nach Notre-Dame-des-Fenestres gefahren. Ein Auto, das von einem blonden Mädchen gefahren wurde, hielt an. Im Wagen saßen noch ein dunkelhaariger junger Mann von italienischem Aussehen und ein anderes, sehr dunkelhaariges Mädchen mit hübschen schwarzen Augen. In wenigen Minuten fuhr der Wagen die Straße durch den Lärchenwald bis zur Wallfahrtsstätte hinauf. Ich betrachtete ungerührt die Straße, die Elizabeth und ich hinaufgegangen waren, hielt vergeblich nach der Lichtung Ausschau, auf der wir in der Nähe des Wildbachs geschlafen hatten. Die jungen Leute im Auto versuchten, mit mir zu sprechen. Der junge Mann sagte so etwas wie: »Sind Sie zum ersten Mal hier?« Ich sagte, nein, es sei nicht das erste Mal, ich sei schon vor sehr langer Zeit einmal hier gewesen. Über den hohen Felswänden am Ende der Straße verhüllten schon Wolken die Gipfel. Die Gebäude, in denen wir geschlafen hatten, die Baracken der italienischen Soldaten, die Kapelle, alles war noch da, doch es kam mir vor, als fehlte etwas, als hätten sie nicht mehr dieselbe Bedeutung. In dem Gebäude, in dem wir geschlafen hatten, gegenüber den Baracken der Soldaten, war jetzt eine Hütte des Alpenvereins. Dorthin brachten übrigens die jungen Leute ihr Gepäck für die Nacht. Einen Augenblick hatte ich Lust, sie zu begleiten, dort zu schlafen, doch es war unmöglich. »Selbst zu dieser Jahreszeit müssen Sie Ihr Bett mindestens eine Woche im voraus reservieren.« Das sagte der Hüttenwart mit gleichgültiger Miene zu mir. Damals hatte man es nicht so genau genommen!

Da es schon spät war, hatte ich nicht den Mut, den steinigen Pfad hinaufzugehen, auf dem die Touristen zurückkamen. Ich setzte mich also auf die Böschung in der Nähe der Baracken, durch eine Steinmauer vor dem Wind geschützt, und blickte auf die Berge, genau auf die Stelle, auf die ich gestarrt hatte, bis mir die Augen brannten und ich vor Schwindel zitterte, als ich auf meinen Vater gewartet hatte, der uns dort treffen sollte. Aber jetzt weiß ich, daß er nicht kommen wird.

Am selben Tag, an dem meine Mutter und ich aufgebrochen waren, um nach Italien zu geben, hatte mein Vater eine

Gruppe von Flüchtlingen auf dem Weg zur Grenze oberhalb von Berthemont begleitet. Gegen Mittag wurden sie von den Deutschen überrascht. »Los, haut ab! Lauft!« schrie der Mann von der Gestapo. Doch als sie versuchten, durch das hohe Gras zu fliehen, mähte sie eine Salve aus der Maschinenpistole nieder, und sie stürzten zu Boden, fielen übereinander, Männer, Frauen, Greise, kleine Kinder. Eine junge Frau, die sich in den Büschen und dann in einem verlassenen Schafstall verstecken konnte, hatte das erzählt, und Elizabeth war deshalb nach Frankreich zurückgekehrt, um in dem Land zu sein, wo ihr Mann gestorben war. Das hatte sie in einem einzigen, langen Brief niedergeschrieben, auf die Seiten eines Schulhefts, mit ihrer feinen, eleganten Schrift, sie schrieb den Namen meines Vaters auf, Michel Grève, und die Namen all derer, die mit ihm im Gras oberhalb von Berthemont gestorben waren. Und jetzt ist auch sie in diesem Land gestorben, und ihr Körper ist in einem Stahlzylinder eingeschlossen, den ich mit mir herumtrage.

Ich bin ein Stück die Straße entlanggegangen, in Richtung Saint-Martin. Ich hörte das ruhige Rauschen des Bachs, und hinter mir, im Halbkreis der Wolken, das Grollen des Gewitters. Englische Touristen nahmen mich mit dem Auto ins Dorf mit. Trotz der Jahreszeit konnte ich ein kleines Zimmer in einem Hotel finden, am unteren Ende der Rue Centrale, in einem alten Haus, das ich nicht kannte.

Ich wollte aber doch noch die Stelle sehen, an der mein Vater gestorben war, in Berthemont. Früh am nächsten Morgen nahm ich den Bus bis zur Weggabelung und ging ans Ende des Tals, zu dem alten verlassenen Hotel, wo früher die Thermen waren. Ich stieg die Treppe oberhalb des schwefelhaltigen Baches hinauf und folgte dann dem Pfad bergaufwärts. Der Himmel war wunderschön. Ich dachte daran, daß Philip und Michel das sicher gern gesehen hätten, das Morgenlicht, das auf den Grashängen und den Felsen glänzte. Das blaue Hochgebirge auf der anderen Seite des Vésubie-Tals wirkte schwerelos wie Wolken.

Es war schon so lange her, daß ich nicht mehr dieser Stille gelauscht, diesen Frieden genossen hatte. Ich dachte an das Meer, so wie ich es eines Morgens gesehen hatte, als ich den Kopf aus dem Laderaum der *Sette Fratelli* gesteckt hatte, doch das ist schon so lange her, daß es mir wie eine Legende vorkommt. Ich stellte mir meinen Vater auf diesem Schiff vor, in dem Augenblick, da die Sonne den Rand der Welt berührte und die Wellenkämme aufleuchten ließ. So hatte er über Jerusalem gesprochen, über die Lichterstadt, wie über eine Wolke oder eine Luftspiegelung über der neuen Erde. Wo ist diese Stadt? Gibt es sie wirklich?

Ich blieb am Rand des Gebirges stehen, an der Stelle, wo die großen Wiesen beginnen, auf denen Mario Vipern gesucht und ich davon geträumt hatte, meinen Vater entlanggehen zu sehen. Die Sonne brannte sehr heiß, strahlte hoch am Himmel, schob die Schatten zusammen. Das Tal lag noch im Morgendunst, es war keine menschliche Silhouette, kein Haus zu sehen, kein Geräusch zu hören. Der Grashang zog sich in den Himmel hinauf, wie in die Unendlichkeit. Die einzige Spur war der Weg.

Ich begriff, daß sie hier vorbeigekommen waren, mein Vater an der Spitze, die Flüchtlinge hinter ihm im Gänsemarsch, die Frauen in Tücher gehüllt, die Kinder jammernd oder unbekümmert. Die Männer bildeten den Schluß, trugen Koffer, Vorratstaschen, Wolldecken. Mit klopfendem Herzen ging ich weiter durch das hohe Gras hinauf. Es war gegen Ende des Sommers, wie vor vierzig Jahren, ich erinnere mich noch genau: der unendlich weite, blaue Himmel, als sähe man die Tiefen des Alls. Der Geruch des versengten Grases, das schrille Zirpen der Zikaden. Über den dunklen Tälern kreisten mit klagenden Schreien Milane. Mein Herz klopft, weil ich der Wahrheit entgegengehe. Das alles ist noch da, ich habe es nicht vergessen, es kommt mir vor wie gestern, als meine Mutter und ich auf dem Weg voller spitzer Steine zum Ende des Tals gegangen sind, nach Italien, durch die Gewitterwolken. Die Frauen saßen mit starrem, leeren Blick am Wegrand und hatten ihre Bündel neben sich abgelegt. Hier hat das Gras eine berauschende Wirkung wie ein schweres Parfum, vielleicht haben die Bauern aus dem Dorf das Gras schon gemäht, und es hat zu gären begonnen. Mir läuft der Schweiß über das Gesicht, über den Rücken, während ich den Pfad entlanggehe, zum oberen Teil des Grashangs. Jetzt komme ich auf eine riesige Weide, die bis zu den Felsen des Gipfels reicht. In dieser Höhe kann ich den Grund des Tals nicht mehr sehen. Die Sonne ist zu den blauen Bergen hinabgesunken, auf der anderen Seite des Bergs. Die Wolken sind aufgebläht, prachtvoll, irgendwo höre ich Donnergrollen.

Vor mir liegen die Schäferhütten. Es sind zeitlose, aus Steinen gebaute Hütten. Vielleicht hatte es sie schon gegeben, bevor die Menschen ihre Städte, ihre Tempel und ihre Zitadellen errichteten. Während ich auf die Hütten zugehe, spüre ich tief in meinem Inneren ein Erschauern, das trotz der Hitze der Sonne und des berauschenden Geruchs des gärenden Heus immer stärker wird. Plötzlich weiß ich es, bin ich mir sicher. Hier ist es. Hier in den Steinhütten haben sie sich versteckt. Als die Flüchtlinge die Hochebene erreichten, kamen die Mörder heraus, die Maschinenpistole an der Hüfte, und jemand schrie auf französisch: »Haut ab! Los, los, haut ab! Flieht, wir tun euch nichts!« Ein Mann der Gestapo schrie das, er trug einen eleganten, dreiteiligen, grauen Anzug und einen Filzhut. Die Frauen und Kinder rannten durch das hohe Gras, die alten Frauen, die Männer, wie erschrockene Tiere. Da drückten die SS-Männer auf den Abzug, und die Maschinenpistolen bestrichen die Grasebene, bis die Körper übereinander zu Boden stürzten, und die schrillen Angstschreie im Blut erstickten. Andere leben noch, einige Männer versuchen auf dem Pfad, auf dem sie gekommen sind, den Hang wieder hinabzurennen, doch die Kugeln treffen sie in den Rücken. Die Bündel, die Koffer, die Mehlsäcke sind ins Gras gefallen, hier und da liegen verstreut, wie für ein Spiel, Kleider, Schuhe. Die Soldaten ließen das Gepäck dort liegen. Sie zogen die Leichen an den Beinen bis zu den Schäferhütten und ließen sie dort im Sonnenlicht zurück.

Gegen Abend hat es über dem Grashang und den Steinhütten zu regnen begonnen. Der Pfad führt durch das hohe Gras in das Tal voller Schatten, wie damals, als mir die messerscharfen Gräser bis an die Lippen gingen und ich nicht mehr wußte, wo ich war. Niemand kommt mehr hierher. Höchstens gegen Ende des Sommers Schafherden, die von einem tauben, alten Mann hergetrieben werden, der pfeifend mit seinem Hund redet und sich auf einen Stein setzt, um zuzusehen, wie die Wolken vorüberziehen.

Auf dem Rückweg bin ich den Berg fast hinabgerannt, durch das hohe Gras, auf dem schlüpfrigen Pfad. Gibt es dort immer noch Vipern, eng umschlungen im Liebeskampf? Gibt es noch jemanden, der es versteht, sie wie Mario durch leises Pfeifen zwischen den Zähnen herbeizulocken? Alles dreht sich um mich herum, als wäre ich das einzige Lebewesen, die letzte Frau, die den Kriegen entkommen ist. Jetzt habe ich das Gefühl, als läge Jerusalem, die Lichterstadt, die mein Vater sehen wollte, dort oben auf diesem Grashang, all diese himmlischen Kuppeln und Minarette, die die irdische Welt mit den Wolken verbinden.

Der Schatten im Tal war sanft. Mit leisem Geräusch glitt der Regen über die Straße. Ein Lastwagen mit einem Italiener am Steuer hat mich nach Nizza zurückgebracht. Jetzt weiß ich, was ich hier gesucht habe. In zwei Tagen kommen Philip und Michel. Ich liebe sie. Mit ihnen fahre ich auf die andere Seite des Meeres zurück, in mein Land, in dem das Licht so schön ist. Besonders in den Augen der Kinder leuchtet dieses Licht, in ihren Augen, aus denen ich das Leid vertreiben will. Ich weiß, daß alles bald beginnt. Und ich denke auch an Nejma, meine Schwester, die ich vor so langer Zeit in einer Staubwolke auf der Straße verloren habe und die ich wiederfinden muß.

Das Meer ist schön in der Abenddämmerung. Das Wasser, die Erde und der Himmel gehen ineinander über. Ein leichter Dunstschleier liegt über dem Horizont, verhüllt ihn unmerklich. Und trotz der vorüberfahrenden Autos, trotz der Schritte der Bewohner ist es still. Auf der Mole, wo Esther sitzt, ist alles ruhig. Sie blickt geradeaus, fast ohne zu blinzeln. Seit mehreren Tagen kommt sie hierher, wenn die Sonne untergeht, um auf das Meer zu blicken. Heute abend ist es das letzte Mal. Morgen sind Philip und Michel da, gemeinsam fahren sie dann mit dem Zug nach Paris, nach London. Sie muß fortgehen, um zu vergessen.

Jeden Abend um die gleiche Zeit kommen die Angler. Auf den Zementplatten der Wellenbrecher richten sie gewissenhaft die Köder, die Angelruten, die Rollen her, sie tun es mit genauen, sicheren Handbewegungen. Esther schaut ihnen gern zu. Sie sind so geschäftig, so sorgfältig, fast als wäre alles andere nur ein Traum, ein Wahn, die Einbildung eines Verrückten, der ganz allein in den Gängen seiner Irrenanstalt phantasiert. Das ist die Wirklichkeit, denkt Esther, diese Angler im Dämmerlicht, diese Schnüre, die sie jetzt auswerfen, die Senker, die zischend auf die sanften Wellen treffen, und das Glänzen des Lichts, während der riesige Sonnenball im Dunst verschwindet. Esthers Blick verliert sich in der unendlichen graublauen Weite vor ihr, dann heftet er sich auf ein einziges kleines Schiff, ein einziges kleines, dreieckiges Segel, das langsam durch den Dunst gleitet.

Der Sommer ist noch nicht zu Ende. Die Tage sind kürzer geworden, die Dunkelheit bricht unvermittelt herein. Esther fröstelt trotz der lauen Luft. Die Angler auf den Klippen haben ein Radio eingeschaltet. Die Musik weht in Fetzen herüber, eine Frauenstimme, die laut, man möchte meinen falsch, singt, und dazwischen die knisternden Störungen vom Gewitter in den Bergen.

Die Angler blicken sich ab und zu um, betrachten sie spöttisch, sagen etwas im Nizzaer Dialekt, und sie ist sich sicher, daß die Männer über sie sprechen, denn sie lachen ein bißchen. Manche sind ganz jung, im Alter ihres Sohnes, sehr dunkelhaarig, sehen italienisch aus, tragen kurzärmlige rosa Hemden. Was mögen sie nur über sie sagen? Es fällt ihr schwer, sich das vorzustellen, so wie sie gekleidet ist, wie eine Landstreicherin, mit ihrem kurzen, leicht ergrauten Haar, ihrem noch kindlichen Gesicht, das von den Tagen in der Sonne, in den Bergen, dunkel gebräunt ist. Doch in gewisser Weise ist sie froh, diese Stimmen, die ordinäre Musik und das Gelächter zu hören. Das ist der Beweis, daß es die Männer wirklich gibt, daß all das existiert, das ruhige Meer, diese Zementblöcke, dieses Segel, das durch den Dunst gleitet. Sie werden nicht verschwinden. Esther spürt, wie sie von der Leichtigkeit der Luft, vom leuchtenden Dunst erfüllt wird. Das Meer mit seinem ewigen Auf und Ab, mit dem Aufblitzen gebrochenen Lichts, ist in sie eingedrungen. Zu dieser Stunde des Tages wendet sich alles, verwandelt sich. Es ist schon so lange her, daß sie nicht mehr einen solchen Frieden erlebt hat, das Gefühl, sich treiben zu lassen. Sie erinnert sich, das Deck des Schiffes, die Nacht, als es weder Land noch Zeit mehr gab. Das war hinter Livorno oder weiter südlich, vor der Straße von Messina. Obwohl der Kapitän es verboten hatte, war Esther die Treppenleiter hinaufgeklettert, war durch die halboffene Luke gestiegen und mit diebischer Vorsicht durch den kalten Wind über das Deck bis zur Vorpiek gekrochen. Silvio hatte Wache, und er hatte sie gewähren lassen, ohne ihr etwas zu sagen, als hätte er sie nicht gesehen. Esther erinnert sich jetzt, wie das Schiff über das glatte Meer glitt, unsichtbar in der Dunkelheit, sie erinnert sich an das leise Rauschen des Bugs, an das Vibrieren der Motoren unter Deck. Auf der Back lief das Radio, und die Seeleute hörten näselnde, knatternde Musik wie jene, der die Angler jetzt lauschten. Es war ein amerikanischer Sender, aus Sizilien, aus Tanger, Jazzmusik, die in Fetzen durch die Dunkelheit drang, wie heute, und in der Weite verloren, fuhren sie wer weiß wohin. Die Musik entfernte sich, kam näher, die kräftige, rauhe Stimme, Billie Holiday, die *Solitude* und *Sophisticated Lady* sang, Ada Brown, Jack Dupree, die Finger von Little Johnnie Jones auf dem Klavier. Jacques Hirt hatte ihr später diese Namen beigebracht, als sie in Noras Zimmer in Ramat Johanan auf einem alten Grammophon die Platten hörten. *Jealous Heart.* Esther erinnert sich an die Melodie, hat sie leise gesungen, wenn sie durch die Straßen ging, und an all das, was sie in Kanada wiedergefunden hat, die Musik in ihrer Wohnung in der Avenue Notre-Dame, die Musik, die ihr geholfen hat, in der Einsamkeit und der Kälte zu leben, im Exil. Und auf der Klippe vor dem Meer, das immer dunkler wird, gleitet sie jetzt immer noch auf der Musik dahin, die aus dem Radio der Angler kommt. Sie erinnert sich daran, wie es gewesen ist, als sie ins Unbekannte fuhr, auf die andere Seite des Meers. Doch ihr schnürt sich das Herz zusammen, weil sie daran denkt, daß es das für Elizabeth nicht mehr gibt. Das Schiff, das von Billie Holidays Musik getragen worden ist, gleitet nicht mehr über das glatte Meer, seit Elizabeth aufgehört hat zu atmen. Sie ist mitten in der Nacht gestorben, allein in ihrem Gurtbett, ohne daß ihr jemand die Hand gehalten hat. Esther ist in das Zimmer gekommen und hat das schneeweiße Gesicht gesehen, das auf dem Kopfkissen nach hinten gesunken war, den dunklen Flecken auf den Augenlidern. Sie hat sich über den kalten, starren Leichnam gebeugt und gesagt: »Nicht jetzt, ich bitte dich. Bleib noch ein wenig da! Ich will dir von Italien, von Amantea erzählen.« Sie hat das laut gesagt und dabei die kalte Hand gedrückt, um etwas Wärme in die toten Finger zu bringen. Die Krankenschwester ist hereingekommen und wortlos an der Tür stehengeblieben.

Jetzt entfernt sich das alles. Es ist wie in einer anderen Welt, einer Welt, in der das Licht anders gewesen ist und alles eine andere Farbe, einen anderen Geschmack gehabt hat, in der die Stimmen etwas anderes sagten und die Augen einen anderen Blick hatten. Die Stimme ihres Vaters, die ihren Namen nannte, in diesem Ton, Estrellita, kleiner Stern, die Stimme von Monsieur Ferne, die Stimme der Kinder, die in Saint-Martin auf dem Platz schrien, Tristans Stimme, Rachels Stimme, die Stimme von Jacques Hirt, als er im Gefängnis von Toulon die Worte des Rebbe Joël übersetzte. Noras Stimme, Lolas Stimme. Stimmen, die sich entfernen, sind etwas Furchtbares. Jetzt, da es Nacht ist, spürt Esther, daß die Tränen kommen können, zum erstenmal seit Jahren, seit sie der Kindheit entwachsen ist. Die Tränen rinnen ihr aus den Augen und laufen über die Wangen. Sie weiß nicht, warum sie weint. Als Jacques in den Hügeln von Tiberias starb, kamen drei Soldaten in den Kibbuz, um die Nachricht zu überbringen, zwei Männer und eine Frau. Sie sagten, als wollten sie sich entschuldigen, Jacques Hirt ist am 10. Januar gestorben, er ist schon beerdigt. Sie fuhren sofort wieder ab. Sie hatten sehr sanfte Gesichter.

Esther hat nicht geweint. Vielleicht, weil in diesem Augenblick wegen des Krieges keine Tränen mehr in ihrem Körper gewesen waren. Vielleicht auch wegen des Sonnenlichts auf den Feldern, auf den Plantagen, wegen des Lichts, das sich in Johanans schwarzem Haar fing, und wegen der Stille und des leuchtenden Himmels. Jetzt spürt sie, wie ihr die Tränen kommen, als stiege ihr das Meer in die Augen.

Aus der Tasche, die sie jeden Tag in den Straßen der Stadt und bis oben auf die Berge, auf den Grashang, auf dem ihr Vater gestorben ist, mit sich herumgetragen hat, nimmt Esther den Metallzylinder, der die sterblichen Überreste enthält. Mit aller Kraft schraubt sie den Deckel auf. Der Wind, der über die Zementblöcke weht, ist lau, er kommt in Böen, weht das Geräusch der näselnden Musik herüber, es hört sich an wie Billie Holidays Stimme, die irgendwo auf der Straße von Messina *Solitude* gesungen hat. Doch es ist bestimmt etwas anderes. Der Nachtwind nimmt die Asche, die aus dem Metallbehälter rieselt und verstreut sie über das Meer. Manchmal wirbelt der Wind Esther die Asche wieder entgegen, weht sie ihr in die Augen, aufs Haar. Als der Behälter leer ist, wirft Esther ihn ins Meer, und bei dem Geräusch wenden die Angler den Kopf. Dann macht sie die Tasche wieder zu und springt von Block zu Block über die Mole. Sie geht an den Kais entlang. Eine große Müdigkeit überkommt sie und zugleich ein Gefühl des tiefen inneren Friedens. Fledermäuse flattern um die Lichtmasten.

Mohammed Dib
Die maurische Infantin

Roman
Titel der Originalausgabe: *L'infante maure*
Aus dem Französischen von Regina Keil
Gebunden

In seinem poetischen Roman erzählt Mohammed Dib die Geschichte eines kleinen Mädchens, dessen Eltern aus unterschiedlichen Kulturen kommen und dem es gelingt, in sich zu vereinen, was die Eltern trennt.

VERLAG
KIEPENHEUER
&WITSCH